Man nehme: eine Leiche

Im Econ & List Taschenbuch Verlag sind von Diane Mott Davidson außerdem lieferbar:

Angriff der Killerpfannkuchen (TB 25169)
Ein Mann zum Dessert (TB 25212)
Hochzeitsschmaus mit Todesfall (TB 25093)
Müsli für den Mörder (TB 25982)
Süß ist der Tod (TB 25973)

Zum Buch

Auf einer Party, für die Goldy Bear das Catering übernommen hat, trifft sie eine alte Freundin wieder: Patricia, die vor kurzem eine Fehlgeburt hatte und nun ihren Geburtshelfer verklagen möchte, bittet Goldy um Unterstützung. Doch der Arzt, der im Kreuzfeuer der Kritik steht, ist ausgerechnet ihr Exehemann John Richard Korman. Der hat zur Zeit finanzielle Probleme – und nicht nur die: Er wird als Mörder seiner neuen Freundin Suz verhaftet, die Vizepräsidentin einer Gesundheitsorganisation war.
Goldy geht der Sache nach und deckt in der Klinik ein wahres Netz von Intrigen auf. Offensichtlich hatte Suz viele Feinde, doch wer war ihr Mörder? Und hatten etwa Johns Geldprobleme mit ihrem Tod zu tun? Goldy Bear besteht ein weiteres fesselndes und amüsantes Abenteuer.

Zur Autorin

Diane Mott Davidson lebt in Evergreen, Colorado. Mit ihren kulinarischen Kriminalromanen hat sie ein ganz eigenes Subgenre kreiert. All ihre spannenden Romane garniert die amerikanische Bestsellerautorin mit leckeren Kochrezepten.

Diane Mott Davidson

Man nehme: eine Leiche

Kriminalroman

Aus dem Amerikanischen von Dietlind Kaiser

Econ & List Taschenbuch Verlag

Veröffentlicht im Econ & List Taschenbuch Verlag
Der Econ & List Taschenbuch Verlag
ist ein Unternehmen der Econ & List Verlagsgesellschaft, München
Deutsche Erstausgabe

First published by Bantam Books, New York
Titel des amerikanischen Originals: The Grilling Season
Aus dem Amerikanischen übersetzt von: Dietlind Kaiser
Umschlagkonzept: Büro Meyer & Schmidt, München – Jorge Schmidt
Umschlagrealisation: Init GmbH, Bielefeld
Titelabbildung: Peter Möller
Gesetzt aus der Caslon und der DIN Engschrift, Linotype
Satz: Josefine Urban – KompetenzCenter, Düsseldorf
Druck und Bindearbeiten: Elsnerdruck, Berlin
Printed in Germany
ISBN 3-612-25234-8

Für Sergeant Richard Millsapps,
Ermittler, Lehrer und Freund

Danksagung

Die Autorin möchte sich bei den folgenden Personen für ihre Hilfe bedanken: Jim, Jeff, J. Z. und Joe Davidson; Kate Burke Miciak, der hervorragenden, glänzenden Lektorin; Sandra Dijkstra, der auf wunderbare Weise ermutigenden Agentin; Susen Corcoran, der unermüdlichen Pressefrau; Lee Karr und der Gruppe, die sich in ihrem Haus trifft; Connie Leonard, der außergewöhnlichen Konditorin und John William Schenk, dem inspirierten und inspirierenden Koch und Partylieferanten; J. William's Café, Bergen Park, Colorado; Katherine Goodwin Saideman, die das Manuskript mehrfach sorgfältig gelesen hat; Dr. Mark D. Wittry, Assistenzprofessor für Innere Medizin am St. Louis University Health Sciences Center; Dr. Richard Staller, Orthopäde bei der Gruppe Elk Ridge Family Physicians; Mag Kendal und Dr. Alan Rapaport, Frauenarzt in Denver-Evergreen; Dana Held von Cigna Healthcare of Colorado; Mary Frazee, der unvergleichlichen Kräuterheilkundlerin von Health-Wealth in Fine, Colorado; der Pfarrerin Constance Delzell; Julie Wallin Kaewert; Dorsey Moore; Carol Devine Rusley; Triena Harper, Gerichtsmedizinerin in Jefferson County; Thorenia West; Sergeant Jerry Werren und, wie immer, wegen seiner Geduld und seiner Einblicke, Sergeant Richard Millsapps vom Jefferson County Sheriff's Department, Golden, Colorado.

Rache ist eine Speise,
die am besten kalt verzehrt wird.
Sprichwort

Stanley Cup Siegesfeier

Samstag, 2. August

Menü

VORSPEISENAUSWAHL À LA LATEINAMERIKA

Schichtdip aus Avocadocreme,
Bohnenpüree, Sauerrahm,
frischen Tomatenwürfeln und Chester
Tortillachips
Rohkost: Blumenkohl, Karotten,
Sellerie, Gurken, Kirschtomaten
Mexikanische Frühlingsrollen

◆

HAUPTGERICHTE

Torwart-Thunfisch vom Grill
Gegrillter Schlagschuß-Salat
Mediterraner Orzosalat
Vietnamesischer Krautsalat
Hockeyschläger-Kekse, Kartoffelbällchen

◆

DESSERT

Spielfeldtorte mit Stanley-Cup-Keksen
Mexikanische Biere, Chablis, Kaffee

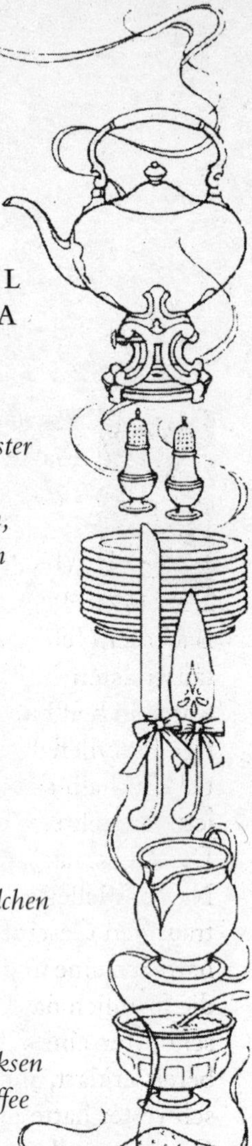

Wer Rache nimmt, kann daran sterben. Wer wirklich Rache will, muß bereit sein, dafür zu bezahlen. Das Leben ist nicht wie im Film.
Leider.
Mit diesen fröhlichen Gedanken verteilte ich Törtchenteig in Förmchen und schob das Blech in den Backofen. Ich stellte die Küchenuhr ein und mahnte mich zum tausendsten Mal, vom Verlangen nach Rache abzulassen. Ich war kein heißblütiger Teenager. Ich war eine dreiunddreißigjährige Partylieferantin, die ein Geschäft leiten und arbeiten mußte. Um halb sieben an einem kühlen Augustmorgen? Was ich jetzt brauchte, war Kaffee.
Der Durst nach Rache läßt sich nie stillen.
Na ja. Vielleicht fachte es meine Gedanken an, wenn ich die traurigen Geschichten anderer Menschen hörte. In diesem Fall hatte ich eine unglückliche Geschichte gehört, eine Geschichte, die förmlich nach Gerechtigkeit verlangte. Aber was konnte ich schon für eine Kundin tun, die emotional litt? Ich hatte mich bereit erklärt, ihre Hockeyparty auszurichten. Eine Krankenschwester hatte meiner Kundin Patricia McCracken erklärt, die Gastgeberrolle bei dieser sportlichen Siegesfeier werde sie von ihren Problemen ablenken. Aber jedesmal, wenn wir das Menü besprachen, wollte Patricia nicht über Lebensmittel reden; sie

wollte über die Mittel der Rache reden. Und mich begeisterten ihre Rachephantasien so wenig wie die Aussicht, nach einem Bankett das Geschirr zu spülen.

Seit fünf Jahren betrieb ich den einzigen Partyservice in der kleinen Bergstadt Aspen Meadow, Colorado. Mein Sohn Arch war vierzehn Jahre alt. Vor über einem Jahr hatte ich zum zweitenmal geheiratet. Außerdem hatte ich schon einmal versucht, dafür zu sorgen, daß der Lump bestraft wurde, der Patricia McCracken vor kurzem etwas angetan hatte. Ich war mit knapper Not mit dem Leben davongekommen.

Ich holte Süßrahmbutter und besonders fette Schlagsahne aus dem begehbaren Kühlschrank, dann nahm ich aromatische mexikanische Vanille und Puderzucker aus dem Küchenschrank. Werden Sie aktiv, hatte ich Patricia geraten. Das hilft. Stellen Sie Ihre Gästeliste zusammen. Planen Sie die Dekoration. Manche Menschen verabscheuen Aufgaben und Besorgungen. Ich dagegen lebe bei der Arbeit auf. Arbeit befreit meinen Kopf von gewichtigen Themen. Meistens.

Zum Beispiel heute morgen: Wenn ich mit den Törtchen fertig war, mußte ich meine anderen Aufträge überprüfen, mich vergewissern, daß unser kranker Untermieter friedlich schlief, und dann in aller Eile Arch von einer Übernachtungsparty abholen. Bevor ich in die Profiküche in unserem kleinen Zuhause zurückkehrte, mußte ich Arch im Haus seines Vaters, der mit derlei nicht belästigt werden wollte, auf dem Areal das Country Club abliefern. Der fragliche Vater – und Lump – war mein Exmann, Frauenarzt Dr. John Richard Korman. Er war der Mann, den meine Kundin Patricia McCracken mit Besessenheit haßte; er war der Mann, dem ich entkommen war. Seine zweite Exfrau und ich nannten ihn den Kotzbrocken. Ein kleines Beispiel für das Verhalten das Kotzbrockens: Dr. John Richard Korman war ebensowenig dazu aufgelegt, seinen Sohn von einer Übernachtungsparty abzuholen, wie dazu, Eier für das Frühstück zu schlagen. Und Vorsicht bei dem Wort *schlagen*.

Ich warf einen Blick auf das Menü auf dem Computerbildschirm und versuchte, mich wieder auf die bevorstehenden Aufgaben zu konzentrieren. Nach langem Zögern hatte Patricia schließlich beschlossen, ihre Party solle eine um zwei Monate verspätete Siegesfeier für die Mannschaft der Colorado Avalanche sein, die den Stanley Cup gewonnen hatte. Aber die Planung mit ihr war nicht einfach gewesen. In einer Woche war ihr das Menü gleichgültig; in der nächsten war sie besessen von Einzelheiten, zum Beispiel, wie lange Fisch gegrillt werden mußte. Nach unzähligen Diskussionen hatte Patricia schließlich mexikanische Vorspeisen bestellt, gegrillten Fisch aus Florida (die Avs hatten im Pokalendspiel die Florida Panthers geschlagen, und ich hatte den Hauptgang Torwart-Thunfisch vom Grill genannt), drei Sorten Salat, wie Schläger geformte Kekse und selbstgemachte Kartoffelbällchen. Dazu ein Dessert, Törtchen, die Patricias Mann Stanley-Cup-Kekse getauft hatte. Ich seufzte. Wenn ich Arch heute morgen abgeliefert hatte, stand mir noch eine Lastwagenladung Nahrungsmittel zum Zubereiten bevor. Und damit nicht genug, das Ereignis von heute abend verhieß, stürmisch zu werden, vielleicht sogar gefährlich. Immerhin alles Hockeyfans! Das sind Leute, für die Rache eine ernste Angelegenheit ist.
Ich wandte mich vom Computer ab. Unsere Alarmanlage war ausgeschaltet, deshalb machte ich das Küchenfenster auf und atmete die sommerliche Bergluft tief ein. Der Morgenhimmel über Colorado leuchtete beim Übergang von Indigoblau zur Farbe von Immergrünblüten. In meinem Hinterkopf hallte Patricias wütende Stimme wider.
»Eins sag' ich Ihnen, Goldy. Ich verlange, daß jemand bestraft wird.«
Ich riß das zweite Fenster auf und versuchte, die Erinnerung an ihren Zorn abzublocken, indem ich noch mehr frische Luft inhalierte, die von den schneebedeckten Bergen herunterströmte. Der August im Hochland bringt warme, luftige Tage mit sich und Abende, die kühl genug für ein Holzfeuer sind. Himmlisch.

Solange man nichts mit John Richard Korman zu tun hat, mahnte mich meine innere Stimme. Sonst kann es die Hölle sein.
Vielleicht hätte ich Patricia, einer alten Freundin, die bis jetzt liebend gern gekocht hatte, sagen sollen, sie müsse sich auf einen Abstieg in die Unterwelt vorbereiten. Ich nahm eine Tüte Kaffeebohnen aus dem Tiefkühler, schnitt dann eine dicke Scheibe selbstgebackenes Hafermehlbrot ab und steckte sie in den Toaster. Die Heizdrähte glühten; der köstliche Geruch nach warmem Toast erfüllte die Küche.
Arme Patricia. Nach Jahren der Unfruchtbarkeit und nachdem sie kurz vor dem Scheitern ihrer ersten Ehe einen Sohn adoptiert hatte, heiratete sie wieder, ließ ein Jahr der Behandlung mit Fruchtbarkeitsmedikamenten über sich ergehen und wurde schwanger. Aber sie verlor das Kind. Ihr zufolge auf unerwartete, grauenhafte Weise und vermeidbar. John Richard war der behandelnde Frauenarzt. Und sie gab ihm die Schuld am Tod des Kindes.
Jetzt bat sie mich um Hilfe. Ich sei mit Dr. John Richard Korman verheiratet gewesen, rief sie mir ins Gedächtnis; ich hätte eine bittere Scheidung durchlitten. Wie könne sie mit ihrer Wut auf ihn umgehen? wollte sie wissen. Wie könne sie das überstehen?
Ich hatte ihr gesagt, wenn ich wütend auf den Kotzbrocken gewesen sei, hätte ich mit viel Phantasie gekocht. Aber ganz gleich, was ich sagte, als Patricia vor zwei Wochen die Party in Auftrag gab, hatte sie, klein, birnenförmig, mit abgekauten Fingernägeln und einem mit zittriger Hand aufgetragenen Lidstrich, geschäumt wie ein Dampfkochtopf. Sie hatte ihr mahagonifarbenes, mit platinblonden Strähnchen durchzogenes Haar geschüttelt und sich beschwert, ich sei keine Hilfe. Sie wolle sich an dem Kotzbrocken rächen, und zwar sofort.
Ich biß ein Stück von dem knusprigen Toast ab und schaute aus dem Fenster auf ein Dutzend Elche, die über das Grundstück

unserer Nachbarn trotteten. Wir wohnen ein Stück oberhalb der Main Street in Aspen Meadow, aber die Elche scheren sich nicht um Häuser, Zäune oder andere Formen menschlicher Anwesenheit, solange die Menschen keine Gewehre tragen. Im Juli und im August kommen die Herden aus den höchsten Regionen herunter, gefaßt auf die Jagdsaison, wenn die Jäger auf der Suche nach den riesigen, staubigbraunen Geschöpfen auf die Berge steigen. Wenn Finsternis die Berge verschlingt, verkünden nur das Blöken und das knackende Unterholz unter ihren Hufen die Ankunft der Elche. Manchmal merkte man gar nicht, daß die Elche da waren, bis auch das letzte Blatt von den Montmorency-Kirschbäumen verschwunden war. Tiefe, verräterische Hufabdrücke im Schlamm überführen im allgemeinen die Schuldigen.

Ein Hund bellte die Elche an, doch die Herde zog weiter, sprang über einen meterhohen Zaun, als ob er gar nicht vorhanden wäre. Ich schaute wieder auf meinen Computerschirm, konnte mich aber erneut nicht von dem Bild lösen, wie Patricia McCracken mit der fleischigen Zeigefingerkuppe auf ihre knochenweiße Küchenarbeitsfläche klopfte.

»Alle hassen ihn, Goldy«, hatte sie erklärt. »John Richard Korman und diese verdammte Krankenversicherung, in der man sein muß, wenn man ihn als Arzt will. Ich kann nicht fassen, daß wir dort Mitglieder geworden sind. Ich kann einfach nicht fassen, daß ich John Richard als meinen Arzt gewollt habe. Aber lassen Sie sich eins gesagt sein. Er muß dafür büßen.«

Und so hatte ich die ganze Geschichte erfahren. Bei Patricia war eine Plazentainsuffizienz diagnostiziert worden, eine heikle Sache, gefährlich für das ungeborene Kind. Im allgemeinen wird dann völlige Bettruhe verordnet; Patricia hatte John Richard angefleht, sie ins Krankenhaus zu überweisen. Er hatte abgelehnt.

Im siebten Monat hatte Patricia Blutungen bekommen, und das Kind war erstickt. Am Boden zerstört, hatte sie John Richard wegen eines Kunstfehlers verklagt und ihre Krankenversicherung AstuteCare, kurz ACHMO genannt, wegen Vernachlässigung der Aufsichtspflicht. Sie sagte, ihre Anwälte seien sicher, daß sie gewinnen werde. Aber Patricia war verständlicherweise deprimiert. Sie wollte mehr, und ihr gefiel der Gedanke nicht, auf Vergeltung warten zu müssen. Sie wollte ... ja, was? Geld? John Richard aus seiner Praxis vertreiben? Ihn zu einem öffentlichen Geständnis zwingen?

»Wird er zugeben, daß er einen Fehler gemacht hat?« hatte sie vor zwei Wochen von mir wissen wollen. »Wird er sich entschuldigen? Wird er gestehen, daß er mein Leben ruiniert hat?«

Nächste Frage. Natürlich fühlte ich mich zu schlecht, um ihr eine ehrliche Antwort zu geben.

Ich bestrich den restlichen Toast dick mit Sauerkirschgelee. Nachdem das Menü abgesprochen, der Vertrag unterzeichnet und die erste Rate per Scheck bezahlt worden waren, versuchte ich, Patricia sanft zu warnen. John Richard Korman war der mächtigste, bekannteste Frauenarzt der Stadt. Der Kotzbrocken würde nicht so leicht aufgeben. Er würde niemals zugeben, daß er einen Fehler gemacht hatte. Und er wäre bestimmt lieber gestorben, als das öffentlich zu tun. Aber Patricia, deren feinknochige Gesichtszüge mit der kleinen, bebenden Nase über ihrem molligen Körper mich immer an ein Kaninchen erinnerten, war erstarrt. Sie wollte nichts davon hören. Sie hatte ihre Klagen eingereicht. Und sie wollte Blut sehen.

Ich fegte mir Krümel von den Händen. Ich hatte ihr nicht widersprechen wollen. Ich hatte ihr gesagt, sie solle ruhig klagen, wir müßten über ihre Party sprechen. Mist. Kopfschmerzen drohten. Ich brauchte wirklich Kaffee.

Gierig inhalierte ich den Geruch der italienisch gerösteten Bohnen, als sie sich aus meinen Fingern in die Kaffeemühle ergossen. Leitungswasser strömte in den Tank meiner Espressomaschine. Ich hatte geglaubt, ich würde erst heute abend wieder mit Patricia sprechen, aber sie hatte gestern noch angerufen. Die

Frau war so besessen, daß sie die Neuigkeiten unbedingt loswerden mußte. Sie hatte mir mitgeteilt, John Richard werde sich nicht auf einen langen Rechtsstreit mit ihr einlassen. Offenbar hatte der Kotzbrocken gravierende Finanzprobleme.
Jetzt muß ich gestehen, daß ich bei dieser Nachricht die Ohren spitzte. Das verzweifelte Verlangen nach Gerechtigkeit ist psychologisch gefährlich. Man hofft, daß der persönliche Feind durch eine Lüge, einen Verstoß gegen das Gesetz, ein öffentlich bezeugtes Verbrechen ins Stolpern gerät. Doch nichts geschieht. In der Zwischenzeit kann einen das Bedürfnis nach Rache auffressen, zur Schlaflosigkeit führen und – ein schrecklicher Gedanke – einen um den Appetit bringen. Man muß loslassen oder sterben. Dann kann man wenigstens behaupten, man fange neu an und lebe weiter. Das alles hatte ich getan. Aber jetzt: Geschah das wirklich? Konnte ich den Sonnenaufgang beobachten, Espresso trinken und darüber jubeln, daß mein Exmann schließlich doch noch dran glauben mußte?
Die Kaffeemühle pulverisierte die Bohnen mit einem befriedigenden Surren. Ich wollte nicht voreilig sein. Ich konnte mir nicht vorstellen, daß der Mann, der mir mit einem Hammer an drei Stellen den Daumen gebrochen hatte, endlich doch noch bestraft wurde. Ich griff nach dem Kaffeedosiereinsatz und faßte meine Hand an. Der Daumen ließ sich noch immer nicht richtig biegen, und das sieben Jahre nachdem der orthopädische Chirurg, der ihn einrenkte, behauptet hatte, ich könne bald wieder Pizzateig kneten.
»Er muß bezahlen«, hatte Patricia schrill insistiert, als sie gestern anrief. »Ich verstehe nicht, warum Sie es nie geschafft haben, daß er bezahlen muß, Goldy.«
Das hatte so nicht funktioniert. Ich klopfte das Kaffeepulver in den Dosiereinsatz und erinnerte mich daran, wie verblüfft ich gewesen war, als John Richard ungeschoren davonkam. Trotz der Tatsache, daß er mich mehrmals geschlagen hatte. Immer wieder hatte ich aus dem Haus fliehen müssen, Arch fest an

mich gepreßt, im Versuch, uns in Sicherheit zu bringen. Aber nachdem er meinen Körper und unsere Ehe kaputtgeschlagen hatte, war John Richards Leben weitergegangen wie vorher, mit seiner Praxis, seinen Freundinnen und seinem Lebensstil. Er hatte wieder geheiratet, war wieder geschieden worden und hatte genau da weitergemacht, wo er aufgehört hatte. Bis jetzt kam es mir vor, als wäre der Mann in der Lage, mit allem davonzukommen. Auch die Chancen, daß er Patricias juristische Drohungen überleben würde, standen gut.

Ich goß heißes Wasser in ein Limogestäßchen, um es vorzuwärmen, dann bestückte ich die Kaffeemaschine mit dem Einsatz. Ich schüttete das Wasser wieder aus dem Täßchen, stellte es behutsam unter den Einsatz und drückte auf den Knopf. Angesichts der nicht nachlassenden Neugier in der Stadt, was die Fortschritte ihrer Klagen anlangte, hatte Patricia den größten Teil der letzten beiden Monate in ihrer Eigentumswohnung in Keystone verbracht, einem Skiurlaubsort etwas über eine Stunde von Aspen Meadow entfernt. Nachdem sie die Hockeyparty in Auftrag gegeben hatte, war sie für zwei letzte Wochen der Ruhe, nur unterbrochen durch Anrufe bei mir wegen ihrer Party, nach Keystone zurückgekehrt. Sie hatte herausgefunden, was ich bereits bestens wußte: daß es so gut wie unmöglich war, der Neugier und dem Klatsch von Aspen Meadow zu entkommen.

Zwei dampfende Espressostrahlen ergossen sich in meine Tasse, und ich runzelte die Stirn. Als John Richard und ich noch verheiratet und mir Geschichten zugetragen worden waren, über seine Affären mit Patientinnen, Schwestern und allen anderen Frauen, die seinem Bann als umwerfendem Mann erlagen, hatte ich ihn zur Rede gestellt, geweint, geschrien, gedroht. Und ich hatte für meinen Protest mit dem üblichen Muster aus Grün und Blau bezahlt: Blutergüsse an den Oberarmen, weil er mich gepackt und geschüttelt hatte, ein Veilchen am rechten Auge. Manchmal war es noch schlimmer gewesen.

»Sie müssen doch versucht haben, etwas zu unternehmen«, hatte Patricia widersprochen. »Warum konnten Sie denn überhaupt nichts tun?«

Ich schaltete die Maschine aus, damit der Kaffeestrom versiegte. Entschuldigen Sie, Patricia, aber ich habe etwas unternommen. Ich habe aufgehört, mir den Klatsch anzuhören. Ich habe die Scheidung geplant, während ich mir beibrachte, goldbraune Brioches zu backen, zarte, pochierte Seezunge zuzubereiten und sahnige, dunkle Schokoladentrüffel zu kreieren. Ich hegte Phantasien, ein Restaurant aufzumachen oder Partylieferantin zu werden. Ich speicherte fast hundert meiner neu entwickelten Rezepte pflichtbewußt im Familiencomputer. Zu einer der letzten Taten des Kotzbrockens, bevor ich ihn hinauswarf, gehörte, daß er das Diskettenlaufwerk des Computers neu formatierte. Dadurch büßte ich alle Rezepte ein.

Ich trank den starken, dunklen Espresso, blinzelte bei dem Koffeingenuß und sah das nächste Törtchenblech finster an. Vielleicht konnte Patricia nicht verstehen, warum ich nicht mehr unternommen hatte. Moment: Ich hatte Hilfe bei der Kirche gesucht. Unser Pfarrer hatte nichts davon hören wollen, daß John Richard mich verprügelte. Vielleicht wären ihm dann die Spenden des reichen Arztes entgangen. Außerdem hatte ich versucht, meinen Exmann gerichtlich zu belangen. Aber als das Scheidungsverfahren anfing, hatte John Richards einflußreicher Anwalt mir versichert, ein Strafverfahren gegen seinen Mandanten könne dessen Fähigkeit beeinträchtigen, Alimente zu zahlen. Schlimmer noch – die Angelegenheit führe möglicherweise zu einem Streit um das Sorgerecht.

Mit solchen Konsequenzen konfrontiert und angesichts der Angst, Arch zu verlieren, hatte ich es aufgegeben, eine Strafe gegen John Richard Korman zu erwirken. Aber die Gesetze haben sich geändert; heute muß eine Ehefrau mit Blutergüssen keinen Strafantrag mehr stellen. Damals hatte mich die Justiz jedoch im Stich gelassen. Trotzdem war ich im Alter von siebenundzwanzig Jahren heilfroh darüber gewesen, der Ehe lebendig und mit meinem Kind zu entkommen.

»Ich kann's nicht fassen, daß Sie die Leute nicht davon überzeugen konnten, wie schlimm er ist«, hatte Patricia eingewandt. »Ich meine, Sie und Marla gemeinsam? Das gibt es doch gar nicht.«

Während der acht Jahre unserer Ehe und auch in den sechs Jahren seit der Scheidung war vielen unbekannt, wie der Kotzbrokken sich wirklich benahm. Manche taten es ab oder glaubten es nicht. Und, ja, auch seine zweite Exfrau, Marla Korman, die inzwischen meine beste Freundin geworden war, hatte seine Verachtung und Untreue zu spüren bekommen. Ich grinste, als ich an die gute alte Marla dachte. Sie hätte den Kotzbrocken umgebracht, wenn sie die Gelegenheit dazu bekommen hätte, aber sie hatte im letzten Jahr einen Herzinfarkt gehabt und wollte vorsichtiger sein.

Ich hätte Patricia sagen müssen, daß ich versucht hatte, den Kotzbrocken unter Strafe stellen zu lassen, auf welche Weise auch immer. Aber ich war entschlossen, nicht den Verstand zu verlieren. Patricia stand jedoch auf der Kippe. Auf einer sehr gefährlichen Kippe. Ich stellte den Kaffee ab und rührte eine weitere Schüssel Törtchenteig an. Der Duft nach Schokoladenkuchen durchzog die Küche. Ihre Kunstfehlerklage werde ihn zwingen, seinen Beruf aufzugeben, insistierte Patricia. Sie entschuldigte sich dafür, daß dies den Verlust der Alimente für Arch bedeuten könne. Ich sagte ihr, sie solle sich keine Sorgen um mich machen. Ich käme zurecht. Ich sei immer zurechtgekommen. Patricia behauptete, ganz gleich, was passiere, sie habe vor, John Richard zum Bezahlen zu zwingen, und gleichzeitig werde sie ACHMO ruinieren. Gut für sie, dachte ich mit einem unwillkürlichen Schauer.

Ich löffelte seidige Teighäufchen auf das nächste Blech. Dann legte ich den Spachtel weg, trank noch etwas Kaffee und lächelte. Es gab noch einen Grund, aus dem ich die Forderung nach

Rache aufgegeben hatte. Vor über einem Jahr war das Glück in mein Leben getreten wie ein unerwarteter Hausgast, der zum Bleiben entschlossen ist. Ich hatte einen Mordermittler geheiratet, der für das Büro des Sheriffs arbeitete. Tom Schulz' bärenhafte, attraktive Präsenz, seine Güte und Intelligenz, seine Zuneigung zu Arch und mir kamen mir immer noch wie ein Wunder vor. Ich schaute auf zu einem seiner neuesten Geschenke: einer blonden Puppe, so gekleidet, wie man sich eine Partylieferantin in Tirol vorstellen konnte, mit einer schneeweißen Schürze über einer Bluse und einem Rock in Königsblau. Offiziell trug die Puppe den Namen Islandbabsie, und Tom hatte sie für mich gekauft, um den bevorstehenden Auftrag zu feiern, bei einer Puppenausstellung das Essen zu liefern. Er hatte zu mir gesagt, ich könne die Puppe in einem Jahr verkaufen und vom Gewinn in Pension gehen. Zusätzlich zu seinen anderen Tugenden hat der Mann Sinn auch für Humor.

Tom war wie ein Teil der göttlichen Gnade, ein Thema, über das ich manchmal im Kindergottesdienst sprach. Außerdem hatte ich durch die Ehe mit einem Cop endlich das Gefühl, sicher zu sein. Und während der ganzen Zeit – Scheidung, Aufbau eines Geschäfts, Erziehung eines Kindes, zweite Heirat – war ich mir treu geblieben. Ich behielt meine Freundschaften bei, schloß neue, übernahm außerdem weiter Pflichten in unserer Kirche, an der wir jetzt einen neuen Pfarrer hatten, hielt regelmäßig Kindergottesdienst und buk Muffins für das Kaffeetrinken danach. Und damit war ich in der Gegenwart angekommen.

Das Frohlocken über das Leid anderer ist eine Sünde. Na schön. Dann war ich eben eine ganz schlimme Sünderin.

Die Küchenuhr klingelte, und ich erinnerte mich wieder an die Hockeyfans. Ich überprüfte die Törtchen – noch nicht ganz durch –, stellte die Uhr neu ein und musterte noch einmal das Menü für die Party. Ich holte tief Luft und befahl mir, die ganzen negativen Gedanken fahren zu lassen, die Patricias rachsüchtiger Bericht in mir heraufbeschworen hatte.

»Ihm geht das Geld aus«, hallte Patricias Stimme wider.
Ich wußte immer noch nicht, wie der Kotzbrocken zusätzlich zu den juristischen Scherereien in eine schwere Finanzmisere geraten war. Ich hatte Patricia versprochen, mir die Einzelheiten dieser Neuigkeit anzuhören, wenn ich ihre Party ausrichtete.
Ich verzog das Gesicht wegen der Liste der Speisen, die zubereitet werden mußten, und versuchte, mir den Schauplatz im Haus der McCrackens auf dem Areal des Country Clubs in Aspen Meadow vorzustellen. Die McCrackens wollten nicht nur eine Hockeyfeier, sie wollten auch Hockey spielen. Als erstes würde ich also am Ende der Einfahrt während des Hockeyspiels auf Inline-Skates Bier und ein Tablett mit Gemüse, Chips und einem mexikanischen Schichtdip servieren, oben im Wohnzimmer weitere Drinks und mexikanische Frühlingsrollen anbieten, das Grillbüfett auf der großen Terrasse aufbauen und zum Abschluß im Wohnzimmer Kaffee und Törtchen auftischen. Die McCrackens wohnten übrigens nicht weit entfernt vom Millionen-Dollar-Haus des Kotzbrockens, das ein Jahr alt war. Von dem Millionen-Dollar-Haus, das er möglicherweise verkaufen mußte. Oh, was für ein Jammer.
Denk an Hockey, schimpfte ich mit mir. Mach den Guß für die Stanley-Cup-Kekse. Ich hatte zu Patricia gesagt, die National Hockey League werde den Namen nicht billigen, den ihr Mann dem Dessert verpaßt hatte. Sie gab zurück, das sei ihr egal. Ich steckte einen flachen Rührbesen in den Elektromixer und rief mir ins Gedächtnis, wie atemlos Patricia gestern von John Richards bevorstehendem finanziellen Ruin berichtet hatte.
»Wir waren dabei, als seine Eigentumswohnung in Keystone versteigert worden ist«, hatte sie gekreischt. »Sie ist für sechzigtausend unter dem Marktwert weggegangen. Das muß die süßeste Rache sein, die Sie sich je vorstellen konnten«, fügte sie schadenfroh hinzu.
Nicht ganz. John Richard hatte immer noch das Haus in Aspen Meadow, eine Eigentumswohnung auf Hawaii, weiße und sil-

berfarbene Jeeps mit Buchstaben auf den Nummernschildern, die seine Berufsbezeichnung abkürzten, falls jemand sich fragte, wofür er Facharzt sei, und eine reiche, schöne, intelligente neue Freundin, die ich grollend bewunderte.

Der Rührbesen kreiste langsam durch die helle Süßrahmbutter. John Richards Freundin, Suz Craig, war die stellvertretende Direktorin der Krankenversicherung AstuteCare. Ich wußte nicht, ob Suz' Gefühle für John Richard durch Patricias Klage gegen ACHMO beeinträchtigt wurden. Ich wußte jedoch, daß John Richard und Suz vor vier Wochen verrückt nacheinander gewesen waren. Zur Feier ihres sechsmonatigen Zusammenseins hatte er ihr einen knöchellangen Nerzmantel geschenkt, zu Sommeranfang als Sonderangebot erstanden, wie Arch mir mitgeteilt hatte. Suz hatte den Mantel sogar vorgeführt, als ich im Juli ein Firmenessen bei ihr zu Hause ausrichtete. Warum hätte ich sie nicht beliefern sollen? Suz hatte unverfroren zu mir gesagt, sie sei eine großartige Geschäftsfrau. Das galt auch für mich.

Suz war jung, schlank, blond, ein Genie in ihrem Beruf – laut eigener Aussage – und erpicht darauf, glaube ich, mir zu zeigen, daß sie nicht dieselben Beziehungsfehler machen werde wie ich. Ich wußte nicht, was das konkret hieß, und ich wollte auch nicht danach fragen. Suz hatte mir anvertraut, sie habe John Richard ein Armband aus massivem Gold mit eingraviertem Namen geschenkt, um ihre halbjährige Zuneigung zu demonstrieren. Ich versuchte, nicht die Augen zu verdrehen. Leidenschaftliche Verliebtheit war das einzige Stadium in einer Beziehung zu John Richard, das gut verlief. Aber wenn John Richard und seine Freundin sich benehmen wollten wie ein Liebespärchen in der High School, hatte ich nicht vor, sie daran zu hindern. Seine Beziehungen hielten nie sehr lange.

Nein, Patricia McCracken hatte nicht ganz richtig getippt, als sie gesagt hatte, John Richards finanzieller Ruin sei die süßeste Rache, die ich mir je hätte vorstellen können. Den Rechtsstreit

wegen des Kunstfehlers hatte John Richard noch nicht verloren. Seine Freundin hatte ihm nicht den Laufpaß gegeben. Er saß nicht im Gefängnis; er war nicht einmal öffentlich gedemütigt worden. Eine persönliche Bankrotterklärung, von der ich annahm, sie stehe bevor, war nicht die Art von Rache, die ich mir immer erhofft hatte.
Aber sie kam ihr nahe.

Als ich den Backofen aufmachte, um die Törtchen herauszunehmen, durchströmte der Duft nach Schokolade die Küche. Ich sog ihn ein und fühlte mich sofort besser. Dunkle Gedanken waren reizlos; Gedanken an dunkle Schokolade waren unendlich viel besser. Das war die Schlußfolgerung, zu der ich gestern gekommen war, als ich Konfekt herstellte. Während ich die sündhaft üppige Süßigkeit im Topf umrührte, beschloß ich, mir die Schlag-auf-Schlag-Schilderung der Versteigerung von John Richards Eigentumswohnung von Patricia nicht anzuhören. Wenn ich den brodelnden Klatsch verfolgte, während ich heute abend auf der Party Thunfisch grillte, konnte das ramponierte Nerven zur Folge haben, verbrannten Fisch oder Schlimmeres.
Ich konnte mir auch nicht vorstellen, mich mit John Richard Kormans Kümmernissen zu befassen, während ich eine große Gruppe von Hockeyliebhabern bediente. Die Fans würden blutrünstig brüllen, während sie in Zeitlupe Videoaufnahmen von zusammengeschlagenen Hockeyspielern anschauten, die andere angeschlagene und verletzte Spieler auf dem Feld herumstießen – und ich sollte eine Rache feiern, der ich vor Jahren abzuschwören versucht hatte? Irgendwie paßte das nicht ganz zusammen.
Ich streckte mich und ließ die Schultern kreisen. An meiner

rechten Schulter waren Narben zurückgeblieben von dem einen Mal, als John Richard mich in die Geschirrspülmaschine gestoßen hatte und ich auf einem Messer gelandet war. Als er mich einmal in einem betrunkenen Wutanfall die Treppe hinuntergeworfen hatte, war ich auf die linke Schulter gefallen. Von Zeit zu Zeit verkrampften sich beide Schultern vor Schmerz. Gestern, als ich Konfekt gerührt hatte, waren die Rückenschmerzen unerträglich gewesen. Natürlich interpretierte ich dies als Zeichen, daß mein Körper nicht an John Richard erinnert werden wollte. Hör auf damit, ermahnte ich mich. Ich hatte Patricia in Keystone angerufen und ihr gesagt, ich wolle nichts mehr über den Kotzbrocken hören.

»Sie wollen vor unserem Hockeyspiel nichts vom Ruin Ihres Exmannes hören? Wollen Sie nicht wissen, was er zu meinem Anwalt über das Geld gesagt hat, das der Rechtsstreit ihn kostet?« hatte Patricia gekreischt. Auf mein Nein wirkte sie verblüfft über mein mangelndes Interesse. »Sie sind verrückt. Diese ganze Sache ist ein Riesenabstieg für ihn.« Dann sagte sie – ich schwöre, daß sie das sagte –: »Sie müssen vor Schiß den Verstand verloren haben.«

Das konnte schon sein. Aber meine Schultern fühlten sich heute besser an. Ich rührte für den Törtchenguß dicke Schlagsahne in einen Berg aus schneeigem Puderzucker. Ja, ich konnte es erwarten, die Neuigkeiten zu erfahren. Das heißt, jetzt konnte ich warten. Tom Schulz, obwohl er mein Mann war, hatte immer das Gefühl gehabt, mit der Zeit werde die Gerechtigkeit triumphieren. Vermutlich hat er deshalb diesen Beruf.

Es wird dazu kommen, hatte Tom mir häufig versichert. John Richard Korman wird irgendwann zu weit gehen, erwischt und gefaßt werden. Ehrlich gesagt, mir war vage bewußt gewesen, daß John Richard in finanziellen Schwierigkeiten steckte. Ich hatte seit drei Monaten keine Alimente mehr bekommen. Er zahlte meistens spät, aber nicht so spät. Trotz Patricias üblen Neuigkeiten über die Eigentumswohnung in Keystone hatte ich eigentlich gehofft, John Richard könne heute morgen über seine Finanzlage reden, ohne Anwälte, ohne Lügen und ohne laut zu werden. Tolle Chance.

Aber, wie es so schön heißt, ich wagte mich in die Höhle des Löwen, deshalb konnte ich wenigstens versuchen, mit ihm zu sprechen. Mit Arch als Puffer und bevor John Richard ein paar Drinks gekippt hatte, konnten wir uns gelegentlich verständigen. Außerdem, wenn ich glaubte, wir könnten etwas in Ordnung bringen, war der Chauffeurdienst von heute morgen weniger lästig. Das Haus, in dem Arch übernachtet hatte, war nur drei Kilometer von John Richards Monstrosität im Neotudor-Stil entfernt, während es von unserem Haus über fünfzehn Kilometer weit weg war.

Ich übernahm das Abholen, weil Arch unbedingt zu der Party gewollt hatte. Der arme Junge hatte in der Privatschule, die er seit zwei Jahren besuchte, nicht viele Freunde gefunden. Jetzt, wo er in die neunte Klasse kam, genoß er den Gedanken, von jemandem eingeladen zu werden, auch wenn es nur daran lag, daß er zu den wenigen Kindern gehörte, die während der Sommerferien nicht verreist waren. Einladung ist Einladung, hatte Arch mir ernst ins Gedächtnis gerufen, als er sich die Hornbrille die Nase hochschob und ein zu großes Paar Denimshorts anzog, zusammen mit einem lumpigen nußbraunen Hemd, das zu seinem Haar paßte. Und ich gehe hin.

Ich brachte die Schüssel mit dem Guß in den begehbaren Kühlschrank, stellte die Törtchen zum Abkühlen auf Gitter und kritzelte eine Nachricht für Tom, er solle eines frühstücken, falls er Heißhunger auf Schokolade am frühen Morgen habe. Ich sei bald zurück, schrieb ich. Tom war wegen der Arbeit an einem Fall erst nach Mitternacht zurückgekommen. In den Stunden vor der Morgendämmerung war er hereingeschlichen und hatte versucht, mich nicht zu wecken. Aber sobald er den Klettverschluß seiner kugelsicheren Weste aufriß, wachte ich mit einem jähen Schweißausbruch auf. Seit über einem Jahr sagte er zu mir, ich würde mich daran gewöhnen. Ich hatte mich nie daran gewöhnt.

Ich ging auf Zehenspitzen nach oben, um nach unserem Untermieter zu sehen. Der neunzehnjährige Macguire Perkins, der sich vom Pfeifferschen Drüsenfieber erholte, verbrachte den Sommer bei uns, bis sein Vater, der in Vermont einen Kurs leitete, wieder nach Hause kam. Ein roter Haarschopf, ein Stück blasse Haut und lautes Schnarchen wiesen darauf hin, daß Macguire wie üblich noch schlief. Archs Bluthund Jake döste neben dem Jungen, während unser Kater, ein Streuner namens Scout, den wir aufgenommen hatten, von seinem Platz auf der Kommode aus mit wachsamen smaragdgrünen Augen zusah.

Ich machte mich fertig und schlich leise aus der Haustür. Eine weitere frische Morgenbrise strich flüsternd durch die Espen. Nach einem unangenehmen nassen Frühling genossen wir das, was die Einheimischen ein Wildblumenjahr nennen, wie es in zehn Jahren nur einmal vorkommt. Vermutlich war es auch ein solches Jahr für die Elchpopulation, aber das machte mir nichts aus. Ich startete den Motor von Toms dunkelblauer Chryslerlimousine, die er in der Einfahrt hinter meinem Lieferwagen geparkt hatte. Als ich rückwärts hinausstieß, versuchte ich, blauem Flachs, rötlichrosa Wildrosen und leuchtenden weißen Margeriten auszuweichen, die allesamt im warmen Wind nickten.

John Richards gegenwärtige Freundin Suz Craig bewunderte ich auch deswegen, weil sie die Namen von fast hundert verschiedenen Blumenarten kannte. Sie hatte sie während eines kunstvollen Gartengestaltungsprojekts an ihrem Haus auf dem Areal des Country Clubs gelernt. Als ich im Juli bei ihr für das Arbeitsessen eindeckte, hatte Suz sich die Zeit genommen, mich auf die verschiedenen Gattungen von Glockenblumen und Butterblumen hinzuweisen, die ihre Landschaftsgärtner zwischen die Quarzsteine und gestreiften Felsblöcke pflanzten. Selbst Geschäftsfrauen, die stellvertretende Direktorinnen waren, brauchten ein Hobby, nahm ich an. Das Mittagessen war

eine Abschiedsveranstaltung für Leute von AstuteCare gewesen, die von auswärts zu Besuch gekommen waren. Suz hatte als regionale Repräsentantin von ACHMO die Aufgabe, ihnen einen »Tag in den Bergen« zu bieten, den üblichen Ausflug für Besucher aus einem anderen Staat. Das Büfett und der Tag waren perfekt wie Ansichtskarten aus Colorado: ein saphirblauer Himmel, liebliche Bergluft, die nach Kiefern roch, Platten mit gedämpften, gekühlten Rocky-Mountain-Forellen und üppigen Schokoladetrüffeln.
Zum einzigen Mißgeschick bei dem Mittagessen war es gekommen, als Chris Corey, der übergewichtige Chef der ACHMO-Abteilung für Beziehungen zur Pharmaindustrie, auf einer unfertigen Steintreppe ausgerutscht war. Chris hatte sich den Knöchel verstaucht, und Suz hatte geschworen, den Landschaftsgärtnern umgehend zu kündigen. Einer der Gäste hatte einen Bissen Forelle gegessen, mir zugezwinkert und bemerkt, im Hinauswerfen von Leuten sei Suz besonders gut. Ich hatte mir das eingeprägt. Vielleicht dauerte es nicht mehr allzu lange, bis sie auch den Kotzbrocken abservierte. Ich fragte mich, wie er reagieren würde.
Der Motor der Limousine schnurrte, als ich am Aspen Meadow Lake vorbeifuhr, wo die Morgensonne und die Brise das friedliche Wasser in funkelnde Schaumkronen verwandelten. Im Lakeview-Einkaufszentrum auf der anderen Seite der Seestraße kündigte ein ausgefranstes, leicht raschelndes Transparent an, der Laden für Gesundheitskost habe einen neuen Geschäftsführer. Unter dem Transparent warb ein hubsch bemaltes Schild für die bevorstehende Puppenausstellung im LakeCenter. *Babsie-Orgie!* schrie die Schnörkelschrift einem entgegen. *Flippen Sie aus!*
Ich gab Gas und summte mit dem Motor. Wenn ich in diesen Tagen an Babsiepuppen dachte, war mir nicht gerade danach zumute, auszuflippen, ich dachte vielmehr an Broterwerb. Ab Dienstag würde ich die Puppenfans zwei Tage lang mit Essen

und Getränken beliefern. Die Party-Organisatoren hatten mir eingebleut, bloß keine Essensrückstände auf den Ausstellungstischen, den Vitrinen mit Babsiekleidern, den niedlichen Puppenstubenmöbeln, den winzigen hohen Absätzen und den einfallsreichen Trachten zu hinterlassen oder, Gott bewahre, auf den Puppen. Ich hatte ihnen versichert, ich könne alle Mahlzeiten, darunter auch das Barbecue zum Abschluß, draußen servieren – einschließlich Fingerschalen, falls sie das wollten. Sie hatten mich gebeten, mir ein Köchinnenkostüm à la Babsie zu besorgen. Ich hatte lieber nicht gefragt, ob das ein Witz sein solle.

Sobald ich den See umrundet hatte, fuhr die Limousine bergauf zum Areal des Country Club. Übrigens hatte Suz Craig mich immer an Babsie erinnert. Ich mußte jedoch zugeben, daß Suz über ihr Aussehen hinaus einen phänomenalen Verstand und eine charismatische Persönlichkeit besaß, nicht nur einen wohlgeformten Körper mit Kleidergröße sechsunddreißig. Ich hatte nie verstanden, wie der Kotzbrocken auf Frauen wie sie anziehend wirken konnte.

Ich warf im Rückspiegel einen Blick auf mein Grübchengesicht, die braunen Augen und die dunkelblonden Locken im Stil von Shirley Temple. »Dich hat er auch gekriegt, oder?« sagte ich zu meinem verblüfften Spiegelbild, und dann lachte ich.

Vandalen hatten den steinernen Torbogen, der die Einfahrt zum Country Club bildete, mit Graffiti besprüht. Die Schmierereien waren ein Dauerproblem während dieses Sommers in unserer Kleinstadt. Ich fand trotzdem den Weg zum Haus von Archs Freund, ohne daß ich die mit Farbe bekleckerten Straßenschilder entziffern mußte. Der Baumeister des älteren Teils im Club war ein nicht besonders wählerischer Anglophiler gewesen. Er hatte den Straßen Namen gegeben wie Beowulf, Elizabethan, Cromwell, Tudor und Brinsley. Wenn man sich ein bißchen in der englischen Geschichte auskannte, konnte man sich nicht verfahren. Ich näherte mich der Abzweigung zum Jacobean Drive, an dem Suz Craig wohnte, und zögerte. Ich hielt, und die

Reifen der Limousine knirschten auf dem Kies. Trotz meiner besten Absichten befand ich mich in einem typischen, vom Kotzbrocken verursachten Dilemma. Ob er schon zu Hause war?

Toms Handy lag griffbereit da. Ich hätte John Richard einfach anrufen können, um mich zu vergewissern, daß er wach und auf Archs Ankunft vorbereitet war. Andererseits wollte ich ihn nicht wecken und damit riskieren, daß er einen seiner berüchtigten Wutanfälle bekam. Wenn ich am Haus von Suz vorbeifuhr und eins seiner Autos in der Einfahrt stehen sah, wußte ich, daß ich das Abholen von Arch hinauszögern mußte. Aber wie? Frustriert klopfte ich gegen das Armaturenbrett.

Okay – ich erinnerte mich daran, daß die unglückseligen Landschaftsgärtner auf Suz' abschüssigem Grundstück drei Patios geplant hatten, dazu eine Reihe von Treppen. Im Country Club hatte der Vandalismus derart zugenommen, daß Suz ihre Angst schilderte, die Trittsteine liefern und draußen liegen zu lassen, wo sie Gefahr liefen, mit Schimpfwörtern eingesprüht zu werden. Deshalb war Suz' Garage voller Trittsteine, und falls John Richard die Nacht bei seiner Freundin verbracht hatte, stand einer seiner Jeeps in der Einfahrt. Und das, obwohl sein Haus ganz in der Nähe war. Aber John Richard ging nie zu Fuß, nur um sich zu bewegen; er spielte ja Tennis.

Ich ließ den Motor wieder an, bog in den Jacobean Drive ein und merkte sofort, daß etwas nicht stimmte. Ich öffnete das Fenster und versuchte, herauszubekommen, was nicht ins Bild paßte. Über die gepflegten grünen Rasenflächen klang das rhythmische Summen der automatischen Sprinkleranlage. Zu beiden Seiten der Straße standen Gruppen von gestutzten Espen, konischen Blaufichten und Baldriansträuchern mit butterblumengelben Blüten wie aus dem Bilderbuch. Alles wie aus dem Bilderbuch – bis auf ein Detail. In dem Graben, der neben Suz' Einfahrt verlief, hatten die Landschaftsgärtner unachtsamerweise einen Quarzblock liegenlassen.

Einen Quarzblock? Nein.
Ich bremste ab, legte vorsichtig den Parkgang ein und stieg aus. Dann ging ich leicht schwindlig auf den Graben zu. Suz' bunt bemalter Briefkasten war umgestoßen oder überfahren worden und lag mitten auf der Straße. Die Blockbuchstaben des Namens Craig leuchteten in weißer Farbe auf dem glänzenden schwarzen Metall. Ich sah wieder zurück zum Graben.
Im Lehm lag kein Quarzblock.
Es war Suz.
O Gott, betete ich, nein.
Zögernd näherte ich mich dem Graben. Was von Suz' locker in einen Frotteebademantel gekleidetem schlanken Körper zu sehen war, wirkte blau und weiß. Ihre wohlgeformten Beine waren angewinkelt wie beim Rennen. Ihr blondes Haar, normalerweise zu einem kecken Pferdeschwanz zurückgebunden, war getränkt vom Schlamm. Es klebte an ihrem Gesicht wie Seetang. Ihre Arme, mit Blutergüssen übersät, schmiegten sich um ihren Rumpf, während ihre blauen Lippen in einem stummen Schrei verharrten. Sie schien nicht zu atmen.
Was sollte ich tun? Jemanden anrufen? Tom? Nein, nein, nein, vielleicht gab es noch Hoffnung, wenn ein Rettungswagen schnell kam. Außerdem, flüsterte eine innere Stimme, mußte ich Hilfe rufen, als hätte ich keine Ahnung, was geschehen war. Und die hatte ich auch nicht. Ich hatte sie doch.
Steig ins Auto. Wähl 911. Ein Surren in meinen Ohren machte das Denken schwierig, als ich zu der Limousine rannte. Zu spät, zu spät. Der Rettungsdienst würde gar nichts mehr tun können. Ich wußte es schon, als meine zitternden Finger 911 in das Handy eintippten. Die Verbindung wurde nicht sofort hergestellt, was in den Bergen häufig der Fall ist. Eine Sekunde, zwei endlose, endlos lange Sekunden. Im Graben regte sich nichts. Sehr schwach, aus einem entlegenen Winkel meines Gehirns, konnte ich Toms Stimme hören.
Er wird zu weit gehen. Erwischt werden. Gefaßt.

Ich sagte dem Mann am Notruftelefon, wer ich war, wo ich war und warum ich anrief. »Sie scheint nicht mehr am Leben zu sein«, fügte ich hinzu. Ob ich Bescheid wisse über Herzmassage zur Wiederbelebung? wollte der Telefonist wissen. »Nein, nein«, erwiderte ich, »leider«.

»Bleiben Sie, wo Sie sind«, befahl der Telefonist.

Aus einem unerfindlichen Grund sah ich auf die Uhr. Fünf vor sieben. Ich mußte Tom anrufen. Obwohl ich wußte, daß es den Mann am Notruftelefon verärgern würde, unterbrach ich die Verbindung und tippte unsere Privatnummer ein.

»Schulz«, kläffte Tom ins Telefon.

»Hör zu, es ist etwas passiert...« Das war ein Fehler. Selbst im allerschlimmsten Fall, über den ich nicht nachdenken wollte, war ich mir sicher, daß mein Mann niemals auf – wie hätte er es genannt? – diese Sache, diesen Vorfall, diesen Fall angesetzt werden würde.

»Es sieht danach aus... Ich hab'...«

»Goldy«, forderte Tom mich auf, »sag mir, was los ist. Langsam.«

»Ich... ich bin den Jacobean Drive auf dem Areal des Country Club entlanggefahren«, fing ich an, und dann berichtete ich ihm unverhohlen genau das, was ich durch die Windschutzscheibe

sah – eine junge Frau, die aussah wie Suz Craig, John Richards Freundin. Die halb bekleidet in einem Graben lag. Sich nicht rührte. Nicht atmete.
»Bleib sitzen«, kommandierte er. »Falls du John Richard oder sonst jemanden siehst, sag nichts. Wenn jemand kommt, steig aus. Laß niemanden an diesen Graben heran. Ich bin vor dem Rettungswagen da. Eine Viertelstunde, höchstens zwanzig Minuten. Goldy? Ich komme.«
Ich schaltete das Telefon aus und empfand Erleichterung. Flüchtig musterte ich die friedliche Landschaft und erinnerte mich jäh daran, wie einmal eine Starkstromleitung während eines Schneesturms durchtrennt worden und auf unserer Straße gelandet war. Wer die Leitung anfaßte, bekam mit Sicherheit einen tödlichen Stromschlag. Am wichtigsten sei, so die Warnung der Feuerwehr, die Menschen, vor allem Kinder, von dem dunklen Leitungsdraht fernzuhalten, der sich wie eine monströse Schlange auf der Straße zusammenrollte. Wie vergleichbar war die jetzige Situation? Ich konnte nicht klar denken. Ich wußte nur, daß ich forschende Blicke und aufdringliche Leute, die Fragen stellten, von dem fernhalten mußte, was in diesem Graben lag.
Apropos Kinder, ich mußte Arch anrufen. Natürlich konnte ich mich nicht an die Nummer der Familie erinnern, bei der er übernachtet hatte. Sie hieß Rodine. Ich rief die Auskunft an, bekam die Nummer und wählte. Gail Rodine klang nicht übertrieben begeistert, aber ich erklärte ihr knapp, daß ich mich verspäten würde.
»Um zehn muß ich weg, um die Puppenausstellung aufzubauen«, teilte Gail mir streitlustig mit.
»Das schaffe ich locker«, sagte ich und schaltete ab, bevor sie weiterjaulen konnte.
Ich schaute durch die Windschutzscheibe von Toms Auto und fragte mich, wie lange es dauern würde, bis jemand vorbeikam. Tom hatte recht: Bleib sitzen, hatte er gesagt. Falls mich jemand

sah, eine Fremde, die auf der Straße herumstand und nicht so wirkte, als gehöre sie hierher, hätte das nur Neugier erregt. Mein Herz schlug schneller, als eine Haustür aufging. Ein untersetzter Mann in einem dunklen Bademantel kam heraus, bückte sich nach seiner Zeitung, ohne die Straße entlangzusehen, und watschelte dann durch sein Säulenportal zurück. Ich stieß einen Seufzer der Erleichterung aus, den ich schnell wieder schluckte, als John Richards weißer Jeep dröhnend aus der entgegengesetzten Richtung des Jacobean Drive in Sicht kam.

Was sollte ich tun?

Laß niemand an diesen Graben heran.

John Richard katapultierte den Jeep in Suz' Einfahrt. Offenbar waren ihm weder Toms Auto aufgefallen noch ich. Er sprang aus seinem Fahrzeug, drehte sich um und musterte flüchtig die Straße. Zögerte er etwa und kniff die Augen zusammen, als er erst den abgerissenen Briefkasten und dann meine Limousine sah? Ich konnte mir nicht sicher sein. Die Erde zwischen dem Haus und dem Graben war von den Landschaftsgärtnern ausgehoben und zu einem kleinen Hügel aufgehäuft worden. Vom Haus aus war die Leiche im Graben nicht zu sehen. Jedenfalls hoffte ich das. John Richard wandte sich wieder seinem Jeep zu, griff auf den Beifahrersitz und zog einen Rosenstrauß heraus.

Mir wurde langsam schlecht.

Ich erkannte, ohne es zu wissen, was geschehen war. Sie hatten sich gestritten.

Du bist gegangen, wütend, im Glauben, daß es ihr bestens geht. Du hast gewollt, daß sie sich erholt, daß sie ein Aspirin nimmt, ein bißchen weint. Später hättest du sie angerufen. Aber sie ist aus der Tür gewankt, auf der Suche nach Hilfe. Sie ist in den Graben gefallen und gestorben. Und trotzdem tauchst du mit Rosen hier auf. Du hast die Blumen heute morgen im Gemischtwarenladen gekauft. Der Laden hat die ganze Nacht lang geöffnet und hilft dir immer, wenn es dir am Morgen danach leid tut.

Deshalb bist du hier, bildest dir ein, daß du alles wieder einrenken kannst.
Dieses Mal nicht.
Ich zwang meine bleierne Hand, die Limousinentür zu öffnen. Angst pulsierte durch jeden Nerv. Aber ich hatte Tom versprochen, die Leute von diesem Graben fernzuhalten, und das mußte ich tun. Auch wenn das hieß, daß ich mich der Konfrontation stellen mußte, vor der ich mich am meisten fürchtete.
John Richard war schon hinauf zu Suz' Tür gelaufen und klingelte ungeduldig. Er bemerkte mich nicht, bis ich fast neben ihm stand. Dann drehte er sich zu mir um, und ich betete um Kraft: innerlich, seelisch und körperlich. Vor allem körperlich.
Nach allen nur erdenklichen Maßstäben hätte John Richard als einer der attraktivsten Männer gegolten, die auf Erden wandelten. Seine großen, dunkelblauen Augen sahen mich an, während sein eckiges Gesicht sofort den bekannten Ausdruck annahm, der besagte: Was zum Teufel willst du hier? Der Rosenstrauß bebte in seiner großen, kräftigen Hand.
»Warum bist du hier?« wollte er wissen. »Was hast du für ein Problem?« Natürlich blieb mir die Stimme weg. Als ich nicht sofort antwortete, grinste er dreckig. »Suz hat gesagt, du scheinst dich wirklich für ihr Haus zu interessieren. Hat für mich den leichten Beigeschmack von Besessenheit.«
Laß dich nicht auf einen Streit ein.
»Na ja . . . Ich . . . äh«, stammelte ich. Ich sah ihn mißtrauisch an. Würde er einen Wutanfall bekommen? Seinen ganzen Zorn an mir auslassen? In dieser gehobenen Wohngegend, wo die Fenster Augen hatten? »Ich . . . ich bin hier vorbeigefahren, hab' nach dir Ausschau gehalten. Ich . . . hab' nicht gewollt, daß Arch in dein Haus kommt, und es ist leer.« Meine Stimme klang auf absurde Weise schrill .
Er sah sich auf der Straße nach meinem Lieferwagen um.
»Ach, wirklich.«

Ich hielt den Atem an. Bitte, die Leiche darf nicht vom Haus aus zu sehen sein.

»Wo ist Arch?« fragte John Richard, der Mann, den ich einmal geliebt hatte. Der Mann, den ich jetzt über alle Maßen verabscheute, der Mann, den ich nach besten Kräften ignorierte, trotz seines permanent schlechten Benehmens, das immer Aufmerksamkeit verlangte. »Wo ist dein Lieferwagen? Schau mich an, verdammt noch mal.« Seine blauen Augen bohrten sich in meine. Seine eisige, bedrohliche Stimme war mir nur allzu vertraut. »Warum willst du mir nicht sagen, warum du hier bist? Kein Arch? Kein Lieferwagen? Das riecht eindeutig danach, daß die Exfrau der Freundin ihres Exmannes nachspioniert.«

»Ich hab' nur ...«

In diesem Augenblick ertönte auf dem Jacobean Drive das vertraute Schnaufen meines Lieferwagens. Tom parkte hinter seiner Limousine und ging innerhalb von drei Sekunden vom äußersten Winkel des Nachbargartens aus über Suz' Rasen. Schlau von ihm. Jede visuelle Ablenkung von dem Graben war ein Zeitgewinn. Mit einer seiner großen, tatzenähnlichen Hände bedeutete Tom mir, von John Richard zurückzuweichen. Ich schob mich rückwärts, bis mein Fuß gegen die Veranda stieß. Toms grüne Augen ließen nicht von John Richard ab, als er sich der Veranda näherte, auf der wir standen.

»Was zum .. ?« John Richard war wütend. »Ist das hier eine Art Familientreffen? Sag mir lieber, was los ist, Goldy«, befahl er.

Dreimal darfst du raten. Aber ich hatte nicht vor, dieser arroganten Stimme zu antworten.

Am Rand der breiten Eingangsstufe stand ein klobiger Tonkübel, der von leuchtendroten Geranien und rauchblauem Leberbalsam überquoll. Ich war neben den Kübel zurückgewichen und schaute jetzt auf die hohen roten Blumen hinunter, nicht in der Lage, John Richards zornigen Blick zu erwidern. »Ich weiß wirklich nicht viel«, murmelte ich.

»Hallo«, sagte Tom, als träfen wir drei uns auf dem Golfplatz.

John Richard fiel keinen Moment lang darauf herein. »Wollen Sie mir vielleicht mal sagen, was zum Teufel Sie um sieben Uhr morgens hier verloren haben, Cop? Oder warum Goldy rein zufällig hier vorbeigefahren ist?«

Toms breites Gesicht blieb ruhig, ohne Regung, völlig undeutbar. Er blinzelte und holte abschätzend tief Luft, wobei sich sein umfangreicher Brustkorb hob. Er musterte John Richards attraktives Gesicht und seine sportliche Figur.

Schließlich sagte Tom: »Wir scheinen hier einen Notfall zu haben.«

»Was?« rief John Richard ungläubig. Oder er tat ungläubig, meldete sich meine skeptische innere Stimme sofort zu Wort. John Richards Gesicht verkrampfte sich vor Zorn – aber da war noch etwas. »Was für einen Notfall?« Seine Stimme war steinhart, aber der Stein hatte einen Sprung. Es war etwas, was ihm beim Sprechen selten anzuhören war: Angst. »Was ist bloß in euch beide gefahren?« Er ließ seinen Zorn an mir aus. »Was ist, hat Suz dich heute morgen angerufen, Goldy? Ein bißchen weibliches Mitgefühl von dir gewollt? Einigkeit macht stark, stimmt's? Genau wie du und Marla, ein jammerndes Duo, das die Goldmedaille im kleinlichen Nachtragen gewinnen will.« Sein vernichtender Blick streifte Tom und mich. »Du bist also früh am Morgen hierhergeeilt, dann hast du zur Unterstützung deinen privaten Polizeitrupp angerufen, stimmt's? Was hat Suz dir erzählt, etwa daß wir uns gestern nacht ein bißchen gezankt haben?«

»Sie haben sich also gestern nacht ein bißchen gezankt«, wiederholte Tom ruhig.

John Richard schleuderte die Rosen zu Boden. Das Papier knisterte, als das Bukett auf dem Gras landete, und ein blutrotes Blütenblatt löste sich. »Eins will ich euch sagen, euch beiden, das geht euch verdammt noch mal nichts an, verstanden? Suz hat jede Menge Probleme, von denen ihr überhaupt nichts wißt. Es war wirklich nicht so schlimm wie ...«

Das Heulen einer Sirene brachte ihn zum Schweigen. Das

schrille Geräusch des Rettungswagens kam von der Einfahrt zum Club. Nach allem, was Tom mir erzählt hatte, wußte ich, daß die Sanitäter sich verpflichtet fühlen, das Opfer wiederzubeleben, solange es noch nicht vermodert ist. Als der Rettungswagen mit quietschenden Reifen hielt, wünschte ich mir trotzdem, daß die Sanitäter ihr Bestes taten. Ich betete, daß sie in der Lage seien, Suz zurückzuholen, obwohl ich im Innersten wußte, daß das nicht mehr im Bereich des Möglichen war.

Tom ging von der Veranda aus auf den Rettungswagen zu. Als die Sanitäter ausgestiegen waren, wies ihnen Tom die Richtung. Die Sanitäter stürzten auf den Graben zu.

»Herrgott noch mal«, murrte John Richard, als er sich an mir vorbeischob. Sein kräftiger Stoß brachte mich aus dem Gleichgewicht, und ich fiel rückwärts in den Blumenkübel. Dabei stolperte ich über die Ecke der Veranda und landete mit dem Gesicht nach unten in der Erde. Als ich sie mir von den Ellbogen streifte, war mir, als hörte ich ein trostloses Miauen. Ich schaute mich um, sah aber nur John Richard. Er sah aus wie ein typischer Yuppie in seinen Khakihosen und dem burgunderroten Hemd, wie er sich schnell dem Bereich näherte, in dem die Notfallsanitäter ihr Revier absteckten. »Hey! Ich bin Arzt!« rief er. »Was ist hier los?«

Die Sanitäter waren schon bei der Arbeit und beachteten ihn nicht. Neben dem Graben gab Tom Anweisungen. Als John Richard am Rand des Grabens ankam und bei Suz' Anblick aufheulte, schüttelte Tom grimmig den Kopf.

Ich zog mich hoch, fegte mir den Dreck von der Kleidung und ging die Einfahrt entlang. Auf den Veranden versammelten sich die Nachbarn. Drei Männer gingen zielstrebig auf das Treiben zu, als wären sie vom Hausbesitzerverband dazu ernannt, herauszufinden, was sich da tat, und deshalb über ihre Neugier erhaben. Tom deutete auf mich und holte dann in Richtung der sich nähernden Männer mit dem Arm aus. »Halt die Typen fern.« Ich wurde schneller.

»Okay, Leute«, sagte ich zu den Männern, »bleiben Sie zurück. Bitte... Ich bin mit diesem Mann verheiratet, und es handelt sich um einen medizinischen Notfall.«
Einer von ihnen, ein kahlköpfiger Kerl mit spitzem Gesicht, den ich als einen nicht besonders bedeutenden Mitarbeiter der Bank of Aspen Meadow erkannte, sah den Graben aus zusammengekniffenen Augen an. »Das ist nicht Ihr Mann, das ist Ihr ehemaliger...«
»Der ehemalige und der gegenwärtige«, erwiderte ich scharf. »Der gegenwärtige ist Cop, und er hat mich aufgefordert, Sie alle...«
»Was ist denn passiert?« krächzte ein anderer Mann. Er war klein und füllig und trug einen Ziegenbart, der zu seinem grauen Trainingsanzug paßte. »Sind Sie nicht... habe ich Sie nicht schon mal gesehen... sind Sie nicht die Partylieferantin hier in der Stadt?« Er atmete aufgebracht ein. »Ich bestehe darauf zu erfahren, warum dieser Rettungswagen hier ist. Ein Einbruch? Ich habe Kinder. Sagen Sie mir endlich, was hier los ist.« Der Dritte, gebräunt, mit einem weißen Schnurrbart und in Gärtnerkleidung mit Schirmmütze, nickte stumm.
»Das werden Sie noch früh genug erfahren«, sagte ich, etwa ein Dezibel lauter als nötig.
Am Graben schrie John Richard auf. Ich konnte nicht anders: Ich drehte mich um. Suz konnte ich nicht erkennen, aber ich sah, wie die Sanitäter versuchten, sie an irgendeinen Apparat anzuschließen. Ich kannte die Vorschriften: Überprüfung auf Lebenszeichen. In diesen wenigen grauenhaften Augenblicken hatten sie schon nach ihrem Puls gefühlt. Sie hatten ihr in die Augen geschaut, um zu sehen, ob die Iris darin starr und vergrößert war. Die nächste Maßnahme war problematisch für mich. Ein dumpfes Grollen hallte durch die Luft. Verdammt noch mal. Sie versuchten, ihr Herz wieder zum Schlagen zu bringen. Noch einmal schallte das Grollen durch die morgendliche Stille.

Obwohl mir die Sicht zum Teil versperrt war, wußte ich, daß die Sanitäter als nächstes die Daten an ein Krankenhaus in Denver schickten. Ein Notarzt würde sie dann auffordern, die Wiederbelebungsversuche einzustellen.
John Richard kreischte: »Was zum Teufel hat das hier verloren?« Er warf den Kopf herum und schaute das Haus an.
Ein Sanitäter hielt etwas in der Hand. Er reichte es Tom, so daß ich es aus schrägem Winkel zu sehen bekam. Es war ein dickes, schweres Goldarmband.
Ich starrte das Armband fassungslos an, dann spürte ich, wie John Richards nacktes linkes Handgelenk meinen Blick förmlich anzog. Meine Sorgen wegen seines Bankrotts schienen ein Jahrhundert alt zu sein. Die Straße fühlte sich an, als würde sie sich unter meinen Füßen bewegen. Immer mit der Ruhe, Mädchen.
»Ich kann es nicht fassen!« schrie John Richard. »Das ist eine Falle! Da will mir jemand was anhängen! Warum wollen Sie nicht mit mir reden?«
Die drei Gaffer, die ich vom Graben fernzuhalten versuchte, schoben sich eilig an mir vorbei.
»Hey!« schrie ich auf. »Sie können doch nicht ...«
Als ich sie einholte, standen sie schon neben dem Graben. Der Teufel sollte sie holen. Tom konnte die Männer nicht daran hindern, daß sie mit offenen Mündern die Sanitäter und die arme, unselige Suz anstarrten; er sprach in sein Handy. Und was hörte ich jetzt? Nein. Ja. Tom trug John Richard Korman seine Rechte als Festgenommener vor.
»Hören Sie auf«, protestierte John Richard laut, während Tom weitersprach. »Sie haben keine Ahnung, was Sie da tun! Suz hatte ... Sie ... AstuteCare hatte mehr ... Feinde, als ich Patientinnen habe. Sie hatte mehr ...«
Ich traute meinen Ohren nicht. Das ging alles so schnell – zu schnell. Was hatte John Richard gesagt oder getan? Er und Suz hatten sich »ein bißchen gezankt«. Und das gravierte Armband

– wo hatten die Sanitäter es gefunden? Reichten John Richards Eingeständnis eines Streits und ein Schmuckstück für eine Festnahme aus? Offenbar. Aber John Richard war mit Blumen gekommen, er mußte angenommen haben, Suz sei am Leben, mußte sich gewünscht haben, sie sei am Leben. Oder er wollte den Eindruck erwecken, er glaube, sie sei am Leben.

Tom sagte ruhig: »Sie sind festgenommen. Ich habe Ihren Abtransport eben veranlaßt.« Er griff nach den Handschellen in der hinteren Hosentasche. Er mußte sie mitgebracht haben, dachte ich völlig verblüfft. Tom mußte die Handschellen, seine Dienstmarke und seine Waffe an sich genommen haben, als ich ihm sagte, wo ich war und was ich gesehen hatte.

John Richard machte einen Satz nach vorn und holte nach Tom aus; die drei Abgesandten aus der Nachbarschaft wichen zurück. John Richards Faust schoß erneut nach oben. Doch Tom war auf ihn vorbereitet. Er packte John Richards rechten Arm und drehte ihn heftig um. John Richard ging fluchend in die Knie. Tom schlug mit der anderen Hand gegen John Richards Rücken und schickte ihn mühelos zu Boden. John Richard schrie, drohte, fluchte und zählte auf, was er mit Tom alles machen würde, sobald er wieder auf freiem Fuß war.

Tom beugte sich über ihn und sagte: »Maul halten.«

Mit geübter Schnelligkeit gingen die Sanitäter von den Wiederbelebungsversuchen an Suz zum Rückzug über. Sie riefen den Gaffern autoritäre Kommandos zu und schoben sie beiseite. Jedoch half es nichts: Die Menschengruppe, die inzwischen auf fünf angewachsen war, hatte ihre Aufmerksamkeit von Suz abgewandt und konnte nicht damit aufhören, John Richard fasziniert anzustarren. Er kniete mit Handschellen gefesselt auf der Straße. Tom hielt ihn dort fest. Sein muskulöser Körper lehnte an John Richard. Mein Mann sagte meinem Exmann etwas ins Ohr. Über die Stimmen der Sanitäter hinweg konnte ich nicht ausmachen, was er sagte. Aber falls der verzerrte, zornige Gesichtsausdruck von John Richard ein Anhaltspunkt war, handelte es sich kaum um gute Nachrichten.

Tom drehte sich um und gab gegenüber den hypnotisierten Gaffern eine Erklärung ab. »Okay, ihr fünf, paßt gut auf. Jeder geht jetzt in seine jeweilige Zufahrt zurück, bis wir die Lage hier im Griff haben. Sobald sie eintreffen, werden die Polizisten Sie befragen. Sprechen Sie auf keinen Fall untereinander über die Ereignisse.« Er machte eine Pause, um sich zu vergewissern, daß sie ihn verstanden hatten. Zwei nickten; die anderen glotzten nur. »In Ordnung, danke. Gehen Sie bitte jetzt, verschwinden Sie. Sofort.«

Während die Männer prompt gegen Toms Befehl verstießen und als flüsternde Gruppe aufbrachen, hob John Richard seine wütende Stimme und verlangte, von den Handschellen befreit zu werden. Die Sanitäter ignorierten ihn, genau wie Tom, der wieder sein Handy aus dem Gürtel zog und einen Anruf tätigte. Ich hörte ihn »Captain«, »Video« und »Team« sagen.

Tom sprach wieder mit John Richard, dann half er ihm auf die Beine. Der mit Handschellen gefesselte Kotzbrocken schüttelte Toms Arm ab und stolzierte dann wütend in Richtung Suz Craigs geteerter Einfahrt. Dr. John Richard Korman war selbst mit auf dem Rücken in einem unfaßbaren Winkel gefesselten Händen noch groß und elegant, er verlagerte sein Gewicht von einem in Khaki gekleideten Bein auf das andere. Der absurde Gedanke ging mir durch den Kopf, er sehe aus, als studiere er Posen als Modell für eine Kunstakademie ein. Über seinem attraktiven, wie gemeißelten Gesicht, das sich gelegentlich vor Zorn verzerrte, war sein blondes Haar nach dem Gerangel mit Tom nur leicht zerzaust.

Ich wandte mich ungläubig ab. Geschah das wirklich? In meinen Ohren rauschte es. Meine Augen brannten. Ich setzte mich auf den Randstein und konzentrierte mich auf Tom.

Tom wußte, was er tat. Er konnte mühelos das Kommando übernehmen. Sein massiger Körper bewegte sich flink zum Grabenrand. Er gab den Sanitätern, die lustlos auf den mit Erdklumpen übersäten Abhang sackten, weitere Anweisungen. Vermutlich hatte er ihnen befohlen, vor dem Eintreffen des Gerichtsmediziners nichts mehr zu unternehmen. Dann ging Tom mit der einschüchternden Miene, die ich so gut kannte, auf die Einfahrt und John Richard zu. Ich versuchte, mich daran zu erinnern, wann ich diese beiden Männer, die in meinem Leben so wichtig waren, je nebeneinander gesehen hatte. Vergeblich. Und es waren eindeutig nicht die passenden Umstände, das Aussehen und das Verhalten der beiden miteinander zu vergleichen. Ich wandte mich ab und sah die Straße entlang.

Falls stimmte, was Tom meiner Meinung nach den Sanitätern gesagt hatte, würde der Gerichtsmediziner bald in seinem Kleinbus eintreffen. Während mein Blick an der Reihe großer, bestens gepflegter Häuser entlangwanderte, machte ich mir hilflos Gedanken über Arch. Ich mußte ihn immer noch abholen. Ich mußte einfach aufstehen, einen Fuß vor den anderen setzen und Tom sagen, ich müsse jetzt weg. Aber wie sollte ich das formulieren? Ich muß jetzt meinem Sohn sagen, daß sein Vater wegen Mordes festgenommen worden ist? Ich blieb, wo ich war.

Inzwischen faßte Tom den erstarrten John Richard sanft am Ellbogen und führte ihn die Auffahrt entlang zum Haus. Widerstrebend stand ich auf und folgte ihnen. Das Rauschen in meinen Ohren kam nicht von den Sprinkleranlagen. Hol Arch, fahr aus dem Club heraus, nach Hause. Aber wer würde sich zu Hause um meinen Sohn kümmern, ihn trösten und mit ihm reden? Ich mußte heute abend eine Party ausrichten. Konnte Macguire helfen, obwohl er mit Drüsenfieber im Bett lag? Unwahrscheinlich. Ich würde mir etwas ausdenken. Im Moment mußte ich einfach nur weg von hier. Die Gaffer, in dieser Straße der Nobelvillen und üppigen Rasenflächen postiert wie freundliche Wachhunde, beobachteten mit unverhohlenem Interesse, wie ich die Zufahrt hinaufging.

»Ich muß hier weg«, erklärte ich Tom. Ich warf einen schrägen Blick auf John Richard. Tom hatte ihn auf die Seite von Suz' Veranda geführt, wo er steif auf dem Rand eines weißen Korbsofas hockte. Ich zuckte beim Anblick seiner vernichtenden Miene und seines stummen, zornigen Gesichts zusammen. Ich räusperte mich. »Ich muß Arch abholen.«

»Tu das nur!« explodierte John Richard, aber, wie mir auffiel, nicht so laut, daß es die neugierigen Nachbarn hören konnten. Ich sah ihn gespannt an. In seinem Ausbruch lag keine Traurigkeit. Kein Kummer. »Hol Arch nur ab!« schrie er mit bebendem Gesicht. »Sag ihm, warum wir nicht zum Bergsteigen können! Und sorg dafür, daß er weiß, was du mit deinem Kumpel hier

fabriziert hast! Arch wird schlicht und einfach begeistert sein!«
Mein Jähzorn wallte auf. »Hör mal!« schrie ich meinerseits. »Ich bin bloß hier vorbeigefahren ...«
»Schluß!« zischte John Richard. Seine Halsmuskeln spannten sich an. »Keine Alimente, wenn ich im Gefängnis bin! Denk drüber nach!«
»Moment mal.« Ich versuchte, das wütende Beben in meiner Stimme zu unterdrücken, konnte es aber nicht. »Ich hab' keine Alimente mehr bekommen, seit ...«
»Goldy.« Toms leidenschaftsloser Ton machte dem Wortwechsel gnädigerweise ein Ende. Er wartete, bis er meine volle Aufmerksamkeit hatte. »Hol Arch noch nicht ab. Du mußt hierbleiben und eine Aussage machen.« Sein Gesicht war gelassen. »Und du solltest mit einer Opferbetreuerin sprechen.«
»Opferbetreuerin?« brüllte John Richard. »Wozu braucht sie eine Betreuerin? Verdammt noch mal, ich bin hier das Opfer!«
Ich sah Tom an, sprachlos, mit offenem Mund. Natürlich. Ich hatte die Leiche gefunden. Die Polizei mußte mich verhören. Und nach Psychologenmeinung war jemand, der eine Leiche entdeckte, traumatisiert und brauchte Trost. Aber Suz war nicht das erste Mordopfer, das ich gefunden hatte. Ich war früher auch ohne Betreuerin ausgekommen. Andererseits, was rieten die Psychologen, wenn der eigene Exmann ausgerechnet des Mordes beschuldigt wurde, über den man gestolpert war? Ich konnte keinen klaren Gedanken fassen. Ich schwankte, während ich zwischen dem umgekippten Geranienkübel und den Korbmöbeln stand. Was hatte ich noch vor einem Augenblick gemacht? O ja. Ich hatte mich mit meinem Exmann über Geld gestritten. Jetzt führte ich mit meinem gegenwärtigen Mann ein Gespräch über eine Betreuerin.
Du mußt Arch abholen, drängte meine innere Stimme. Du mußt ihm sagen, was passiert ist, bevor es jemand anders tut. Trauma? Wetten, daß? Ein Trauma, von dem ich mir nichts hät-

te träumen lassen. Aber wie die meisten Frauen konnte ich mir keinen Urlaub von den anderen Krisen in meinem Leben nehmen, damit sich jemand um mich kümmerte. »Ich will keine Betreuerin«, sagte ich zu Tom. »Ich bin okay.«
Noch während ich sprach, zog Tom das Handy aus seinem Gürtel. »Welche Nummer hat Marla?«
»Oh, richtig!« tobte John Richard. »Holen wir Marla her. Eine große, glückliche Familie. Hey! Ich hab 'ne Idee! Fragen Sie diese blöde fette Schnalle mal, wie sie mein Armband in den Graben geschmuggelt hat.«
Tom ignorierte ihn, während ich Marlas Nummer aufsagte. Sollte Marla jedoch wirklich herkommen? Ich wollte nicht, daß diese Situation ihre Herzbeschwerden verschlimmerte. Sie solle nicht vorbeikommen, murmelte ich. Als Tom fragte, nannte ich ihm die Adresse von Archs Freund Sam Rodine. Das lag so nahe an Marlas Haus, daß sie sich dort mit mir treffen konnte. Während Tom ins Telefon sprach, hielt der schwarze Kleinbus des Gerichtsmediziners am Straßenrand. Eine warme Brise fuhr durch die Espen. Das Stimmengewirr auf der Straße nahm an Lautstärke zu.
»Ich kann das alles nicht fassen«, murrte John Richard.
»Nein, Marla … Goldy geht es gut, sie ist nur etwas durcheinander«, sagte Tom. »Aber ich brauche dich, damit du dich eine Weile um sie kümmerst. Triff dich mit ihr vor dem Haus der Rodines und bring Eiskaffee oder sonst was mit. Bleib einfach bei ihr, okay?« Während er redete, löste sich sein Blick nicht von den beiden Männern aus dem Team des Gerichtsmediziners, die im Graben ihre grausige Arbeit verrichteten. Mir fiel auf, daß John Richards Augen nie zu dieser Stelle schweiften.
»Hör zu, Marla, Goldy erzählt dir, was passiert ist, wenn sie sich mit dir trifft, okay? Ich muß jetzt Schluß machen«, sagte Tom mit der Stimme, mit der er Gespräche beendete. »Sie sitzt etwa noch eine Viertelstunde hier fest, also … Bestimmt kannst du

dich so schnell anziehen. Ja, Goldy ist jetzt bei mir. Nein, wir sind nicht zu Hause. Marla, bitte… Okay, hör zu, Goldy und ich sind auf dem Jacobean Drive, auf dem Areal des Country Club.«

Marlas protestierendes Gekreisch war auf der ganzen Veranda zu hören. Natürlich wollte Marla wissen, wo genau am Jacobean Drive wir waren. Sie war diejenige gewesen, die mich vor sieben Monaten angerufen und mir mit bebender, entrüsteter Stimme den Namen, die Adresse und alle lebenswichtigen Einzelheiten mitgeteilt hatte, die ihr über John Richards neueste Eroberung Suz Craig zugetragen worden waren.

»*Nein*, komm nicht hierher, das Durcheinander ist schon schlimm genug. Goldy wird nicht mehr lange hiersein…« Tom seufzte. »Ja«, sagte er abschließend, »John Richard Korman ist auch da. Marla, denk bitte daran, was ich dir gesagt habe. In einer Viertelstunde ist Goldy zum Haus der Rodines unterwegs.« Dann murmelte er: »Bis bald« und schaltete ab. Das war immerhin auch eine Methode, ein Gespräch zu beenden.

Tom sprang von der Veranda, ohne zu erklären, wohin er ging. Er blieb kurz stehen und sprach mit einem Mann aus dem Kleinbus des Gerichtsmediziners, dann eilte er zu uns zurück. Er hielt mir die Hand hin: fünf Minuten.

»Okay, Mr. Plappermaul«, sagte Tom zu John Richard. Er klang fast fröhlich, als er das Handy in seinen Gürtel zurücksteckte. »Sie wollten reden, und jetzt haben Sie Gelegenheit dazu. Wie wär's, wenn Sie uns genau erzählen, was sich hier abgespielt hat?«

»Für Sie, Sie Stenz, bin ich noch immer Herr Doktor Plappermaul.« John Richard warf den Kopf zurück, mit einem Mal war er gelassen. Ich kannte seine Stimmungsschwankungen natürlich bestens. »Und Sie haben mir meine Rechte verlesen. Ich sage kein Wort mehr, bis ich mit meinem Anwalt gesprochen habe. Genau, wie Sie mir das erklärt haben.« Dann drehte John

Richard sich um. Seine dunkelblauen Augen spuckten Feuer nach mir, obwohl seine Stimme auf grausame Weise ruhig klang. »Und was dich angeht, ich weiß genau, daß du dahintersteckst. Egal wie, das krieg ich schon noch raus. Und wenn du meinem Sohn von dieser Geschichte hier erzählst und er dadurch einen schlechten Eindruck von mir bekommt, werde ich dich vor Gericht zerren und dafür sorgen, daß du meinst, unsere Trennung sei ein Picknick mit Partyservice gewesen.«

Sicher, dachte ich. Aber ich wollte seine leeren Drohungen nicht hören. Ich wollte nur noch weg. Natürlich hätte ich John Richard gern gefragt, worüber er und Suz sich in der Nacht davor »ein bißchen gezankt« hatten. Ein bißchen gezankt. Was für ein Euphemismus. Wie wär's damit gewesen: »Ich schlage Frauen zusammen, wenn sie nicht tun, was ich will?« In der Nähe heulten Sirenen. Ich erschauerte und machte mir Gedanken über das gravierte Armband, das Suz ihm voller Stolz geschenkt hatte. Wie kam John Richard bloß auf die Idee, daß Suz ausgerechnet *mich* heute morgen hatte anrufen wollen? Die Sirenen schrillten lauter, und ein Streifenwagen mit Blaulicht kam in Sicht. Ich war so klug, mich auf kein weiteres Gespräch mit John Richard einzulassen.

Der Streifenwagen hielt mit quietschenden Reifen hinter dem Kleinbus des Gerichtsmediziners. Ein uniformierter Polizist und eine große Blondine in Zivil, die ich nicht kannte, kamen auf die Veranda und fragten, ob ich Goldy Schulz sei, die Frau, die auf die Tote gestoßen sei. Sie wollten wissen, ob ich bereit sei, eine Aussage zu machen.

Genau in diesem Moment kam es zu einem dieser unerklärlichen Augenblicke tiefster Stille. Die Brise legte sich. Das Team des Gerichtsmediziners im Graben rührte sich nicht. Das mutmaßende Stimmengewirr auf der Straße erstarb. Sogar die Sprinkleranlage stellte die regelmäßige Spritzerei ein. Vielleicht existierte die Ruhe auch nur in meinem Kopf. Vielleicht war ich im Begriff, ohnmächtig zu werden.

»Mrs. Schulz?« erkundigte sich die große Polizistin, die sich als Sergeant Beiner vorgestellt hatte. Sie beugte sich nahe an mich heran. »Sind Sie in Ordnung?«

»Ja«, flüsterte ich. »Ich muß ... muß meinen Sohn abholen.«

»Bald«, erwiderte sie und richtete sich auf. Sergeant Beiner war in den Fünfzigern. Ein Buckel reduzierte ihre Größe von über einsachtzig etwas, und über ihrem schmalen Gesicht richtete sich eine Art Hahnenkamm aus blonden und grauen Locken auf. »Wir machen eine Ausnahme, damit Sie bald abfahren können. Eigentlich müßten Sie mit aufs Revier kommen«, fügte sie hinzu, mit einem mißtrauischen Blick auf John Richard. Dann wurde ihr Ton mitfühlend. »Aber weil Sie Ihr Kind abholen müssen, Mrs. Schulz, begnügen wir uns im Moment mit ein paar Fragen. Wir wissen ja, wo wir Sie erreichen können, falls wir später noch einmal mit Ihnen sprechen müssen. Okay?«

Ich nickte. »Später«, sagte ich dumpf. »Ich bin zu Hause.«

Der weibliche Sergeant führte mich sanft von der Veranda, außerhalb der Hörweite von John Richard und Tom. Sie winkte dem uniformierten Polizisten, sich neben sie zu stellen, während sie ihre Fragen durchging. Wie war ich hierhergekommen? Was genau hatte ich gesehen? Was hatte ich getan? Hatte ich jemanden gesehen, der wegfuhr? Hatte ich jemanden in der Gegend gesehen? Während sie sich Notizen machte, erzählte ich ihr alles: Ich sei zwischen halb sieben und sieben in Toms Limousine angekommen. Ich hätte eine Leiche im Graben gesehen und den Notruf und Tom informiert. Niemand sei weggefahren. Niemand sei aufgetaucht, mit der Ausnahme von Dr. John Richard Korman, mit einem Blumenstrauß in der Hand. Es war ein schmerzlicher Bericht. Sergeant Beiner sagte, sie oder ein anderer Ermittler werde mich später aufsuchen. Ich ging unsicher zur Veranda zurück.

»Ich geh' jetzt«, sagte ich zu Tom. Er stieg von der Veranda herunter und umarmte mich wortlos. »Es ist okay«, murmelte ich in seine Brust. Dann löste ich mich von ihm.

Hinter mir störten die Kratzgeräusche einer über das Pflaster geschobenen Rollbahre die Ruhe der Gegend. Ein weiteres Miauen lenkte meine Aufmerksamkeit zur Verandatreppe. Ein kleiner Pelzball stürzte heraus und schlug die Krallen in die umgekippten Geranien. Es war Suz' Katze Tippy. Ich griff nach dem kleinen Tier und wurde mit einem Kratzer in den Arm belohnt. Dann kroch mir Tippy zitternd und verängstigt den Arm hoch. Als ich versuchte, sie zu beruhigen, krallte sie sich an meiner Schulter fest. Ihr kleiner Körper bebte neben meinem Kopf.
Zwei weitere Streifenwagen kamen den Jacobean Drive entlang, mit roten und blauen Blitzlichtern. Ich ging zu meinem Lieferwagen, während Tippy resolut auf meiner Schulter sitzen blieb. Ich wußte, daß die Katze zum Tatort gehörte. Aber wenn ich mich nicht um sie gekümmert hätte, wäre sie übersehen und im Stich gelassen worden. Folglich nahm ich sie mit. Drei weitere uniformierte Deputies von Furman County überquerten Suz Craigs Rasen in Richtung Tom. Zwei andere schleppten Material zum Graben. Keiner nahm mich zur Kenntnis.
Das Videoteam fing an, den Fundort zu filmen. Ich wandte den Blick ab und machte die Lieferwagentür auf. Die Katze sprang auf den Rücksitz. Ich sah die Schlüssel in meiner Hand an. Der Schlüsselring war genau wie der von Tom: Schlüssel zum Haus, Schlüssel für die Limousine, Schlüssel für den Lieferwagen. Ich bemühte mich herauszubekommen, was ich mit diesen Schlüsseln anfangen sollte. *Ich hätte das Opfer sein können.* Nachdem ich einen Moment lang an der Zündung herumgefummelt hatte, ließ ich den Lieferwagen an und drückte das Gaspedal durch. *Ich hätte durchaus in diesem Graben liegen können, wenn ich nicht vor vielen Jahren den Ausstieg aus dieser Ehe geschafft hätte!*
Das Dutzend Leute, das sich auf den Veranden versammelt hatte, starrte meinen Lieferwagen mit glühendem Interesse an, als er die Straße entlangschoß. Ein Mann schüttelte den Kopf über

mein rasantes Tempo. Seine rote Kopfhaut glänzte in der wärmer werdenden Sonne. An der Straße leuchteten die samtigen Rasenflächen wie chartreusegrüne Teppiche.
Suz Craig hatte meinen Platz eingenommen. Aber ich hätte es ohne weiteres auch sein können.

Auf den drei Kilometern bis zum Hadley Court schrie die Katze unentwegt. Ich hielt vor einer dreistöckigen Villa aus weißem und blauem Backstein im viktorianischen Stil, verziert wie ein Lebkuchenhaus, so weit von moderner Gebirgsarchitektur entfernt wie vom Mars. Marlas Mercedes bog mit quietschenden Reifen um die Ecke, als ich am Straßenrand hielt. Hinter ihrer getönten Windschutzscheibe sah ich sie aufgeregt ins Autotelefon sprechen, das sie schnell abschaltete, als sie mich bemerkte. Sie riß die Tür auf und eilte auf den Lieferwagen zu.

Marlas himbeerfarbener, paillettenbesetzter Trainingsanzug schmeichelte ihrer stämmigen Figur nicht. In einer Hand hielt sie ein zugedecktes Glas, in der anderen eine Papiertüte. Meine liebe Freundin brachte immer etwas mit, wovon sie meinte, ich fühlte mich danach besser. Im allgemeinen reichte mir allein ihr Anblick aus, und wie üblich ging eine Woge der Erleichterung über mich hinweg, als sie auf mich zukam, während die straßbesetzte Sonnenbrille auf ihrem besorgten Gesicht schaukelte.

Marla, reich durch eine Erbschaft, von Natur aus geschwätzig und auf unkonventionelle Weise hübsch, hatte die Ehe mit John Richard sechs Jahre kürzer als ich ertragen. Nach John Richards ersten Wutanfällen hatte Marla außerdem viel mehr Selbstbewußtsein bewiesen als ich, als es darum ging, sich von einem lästigen Ehemann zu befreien. Sie hatte John Richard, als er auf sie losging, gegen eine Hängepflanze gestoßen und ihm den Arm ausgerenkt. Danach war es ihr mit viel Sachverstand gelungen, das eheliche Band zu zerschneiden. Kaum war ihre Scheidung rechtskräftig, waren sie und ich Freundinnen geworden und hatten damit bewiesen, daß auch die schlimmsten Erfahrungen gewisse Entschädigungen mit sich bringen konnten. Letzten Sommer hatte sie einen Herzinfarkt überlebt. Und zu Beginn dieses Sommers hatte sie eine katastrophale Trennung von dem Mann überlebt, mit dem es ihr nach der Scheidung von dem Kotzbrocken ernst gewesen war. Wir hatten eine gemeinsame Geschichte. Und ich liebte Marla sehr.

»Okay, erzähl's mir«, fing sie ohne Einleitung an, als ich aus dem Lieferwagen sprang, um sie zu begrüßen. »Bist du okay? Vermutlich nicht«, fügte sie hinzu und verzog das üppige, mit scharlachrotem Lippenstift geschminkte Gesicht.

Ich kämpfte gegen ein Schwindelgefühl an, auf das ich nicht gefaßt war. »Ich weiß nicht. Nein. Vermutlich nicht.«

»Setzen wir uns doch in deinen Lieferwagen, damit die Leute nicht herauskommen und uns Löcher in den Bauch fragen. Herrje – diese Stadt. Ich hab' auf meinem Handy schon zwei Anrufe bekommen.« Ihre braunen Augen wurden vor Mitgefühl weicher, und sie hielt mir ein in Plastikfolie eingewickeltes Kristallglas hin. Jetzt erst fiel mir auf, daß ihr Haar feucht war. »Schau, Goldy, ich hab' dir einen Eiskaffee mitgebracht. Besser gesagt, zur Hälfte Espresso und zur Hälfte Sahne auf Eis. Sehr bedenklich, aber oh, so gut.« Sie hielt die braune Papiertüte in der anderen Hand hoch. »Und hier sind jede Menge Medikamente, die ich aus meiner Hausapotheke genommen habe. Überwiegend Beruhigungsmittel. Was willst du zuerst?«

»Kaffee und Beruhigungspillen?« fragte ich ungläubig. Ich sackte gegen die Lieferwagentür. Ich fragte mich, ob die Opferbetreuerinnen von Furman County auch tütenweise rezeptpflichtige Tranquilizer mit sich herumschleppten. Vermutlich nicht.

»Komm schon, steig wieder ein.« Marla schob mich in den Lieferwagen, in dem die Luft noch wärmer war als draußen. Aber das Fahrzeuginnere war vertraut und roch schwach, sogar angenehm nach gekochtem Essen. Die Katze war untypisch still. Ich ließ mein Fenster herunter, Marla das ihre.

»Trink das hier«, befahl sie und drückte mir das Glas in die Hand. »Tom hat gesagt, ich soll dir ...« Sie hielt unvermittelt inne. Sie blinzelte. »Eine meiner Freundinnen vom Jacobean Drive hat angerufen. Suz ist tot? Sind die sich da sicher? Lynn Tollifer, kennst du sie? Sie und ihr Sohn, dieser neugierige Teenager Luke, wohnen gegenüber von Suz. Luke hat Lynn erzählt, daß Suz' Leiche in einem Graben am Ende ihrer Einfahrt gelegen hat. Wer hat sie gefunden? Du etwa?« Ich nickte und trank einen winzigen Schluck der eisigen Flüssigkeit. Sie schmeckte wie geschmolzene Eiskrem. Marla faßte sich in das krause braune Haar. »Suz ist tot! Ich kann 's nicht glauben, und ich glaub' es doch.«

»Eigentlich hätte ich es sein sollen. Aber statt dessen hat er Suz Craig umgebracht.« Meine Stimme versagte. Ich sackte gegen die Kopfstütze. »Lieber Himmel, ich fühle mich ...« John Richards böser Blick, sein Zorn gingen mir nach. Und ich hatte so ein starkes Gefühl, daß er geheuchelt, nur eine Rolle gespielt hatte, aber warum? Und was für eine Rolle? Warum kam ein Mann am Morgen nach einem Streit mit seiner Freundin mit Blumen vorbei, wenn er sie schwer verletzt hatte? Wenn er sie umgebracht hatte? Aber er hatte sie nicht schwer verletzen wollen. Jedenfalls behauptete er das immer. Vermutlich hatte er auch nicht die Absicht gehabt, sie umzubringen.

»Meinst du, er hat sie so übel zusammengeschlagen, daß sie daran gestorben ist?« fragte Marla.

»Ja, das glaube ich. Suz hatte ein Veilchen am rechten Auge. Und Blutergüsse an den Armen ...« Ich würgte.

»Heilige Muttergottes.«
»Ich weiß nicht, was ich tun soll.«
»Trink den Kaffee«, befahl Marla scharf. »Wir können später noch darüber reden. Wenn du in fünf Minuten nicht besser aussiehst, ruf' ich einen Rettungswagen für dich und bring' Arch nach Hause.«
Trotz der offenen Fenster war die Luft im Lieferwagen wie zum Ersticken. Marla rutschte zu mir heran, sie roch nach blumiger Seife und Puder. Offenbar war sie gerade aus der Dusche gekommen, als Tom sie angerufen hatte, und ich empfand ein flüchtiges Bedauern darüber, daß ich ihr Scherereien gemacht hatte. Dann traf mich die Wucht der Ereignisse des Morgens wie eine Welle an der Küste von Jersey, auf die man nicht gefaßt ist. Ich wußte plötzlich nicht, ob ich lieber den Espresso wollte oder eine so hohe Dosis Beruhigungsmittel, daß ich ein paar Tage lang außer Gefecht war.
»Okay, Goldy, schau mich an«, kommandierte Marla scharf. »Trink noch von dem Kaffee.« Ich nahm noch einen Schluck und schaute in ihre großen, schimmernden braunen Augen. »Ist dir immer noch schwindlig?«
»Es geht mir ein bißchen besser«, erwiderte ich mit einer Stimme, die nicht einmal mich überzeugte.
»Dein erstes Problem ist Arch. Überleg dir, was ... «
Der Schluchzer, der mich gewürgt hatte, löste einen weiteren aus und dann eine ganze Serie, die sich nicht abstellen ließ. Marla umarmte mich und sprach leise Belanglosigkeiten auf mich ein. Immer noch weinend schaute ich auf. Gail Rodine blickte aus dem Fenster. Vermutlich war sie nicht darauf gefaßt, zwei Frauen zu sehen, eine mit einem Mercedes und eine mit einem ramponierten Lieferwagen, die sich umarmten, während eine von beiden heftig schluchzte – und das vor ihrer viktorianischen Villa. Bei längerem Hinsehen kam Gail Rodine vermutlich noch der Gedanke, die Sitte anzurufen.
»Ich muß mich zusammenreißen«, krächzte ich.

»Ja, tu das«, erwiderte Marla voller Hoffnung. »Du brauchst Arznei. Zum Abregen.« Sie schob mir die braune Tüte zu, und ich sah zögerlich die Röhrchen mit Librium und Valium an, in Folie eingeschweißte Mittel, von denen Gott allein wußte, wozu sie genau waren. Sogar eine Spritze war dabei. Ich zog sie vorsichtig heraus. Auf dem Etikett stand Versed. Aus meinem Kurs in Erster Hilfe wußte ich, daß dies ein besonders starkes Beruhigungsmittel war.

»Wo in aller Welt hast du das alles her?«

»Goldy, bei der Legion von Ärzten, die mich entweder behandeln oder mit mir ausgehen, und mit einem Arzt als Exmann fragst du dich das? Was willst du haben?«

»Gar nichts. Ich muß meinen Sohn bemuttern, kochen, servieren und diesen Lieferwagen fahren, und zwar ohne Bewußtseinsstörungen. Ich bin alledem nicht gewachsen, wenn ich in einer Wolke aus Medikamenten in der Stratosphäre schwebe.« Die Schluchzer hörten so unkontrollierbar auf, wie sie angefangen hatten, und ich kicherte. Marla zuckte philosophisch die Achseln, steckte die Spritze in die Tüte zurück und schob alles in mein Handschuhfach. Dann fing auch sie an zu lachen.

»Hör zu, Goldy, ich hab' Tom versprochen, daß ich dir helfe, und das hab' ich auch vor. Okay, Arch erzählst du folgendes: Du sagst, es habe einen Zwischenfall gegeben, und sein Vater bekomme möglicherweise Schwierigkeiten. Der gute alte Dad ist im Büro des Sheriffs und redet mit den Leuten dort. Am Wochenende spricht der liebe gute Dad mit seinem Anwalt. Wir haben Schulferien, bis Mittwoch erscheint hier in der Stadt keine Zeitung, und der Fernsehsender in Denver berichtet über die dortigen Morde. Also erfährt Arch nichts von der Festnahme, höchstens vom Kotzbrocken selbst, vielleicht morgen.« Marla atmete triumphierend aus.

»Es wird grauenhaft werden ...«

»Ja«, pflichtete sie sachlich bei. Sie fuhr sich wieder mit den juwelengeschmückten Fingern durch das zerzauste, feuchte Haar. »Aber laß dir eins gesagt sein, Kindchen. Für die Probleme des Kotzbrockens bist du nicht verantwortlich. Das ist er selbst. Es war eine schwere Lektion, die wir beide in langen Jahren lernen mußten, aber so ist es. Stimmt's?«

Ich schaute in verdrossenem Schweigen aus dem Fenster. Eine schwere Lektion, wie wahr.

»Okay. Nächster Schritt«, fuhr Marla fort. »Wer ist zu Hause? Jemand, der dich vor Anrufen abschirmt? Bei Arch bleibt?«

»Macquire Perkins.«

»Oh, großartig. Wie geht's ihm? Ist das Drüsenfieber weg, fast weg oder was?«

»Er schläft, wie üblich. Ißt nichts. Aber Arch könnte er guttun. Weißt du, jemand außer mir, mit dem er über das reden kann, was passiert ist.«

»Unternimmt Macguire irgendwas, das Arch aus dem Haus bringen könnte? Du weißt schon, geht er ins Kino oder so?«

»Ich nehm's an«, murmelte ich. Was machte Macquire? Nicht viel. Ehrlich gesagt, überhaupt nichts. »Der Arzt hat ihm leichte Bewegung verordnet. Und leicht heißt für Macquire, so wenig Bewegung wie möglich. An den meisten Tagen dränge ich ihn, einen Spaziergang zu machen. Manchmal geht Arch mit, und dann schaffen sie es bis in John Richards Praxis.«

»Okay, bring Arch dazu, daß er heute mit Macquire einen Spaziergang macht. Du wirst ihn eine Weile aus dem Haus haben wollen. Dir ist doch klar, daß dein Telefon dauernd klingeln wird.«

Ich seufzte. »Du weißt doch, daß man Arch zu nichts bewegen kann, wenn er sich etwas anderes in den Kopf gesetzt hat. Und wenn er diese Nachricht hört, hat er garantiert etwas anderes im Kopf. Außerdem sollte Arch mit John Richard bergsteigen gehen und die Nacht bei ihm verbringen, während ich hier im Club die Stanley-Cup-Feier der McCrackens ausrichte.«

»Gut«, sagte Marla knapp. Ich fragte mich verwirrt, warum ihr heute alles gut vorzukommen schien. Sie warf einen abschätzenden Blick auf das Haus der Rodines. Gails Gesicht war nicht mehr im Fenster zu sehen. »Ich rufe Archs Freund an. Wie heißt der noch, Todd Druckman?« Ich nickte, und sie fuhr fort: »Ich frage Todd, ob Arch die Nacht bei ihm verbringen kann. Dann hast du ihn aus dem Haus. Kann Macquire heute abend mitkommen und dir helfen? Ist das Fieber ansteckend?«

»Nein, es ist nicht ansteckend. Aber ich kann dir versichern, daß ihm die Energie dazu fehlt.« Ich blickte trübsinnig aus dem Fenster. »Wie kannst du nur jetzt über das alles reden?«

»Äh. Moment mal. Weil dein Mann, der Cop, mich gebeten hat, mich um dich zu kümmern.«

Ich faßte sie am Unterarm, und sie legte fragend den Kopf schief. »Ist das alles Wirklichkeit?« fragte ich meine beste Freundin. »Hat John Richard schließlich doch noch einen Menschen umgebracht?«

Sie antwortete nicht, weil wir beide in diesem Augenblick eine sehr schwache Stimme rufen hörten: »Mom?«

Arch war auf die Veranda der Rodines gekommen. Mit vierzehn war er immer noch viel kleiner als seine Altersgenossen, mit zerzaustem braunen Haar und einem im allgemeinen schäbigen Aussehen. Er trug jetzt abgeschnittene Khakihosen und ein T-Shirt, bedruckt mit dem Logo von Biocess. Biocess war das Produkt eines Pharmaherstellers, für den John Richard in letzter Zeit Gutachten erstellt hatte. Leider brachten John Richards hochbezahlte Gutachten Arch und mir nur häßliche T-Shirts und klecksende Füller ein. Archs Hornbrille hüpfte, als er die Hand schützend vor die Augen hob und stirnrunzelnd Marlas und mein Auto auf der Straße ansah.

»Wir kommen gleich zu dir hoch, Arch!« rief Marla. »Du brauchst noch nicht herauszukommen!«

Ohne etwas zu erwidern, machte Arch kehrt und ging in das Haus zurück.

»Du glaubst also, daß er es war?« drängte ich, nicht fähig, das Thema abzuschließen. »Glaubst du, daß John Richard Korman schließlich doch zu weit gegangen ist und tatsächlich jemanden umgebracht hat?«

»Natürlich glaube ich das«, erwiderte Marla gelassen. »Mit zehn bis zwölf Drinks intus und einem guten Anlaß, wütend zu werden? Keine Frage. Du hast selbst gesagt, daß du die Blutergüsse gesehen hast. Und der Kotzbrocken hatte einen Anlaß, wütend zu werden, darauf kannst du Gift nehmen.«

» Welchen denn? Ich meine, außer Geldproblemen.«

»Er hatte nichts außer Geldproblemen, Goldy. Die McCrackens verklagen gerade ihn und ACHMO, und trotz seiner Versicherung gegen Kunstfehler entstehen ihm hohe Kosten. Ich habe gehört, daß die Kläger einen Anwalt beauftragt haben, ACHMO sogar mehrere Anwälte eingeschaltet hat und auch John Richard sich einen eigenen Anwalt nehmen mußte. Du weißt, wie gründlich solche Verfahren vorbereitet werden müssen. Ich vermute, daß ihn das Finanzchaos bei diesem Prozeß auffrißt.« Sie sagte es selbstgefällig. Ich war nicht der einzige Mensch, der wollte, daß John Richard litt. »Hör mal, du hast seit Monaten keine Alimente mehr bekommen, stimmt's?«

»Genauer gesagt, seit drei Monaten.«

Marla hob in geheuchelter Verblüffung die Augenbrauen. Natürlich hatte sie oft gehört, daß ich mich über John Richards lasche Zahlungsmoral beschwerte. Sie fuhr fort. »Dir war es so wichtig, aus dieser Ehe loszukommen, daß du dich mit einer einmaligen Abfindung und minimalen Alimenten begnügt hast. Und wenn du jetzt etwas für Arch brauchst, sagen wir mal, Geld für Nachhilfe, mußt du jedesmal mit ihm verhandeln, oder sollte ich sagen, betteln. Stimmt's?« Ich nickte stumpf und sah hinauf zu der Veranda. Arch war nirgends zu sehen. Marla wedelte mit dem Finger, um sich zu vergewissern, daß ich ihr zuhörte. »Mein Anwalt hat einen Anteil an der Praxis verlangt. Zehn Prozent des Bruttoeinkommens pro Jahr. Ich hab's zwar nicht gebraucht, aber ich hab' mir gedacht, die beste Strafe für den Kotzbrocken ist, wenn ich ihm an die Brieftasche gehe. Falls du ...«

Ich unterbrach sie ungeduldig. »Marla, eine Frau ist tot. Wohin soll das führen?«

»Zur Bank, Schätzchen. Damals in der guten alten Zeit hab' ich im Jahr sechzig- bis achtzigtausend gekriegt, zuverlässig zehn Prozent der Einnahmen des Kotzbrockens aus seiner Frauenarztpraxis. Aber dann hat sich das geändert. Weil immer mehr seiner Patientinnen krankenversichert waren, während früher nur die Hälfte versichert war und die andere Hälfte aus eigener Tasche bezahlt hat, ist sein Einkommen geschrumpft. Er hat die Einbußen wettgemacht durch die Gutachten für dieses Designerantibiotikum für schwangere Frauen mit Infektionen. Wie heißt es gleich?«

»Biocess«, soufflierte ich.

»Stimmt. Zusätzlich fünfzigtausend pro Jahr, von denen ich jämmerliche fünftausend abgekriegt hab'. Außerdem hat er damit angefangen, an den Wochenenden in Krankenhäusern zu arbeiten, aber du weißt ja, daß er es nicht leiden kann, wenn sein gesellschaftliches Leben eingeschränkt ist, obwohl er durch den Wochenenddienst weitere sechzigtausend im Jahr verdient hat. Das alles ist dem armen Teufel zu anstrengend geworden.«

»Marla ...«

»Wart 's ab. Dann hat er sich von AstuteCare, kurz ACHMO genannt, aufkaufen lassen, was ein bißchen gehobener klingt als eine normale Krankenversicherung, aber ...« Sie zuckte die Achseln. »An diese kleine Transaktion brauchen wir uns wohl kaum zu erinnern. Auf diesem Weg ist außerdem die jetzt mausetote Ms. Craig in unser Leben getreten.«

Arme Suz. Ein Schmerz fuhr mir durch die Brust.

»Goldy, wenn du heutzutage in Aspen Meadow ein Kind kriegen oder den Kotzbrocken als Frauenarzt haben willst, müssen dein Mann oder du bei ACHMO versichert sein, ja? Ich meine,

Gott allein weiß, warum eine Frau mit Verstand unbedingt John Richard zum Arzt haben will. Aber er hat Anhängerinnen, nehme ich an. Wie stark er sich engagiert, hängt möglicherweise von der Bereitschaft ab, die Mitgliedsbeiträge bei ACHMO zu blechen.«

»Marla, das weiß ich. Und daß ACHMO die Praxis für eins Komma eins Millionen gekauft, und er sich das schicke neue Haus im Club in der Nähe von Suz geleistet hat. Na und?«

Marla sagte geduldig: »Ich habe also hundertzehntausend bekommen, als er die Praxis verkauft hat, aber seither habe ich im letzten nur dreißigtausend Dollar gekriegt, dieses Jahr zwanzigtausend. Begreifst du denn nicht? Sein Jahreseinkommen ist um mehr als die Hälfte gesunken. Meinst du nicht auch, daß diese Tatsache ausreicht, ihn ganz schön zu ärgern? Erst hab' ich seine neue Sekretärin angerufen, dieses niedliche junge Ding. Du weißt, wen ich meine.«

»ReeAnn Collins«, sagte ich. ReeAnn war eine bezaubernde Dreiundzwanzigjährige, die seit etwa zehn Monaten für John Richard arbeitete. Ich hatte natürlich den Verdacht, ReeAnn sei ein bißchen verliebt in ihn. Ich hatte daran gedacht, sie zu warnen, weil ich immer glaubte, ich müsse das tun. Aber ich hatte es nie getan. Auch Suz Craig hatte ich nicht gewarnt. In meiner Kehle schien sich ein Stein zu bilden.

»ReeAnn hatte keine Ahnung, warum meine Abfindung sich so verringert«, fuhr Marla glatt fort, »deshalb hab' ich bei Astute-Care angerufen. Ich wollte wissen, wieviel Geld John Richard zusteht und wann.«

»Pfui, Marla.«

»Oh, es hat Spaß gemacht. Ich hab' mit Suz Craigs Sekretärin gesprochen und dann mit einem Typen namens Chris Corey, der sich um die Kontakte zur Pharmaindustrie kümmert. Corey war früher mal Arzt, aber jetzt verdient er sich dumm und dämlich in der Verwaltung«, fügte sie mit einem rauhen Lachen hinzu. »Er war soooo höflich und hat versucht, mir freundlich zu erklären, daß es mich verflixt noch mal nichts angeht, was John Richard verdient.«

»Ja, den kenne ich ...« Vor meinem geistigen Auge sah ich einen schwergewichtigen Mann, der eine Treppe hinunterfiel. »Chris Corey hat sich vor Suz' Haus den Knöchel verstaucht.«

»Ja, ich hab' ihn rumhumpeln gesehen. Er wohnt hier oben mit seiner Schwester Tina. Sie gehört zu den Frauen, die im Lake-Center die Babsieausstellung organisieren.«

Ich versuchte, mich zu konzentrieren. Die Coreys waren mir egal. »Soll das heißen«, sagte ich, »daß John Richard statt bis zu achthunderttausend Dollar im Jahr nur noch dreihunderttausend verdient?«

»Traurig, was?«

»Und auf dieses Einkommen bringt er es auch nur, weil er außerdem Gutachten für Biocess erstellt und im Krankenhaus arbeitet. Du willst also sagen, daß dir nicht gefallen hat, wie stark dein Anteil zurückgegangen ist, und daß du versucht hast, rauszufinden, ob er unehrlich zu dir ist.« Was in aller Welt hatte das mit dem Tod von Suz zu tun?

»Stimmt!« sagte Marla energisch. »Also hab' ich schließlich wegen des Einkommensverlusts meinen Anwalt angerufen und ihm von den Leuten erzählt, mit denen ich gesprochen hatte. Mein Anwalt hat weiter herumtelefoniert und mir dann mitgeteilt, daß die Beteiligung an Biocess ruht. Außerdem hat John Richard den letzten Bonus von ACHMO noch nicht bekommen. Einen dicken fetten Bonus von um die zweihunderttausend Dollar. Wenn der Bonus fällig sei, bekäme ich wieder mehr Geld zu sehen. Ich hätte liebend gern mein Stück davon ab, Goldy. Aber hauptsächlich hab' ich das alles gemacht, um John Richard zu ärgern, weil ich gewußt hab', daß ihm zugetragen wird, wie ich herumschnüffle. Der Kerl ist aus der guten alten Zeit bis über die Ohren verschuldet, muß dir was zahlen, mir was zahlen, seine Eigentumswohnungen, sein neues Haus und seine Autos abzahlen und sich mit den McCrackens herum-

schlagen. So. Ich hab' gewollt, daß der Kotzbrocken weiß, ich bin ihm auf die Schliche gekommen. Ich hab' gewollt, daß er sich windet.«
»Und die Verbindung zu Suz Craig …?«
Marla zog eine Augenbraue hoch. »Hab' ich dir das nicht gesagt? Suz war diejenige, die darüber zu entscheiden hatte, ob er den Bonus bekommt oder nicht.«

Das plötzliche Wiederauftauchen meines Sohnes hinderte Marla und mich an einer weiteren Diskussion über die schwindenden Finanzen und wachsenden Probleme John Richards. Arch sprang linkisch von der Veranda der Rodines und runzelte die Stirn, als er seine Tasche in unsere Richtung schleppte. Ich hatte das flaue Gefühl, daß die Übernachtungsparty keinen guten Verlauf genommen hatte. Marla fragte, ob sie bleiben solle, und ich sagte nein. Nachdem sie Arch schnell und wortlos umarmt und mich mit einem strahlenden, beruhigenden Lächeln bedacht hatte, brauste sie in ihrem Mercedes davon.

»Warum war Marla hier?« fragte Arch, als er sich anschnallte. Er hatte die typische heisere Stimme und den starken Jungengeruch, die immer zum Morgen nach einer Pyjamaparty zu gehören schienen.

»Nur auf Besuch«, sagte ich leichthin.

»Meinst du, daß Dad schon auf ist? Ich hab' noch nicht gefrühstückt.«

»Du wirkst nicht sehr glücklich«, bemerkte ich, mehr als Test, um herauszubekommen, ob jemand die Rodines angerufen und bereits über den Vorfall am Jacobean Drive unterrichtet hatte.

»Na ja.« Sein Ton klang angewidert. »Ich meine, wir wollten frühstücken, wir sollten Frühstück bekommen, aber dann ist was

passiert.« Er schüttelte sich die Haare aus den Augen. »Du kennst Clay Horning?«
»Ja.« Clay Horning war der Haushooligan in der achten Klasse der Elk-Park-Schule. Ich behielt meine Meinung jedoch für mich.
»Clay hat ein halbes Dutzend von Mrs. Rodines Babsiepuppen von einem Sessel genommen. Er hat nicht verstanden, warum Mrs. Rodine sie dort hingesetzt hat. Ich meine, sie spielt nie mit ihnen, aber sie sitzen auf den Sesseln, auf den Tischen, auf den Sofas, auf den Betten, auf den Kommoden, einfach überall! Wenn du mich fragst, ist Mrs. Rodine auf einem Puppentrip! Jedenfalls hat Clay sehen wollen, wie die Köpfe von ein paar Puppen auf den Körpern von den anderen aussehen. Er hat alle Köpfe abgemacht und ausgetauscht – die schnappen einfach ein, weißt du –, und da ist Mrs. Rodine ausgerastet. Sie ist mit der Bratpfanne auf ihn losgegangen. Clay ist weggesprungen, aber der ganze ungebratene Speck ist auf die kopflosen Babsies gerutscht. Kannst du dir vorstellen, daß man mit so was Blödem eine Pyjamaparty ruiniert?« Er schüttelte den Kopf. »Leute gibt's.«
Ich erwiderte nichts. Nach ein paar Sekunden schob sich Arch die Brille die Nase hoch und verzog den Mund. »Mom? Ich will mich ja nicht beklagen.« Er wartete darauf, daß ich etwas sagte. »Regst du dich wegen Mrs. Rodine und der Bratpfanne auf? Oder bist du wütend, weil sie mir nichts zu essen gegeben hat? So hungrig bin ich auch wieder nicht.«
»Es ist nicht einfach, mit Mrs. Rodine auszukommen«, sagte ich leise. »Aber ich will jetzt nicht über sie reden, Arch. Laß uns einen Augenblick hier sitzen. Ich muß nachdenken.«
Er zuckte die Achseln. »Okay. Wie du willst.«
Ich musterte meinen Sohn und spürte, wie mir vor Liebe, wegen meiner Unfähigkeit, mich mit ihm zu verständigen, und wegen böser Vorahnungen das Herz weh tat. Im letzten Jahr hatte sich Arch endlich an ein neues Familienleben gewöhnt. Er vergötter-

te Tom, obwohl seine Anhänglichkeit John Richard gegenüber ungebrochen war. Aber sein Vater tat nicht viel mehr, als daß er Arch duldete und ihn dazu benützte, mit mir zu streiten. Als Marlas Neffe, unser geliebter ehemaliger Untermieter Julian Teller, aufs Cornell College gegangen war, hatte ein von uns aufgenommener Bluthund, Jake, die entstandene Lücke in Archs Leben ausgefüllt. In letzter Zeit hatte sich Arch mit Macguire Perkins angefreundet. Die beiden Jungen hörten gern Musik und hingen, wie sie das nannten, in John Richards Praxis herum. Das alles wirkte jetzt bezaubernd unschuldig und weit weg. Es war unwahrscheinlich, daß sie noch in der Praxis eines Arztes herumhingen, der unter Mordverdacht stand.

Ehe ich formulieren konnte, was gesagt werden mußte, ertönte hinten im Lieferwagen ein trostloses Katzengeheul. Ein zweites folgte schnell. Arch fuhr herum.

»Mom? Ist das Scout? Was ist los?«

»Nein.« Ich seufzte. Tippy wollte hinaus. »Ich bin gleich wieder da.« Als ich aus dem Lieferwagen sprang, stand Gail Rodine, eine vollbusige, matronenhafte Brünette, mit finsterem Blick auf ihrer geräumigen Veranda. Sie hielt sich ein Klemmbrett vor die Brust und funkelte mich zornig an, als wäre meine Anwesenheit am Straßenrand vor ihrem Haus ein unerlaubtes Eindringen. Neben Gail stand eine große, ähnlich schwergewichtige Frau mit langen blonden Zöpfen. Die Blondine schien einen Arztkittel zu tragen. Ich riß die Hintertür des Lieferwagens auf und sah, daß die kleine Katze hinter meinem Ersatzreifen lauerte. »Komm, Tippy«, drängte ich. »Komm raus.«

Suz' Katze mußte nicht herausgelockt werden. Sie machte einen Satz aus dem Lieferwagen, landete auf dem Rasen der Rodines und stürzte dann zu einem der rosa blühenden Rosenbüsche um die Veranda herum. Die Katze versuchte verzweifelt, an einem Rosenbusch hochzuklettern. Gail Rodine kreischte. Die Frau mit den blonden Zöpfen eilte mit ausgestreckten Armen die Verandatreppe herunter. Durch Gails wütendes Geschrei waren die beruhigenden Worte, mit denen die Blondine auf die in Panik geratene Katze einredete, kaum zu hören. Die Katze witterte eine Freundin und sprang von dem zerstörten Rosenbusch in die offenen Arme der Frau. Dann kroch sie ihr auf die Schulter.

»Mom?« sagte Arch. »Was ist hier los? Wem gehört die Katze? Sie sieht aus wie die von Ms. Craig.«

»Entschuldigen Sie«, sagte ich und näherte mich der Blondine, die gerade die Hand hob, um die Katze auf ihrer Schulter zu streicheln. »Es ist nicht meine, sie gehört ... jemand anderem.« Auf dem weiten blauen Kittel der Frau stand über dem Herzen, dunkelblau aufgestickt »Dr. Babsie«. »Ich kenne Sie, nicht wahr? Praktizieren Sie hier in der Stadt? Ich bin Goldy Schulz.«

Die Frau stieß ein merkwürdiges, eifriges Lachen aus. Sie bedachte mich mit einem eindringlichen Blick aus blauen Augen. »Sie sind die Partylieferantin, stimmt's? Nächste Woche richten Sie mehrere Essen für uns aus. Ich bin Tina Corey. Leiterin des Babsiepuppenclubs von Aspen Meadow. Woher kennen Sie mich?«

»Aus der Kirche?« mutmaßte ich, ohne hinzuzufügen, daß mir ihr Gesicht nur vage vertraut war. Aber in St. Luke fanden an jedem Wochenende drei Gottesdienste statt, und es war möglich, jahrelang in die Kirche zu gehen, ohne den Namen eines anderen Gemeindemitglieds zu kennen.

»Mom?« rief Arch aus dem Lieferwagen. »Wir müssen los, sonst regt Dad sich *wirklich* auf.«

Ich bedeutete ihm zu warten. »Ich ... ich habe Ihren Bruder kennengelernt, Tina. Chris. Von ACHMO. Sind Sie auch Ärztin? Ich meine, da steht ... auf Ihrem Kittel ... «

Sie gluckste wieder. »Nei-ein, das ist bloß das Kostüm für die Babsi-Tierärztin in Erwachsenengröße. Gefällt es Ihnen?«

»Ich ... äh ... sicher. Ich muß los. Wollen Sie mir die Katze zurückgeben? Sie gehört mir nicht.« Aber als ich nach Tippy griff, fauchte die Katze mich an.

»Alle Tiere lieben mich«, versicherte Tina mir. »Wollen Sie, daß ich sie ihrem rechtmäßigen Besitzer zurückbringe?«
»Ehrlich gesagt«, antwortete ich verzweifelt, »vielleicht wären Sie bereit, sie eine Weile zu behalten, bis wir sie dem Tierschutzverein übergeben können ... «
Tina riß die Augen weit auf. »Auf gar keinen Fall! Ich behalte sie. Ich habe schon eine Menge Katzen. Wie heißt sie?«
»Ich glaube, die Besitzerin hat sie Tippy genannt.«
Murmelnd langte Tina nach oben und nahm sich die Katze sanft von der Schulter. Gail Rodine sah böse drein. »Süßes Baby!« gurrte Tina. »Ich bring' dich bald wieder ganz in Ordnung.«
»Danke, Tina«, sagte ich und wartete die Erwiderung der Katze nicht ab. »Bis nächste Woche. Bei der Puppenausstellung.« Ich trabte zum Lieferwagen zurück und wagte nicht, Gail Rodine anzuschauen. Ich kletterte wieder auf den Fahrersitz und räusperte mich. Das war keine einfache Sache, trotz allem, was Marla gesagt hatte. »Hör zu, Arch«, sagte ich. »Dad steckt in Schwierigkeiten.«
Er bewegte sich ungeduldig auf dem Sitz neben mir. »Was?« Sein Blick hinter den dicken Brillengläsern wurde mißtrauisch. »Ist er okay?«
»Eigentlich nicht. Ich meine, körperlich ist er okay, aber ... «
»Was meinst du dann? Dad steckt in Schwierigkeiten?« Vor Angst versagte seine Stimme. Ich wollte ihn unbedingt trösten, obwohl meine Stimme bei jedem Satz bebte. *Dad ist bei Tom auf dem Revier* und *Offenbar hat er sich mit seiner Freundin gestritten* und *Ehrlich gesagt, niemand weiß genau, was passiert ist, aber Suz Craig ist tot.* Auf Archs erste Reaktion – bestürzter Unglaube – folgte Panik.
»Sie ist tot? Suz ist tot? Bist du sicher?«
»Ja. Ich habe ihre Leiche in einem Graben liegen sehen, als ich heute morgen an ihrem Haus vorbeigefahren bin. Und dein Dad ist festgenommen worden.« Ich holte tief Luft. »Er wird verdächtigt, sie umgebracht zu haben.«

Arch sah aus dem Fenster. Gail und Tina saßen auf der Veranda und unterhielten sich. Tina umschloß die Katze mit ihren Armen. »Aber ... das ergibt doch keinen Sinn.«
»Schatz, ich weiß.«
Er schwieg und sagte dann: »Wann kann ich ihn besuchen?«
»Ich bin mir nicht sicher.«
»Aber warum bist du überhaupt an dem Haus von Ms. Craig vorbeigefahren?«
»Arch, bitte. Ich wollte dich nicht in ein leeres Haus bringen.«
Er sah mich wieder an. Durch die Verwirrung wurde seine Stimme lauter. »Was für ein leeres Haus? Warum? Wovon redest du?«
»Über Dads Haus! Also, ich habe gedacht, vielleicht hat er bei Suz übernachtet und ist noch nicht zu Hause! Ich ... wollte nur sehen, wo er ist, weil ich dir Kummer ersparen wollte.« Ich plapperte hilflos. »Ich hab' schließlich nicht gewußt, worüber ich stolpern würde.«
»Du hast mir jedenfalls keinen Kummer erspart«, sagte mein Sohn schroff, wandte sich von mir ab und schaute wieder aus dem Fenster.
Während ich den Lieferwagen nach Aspen Meadow zurückfuhr, tat ich mein Bestes, mich liebevoll und geduldig zu geben. Es nützte nichts. Arch hatte sich in sein Schweigen zurückgezogen.
Warum verpfuschte John Richard Korman immer wieder unser Leben? Das war die Frage, auf die es keine Antwort gab. Meine Knöchel traten beim Umklammern des Lenkrads weiß hervor.
Zu Hause verließ Arch den Lieferwagen vor mir und knallte die Tür zu. Macguire hatte Jake in unseren eingezäunten Garten hinter dem Haus gelassen. Der Hund heulte vor Begeisterung über unsere Ankunft. Arch ahnte meine Sorge, die Nachbarn könnten sich beschweren, und machte sich daran, Jake ins Haus zu schaffen. Ich saß im Lieferwagen, betrachtete Archs kurze

Beine und sein flatterndes T-Shirt und dachte über die Krise nach, die uns bevorstand.
Mein Sohn würde über seine Gefühle mit mir sprechen. Da war ich mir sicher. Er würde es nur zu einem Zeitpunkt seiner Wahl tun. Wir klärten immer alles zwischen uns, sagte ich mir. Aber ich empfand einen Stich der Ungewißheit. Ich schlüpfte aus dem Lieferwagen und ging vorsichtig über die Holzterrasse, die ich vor Jahren hinter dem Haus hatte anbauen lassen. Plötzlich blieb ich stehen und musterte die diagonalen Bretter. Die Terrasse, die verflixte Terrasse. Ich sank benommen auf einen mit Kissen belegten Redwoodstuhl.
Die Terrasse war meine Idee gewesen. Mein Geschenk an John Richard zu unserem fünften Hochzeitstag. Oh, Herr im Himmel, warum dachte ich gerade jetzt daran? Weil alles explodierte: mein Leben, meine Familie, mein Verstand. Die Welt kam mir vor wie ein Flipperautomat, der sich nicht abstellen ließ.
Ich schaute auf die Terrasse hinunter. Ich hatte das Geld von dem gespart, was John Richard mein Haushaltsgeld nannte und was ich später, als ich erfuhr, wieviel Geld er tatsächlich verdiente, als meinen Haushaltsklacks bezeichnete. Naiv wie ich war hatte ich geglaubt, die Terrasse würde ein wunderbarer Ort für uns als Familie sein. Ich hatte sogar gedacht, es würde John Richard und mir Spaß machen, die Bauarbeiten zu beobachten. Ha.
Ich fuhr mit den Fingern über das glatte Redwoodgeländer, das nach einem Gewitterregen immer so wundervoll roch. Sobald die Bauarbeiter anfingen, hatte John Richard Einwände erhoben und jedes Detail kritisiert. Warum Redwood? Das ist zu teuer. Warum willst du sie so groß haben? Am nächsten Tag: Warum ist sie so klein? Warum läßt du keinen Grill bauen? Und trotz der Tatsache, daß er nichts dazu beitrug, schrie er: Das kostet ein Vermögen! Hältst du mich für einen Goldesel? Schließlich erklärte er, er werde sich nie auf unsere wunderschöne Redwoodterrasse setzen. Also stand sie leer. Seinen Freunden

gegenüber machte er sich über mein Projekt lustig. Er nannte es Goldys goldenen Spleen.
Sobald die Scheidungspapiere unterschrieben waren und ich meinen Abfindungsscheck eingezahlt hatte, war ich als allererstes zu den Howard Lorton Galleries gefahren, dem teuersten Möbelgeschäft in Denver. Dort hatte ich impulsiv Terrassenmöbel im Wert von tausend Dollar bestellt.
Warum wärmte ich diese alte Geschichte jetzt auf? Mein Gehirn meldete sich wieder mit einer Warnung. Weil er sich wieder in dein Leben gedrängt hat, und nicht nur, um seinen Bankrott zu erklären.
Paß gut auf dich auf, Goldy.

Im Haus war Arch am Telefon. Er sah mich ernst an und schüttelte dann den Kopf.

»ReeAnn«, sagte er ungeduldig in den Hörer. Hatte John Richards Sekretärin uns angerufen? Oder Arch sie? »Ich weiß nicht, was Sie den Patientinnen sagen sollen. Suchen Sie lieber nach einer Vertretung für Dad ... Ich weiß es nicht! Hören Sie, könnten Sie ihn bitten, daß er mich anruft, falls er sich bei Ihnen meldet?« Er stockte. »Nein! Woher soll ich wissen, was die mit ihm machen?« Er knallte den Hörer auf und schaute mich voller Trauer an. Nach einem Moment sagte er: »Du siehst entsetzlich aus, Mom.«

»Danke.«

»Warum kochst du nicht was oder so?«

Ich sah mich in der Küche um. Kochen oder so. Die Törtchenreihen standen da und warteten auf den Guß. Meine Frühstückskaffeereste lagen neben dem Spülbecken. Nichts verlockte mich.

»Mom, bitte.« Arch umarmte mich schnell und löste sich gleich wieder von mir, peinlich berührt. »Es wird schon wieder. Das ist alles bloß ein Riesenirrtum.«

»Oh, Schatz ...« Aber ich fand keine Worte.

»Ich schau mal nach, ob Macguire wieder ins Bett gegangen ist, nachdem er Jake rausgelassen hat«, erklärte Arch unvermittelt.

»Es wird Zeit, daß er aufsteht, ganz gleich, was los ist, meinst du nicht auch?«

»Ja, sicher.« Ich schüttelte den Kopf, als Arch ging, um unseren Untermieter zu wecken. Damit ich nicht noch länger grübelte, machte ich mir noch einen Espresso.

»Ich bin auf, ich bin auf«, brüllte Macguire Perkins durch die geschlossene Tür seines Zimmers. Seine gedämpfte Stimme hallte klagend die Treppe herunter.

Ich schüttete den Kaffee in mich hinein, schleppte mich zu unserem begehbaren Kühlschrank und musterte den Inhalt. Frühstück für Macguire Perkins zu machen – das war auf dem Gebiet *Kochen oder so* eine Herausforderung, der ich gewachsen war. Arch hatte recht: Ich schien ohnehin logischer zu denken, wenn ich Essen zubereitete. Und mit Macguire als Puffer konnten Arch und ich vielleicht den Status seines Vaters als Mordverdächtiger ohne weitere Ausbrüche besprechen. Ich hörte, daß oben weiter gegen die Tür gehämmert wurde.

»Ich bin auf, hast du mich nicht gehört?« rief Macguire. »Warum quält ihr mich alle?«

Der gute alte Macguire, dachte ich, als ich Eier und Butter herausnahm. Ein Jahr nach dem Abschluß an der Schule, die auch Arch besuchte, hatte Macguire keinerlei Pläne. Zu Beginn des Sommers hatte er schließlich damit angefangen, auf Teilzeitbasis für mich zu arbeiten. Macguires Vater, der Rektor der Elk-Park-Schule, war damit einverstanden gewesen, Macguire drei Monate lang allein in ihrem Haus auf dem Schulgelände wohnen zu lassen. Perkins senior war verreist und leitete in Burlington, Vermont, ein Sommerseminar. Als er mein Assistent wurde, gestand Macquire, er versuche widerwillig zu entscheiden, was er mit seinem Leben anfangen wolle. Ich fand wenige Wochen nach dem Anfang seiner Tätigkeit heraus, daß der Partyservice nicht das war, was er mit seinem Leben anfangen wollte. Dann erklärte Macguire, er habe beschlossen, Kriminalpolizist zu werden. Leider war er Amok gelaufen.

Entgegen allen Ratschlägen hatte Macguire versucht, einen Fall auf eigene Faust aufzuklären. Die Folge war gewesen, daß ein Verbrecher ihn brutal zusammengeschlagen und ihn – während eines Gewitters – am Straßenrand liegen gelassen hatte, weil er ihn für tot hielt. Macguire war mit zahlreichen Blutergüssen und Platzwunden ins Krankenhaus eingeliefert worden. Unglücklicherweise war das erst der Anfang seiner gesundheitlichen Probleme. Nach der Entlassung aus dem Krankenhaus hatte er zu Hause in Elk Park sofort eine Halsentzündung bekommen, die sich schnell zu einer ausgewachsenen Infektion mit Pfeifferschem Drüsenfieber entwickelte.

Rektor Perkins war sofort nach Hause geflogen und hatte mich um Hilfe gebeten. Macguire konnte nur noch flüssige Nahrung zu sich nehmen und verlor in einem erschreckenden Tempo Gewicht. In den ersten drei Juliwochen nahm er zwanzig Pfund ab. Sein Arzt sagte, sobald Macguire die Antibiotika absetze, brauche er Ruhe, Aufmunterung, nahrhaftes Essen und Bewegung in Maßen. Aber Rektor Perkins konnte sich nicht vorstellen, seinem Sohn bei der Genesung zu helfen, während beide in einer Bed-and-Breakfast-Unterkunft in Vermont aus Koffern lebten, so urig es dort auch sein mochte. Deshalb flehte Perkins mich an, Macguire für den Rest des Sommers bei uns aufzunehmen.

»Geben Sie dem Jungen einfach drei Rechtecke am Tag. Oder drei Würfel. Sie wissen schon, Steaks«, hatte er gesagt. Rechteckige Mahlzeiten oder würfelförmige Steaks? Der Rektor hielt sich wohl für witzig. Meistens war Perkins senior nur lächerlich. »Dank Ihrer Pflege, liebe Goldy«, hatte er überheblich erklärt, »zweifle ich nicht daran, daß sich mein Sohn in spätestens zwei Wochen bestens erholen wird.«

Ich hatte schließlich ja gesagt, und so wohnte Macguire Perkins seit Mitte Juli bei uns. Aber es konnte keine Rede davon sein, daß sich der Teenager bestens erholte. Natürlich war es unvermeidlich, daß unsere Wahrnehmung Macguires von unserer

Erfahrung mit dem jetzt abwesenden Julian Teller getrübt wurde, dessen starke Energie, hohe Intelligenz und liebevolle Zuneigung unserer Familie gegenüber seine Zeit bei uns geprägt hatten. Julian hatte alles getan, er hatte Arch geliebt, als wären sie Brüder, die sich besonders nahestanden, und er hatte phantasievolle vegetarische Speisen für unsere Familienmahlzeiten gekocht. Zu Julians Überraschung, aber nicht zu unserer, war ihm ein großartiger Sommerjob in der Küche eines schicken Hotels im Staat New York angeboten worden. Wir litten sehr unter seiner Abwesenheit.

Als Tom und ich uns einverstanden erklärt hatten, Macguire aufzunehmen, hatte ich insgeheim gehofft, Arch werde der Nutznießer sein, weil er so einen neuen Freund in Julians Alter bekomme.

Arch hatte mein Motiv gewittert und gemault: »Das ist so, wie wenn ein Hund stirbt; dann kann man auch nicht einfach hingehen und einen neuen kaufen.«

»Arch, gib ihm doch eine Chance«, hatte ich widersprochen.

Aber trotz Archs anfänglichem Widerstreben hatte er der Aufnahme Macguires als Untermieter grollend zugestimmt. Macguire war schwerfällig, ehrlich und herzensgut. Darüber hinaus war seine Rehabilitation eine noch größere Herausforderung als die von Jake, Archs geliebtem Bluthund, der unter dem Verdacht, er sei unzuverlässig, aus dem Polizeidienst entlassen worden war. Was gar nicht stimmte, wie sich bald herausstellte.

Das Problem mit Macguire bestand jedoch darin, daß er nichts essen wollte. Er sagte, er könne es nicht – er sei nicht hungrig. Ob er nicht wollte oder nicht konnte, das Ergebnis lief immer auf dasselbe hinaus. Der Junge nahm keine Nahrung zu sich.

Beim Frühstück verschmähte Macguire sowohl Speck und Würstchen, Rührei, pochierte, gekochte Eier oder Spiegelei, als auch Toast und englische Muffins, Frühstücksflocken, Haferbrei und Müsli, und sogar Trinkjoghurt und Obst in jeder Form. Ich mußte ihm immer noch gut zureden, damit er mehr zu sich nahm als Orangensaft. Er behauptete, schon nach dem kleinsten Bissen bekomme er Magenschmerzen. Sein Arzt hatte erklärt: »Wenn er Hunger bekommt, ißt er etwas.« In den drei Wochen, die er bei uns wohnte, war es jedoch noch nicht dazu gekommen. Aber ich ließ die Hoffnung nicht sinken. Jetzt stellte ich die Eier und die Butter ab und ging zum Kühlschrank zurück. Ich nahm eine Schüssel selbstgemachten Schokoladenpudding heraus, der von einem Partyserviceauftrag übriggeblieben war. Ich löffelte etwas davon in eine Kristallschale.

Arch kam polternd in die Küche zurück, nachdem der Weckauftrag erledigt war, sackte auf einen Stuhl und wandte sich mir mit einem traurigen Blick zu.

»Was meinst du, wann kann ich mit Dad sprechen? Er hat sich nicht in der Praxis gemeldet, und ReeAnn dreht durch.«

»Ich weiß es nicht«, antwortete ich wahrheitsgemäß.

»Aber ... ist Dad im Gefängnis? Wann kommt er raus?« insistierte Arch.

»Äh, ich bin mir nicht sicher. Vermutlich wird er gerade durch den Wolf gedreht.«

»Oh, toll. Wie Leberwurst.«

Ich ließ ihm das durchgehen, stellte den Schokoladenpudding auf den Tisch und fing mit den Keksen in Form von Eishockeypucks an. Wenn Macguire nicht auf ein herkömmliches Frühstück mit Speck und Eiern ansprach, fuhr er vielleicht auf Schokolade und Kekse ab.

Während Arch den Tisch musterte und gegen seine Verwirrung ankämpfte, siebte ich das Mehl mit den anderen Trockenzutaten, während mein Mixer das Backfett rührte. Ich gab die Buttermilch dazu, verknetete den Teig, stach auf einem Blech Kreise aus und schob das Blech in den Backofen. Dann machte ich den Dosiereinsatz sauber und füllte in meiner Espressomaschine Wasser nach. Das war mein vierter vierfacher Espresso an diesem Morgen, aber ich sehnte mich verzweifelt nach dem klaren Kopf, den Koffein im allgemeinen bewirkt. Leider hatte sich diese Klarheit seit meinem grausigen Fund am Jacobean Drive nicht wieder eingestellt.

Trotzdem gab mir das Kaffeekochen Zeit, darüber nachzudenken, wie ich mit Arch umgehen sollte. Ich wünschte mir, ich hätte nicht zu Marla gesagt, es sei okay, wenn sie nach Hause fahre. Sie hätte mir bei diesem Gespräch, das wie ein Minenfeld war, helfen können, so feige das klang. Es war schwer, Archs Fragen zu beantworten, nicht nur, weil er sie abwechselnd flehend oder feindselig stellte, sondern auch, weil feststand, daß ihm die Antworten nicht gefallen würden. Wann würde John Richard freigelassen werden? Wie sollte ich meinem Sohn erklären, daß eine Aussetzung der Haft auf Kaution bei einem solchen Schwerverbrechen unwahrscheinlich war? Natürlich war gelegentlich etwas bei der Festnahme oder mit dem Beweismaterial nicht in Ordnung, oder der Richter hatte einen anderen Grund, Kaution zu gewähren. Manchmal war die Stellung eines Verdächtigen in der Gemeinde so makellos, daß der Richter ihn nach Zahlung einer hohen Kaution freiließ. Aber John Richards Ruf war alles andere als makellos.

Ich holte tief Luft und goß Saft für Macguire ein. »Der Anwalt deines Vaters wird sich am Montag morgen als erstes an einen Richter wenden und wenigstens versuchen, ihn auf Kaution freizubekommen. Ich muß dir aber sagen, Arch, daß es ungewöhnlich wäre, wenn diesem Gesuch stattgegeben würde. Und falls eine sehr hohe Kaution verlangt wird, weiß ich nicht, ob dein Vater über so viel Geld oder genügend Vermögenswerte verfügt.«

Archs Gesicht verfinsterte sich, und er wandte sich von mir ab. In einem gewissen Maß schien er über die Finanzprobleme seines Vaters Bescheid zu wissen. »Was ist mit Tom? Wird Tom auf diesen Fall angesetzt?«

»Das bezweifle ich sehr«, sagte ich vorsichtig. »Vermutlich würde das als Interessenkonflikt eingestuft.«

Arch fuhr wieder herum. Das Entsetzen schlug auf seiner Stirn solche Falten, daß ich spürte, wie mir das Herz gegen die Brust

hämmerte. Ich konnte mir vorstellen, wie er sagte: Wetten, daß es ein Interessenkonflikt ist? Aber zu meiner Überraschung ging seine Besorgnis in die entgegengesetzte Richtung. »Die werden Tom nicht auf den Fall ansetzen? Aber du hast doch gesagt, daß er der Beste auf dem Revier ist! Wenn Tom nicht auf den Fall angesetzt wird, wie wollen wir dann je beweisen, daß Dad unschuldig ist?« Ich war sprachlos.
Folglich hing Archs Frage unbeantwortet in der Luft, als sich Macguire Perkins langsam in die Küche schleppte. Es fiel schwer, seine gelb verfärbten Augen anzusehen, genau wie seine hohlen Wangen und seinen abgemagerten Körper. Als ich ihn kennengelernt hatte, war er kräftig gewesen, ein Basketballspieler und Bodybuilder. Jetzt, mager und lethargisch, schien Macguire auf den langen Beinen zu schwanken wie eine schlecht aufgestellte Vogelscheuche.
»Wie geht's euch denn so?« murmelte er ohne Begeisterung.
»Nicht so toll«, murrte Arch.
Macguire setzte sich an den Tisch, fuhr sich mit den Fingern durch das lange, schief geschnittene rote Haar – wenn er zum Friseur ging, bekam er Kopfschmerzen – und starrte den Pudding und den Saft trostlos an. Dann seufzte er und schob beides weg. Ich ließ mich nicht entmutigen und schenkte ihm ein Glas Milch ein. Er trank einen Schluck. Als ich die heißen, aufgegangenen Kekse aus dem Ofen nahm, sagte er: »Ich hoff', die haben Sie nicht für mich gebacken. Ich kann die nämlich nicht mal anschauen. Tut mir leid.«
»Das ist okay«, log ich aufmunternd und stellte das Blech zum Abkühlen auf ein Gitter. Soviel zum herzhaften Frühstück von heute.
»Mein Dad ist verhaftet worden«, erklärte Arch in einem Ton, der besagte: Ist die Ungerechtigkeit dieser Welt zu fassen?
»Scharf«, erwiderte Macguire. Er trank noch einen winzigen Schluck Milch und sagte dann: »Mein Dad ist auch mal verhaftet worden, aber er will nicht, daß jemand das weiß.«

»Weshalb?« fragte Arch, der es natürlich wissen wollte.
»Trunkenheit und Erregung von öffentlichem Ärgernis«, erwiderte Macguire sachlich. »Das war, als meine Mom uns verlassen hat und Daddy es nicht gepackt hat.«
Arch schloß die Augen und schüttelte den Kopf. Ich wandte mich ab und ließ heißes Wasser und Spülmittel in die Teigschüssel laufen.
»Ich habe heute abend einen Auftrag«, erklärte ich. »Die Siegesfeier für den Stanley Cup. Arch, Marla ruft Todd an und fragt, ob du zu ihm kommen kannst. Fühlst du dich in der Lage, mir zu helfen, Macguire?«
»Darf ich abwarten, wie ich mich später fühle?« Sein Lächeln war schwach. »Ich möchte Ihnen gerne helfen. Wissen Sie, wenn ein Partylieferant dünn ist, glauben die Leute, daß sie von dem Essen, das serviert wird, nicht zunehmen.«
Ehe ich meine Meinung über diese Theorie äußern konnte, seufzte Arch. »Ich will nicht zu Todd«, sagte er verdrossen.
»Mann«, sagte Macguire, »du hast vielleicht 'ne miese Laune. Mach doch einen Spaziergang mit mir. Wenn du willst, gehen wir zu Kids' Vids und schauen, ob die coole neue Spiele haben.«
Arch seufzte wieder. »Es wird bestimmt regnen. Außerdem ruft Dad vielleicht an.«
Macguire verrenkte sich den Hals und schaute hinaus, wo die Sonne zwischen ein paar Wolkenfetzen schien. »Was, bist du ein Wetterfrosch? Ganz schön cool.« An der Tür stieß Jake wieder ein Geheul aus. »Komm schon, Kumpel, wir gehen in die Praxis von deinem Dad und kriegen raus, ob's was Neues gibt. Wir nehmen auch den Hund mit. Wenn's regnet, werden wir eben alle naß.«
»Ach, du willst doch bloß ReeAnn besuchen«, warf Arch ihm vor.
Als Macguires gelbsüchtig wirkendes Gesicht die Röte einer Süßkartoffel annahm, wußte ich, daß Arch ins Schwarze getrof-

fen hatte. Ich sagte: »ReeAnn ist vermutlich nicht in der Stimmung für Gesellschaft.«

»Ist sie bestimmt«, konterte Arch. »ReeAnn freut sich über jeden Besuch von Macguire. Sie haben gemeinsam den Führerschein gemacht, und jetzt hat sie einen Porsche. Er ist schon ewig in sie verknallt. Und nicht bloß wegen dem Porsche«, fügte er finster hinzu.

»Ey, Arch«, sagte Macguire, »nett von dir, daß du das alles ausgeplaudert hast. Willst du jetzt einen Spaziergang mit dem Hund machen oder nicht?«

Arch musterte mich mißtrauisch hinter den dicken Brillengläsern. »Kann Dad mich vom Gefängnis aus anrufen oder was?«

»Du kannst ihn anrufen, und er kann dich dann zurückrufen. Aber ich würde sagen, daß du besser noch wartest. Außerdem, wie du weißt, muß er irgendwann mal in seiner Praxis anrufen.«

»In Ordnung.« Arch gab auf. Er nahm Jakes Leine vom Wandhaken und verschwand.

»Und weshalb ist Dr. Korman verhaftet worden?« fragte Macguire, sobald die Tür hinter Arch zugegangen war.

Ich sagte: »Mord.« Draußen jaulte Jake vor Glück.

Macguire trank Milch, während ihm nichts entging. »O tatsächlich? Wen hat er umgebracht?«

»Macguire, wenn du in den Polizeidienst willst, mußt du lernen zu sagen: ›Wen hat er mutmaßlich umgebracht?‹«

»Okay, wen hat er mutmaßlich abgemurkst?«

»Seine Freundin. Suz Craig.«

Macguire zog seine rostroten Augenbrauen hoch. »Auweia. Wie hat er's denn gemacht? Moment. Wie hat sie's mutmaßlich erwischt?«

»Es sieht danach aus, als wäre sie totgeschlagen worden. Ich glaube, der Fachausdruck lautet Mehrfachverletzungen, mit roher Gewalt zugefügt.« Wieder blitzte Suz' mit Blutergüssen übersäte, zusammengeschlagene Leiche in dem Graben vor mir auf.

»Ey«, sagte Macquire. »Zu hart.« Auf der Terrasse stritt sich Arch lautstark mit Jake über das Anlegen der Leine herum. »Diese tote Schnalle war also die Braut von Ihrem Exmann? Oder ... jedenfalls eine von vielen?«

Ich trank zur Stärkung einen Schluck Kaffee. Die einzige Aktivität, der Macguire während seiner Rekonvaleszenz mit Eifer nachging, war die Lektüre von Raymond Chandler. Leider dauerte es manchmal einen Moment, bis ich den Jargon der Privatdetektive übersetzen konnte. »Warum fragst du das?«

Macguire runzelte die Stirn. »Ey, warum frag' ich was?«

Ich sagte geduldig: »Warum hast du gefragt, ob Suz Craig eine seiner ... Freundinnen war?«

»Stimmt das denn nicht? Ich hab' gedacht, er hat jede Menge Freundinnen.«

»Ja«, sagte ich vorsichtig. »Aber ich hab' gedacht, daß Suz seine einzige Freundin war. Die einzige im Augenblick.«

»Oh.« Er warf einen finsteren Blick auf die Milch, die er kaum angerührt hatte. »Na ja.«

»Macguire, ich hab' versucht, auf soviel Distanz zum Liebesleben meines Exmannes zu gehen wie irgend möglich. Ich will keine Einzelheiten wissen.«

»Was soll das denn heißen? Sie haben ein schlechtes Gefühl, weil seine Freundin den Löffel abgegeben hat, stimmt's?«

»Ja.« Ich atmete aus. »Eine Frau ist tot, und ob's dir gefällt oder nicht, im Moment habe ich ein furchtbar schlechtes Gewissen, weil ich nie eine Klage gegen ihn eingereicht habe, die ihn ins Gefängnis gebracht hätte. Wenn ich das getan hätte, wäre Suz Craig vielleicht heute noch am Leben.«

»Haben Sie kein zu schlechtes Gefühl, Goldy.« Sein Gesicht nahm die typische, philosophische Miene an. »Niemand kann die Zeit zurückdrehen. Zu hart, aber so ist es.« Er zuckte die Achseln.

Ich trank noch einen Schluck Kaffee und biß in einen Keks. Er war feucht, heiß und tröstlich. »Macguire, weißt du, ob mein

Exmann in letzter Zeit andere Freundinnen außer Suz Craig hatte? Hast du etwas gehört oder gesehen … in seiner Praxis, sagen wir mal? Warum hast du gesagt, eine von seinen Freundinnen?«

Macquire stieß scharrend den Stuhl zurück und wich meinem Blick aus. »Ey«, erwiderte er langsam, »vielleicht sollte ich einfach mit Tom darüber reden.«

»Das wäre vermutlich eine gute Idee. Aber es ist unwahrscheinlich, daß Tom in diesem Fall ermitteln wird.«

»Zu hart.« Er seufzte.

»Hatte Dr. Korman eine andere Freundin, über die du was weißt?«

»Oh, nein, nicht genau. Vielleicht bild' ich mir ja nur Sachen ein, weil ich, na ja, eifersüchtig war. Ich hab' eben geglaubt … daß er was mit ReeAnn am Laufen hat.«

»Hast du John Richard und ReeAnn zusammen gesehen? Außerhalb der Praxis?«

»Ja. Er war mal in ReeAnns Haus, am Abend, als ich vorbeigekommen bin, um ihr ein Buch über Porsches zu bringen. Ich meine, ich hätt's ihr nicht bringen müssen. Ich hab's ihr gebracht, statt es mit der Post zu schicken, weil ich sie sehen wollte. Aber Dr. Korman war dort, und sie haben draußen gekocht.«

»Wie lange ist das her?«

»Oh … ich glaub', so gegen Ende des Schuljahres. Sie wissen ja, Arch und ich gehen manchmal in die Praxis. Aber ReeAnn und ich reden nie über was Wichtiges, wenn Arch seinen Dad besucht. Oder hören möchte, ob sein Dad besucht werden will.« Er dachte einen Moment lang nach. »Aber einmal hab' ich sie gefragt, ob sie Lust hat, mit mir in den CD-Laden zu gehen … «

»Macguire.«

»Ja. Als wir in den Laden gegangen sind, haben wir uns CDs angeschaut, über alles mögliche geredet, und ich hab' ReeAnn gefragt, ob's im Moment irgendwelche Typen in ihrem Leben gibt. Da ist sie ganz geheimnistuerisch geworden und hat gesagt, kann schon sein. Dann hab' ich sie nach ihrer Arbeit gefragt, und dazu hatte sie eine Menge zu sagen. Sie hat die Sekretärin nicht gemocht, die vor ihr dort war und die rausgeflogen ist, damit ReeAnn die Stelle bekommt. Jedenfalls hat ReeAnn das geglaubt.«

»Beatrice Waxman.«

»Sie hat sie eine Schreckschraube genannt. Die Schreckschraube hat ihr nicht dabei helfen wollen, die Ablage richtig zu lernen.«

»Die Ablage?«

»Ablage und Abrechnen, irgendsowas. Aber richtig gehaßt hat ReeAnn diese Craig von der Krankenversicherung. Suz Craig. So ein wichtiges Weib, stimmt's?«

»Ja, die stellvertretende Direktorin.«

Macguire schüttelte den Kopf, während er sich erinnerte. »Vielleicht will Tom ja, daß jemand vom Revier mit ReeAnn über Ms. Craig spricht. ReeAnn hat versucht, die Abrechnungen mit der Krankenversicherung zu erledigen, und Ms. Craig hat sie in den Wahnsinn getrieben. Eins kann ich Ihnen sagen, ich weiß nicht, warum, aber ReeAnn hat diese Craig wirklich bis aufs Blut gehaßt.«

Von unserer Vorderveranda aus beobachtete ich, wie der magere, in einen Jogginganzug gekleidete Macguire mühselig das Trottoir entlang hinter Arch herschlich. Auch der hatte sich umgezogen und trug jetzt große, grüne Bermudashorts und ein verschossenes grünes T-Shirt – beides Kleidungsstücke, die Julian hinterlassen hatte. Mit ausgestreckten kurzen Armen, während ihm die Brille über die gerümpfte Nase rutschte, zerrte Arch erfolglos an Jakes Leine. Die langen, hellbraunen Beine des Bluthunds sprangen flink über das Pflaster. Als das seltsame Trio um den Eckladen bog, in Richtung von John Richards Praxis, drehte ich mich müde um und ging in die Küche zurück. Dein Dad ist festgenommen worden. Im Gegensatz zu dem, was Marla glaubte, machte ein Spaziergang, wie lang auch immer, die Sache nicht besser.

An der Haustür verharrte ich kurz am Schaltbrett der Alarmanlage, die vor zwei Sommern installiert worden war. Damals, als ich seit fast vier Jahren allein gewesen war, hatte ich wieder mit dem Ausgehen angefangen. Mit dem gelegentlichen Ausgehen. Dem gelegentlichen Ausgehen mit Männern. Und gerade als ich geglaubt hatte, John Richard habe sich gebessert, wurde sein Verhalten plötzlich zum Problem. Warum hätte mich das überraschen sollen? Ihm hatte der Gedanke nicht gefallen, daß ich

Verabredungen hatte. Zur Demonstration seiner Einwände gegen mein neues gesellschaftliches Leben hatte er mit einer Kürzung der Alimente gedroht – natürlich durch seinen Anwalt –, und dann war er dazu übergegangen, langsam an unserem Haus vorbeizufahren. Ich hatte auf dem College Psychologie als Hauptfach belegt; ich konnte passiv-aggressives Verhalten einordnen. Während der Kotzbrocken alles abstritt – ich bin nie an deinem Haus vorbeigefahren, du Miststück –, hatte ich die Anlage anbringen lassen, sowohl zur Abschreckung als auch, um wirklich in Sicherheit zu sein. Und im großen und ganzen hatte die Anlage ihre Wirkung gezeigt.

Heute morgen hatte John Richard Korman wieder einmal hartnäckig seine Unschuld beteuert. Aber diesmal hatten wir nicht darüber gesprochen, daß er an einem Haus vorbeifuhr oder finanzielle Drohungen verlautbarte. Trotzdem hatte er mich fast davon überzeugt, er habe Suz Craig nicht umgebracht. Wenigstens einen Moment lang hatte ich die Ungläubigkeit verdrängt und ihm seine Geschichte abgenommen. Jetzt war ich mir natürlich gleichermaßen sicher, daß er gelogen hatte. Sie hätten sich ein bißchen gezankt, hatte er gesagt. John Richard Korman hatte immer eine Erklärung parat, wenn ihn der Jähzorn packte und er welche Frau auch immer, die ihn gekränkt hatte, windelweich prügelte. So sehr konnten sich Menschen innerhalb von zwei Jahren nicht ändern. So sehr konnten sich Menschen ihr Leben lang nicht ändern. Ich nahm mir vor, Tom danach zu fragen, ob es im Haus von Suz Craig eine Alarmanlage gab.

Ich wollte schon auf die Schaltknöpfe der Alarmanlage drücken, als ein Auto vom Büro des Sheriffs vor dem Haus hielt. Zwei Frauen stiegen aus – Sergeant Beiner und eine Uniformierte, die ich nicht kannte. Ich nickte und winkte. Natürlich. Sergeant Beiner hatte gesagt, sie komme später vorbei. Ich würde weitere Fragen beantworten müssen. Nun ja, vielleicht konnten mir die Frauen auch ein paar Dinge sagen.

Sergeant Beiner kam federnden Schrittes unser Trottoir entlang.

Ihr hoher, blondgrauer Hahnenkamm bebte, als sie mich fragte, wie es mir gehe. Als ich sagte, so einigermaßen, lächelte sie kurz, entblößte schmale, gelbe Zähne und fragte, ob sie noch ein paar Sachen mit mir besprechen könne.

»Deputy Irving macht sich dabei Notizen.«

Deputy Irving, eine Brünette mit Lockenhaar, einem runden Gesicht und in einer Uniform, die um die Taille spannte, nickte. Deputy Irving war unter dreißig, ohne Ehering.

»Ich bin mir sicher, daß Sie bereits wissen, wonach wir Sie fragen werden«, fing Sergeant Beiner in einem beruhigenden, entschuldigenden Ton an. Wenn sie lächelte, bekam ihr Gesicht hübsche Falten. »Auf dem Revier ist uns Ihre Karriere als Detektivin bekannt.«

»Danke«, erwiderte ich. »Ich möchte gerne helfen.«

»Wir erinnern uns außerdem daran, daß es Ihnen einmal gelungen ist, jemanden aus dem Gefängnis zu befreien. Wie sich herausgestellt hat, war dieser Jemand unschuldig.«

»Dieses Mal brauchen Sie sich keine Sorgen zu machen«, versicherte ich ihr. »Möchten Sie Kaffee? Ich muß heute schon etwa soviel Koffein intus haben, wie in sechzehn Tassen geht. Eine mehr kann auch nicht schaden.«

Beide Frauen schüttelten den Kopf. Ich lud sie ein, sich auf die Verandastühle zu setzen. Als wir alle drei Platz genommen hatten, zückte Deputy Irving pflichtschuldig ihren Notizblock und nahm meinen Namen und meine Adresse zu Protokoll. Ich erzählte dem weiblichen Sergeant wieder, wie ich gegen Viertel vor sieben Suz Craig im Graben bei ihrem Haus entdeckt und per Telefon medizinische Hilfe gerufen hatte.

»Hatten Sie den Verdacht, sie sei tot?« fragte Sergeant Beiner milde.

Ich sah weg. »Ja. Aber ich kenne die Regeln auch, Sergeant Beiner. Deshalb habe ich die Notrufnummer gewählt.«

»Eine Frau an der Straße namens Lynn Tollifer hat Sie durch das Vorderfenster ihres Hauses beobachtet. Sie wußte nicht, warum

Sie, nachdem Sie die Straße entlanggegangen waren, wieder in Schulz' Auto gestiegen sind. Sie hat sich gedacht, Sie riefen wegen Vandalismus an. Mrs. Tollifer hat gesagt, sie habe von ihrem Fenster aus den Graben nicht sehen können. Die Leiche, verstehen Sie.«

»Meine Freundin Marla Korman ist von Lynn wegen Suz angerufen worden, und Lynn hat gesagt, ihr Sohn habe ihr das mit Suz erzählt...« Ich machte eine Pause. »Sie glauben doch nicht, daß die Vandalen etwas damit...«

Sergeant Beiner zuckte die Achseln. »Sie waren bei der Festnahme anwesend, Mrs. Schulz.« Das war keine Frage. Sie musterte mich mit derselben Ruhe, die ihre Stimme tränkte. »Natürlich kann jemand bezeugen, wo Sie heute Nacht waren.« Auch das war keine Frage.

»Das kann Tom bezeugen. Er ist gegen Mitternacht nach Hause gekommen. Was genau hat Lynns Sohn gesehen?«

Sergeant Beiner bedachte mich mit demselben Lächeln wie bei ihrer Ankunft. »Wie gut haben Sie Suz Craig gekannt?«

Ich versuchte, mir bei der Erwähnung von Suz' Namen nicht den bleichen Leichnam im Graben vorzustellen. Unmöglich. »Ich habe einmal eine Party für sie ausgerichtet«, erwiderte ich. »Und natürlich war sie die gegenwärtige Freundin meines Exmannes. Wenigstens eine von ihnen«, fügte ich hinzu. Deputy Irving kritzelte eifrig mit. »Ich bin mir nicht sicher, ob er noch andere Freundinnen hatte, aber es wäre möglich. Vielleicht weiß das seine Sekretärin, ReeAnn Collins. Sie führt seinen Terminkalender. Es könnte außerdem sein, daß sich ReeAnn auch mit John Richard getroffen hat.«

Als ich danach gefragt wurde, buchstabierte ich ReeAnns Namen.

Sergeant Beiner schaukelte im Stuhl. »Wie lange ist es her, daß Sie diese Party für Ms. Craig ausgerichtet haben?«

»Nicht einmal einen Monat. Ich glaube, es war am zehnten Juli. Nein, Moment, am elften. Es war ein Freitag, und die Gruppe war eine Woche lang in Denver im Büro der Krankenversicherung AstuteCare zu Besuch gewesen. ACHMO.«

»Was für eine Gruppe?«

»Abteilungsleiter. Einer von ihnen hat es mir gegenüber erwähnt. Der Hauptsitz von ACHMO ist in Minneapolis, und dorther kam auch die Gruppe.«

»Hat einer von denen mit Ihnen gesprochen?«

Ich dachte zurück. Gedämpfte Forelle, Gemüseauflauf, Krautsalat, Wildreissalat mit Pilzen, Obstbecher, Schokoladentrüffel. Alle hatten gutgelaunt gewirkt. »Die Gäste waren zufrieden. Suz wirkte auch erfreut, weil ihre Gartengestaltung Formen annahm. Sie hat die Pflanzen vorgeführt, die zu dem Gartenprojekt gehörten. Ich glaube, sie hatte Aspen Meadow Nursery damit beauftragt.«

Die beiden Polizistinnen wechselten einen Blick. Sergeant Beiner musterte mich mit geschürzten Lippen und sagte dann: »Suz Craig hat der Landschaftsgärtnerei von Aspen Meadow gekündigt. Nach allem, was ich erfahren habe, war es ziemlich schwierig, für sie zu arbeiten.«

»Wirklich? Na ja, ich glaube, sie hat der Landschaftsgärtnerei gekündigt, weil einer der Abteilungsleiter die Steintreppe hinuntergefallen ist. Er hat sich den Knöchel verstaucht, und sie hat erwähnt, daß sie ihren Landschaftsgärtnern kündigen will.« Ich machte eine Pause. »Im Grunde überrascht mich das. Sie wirkte so begeistert von ihrer Arbeit.«

»War Suz Craig eine anspruchsvolle Kundin, als Sie ihr das Essen geliefert haben?« wollte Beiner wissen.

Ich dachte einen Augenblick lang nach. War es schwierig gewesen, für Suz zu arbeiten? Nicht einmal annähernd. Obwohl die meisten meiner Kunden reizend waren, hatte ich Bekanntschaft mit so vielen Horrortypen gemacht, daß ich mich auskannte. »Ich hatte überhaupt keine Probleme mit ihr. Es war jedoch eine einmalige Angelegenheit, kein langfristiges Projekt. Ich kann nur sagen, daß sie ungewöhnlich entgegenkommend war.« Ich dachte an Suz, wie sich ihr glänzender Rock aus blauer Seide um ihre Knie schmiegte, als sie den neu angelegten Weg entlangging. »Sie hat mich wegen meines Essens über den grünen Klee gelobt. Und sie hat darauf bestanden, daß ich mit den Gästen einen Rundgang über ihr Grundstück mache. Sie hat mir sogar beim Abwasch geholfen.« Als die beiden Polizistinnen nichts sagten, fügte ich hinzu: »Das ist wirklich außergewöhnlich, glauben Sie mir.«

»Waren diese Leute aus Minneapolis noch da, als sie Ihnen großmütig beim Abwaschen geholfen hat?«

»Die fünf Abteilungsleiter waren noch da. Der zuständige Mann für die Kontakte zur Pharmaindustrie ist gegangen, wegen seiner Verletzung. Das war derjenige, der die Treppe hinuntergefallen ist. Der PC hat mich sogar um ein Rezept gebeten.«

»PC?«

»Der Personalchef. Brandon Yuille ist Chef der Personalabteilung der AstuteCare-Niederlassung in Denver. Kennen Sie ihn? Seine Mutter ist im letzten Jahr gestorben, und sein Vater, Mikkey Yuille, hat kurz darauf die Konditorei von Aspen Meadow gekauft. Jetzt, wo Mickey den Tageslauf eines Bäckers hat, bekomme ich ihn kaum noch zu sehen. Aber ich bin mit den Yuilles befreundet. Wir tauschen Rezepte und Essen aus. Letzte Woche habe ich für die beiden Konfekt gemacht und dafür von ihnen thailändische Erdnußsauce bekommen.« Ich machte eine Pause. »So. Soweit ich mich erinnern kann, waren das alle, die dabei waren.«

Beiner zog die Augenbrauen hoch. »All die Leute waren noch anwesend, als Ms. Craig mit Ihnen den Abwasch gemacht hat?«

»Ja, schon.«

»Vielleicht wollte sie mit ihrer Vielseitigkeit Eindruck auf die Leute aus Minneapolis machen. Wissen Sie sonst etwas über Ms. Craig?« gab mir Beiner ein Stichwort.

»Sie war ledig. Reich. Intelligent. Sehr attraktiv.«

»Stimmt.«
Ich seufzte tief, weil ich wußte, was als nächstes kam. »Okay, Mrs. Schulz«, sagte Beiner. »Haben Sie eine Ahnung, wer den Tod von Suz Craig gewollt haben könnte?«
Wenn Arch hiergewesen wäre, hätte er gesagt: »Gib keine Anwort, Mom.« Und natürlich wußte ich nicht, ob John Richard den Tod von Suz gewollt hatte. Aber er konnte so leicht jähzornig werden. Vor allem, wenn die Frau, die über die Geldquellen bestimmte, diese Geldquellen zum Versiegen gebracht hatte.
»Mein Exmann, Dr. John Richard Korman, hat Geldprobleme. Gravierende Geldprobleme Er ist der Krankenversicherung AstuteCare als Arzt angeschlossen, bekommt von ihr sein Gehalt. Ich habe gehört ...«
»Was haben Sie von wem gehört?«
»Von seiner zweiten Exfrau, Marla Korman. Vielleicht möchten Sie auch mal mit ihr sprechen. Marla hat mir erzählt, daß John Richard seine Prämie noch nicht bekommen hatte. Offenbar lag die Entscheidung über die Vergabe der Prämie bei Suz Craig.«
Beiner nickte; Irving schrieb und schlug eine Seite um.
»Wissen Sie etwas über ihre Beziehungen zu anderen? Nachbarn? Freunde?«
»Sie war ziemlich neu in der Gemeinde. Ehrlich gesagt, ich glaube, sie ist hierhergezogen, um näher bei John Richard zu sein.«
»Was hat Ihr Exmann über die Beziehung zwischen den beiden zu Ihnen gesagt?«
Was erzählte er mir je über seine neuen Beziehungen? Die Frau, mit der ich jetzt zusammen bin, ist so viel netter, intelligenter, anschmiegsamer als du. Ich zuckte die Achseln. »Das übliche. Er hat sie vergöttert.«
»Mrs. Schulz? Hat ihr Exmann Grund zu der Annahme, daß Sie Ms. Craig nicht leiden konnten?«

Ich konnte nicht anders; ich mußte lachen. »John Richard hat geglaubt, ich sei eifersüchtig auf Suz. Was ich natürlich nicht war. Ich weiß wirklich nicht sehr viel über ihre Beziehung. Ich weiß nur, daß er gestern abend mit ihr ausgegangen ist. Und heute morgen hat er erwähnt, sie hätten sich ›ein bißchen gezankt‹. So nennt er das für gewöhnlich, wenn er eine Frau zusammengeschlagen hat. Oder er sagt: ›Es ist körperlich etwas aus dem Ruder gelaufen.‹« Als ob seine Wutausbrüche in Schüben kämen. »Wissen Sie, meine Anzeigen wegen seiner Gewalttätigkeit mir gegenüber, samt Fotos von meinem Gesicht und meinem Körper, liegen bei der Polizei.«

In einem etwas leiseren Ton sagte Beiner: »Sie wollen damit sagen, daß John Richard Korman nicht besonders sympathisch ist.«

»Ich habe mich von ihm scheiden lassen.«

Der weibliche Sergeant beschrieb mit dem Finger einen Kreis, und Deputy Irving schlug ihren Notizblock zu. Im selben leisen Ton fragte Beiner: »Sie haben also eine Theorie zu dem Fall? Ich möchte es wirklich gern wissen.«

Unerwarteterweise wallte die alte Wut auf. Beim Gedanken, daß ich auf meiner Veranda saß und ruhig sagte: ›Ja, ich glaube, daß er diese Frau totgeschlagen hat‹, wurde mir schlecht. Ich biß die Zähne zusammen, räusperte mich, schluckte schwer. »Was geschehen ist, werden Sie den Indizien des Falls entnehmen«, sagte ich schließlich. »Hüten Sie sich nur vor John Richard. So einen geschickten Lügner haben Sie bestimmt noch nicht kennengelernt.« Als keine weiteren Fragen kamen, erkundigte ich mich: »Sind wir fertig?«

Beide Frauen standen auf. Sergeant Beiner folgte Deputy Irving die Treppe hinunter. Dann drehte sie sich noch einmal um.

»Sind Sie sicher, daß mit Ihnen alles in Ordnung ist, Mrs. Schulz? Sie sehen ein bißchen mitgenommen aus. Brauchen Sie vielleicht eine Opferbetreuerin?«

»Ich brauche Tom.«

Der weibliche Sergeant nickte. Sie sagte: »Ich rufe ihn vom Auto aus an.« Dann ging sie.

Als ich wieder in meiner Küche war, entschied ich mich, Marla nicht anzurufen. Der Vormittag neigte sich dem Ende zu. Wie schwer es auch war, ich mußte diese Katastrophe hinter mich bringen. Schließlich mußte ich das restliche Essen für die Hokkeyparty zubereiten. Abgesehen davon hing Marla gerade zweifellos am Telefon und plauderte mit ihren Freunden aus dem Country Club, um alles nur Erdenkliche über Suz Craig und ihre Beziehung zu John Richard Korman herauszubekommen. Von Marla würde ich bald einen umfassenden Bericht über ihre Erkenntnisse erhalten, darauf konnte ich den Inhalt meines Kühlschranks wetten.

Ich versuchte, den abgekühlten Guß mit einem Holzlöffel umzurühren. Zu kalt. Ich schaute das stumme Telefon an. Gute alte Marla. Ich hatte alles getan, was in meiner Macht stand, um auf Distanz zu John Richard zu gehen.

Doch die Tatsache, daß Arch unser gemeinsamer Sohn war, brachte mit sich, daß ich mich zumindest alle 14 Tage mit meinem Exmann auseinandersetzen mußte. Marla, die keine Kinder vom Kotzbrocken hatte, hatte ihrerseits nicht den geringsten Grund, sich überhaupt mit ihm zu treffen, und dennoch verschaffte es ihr ein Riesenvergnügen, jede seiner Eskapaden zu verfolgen und mir umgehend darüber zu berichten. Ihre Methode, John Richard zu verachten, bestand darin, jeden Rückschlag, den John Richard erlitt, schadenfroh zu genießen und dies aller Welt mitzuteilen, sei der Rückschlag auch noch so gering. Und als er mal eine Art von Triumph erlebt hatte, weil seine Praxis von ACHMO aufgekauft worden war, hatte ihre Entschädigung darin bestanden, daß sie ein Stück vom Kuchen abbekommen hatte.

Ich stellte den Guß beiseite, schaltete meinen Computer ein und musterte das Menü für die Party von heute abend. Die Belieferung eines Festes war das letzte, was ich mir jetzt wünschte.

Meine Gedanken wanderten zurück zu dem armen, lieben, verwirrten Arch, und ich begriff, daß ich selbstsüchtig gewesen war. *Er* brauchte einen Opferbetreuer. Ich rief schnell in der Praxis des Therapeuten an, der Arch vor etlichen Jahren mal behandelt hatte. Doch im Büro des Psychiaters schaltete sich nur der Anrufbeantworter ein. Mir war untröstlich zumute, und ich hinterließ die Nachricht, mein vierzehnjähriger Sohn durchlebe eine Krise und brauche Hilfe, und zwar sofort.

Arbeite, sagte ich mir. Dann fühlst du dich besser. Die Uhr näherte sich halb zwölf. Dem Vertrag nach mußte ich um fünf alles für die Party aufbauen, und es lag noch eine lange Strecke vor mir, bis ich endlich einpacken und abfahren konnte.

Ich füllte meinen Pastatopf mit Wasser und setzte ihn zum Kochen auf. Drei Salate für heute abend, und einer davon...

Einer davon...

Eine seiner Freundinnen war... John Richard hatte neben Suz Craig noch eine Freundin gehabt? Ausgerechnet die schwarzhaarige Langstreckenradlerin ReeAnn Collins? Natürlich war ich immer davon überzeugt gewesen, daß John Richard seine frühere Sekretärin, die untersetzte, zuverlässige Beatrice Waxman, hinausgeworfen hatte, damit er die gutaussehende ReeAnn einstellen konnte, die zudem im heiratsfähigen Alter war. Ich bezweifelte, daß ReeAnn – deren Vater ihr laut Macguire einen Porsche versprochen hatte, falls sie eine Stelle bekam – sich mit Wortprozessoren auskannte. Oder, der Himmel allein wußte es, mit computererstellten Abrechnungen.

Und wie paßte Macguire in diese ganze Geschichte? Er war zu ReeAnns Stadtvilla gegangen – ein weiteres Geschenk von Daddy – mit der fadenscheinigen Ausrede, er wolle ihr ein Buch vorbeibringen. John Richard war ihm zuvorgekommen und grillte mit seiner Sekretärin. Ein Abendessen mit der Sekretärin ergab noch keine Affäre, obwohl es in John Richards Fall vermutlich so war. Ich würde es jedenfalls Tom erzählen, wie ich es Macguire

versprochen hatte. Und ich würde hinüberfahren und ReeAnn besuchen, wie ich plötzlich beschloß.
Laut Menü für die Hockeyparty mußte ich wie versprochen mediterranen Orzosalat auftischen, eine Gemüsemischung, die ich gegrillten Schlagschuß-Salat getauft hatte, und einen vietnamesischen Krautsalat. Salate, die allesamt noch zubereitet und gekühlt werden wollten. Während die Pasta kochte, rief Marla an.
»Das hat ja nicht lange gedauert«, bemerkte ich, während ich damit anfing, die Kalamataoliven zu entsteinen.
»Laß mich in Ruhe, ich hab' mir Sorgen um dich gemacht. Wie geht's dir?« Ihre Stimme bebte vor Besorgnis. Ich empfand den üblichen Stich von Dankbarkeit dafür, daß sie eine so leiderprobte Freundin war.
»Mir geht es überhaupt nicht gut.« Ich spülte mir die Hände ab. »Es ist so, als stünde ich unter posttraumatischem Streß. Jedesmal, wenn ich mich im Haus umschaue, erinnert mich etwas an den Kotzbrocken.«
»Nimm eine Valium. Leg dich ein Weilchen hin.«
»Verflixt und zugenäht, Marla, ich muß heute abend eine Party ausrichten.«
Sie machte eine Pause und biß in etwas Eßbares; ihre Art, sich zu beruhigen. »Oh, stimmt, die Hockeyparty der McCrackens. Du mußt ein T-Shirt mit der Aufschrift tragen: ›Ich weiß überhaupt nichts‹. Sonst werden die Gäste dich mit Fragen, was eigentlich los ist, zum Wahnsinn treiben. Außerdem ist Patricias Mann Arzt, oder?«
»Ihr erster Mann war Arzt. Skip. Er war zusammen mit John Richard und Ralph Shelton Assistenzarzt in derselben Klinik. Weißt du das nicht mehr?«
»Nicht genau. Das war vor meiner Zeit mit dem Kotzbrocken, Schätzchen.«
»Jedenfalls hat Skip Patricia sitzengelassen, als sie gesagt hat, sie wolle ein Kind adoptieren. Ich habe Patricia kennengelernt, als

sie gerade die Scheidung durchgemacht hat. Ihr neuer Mann Clark ist Zahnarzt.«

»Trotzdem kennen alle Freunde der beiden den Kotzbrocken, deshalb wirst du mit Fragen überschüttet werden.«

Ah, Aspen Meadow, immer zwischen Vertraulichkeiten und Inzest. »Ich bin schon mit Fragen überschüttet worden. Gerade ist die Polizei gegangen.«

»Was haben die gewollt?«

»Oh, das übliche. Was ich gesehen habe. Was ich über Suz gewußt habe. Was ich über die beiden gewußt habe.«

»Hm. Hast du sonst was gehört? Über die beiden, meine ich?«

»Nein.« Ich schnitt die Oliven in zarte kleine Bissen. Dann gewann wie üblich meine Neugier die Oberhand. Ich murmelte: »Und was hast du gehört?«

Sie biß lautstark etwas von dem ab, woran auch immer sie gerade kaute, und spülte es mit Flüssigkeit hinunter. »Na ja, ich hab's versucht, weiß Gott. Ich warte seit einer Ewigkeit darauf, daß der Kotzbrocken kriegt, was er verdient hat, obwohl mir wirklich leid tut, daß Suz Craig deshalb sterben mußte.« Sie machte eine Pause. »Okay. Zum Beispiel waren John Richard und Suz gestern abend in der Clubbar und haben, bis das Lokal um Mitternacht geschlossen hat, getrunken und gestritten.«

»Im Aspen Meadow Country Club?« fragte ich. »Sagt wer?«

»Ja, im Country Club. Du weißt doch, wie liebend gern John Richard Leute sieht und von ihnen gesehen wird. Und erfahren habe ich das von Fay Shelton, der gegenwärtigen Frau von Dr. Ralph Shelton, der vor kurzem seine Kündigung von ACHMO bekommen hat, von niemand anderem als Suz Craig persönlich.« Sie machte eine Pause. »Jedenfalls hab' ich das gehört. Bleib dran, jemand klingelt an meiner Tür.«

Ich stellte die Oliven beiseite und fing mit den dicken, reifen Tomaten an, die so köstlich rochen, daß ich versucht war, mir ein paar saftige rote Stücke in den Mund zu stecken. Aber das Gesundheitsamt hatte erst vor kurzem ein Schild verschickt, das in allen Profiküchen aufgehängt werden mußte: RAUCHEN, ESSEN UND TRINKEN IM KOCHBEREICH VERBOTEN! BEIM UMGANG MIT ROHEM FLEISCH GUMMIHANDSCHUHE BENUTZEN! Im ganzen Staat hatten die che sofort gegen das Eßverbot protestiert. Wie sollten sie servieren, was sie zubereiteten, wenn sie nicht abschmecken durften? Daraufhin gestattete uns das Gesundheitsamt das Abschmecken mit einem Plastiklöffel, der sofort entsorgt werden mußte. Echt der Hammer, wie Macguire und Arch gesagt hätten.

»Kannst du das fassen?« fragte Marla, als sie ans Telefon zurückkam. »Frances Markasian vom *Mountain Journal* hat schon vor meiner Tür gestanden, wollte mich darüber interviewen, was für ein Blutsauger mein Mann war. Exmann, habe ich zu ihr gesagt, und ihr vorgeschlagen, daß sie weiter über die Puppenausstellung berichtet. Dann bin ich auf die Idee ›Babsie als Journalistin‹ gekommen ...«

»Frances weiß das mit Suz? Sie weiß, daß John Richard festgenommen worden ist?«

»Sie weiß alles darüber. Vielleicht hat sie ein Radio mit Polizeifunkfrequenz. Wahrscheinlicher ist, daß jemand, der am Jacobean Drive wohnt, sie angerufen hat. Frances hat darauf bestanden, sie müsse mit mir reden. Hat gesagt, es sei dringend. Was könnte sie Dringendes mit mir zu besprechen haben?«

»Was in aller Welt hast du gesagt?«

»Ich habe ihr gesagt, sie solle am Montag wiederkommen«, erwiderte Marla schadenfroh. »Ich weiß, daß ich bis dahin mehr über die Blutsaugereien des Kotzbrockens zu berichten habe.«

»Um Himmels willen.« Ich warf einen Blick auf die Uhr. Fast Mittag. »Wann genau ist Ralph Shelton entlassen worden?« Ich versuchte, mich an die letzte Party zu erinnern, die ich beliefert hatte und bei der die Sheltons Gäste gewesen waren, zog aber eine Niete. Ich hatte Ralph damals gekannt, als John Richard mit ihm Medizin studierte und Ralph noch eine andere Frau und eine Tochter hatte, in die ich total verschossen war. Aber wenn sich die eheliche Situation ändert, schienen sich traurigerweise viele Freundschaften in Luft aufzulösen. »Wo genau wohnen die Sheltons? Irgendwo in John Richards Nähe?«

»Ja, natürlich. Am Chaucer Drive, glaube ich. Ralph ist ein Riesenhockeyfan, also wirst du ihn vermutlich heute abend zu sehen bekommen. Hör mal, ich habe von Fay noch etwas erfahren. Ralph, ihr Mann, war nicht der einzige, der Probleme mit Suz Craig hatte. Da war eine spielsüchtige Krankenschwester. ACHMO war nicht begeistert davon, daß eine ihrer Mitarbeiterinnen den Bus nach Central City nahm und stundenlang gierig an den einarmigen Banditen spielte.«

»Spielsüchtig? Kennst du den Namen der Krankenschwester? Kennt ihn Fay?«

»Sie hat ihn nicht genannt, aber ich könnte sie danach fragen. Aber wenn ich darüber nachdenke, es hat sich herumgesprochen, daß Ralph jähzornig ist, eine Eigenschaft, die er meistens darauf beschränkt, bei den Spielen der Avanlanches die Schiedsrichter anzuschreien. Wenn ich zu neugierig bin, wäre es möglich, daß er mich mit dem Schläger vertrimmt. Natürlich metaphorisch gesprochen. Du bist feinfühliger, Goldy. Du solltest mit ihm sprechen.«

»Oh, sicher. Wer bin ich, die Stadtbeauftragte für den Umgang mit jähzornigen Ärzten?« Ich hörte, wie Toms Chrysler in die Einfahrt rollte.

»Wie wird Arch damit fertig, daß sein Vater festgenommen worden ist?« fragte Marla.

»Miserabel. Er macht gerade mit Macguire einen Spaziergang.«

»Hat Arch Suz gemocht?«

Ich seufzte. »Arch hat für John Richards Freundinnen weder Sympathien noch Antipathien. Er duldet sie einfach. Das ist ein Überlebensmechanismus.«

»Weißt du, er wird wollen, daß du ihm dabei hilfst, seinen Dad vom Verdacht zu befreien. Du hast dir den Ruf einer Frau erworben, die in Kriminalfällen herumschnüffeln kann wie sein abscheulicher Bluthund.«

Ich ächzte. »Ja, sicher. Das hier ist aber ein Kriminalfall, aus dem ich die Nase heraushalten werde, trotzdem vielen Dank.«

»Hör zu«, insistierte sie, während ich hörte, wie Toms Schritte auf der Terrasse näherkamen. Sein langsamer Trott signalisierte, daß es nicht besonders gut lief. »Du könntest auf dem Weg zu den McCrackens Station beim Haus der Sheltons machen. Sag, du hast dich verfahren, brauchst Orientierungshilfe, und« – hier hob sich ihre Stimme zu einem Trällern –, »oh, übrigens, Ralph, alter Kumpel, hast du irgendeine Ahnung, worüber sich John Richard und Suz Craig gestern nacht in die Haare bekommen haben? Glaubst du, er könnte in der Clubbar so wütend geworden sein, daß er nach Hause gefahren ist und sie totgeschlagen hat?«

»Marla ... «

»Wenn ich darüber nachdenke, Ralph Baby«, trällerte sie unbeeindruckt, »warst du vielleicht so wütend auf sie, weil sie dich hinausgeschmissen hat, daß du zu ihr gefahren bist und sie umgebracht hast? Behalt jetzt bitte den Hockeyhelm auf, Ralph, und laß den Schläger unten ... «

»Bitte, ich muß Schluß machen.«

»Versprich mir, daß du mich anrufst, wenn dir noch mehr posttraumatische Bilder durch den Kopf gehen.«

Ich legte auf.

Tom schlurfte in die Küche und ging direkt zur Spüle, um sich die Hände zu waschen. Ich ging davon aus, daß dies weniger an meinen gründlichen Belehrungen lag, vielmehr hatte er wohl das Verlangen, sich von dem psychologischen Dreck zu befreien, den er aus dem Büro des Sheriffs mit nach Hause brachte. Sein Gesicht wirkte eingefallen und niedergeschlagen. Mir wurde bang ums Herz.

»Es tut mir leid«, brach es aus mir heraus. »Es sieht danach aus, als hättest du mit John Richard zu tun gehabt.«

»Das braucht dir nicht leid zu tun«, sagte er, als er auf einen Küchenstuhl sackte. Als ich ihn heute morgen anrief, hatte er seine Jeans und ein marineblaues Baumwollhemd angezogen. Trotz der lässigen Kleidung sah er nicht so aus, als ob er einen lässigen Tag hinter sich hätte. Er rieb sich die Augen und fügte dann hinzu: »Es ist nicht deine Schuld, daß er ist, wie er ist. Das war es nie.«

»Er ist wie Herpes«, sagte ich. »Man weiß einfach nie, wann er ausbricht.«

Tom gab keine Antwort. Ich sah ihn an, rechnete mit einem Lächeln, aber sein gutaussehendes Gesicht blieb tief in Gedanken verloren, und seine schönen, schimmernden grünen Augen hefteten sich auf den Tisch. Also wandte ich mich wieder dem Orzosalat zu.

Der intensiv riechende Chèvre zerfiel in appetitliche Stückchen, als mein Messer ihn durchschnitt. Ich hackte duftendes frisches Basilikum und knackige Selleriestauden, vermischte dann beides mit der Orzopasta. Als nächstes verrührte ich die Gewürze mit Balsamicoessig und schlug dann Knoblauchöl hinein, damit eine Bindung entstand. Als die Sauce dick und sahnig wurde, goß ich sie über die Orzopasta und das Gemüse und rührte sorgfältig um. Obwohl ich wußte, daß der Salat gekühlt werden mußte, war ich heißhungrig. Ich hob behutsam den Chèvre unter und griff dann zum Abschmecken nach einem Plastiklöffel. Als ich ihn in den Mund schob, wäre ich von den scharfen mediterranen Aromen des bröckligen Käses und der mit Knoblauch getränkten Pasta fast ohnmächtig geworden.

Ich wandte mich Tom zu. »Hungrig? Wetten, daß du noch nichts gekriegt hast außer Automatenkaffee und gefüllten Blätterteigtaschen.«

»Sicher. Ich eß alles, was du gerade fertig hast.«

Ich füllte einen tiefen Teller mit dem warmen, duftenden Pastasalat. Obwohl es erst kurz nach Mittag war, schenkte ich Tom ein Glas Chianti ein, weil ich meinte, er brauche es. Dann goß ich

MEDITERRANER ORZOSALAT

170 g rohe Orzopasta
3 Eßlöffel fein gehackte rote Zwiebeln
3 kleine frische Tomaten, entkernt und gehackt
1 halbe gehackte Selleriestaude
2 Eßlöffel frisch gehacktes Basilikum (auf Wunsch auch mehr)
2 Eßlöffel fein gehackte, entsteinte Kalamataoliven
2 Eßlöffel Kapern
1 Teelöffel körniger Dijonsenf
1/4 Teelöffel Zucker
2 Eßlöffel Knoblauchöl
Salz und frisch gemahlener schwarzer Pfeffer
100 g Chèvre, zerbröselt

Reichlich Wasser zum Kochen bringen und die Orzopasta darin al dente garen. Abgießen und abkühlen lassen. Die Pasta mit den Zwiebeln, den Tomaten, dem Sellerie, dem Basilikum, den Oliven und den Kapern vermischen. In einer kleinen Schüssel Senf, Zucker und Essig verrühren. Allmählich das Öl einrühren, bis es zu einer Bindung kommt. Die Vinaigrette über die Pastamischung gießen und mit Salz und Pfeffer würzen. Nach dem Abkühlen den verbröckelten Chèvre unterziehen, dann servieren.

Ergibt 4 Portionen

mir selbst ein Glas ein, in der Meinung, ich hätte es noch nötiger.

»Das ist absolut köstlich«, murmelte er anerkennend nach den ersten Bissen. »Ich bin mir sicher, daß die Hockeyfans begeistert sein werden.« Ich gab ihm einen Kuß, bedankte mich, schob den restlichen Salat zum Abkühlen in den begehbaren Kühlschrank und wandte mich dem Berg aus Pilzen, Zwiebeln und Zucchini zu, die ich für den gegrillten Schlagschuß-Salat vorbereiten mußte.

Ich sagte: »Willst du, daß ich weiterarbeite, oder soll ich mich eine Weile zu dir setzen?«

Er schüttelte den Kopf. »Meinst du, ich hab's nötig, daß mir das Händchen gehalten wird?«

»Nein, ich hab' nicht gemeint –«, brach es aus mir heraus. Aber er streckte die Hand aus, und ich nahm sie.

»Nein. Ich bin selber schuld, Miss G. Ich bin in diesem Fall in den Hintergrund gedrängt worden, und das lasse ich an dir aus, was ich nicht tun sollte. Ehrlich gesagt, hör bitte auf, dir Sorgen um mich zu machen. Du bist diejenige, die unter starker Belastung steht. Meine Frau, die Partylieferantin, die sich weigert, mit einer Opferbetreuerin zu sprechen, ganz gleich, wie schlimm es kommt.«

»O bitte.«

»Meinerseits o bitte, Miss G. Sprich mit mir.«

Ich setzte mich ihm gegenüber an den Tisch und trank einen Schluck Wein. Der säuerliche Geschmack brannte in meiner Brust. Ich seufzte. »Dieser ... Vorfall. Das ist grauenhaft. Sobald ich mit dem Gemüsehacken oder dem Kochen aufhöre, strömen die Erinnerungen in meinen Kopf. Ich will unbedingt wissen, was los ist. Und gleichzeitig will ich – ich brauche es –, daß es vorbei ist.«

Er nickte. »Ergibt Sinn. Sollen wir alle eine Zeitlang in das Blockhaus fahren?« Toms zauberhaftes, abgelegenes Holzhaus außerhalb von Aspen Meadow war in diesem Frühjahr über-

GEGRILLTER SCHLAGSCHUSS-SALAT

2 Eßlöffel Olivenöl Extra vergine
Salz und frisch gemahlener
Pfeffer zum Abschmecken
3 große oder 4 kleine Knoblauch-
zehen, gepreßt, oder 1 1/1 Teelöffel
fein gehackter Knoblauch
3 mittelgroße oder 4 kleine Zucchini
250 g ganze Champignons
1 Süßzwiebel
2 Maiskolben, frisch oder,
falls gefroren, aufgetaut
1 Eßlöffel (oder mehr) Sherryvinaigrette
(s. Ausstellungssalat mit in Meringue
gebackenen Pekannüssen. S. 372
1 bis 2 Eßlöffel frisch gehacktes Basilikum

Öl, Salz, Pfeffer und Knoblauch vermischen und gleichmäßig auf zwei Formen aus feuerfestem Glas verteilen. Die Zucchini schräg in hauchdünne Scheiben (etwa einen halben Zentimeter dick) schneiden, in eine Auflaufform legen und sorgfältig mit den Händen durchmischen, damit alle Zucchinischeiben leicht mit der Öl-Knoblauch-Mixtur bedeckt sind. Die Champignonstiele abschneiden. Die Pilze genauso dünn wie die Zucchini schneiden. Die Pilze mit der dünn geschnittenen Zwiebel und den Maiskörnern in die zweite Auflaufform geben und wiederum von Hand mit der Öl-Knoblauch-Mixtur vermischen.

Den Grill einölen und vorheizen.
Den Backofen auf 200 Grad
vorheizen. Die Zucchini-
scheiben auf den Grill legen und
nicht länger als 30 Sekunden
auf nur einer Seite garen lassen.
In die Auflaufform zurückgeben
und in den Backofen stellen;
nicht länger als 10 Minuten.
In der Zwischenzeit den restlichen Salat
vorbereiten. Pilze, Zwiebelscheiben
und Maiskolben kurz auf beiden Seiten
grillen, bis sie Grillspuren aufweisen,
aber noch nicht gar sind.
Das sollte nicht länger als 5 Minuten
dauern. Pilz- und Zwiebelscheiben
herausnehmen und zum Abkühlen
beiseite stellen. Die Körner von den
Maiskolben entfernen. Die Zucchini aus
dem Backofen nehmen. Zucchini, Zwiebeln
und Maiskörner miteinander vermischen.
Die Vinaigrette über das Gemüse gießen
und das frische Basilikum
vorsichtig unterheben.
Sofort servieren oder nicht länger
als 1 Stunde abkühlen lassen.

Ergibt 4 Portionen

schwemmt worden, und er hatte seine Mieter verloren. Tom und ich hatten die Böden und die Wände geschrubbt. Trotz der Einwände des Kotzbrockens, wir verwöhnten Arch, hatten wir ihn dafür bezahlt, daß er die Fenster putzte. Aber wir hatten noch nicht nach neuen Mietern annonciert. Vielleicht war der Ausflug ins Blockhaus keine so großartige Idee. Ich wußte, daß Tom, Arch und Macguire keinen Gefallen daran finden würden, unsere häusliche Basis für längere Zeit zu verlassen. Und wenn ich allein dort oben geblieben wäre, hätte ich nur noch mehr gegrübelt und wäre noch nervöser geworden.

»Nein, danke. Ich muß nur arbeiten. Bei euch allen sein. Und ... obwohl ich weiß, daß es hart wird, möchte ich gern informiert bleiben über das, was sich tut. Arch wird rund um die Uhr Fragen stellen.«

Toms Finger streichelten mein Haar. »Okay. Koch weiter, wenn du das tun mußt. Und ich werde dir mit Freuden erzählen, was sich tut. Dann habe ich wenigstens das Gefühl, daß ich etwas zu dem Fall beitrage.« Er klang düster.

Ich sah das Gemüse stirnrunzelnd an. »Ich habe Beiner etwas gesagt, was du wissen solltest.« Ich erzählte ihm von Macguires Verdacht, ReeAnn Collins, seit einem halben Jahr John Richards Sekretärin, habe eine romantische Beziehung zu ihm gehabt. Tom legte die Gabel weg, zog seinen Notizblock mit Spiralheftung aus der hinteren Hosentasche und machte sich eine Notiz. Während ich den Küchengrill über dem Herd für den Schlagschuß-Salat aufheizte, berichtete ich Tom außerdem von Marlas Neuigkeiten über den Streit zwischen John Richard und Suz gestern abend im Club und darüber, daß Suz einen Arzt namens Ralph Shelton entlassen haben sollte und eine Krankenschwester, deren Namen ich nicht kannte.

»Ja« – Tom schüttelte den Kopf –, »diese Craig hatte Probleme damit, Leute zu behalten. Wir wissen noch nicht viel, aber das wissen wir.«

Ich nickte und empfand dann einen Stich des schlechten Gewissens. »Bist du sicher, daß du mit mir über den Fall reden willst? Ich meine, nach dem, was letztes Mal passiert ist, als Maria solche Scherereien bekommen hat?«

Er sah mich eindringlich an. »Miss G, ich kann nicht fassen, daß du in diese Sache noch mehr hineingezogen werden willst, als du es ohnehin schon bist.«

»Entschuldigung, aber meine erste Verantwortung gilt Arch. Egal, wie das aussieht.« Ich spürte die Schärfe in meiner Stimme und verabscheute mich dafür. Schließlich war Tom nicht der Feind. »Es tut mir leid ... ich muß einfach wissen, was sich tut. Keine Überraschungen.«

»In etlichen Fällen gibt es Überraschungen. Das liegt in der Natur der Arbeit.«

»Kann schon sein, aber in diesem Fall muß ich vor Arch über die Überraschungen Bescheid wissen.«

Er seufzte. Ich übergoß geschnittene Zucchinischeiben mit einer Mischung aus Olivenöl und gehacktem Knoblauch. Als ich die glänzenden Stücke auf den heißen Grill legte, schob Tom seinen leeren Teller beiseite.

»In Ordnung. Soweit sie das feststellen können, ist Suz Craig heute morgen zwischen drei und fünf Uhr gestorben. Die Totenstarre hatte noch nicht eingesetzt, als die Sanitäter ankamen, einer der Gründe dafür, daß sie versucht haben, sie wiederzubeleben. In ihrem Haus gab es Anzeichen für einen Kampf, in der Küche verstreute Töpfe und Pfannen. Die Kollegen befragen die Nachbarn, aber bis jetzt ist sehr wenig dabei herausgekommen.«

»Zwei Polizistinnen waren hier.«

»Beiner und Irving. Die sind gut.« Seine rotblonden Augenbrauen gingen nach oben. »Während der Nacht ist es im Country Club zu weiteren Fällen von Vandalismus gekommen. Sieht danach aus, als hätten Jugendliche wieder Straßenschilder und Zäune beschmiert, aber wer weiß? Eine Möglichkeit wäre, daß Suz die Vandalen überrascht hat und die sie umgebracht haben.

Andererseits sind gestern nacht nur die Clubwände und ein paar Straßenschilder mit Farbe besprüht worden. Wir haben geglaubt, daß wir es mit Vandalen zu tun haben, die spät in der Nacht ans Werk gehen, aber vielleicht sind sie auch am frühen Morgen zugange. Das wäre natürlich keine Erklärung dafür, warum Suz' Töpfe und Pfannen auf dem Küchenboden lagen. Oder warum sie sterbend ein goldenes Armband umklammert hat, mit der Gravur: Für JRK. Du bist der Beste. In Liebe, SC.« Er holte tief Luft. »Korman behauptet natürlich, daß ihm das Armband gestohlen worden sei. Er sagt außerdem, daß er Suz Craigs Haus zwischen Mitternacht und ein Uhr morgens verlassen habe, nach der kleinen Meinungsverschiedenheit, auf die du angespielt hast.«

Ich nahm die hübsch gestreiften Zucchinischeiben vom Grill und legte sie dann in eine leicht eingeölte Auflaufform, damit sie im Backofen zu Ende garten. »Kleine Meinungsverschiedenheit, das kann er seiner Großmutter erzählen. John Richard trinkt und streitet stundenlang. Manchmal packt ihn gleich die Wut, manchmal wartet er ab, vor allem, wenn er etwas will. Zum Beispiel einen Bonus.« Ich schob die Auflaufform in den Backofen. Die Luft roch herrlich aromatisch. »Ich glaube, daß er einfach ausgerastet ist, sie windelweich geschlagen und danach nicht geahnt hat, daß sie das Haus verläßt und Hilfe sucht. Das ist jedenfalls meine Theorie.«

Tom zuckte die Achseln. »Er weicht nicht von der Geschichte ab, daß er ihr Haus um ein Uhr morgens verlassen hat. Aber selbst wenn er gegangen ist, nachdem er sie zusammengeschlagen hat, wenn sie aus dem Haus gegangen und in diesem Graben gestorben ist, bleibt er immer noch unser Hauptverdächtiger.«

»Tom, wenn ich etwas genau weiß, dann, daß John Richard lügt. Er lügt so sehr, daß es anstrengend ist, aus seinem Gerede schlau zu werden. Heute morgen, als ich die Rosen in seiner Hand gesehen habe, hab' ich gedacht: Wieder eine seiner Lügen. Das liegt einfach in seiner Natur. Ich habe versucht, mir zusammenzureimen, warum er lügt. Ich habe geglaubt, es liege daran, daß seine Mutter eine Alkoholikerin war, oder an der schrecklichen Geschichte mit seinem Vater. Aber das ist keine Entschuldigung. Er ist schlicht und einfach ein notorischer Lügner.«

Tom gluckste. »Ja, Miss G, das sind sie meistens.« Er stieß seinen Stuhl vom Tisch zurück. »Wie wär's mit einer Umarmung für einen schwer arbeitenden Cop?«

Ich lächelte und legte die Pilze auf den heißen Grill, auf dem sie köstlich zischten. Dann zog mich Tom für eine wunderbare, feste Umarmung auf seinen Schoß.

»Der Captain hat mich auf ein Tête-à-tête zu sich bestellt«, murmelte er mir ins Ohr. »Sie setzen einen Ermittler der Staatsanwaltschaft als Leiter auf den Fall an. Aber ich bin nicht offiziell von der Mordermittlung suspendiert. Ich arbeite hinter den Kulissen. Darf bloß niemanden verhören oder Beweise sammeln, ohne jemanden mitzunehmen. So vermeiden sie Interessenkonflikte.«

»Ich hab' gedacht, du haßt diesen Ermittler von der Staatsanwaltschaft. Der mampft doch dauernd was Eßbares. Wie heißt er noch?«

»Donny Saunders. Der faulste Typ innerhalb von vier Bundesstaaten. Und außerdem noch arrogant.« Er seufzte. »Nimm lieber die Pilze vom Grill, bevor sie verbrennen.«

Ich sprang auf und löffelte die Pilze in eine große Schüssel. Dann legte ich goldene Maiskolben und dicke, schimmernde Zwiebelscheiben auf den Grill. Das zischte, spritzte und füllte die Küche mit einem himmlischen Duft. Ich drehte die Zwiebelscheiben um und wendete die Maiskolben, damit die Körner gleichmäßig bräunten. Als ich die Gemüse vom Grill nahm, spürte ich, daß Tom mir sanft die Arme um die Taille legte.

»Ich bin beim Kochen«, rief ich ihm ins Gedächtnis, als ich Grill und Backofen ausschaltete.

Er schmuste an meiner Wange und flüsterte: »Sieht für mich

danach aus, als ob du fast fertig wärst. Und ich höre weder Arch noch Macguire oder Jake. Hat das möglicherweise zu bedeuten, daß wir das Haus kurze Zeit für uns allein haben?«
Ich versuchte, ein Lächeln zu unterdrücken. Es gelang mir nicht. »Ehrlich gesagt, so ist es.«
Er nahm meine Hand, und wir gingen wortlos die Treppe hinauf. Die Bettlaken waren kühl und einladend. Als wir uns liebten, bauschte eine warme, sanfte Sommerbrise die Spitzenvorhänge auf wie einen hochgewehten Frauenrock.
»Ich liebe dich«, sagte ich danach.
Er wandte mir sein gut aussehendes, breites Gesicht zu und lächelte. »Ich liebe dich auch.«
»Und falls Armbandgravuren dir irgendwelche Zweifel in den Kopf gesetzt haben sollten«, fügte ich hinzu. »du bist der Beste.«

Tom küßte mich und sagte, falls ich ihn nicht bräuchte, wolle er etwas Schlaf nachholen. Ich sagte ihm, er solle ruhig ein Nickerchen machen. Ich hätte noch eine Menge Arbeit vor mir. Dann ging ich auf Zehenspitzen die Treppe hinunter und nahm die Tüte mit gekühlten Thunfischfilets aus dem begehbaren Kühlschrank, als die Jungs mit Jake in die Küche zurückkamen. Während Arch pflichtschuldig Wasser und Eiswürfel in einen Napf für seinen Bluthund füllte, sackte Macguire mit einem erschöpften Schnaufen auf einem Stuhl zusammen. Er legte den Kopf in die Hände und stöhnte. Ich spülte den Fisch unter laufendem Wasser ab. Ich wartete darauf, daß Macguire endlich sagte, er habe Hunger. Er sagte es jedoch nicht.

»Ich muß wieder ins Bett«, sagte er nach einem weiteren gutturalen Stöhnen. »Ich bin so müde. Können Sie diese Party ohne mich durchziehen?« Als ich sagte, das könne ich, wandte er sich Arch zu. »Kumpel? Danke für den Spaziergang. Tut mir leid, daß wir's nicht zur Praxis von deinem Dad geschafft haben. Ich bin total kaputt, muß mich aufs Ohr hauen.«

Arch nickte und schenkte sich ein Glas rosa Limonade ein.

»Macguire«, versuchte ich es, »kann ich dir nicht eine Kleinigkeit zu essen machen . . .«

Er winkte ab und legte wieder den Kopf in die Hände, offenbar zu erschöpft, die Treppe zu seinem Zimmer hinaufzusteigen. Ich legte die ersten Thunfischfilets für den Torwart-Thunfisch vom Grill in eine gläserne Auflaufform. Leider schlug in diesem Augenblick Murphys Gesetz für Telefone zu, und meine Geschäftsleitung klingelte. Ich flehte Arch an, sich zu melden, damit ich keinen Fischschleim auf den Hörer bekam. Er bedachte mich mit einem lebensmüden Blick, der sofort in Sorge umschlug, als er merkte, wer am anderen Ende der Leitung war.

»Oh! Dad! Wie geht es dir? Kann ich dich besuchen?«

Ich schluckte schwer. Macquire blinzelte und blinzelte noch einmal. Seine müde Miene verwandelte sich schnell in eine interessierte. Ich tupfte die Filets trocken, wusch mir dann die Hände und versuchte, mir schlüssig zu werden, was ich tun sollte. Arch den Hörer aus der Hand reißen? Ihm auf einen Zettel schreiben, er solle mich reden lassen? Wollte ich wirklich mit dem Kotzbrokken sprechen? Ich attackierte den Fisch mit der Pfeffermühle. Aber es war noch zu früh, die Filets zu marinieren. Ich zauderte, trat von einem Fuß auf den anderen, während ich versuchte, Archs Blick einzufangen, dann zerrte ich Klarsichtfolie über den Fisch.

»Oh, Dad, ich bin so froh, daß du mich angerufen hast. Wow, tut mir so leid, daß du ... Oh, das klingt zu hart! Mensch, ich kann's nicht fassen ...«

Samstag, kurz nach Mittag – nicht einmal fünf Stunden seit der Festnahme. John Richard war verhört worden; rief er mich an oder seinen Sohn? Hatte er mit seinem Anwalt gesprochen? Warum rief er hier an? Unglücklicherweise konnte ich trotz meiner Gefühle, was dieses Thema anging, Arch nicht daran hindern, mit seinem Vater zu reden.

»Wo ist Tom?« flüsterte Macguire, als ich mich zwang, Arch den Rücken zuzuwenden und einen bösen Blick auf das Menü zu werfen. Ich hatte nicht vor, mir das Gespräch anzuhören. Ganz gleich, was der Kotzbrocken vorhatte, ich mußte trotzdem meinen nächsten Auftrag erledigen.

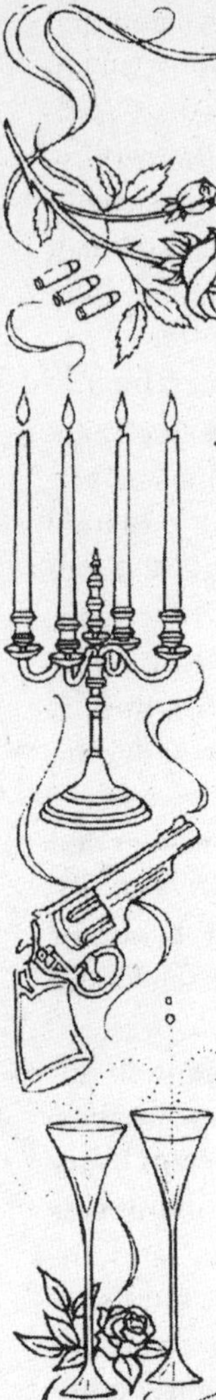

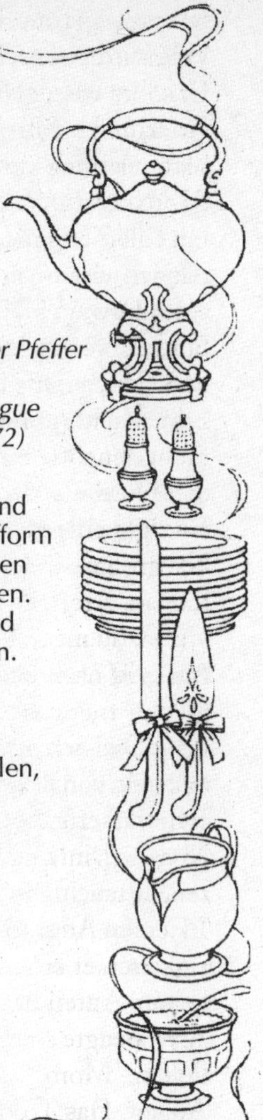

TORWART-THUNFISCH VOM GRILL

4 frische,
grätenlose Thunfischsteaks
(pro Portion zwischen
170 und 220 Gramm)
Salz und frisch gemahlener schwarzer Pfeffer
1/8 l Sherryvinaigrette
(s. Ausstellungssalat mit in Meringue gebackenen Pekannüssen, S. 372)

Die Thunfischsteaks abspülen und trockentupfen. In eine Glasauflaufform legen, mit Salz und Pfeffer würzen und die Vinaigrette darübergießen. Mit Klarsichtfolie abdecken und 1 halbe bis 1 Stunde marinieren. Den Grill vorheizen. Die Steaks auf jeder Seite 2 bis 3 Minuten grillen, wenn sie noch leicht roh sein sollen, jeweils 5 Minuten pro Seite, damit sie durch sind.

Ergibt 4 Portionen

Ich sagte: »Tom schläft.«
Wieder das ernste Flüstern Macguires. »Sie sollten ihn wecken. Er sollte wissen ...«
»Macquire. Falls John Richard Korman mich sprechen wollte, hätte er mich verlangt. Das ist seine Art. Aber er hat unseren Sohn angerufen. Sie haben das Recht, miteinander zu sprechen. Und als Zeugin darf ich nicht mit ihm reden.«
Als ich einen verstohlenen Blick auf Archs sommersprossiges Gesicht warf, war ich trotzdem schockiert. Die Wangen meines Sohnes, vorher noch rosig von dem Spaziergang mit Macguire und Jake, waren jetzt von durchsichtiger Blässe. Ein Stirnrunzeln machte seine Miene so sorgenvoll, daß ich John Richard mehr denn je haßte. Wie konnte der Mann unseren Sohn nur in diese Sache hineinziehen? Arch hielt mir den Hörer hin.
Er sagte eifrig: »Mom, Dad möchte dich sprechen.«
Na, großartig. Ich sah den Hörer mit einem heftigen Kopfschütteln an. Arch riß hinter der Hornbrille weit die Augen auf.
»Ja, ja, du mußt!« flüsterte er wütend.
Ich griff nach einem Geschirrtuch und nahm den Hörer. »Was gibt's?« fragte ich knapp. »Ich soll nicht mit dir reden. Das müßtest du wissen. Ich bin eine Zeugin, weißt du noch?«
»Zeugin von was?« Seine Stimme kam kratzig durch die Leitung.
Ich war ernsthaft versucht, aufzulegen. Ganz gleich, wieviel Mühe ich mir gab, diesen Mann aus meinem Leben herauszuhalten, er tauchte hartnäckig immer wieder auf, voller Drohungen. In jenem Augenblick war es mir gleichgültig, in was für Schwierigkeiten er steckte. Ich wollte nichts darüber hören. Ich wollte keinen Anteil daran haben.
Arch beugte sich zu mir und flüsterte ernsthaft: »Du mußt Dad helfen, Mom. Bitte!« Hinter Arch machte Macguire große Augen. Das Telefongespräch hatte ihn beträchtlich aufgemuntert. Falls Macguire daran dachte, sich wieder mit Verbrechern anzulegen, würde ich höchstpersönlich dafür sorgen, daß der Junge ins Gefängnis kam.

»Ich höre«, sagte ich schroff ins Telefon. »Aber du verschlimmerst die Sache nur, wenn du mit mir redest.«
»Das Risiko gehe ich ein.«
»Ich habe eine Menge Arbeit.«
»Entschuldige, wenn ich dich beim Kochen störe«, fuhr John Richard mich an. »Ich muß mit dir über diese Scheiße reden, die du mir eingebrockt hast. Kapiert? Ich bin hier in einer lebensbedrohlichen Lage. Ich sitze im Gefängnis. Ich weiß nicht, was los ist, und du mußt etwas für mich tun. Wenn du nicht um diese Zeit am Haus von Suz vorbeigefahren wärst...«
»Das hab' ich dir doch erklärt«, sagte ich mit zusammengebissenen Zähnen. Es war typisch für den Mann, daß er mir die Schuld an der Ermordung von Suz Craig gab, nur weil ich das Pech gehabt hatte, ihre Leiche zu finden. »Ich habe nicht gewollt, daß Arch zu dir kommt und niemand zu Hause ist...«
»Halt's Maul und hör mir ausnahmsweise einmal zu, ja, Goldy? Eine ganze Schlange von Schlägertypen wartet darauf, das Telefon hier zu benützen. Ich... ich kann einfach nicht... niemand will mir irgend etwas sagen. Das treibt mich zum Wahnsinn. Ich muß wissen, ob die Polizei herausgefunden hat, wann Suz gestorben ist.«
Seine extreme Arroganz verblüffte mich mehr denn je. »Selbst wenn ich das wüßte« – obwohl ich es natürlich wußte –, »dürfte ich es dir nicht sagen. Hör mal, ich glaube nicht, daß wir...«
»Es ist wichtig, wann sie gestorben ist...«
»Wie kommst du auf die Idee, daß ich...«
»Das krieg' ich bald genug raus«, schäumte er. »Wenn du willst, daß unser Sohn unter dieser Eskapade leidet, denn mehr war das nicht, dann mach mir ruhig Schwierigkeiten.«
Ich sagte nichts. Ich hatte meine Lektion auf qualvolle Weise gelernt. Sag was, dann hat er einen Grund, dich zu kritisieren. Sag nichts, dann entkommst du vielleicht diesem Gespräch. Unverletzt.

»Goldy? Hörst du mir zu? Goldy? Oder hältst du dir den Hörer vom Ohr weg?«
Ich lächelte Arch und Macguire zu, die mich beide konsterniert anstarrten. »Ich höre zu«, erwiderte ich ruhig.
John Richard ging wieder zu seinem geheuchelten ernsthaften Ton über. »Hör zu. Es geht nur um folgendes. Wenn ich jetzt den Zeitpunkt ihres Todes wüßte, statt warten zu müssen, bis die verdammten Anwälte das mit ihrer Feilscherei rausgekriegt haben, ließe sich eine ganze Menge aufklären. Mein Anwalt beauftragt einen eigenen Ermittler, und er glaubt, wenn wir an den richtigen Richter geraten, gibt es eine Chance, daß ich am Montag hier rauskomme...«
Träum weiter, dachte ich. Wie ich zu Arch gesagt hatte, die Chancen standen eins zu einer Million. Das hatte ich einmal gehört. In unserem Staat standen sie also eins zu vier Millionen Komma... Wie hoch war die Bevölkerungszahl unseres Bundesstaates?
»Hast du gehört, was ich gesagt habe?« schrie mein Exmann.
»Montag«, wiederholte ich. Ich warf einen Blick auf die Thunfischfilets und das Menü mit der Liste der Speisen, die ich für heute abend noch zubereiten mußte. Ich lag sogar ganz gut in der Zeit. Es war jedoch völlig ausgeschlossen, daß ich ihm das erzählte.
»Okay, sperr jetzt die Ohren auf«, fuhr der Kotzbrocken uneingeschüchtert fort. »Ich will, daß du deine morbide Neugierde dazu benützt, ein paar Dinge zu überprüfen. Da ist erstens diese Krankenschwester namens Amy Bartholomew. Suz hat sie raus geworfen. Ich glaube, sie hat jetzt irgendwas mit dem neuen Laden für Gesundheitskost zu tun. Außerdem hat Suz im Juli einen unangenehmen Besuch von Ralph Shelton gehabt. Erinnerst du dich an ihn? Ihn hat Suz auch hinausgeworfen. Dazu kommt noch, daß Suz brisantes Material hatte...«
»Hey! Hör auf!« unterbrach ich ihn. Ich bekam eine Gänsehaut. »Ich kann nichts tun. Sogar du mußt doch einsehen,

wie unpassend es wäre, wenn ich damit anfinge, herumzustochern...«

»Nein, das sehe ich nicht ein...«

»Es fällt mir schwer zu glauben, daß deine Egozentrik so weit geht.« Ich rastete aus. »Du kannst dir doch nicht im Ernst einbilden, daß die Frau eines Polizisten, die zufällig deine mißhandelte Ehefrau ist, herumschnüffeln sollte...«

»Mom!« Archs Augen flammten. »Schluß!« zischte er. »Du mußt ihm helfen!«

»Meine Egozentrik!« kreischte John Richard. »Meine Egozentrik!«

Dieses Mal hielt ich den Hörer weg vom Ohr. Arch preßte sich die Finger gegen die Augen und schüttelte den Kopf. Sein gequälter Gesichtsausdruck tat mir im Herzen weh. Ich atmete stoßweise und sagte: »John Richard, ich muß auflegen.«

Bei seinem eisigen Ton gefror mir das Blut in den Adern. »Ich habe Suz Craig nicht umgebracht. Ich habe sie geliebt.« Er machte eine Pause und fuhr dann sehr bedächtig fort. »Es wird Zeit, daß du deine Egozentrik mal vergißt. Zum Wohl unseres Sohns und im Interesse seiner geistigen Gesundheit mußt du mir dabei helfen, zu beweisen, daß mir dieser verdammte Mord nur angehängt wird. Hast du verstanden?«

Ich deckte die Sprechmuschel mit der Hand ab. »Arch?« fragte ich mit soviel Ruhe, wie ich aufbringen konnte. Mein Sohn bedachte mich mit einem trotzigen Blick, sah finster drein und verschränkte die Arme. Er schwieg. »Würdest du bitte kurz nach oben gehen und mich dieses Telefongespräch beenden lassen?« Nach kurzem Zögern drehte er sich um und rannte aus der Küche. Macguire schlurfte lediglich auf den begehbaren Kühlschrank zu und murmelte, er brauche eine Pepsi. »Macguire«, flehte ich, »laß mich einen Moment allein, ja?«

»Ich stör' Sie bestimmt nicht«, sagte Macguire unschuldig. »Ich brauch' bloß was zu trinken. Vielleicht seh' ich da drin was, was mich hungrig macht. Man kann nie wissen.«

»Goldy«, tobte John Richard, »könntest du einen Moment lang dein häusliches Leben unterbrechen und mir zuhören? Ich habe dieses Verbrechen nicht begangen. Ich habe Suz' Haus um ein Uhr morgens verlassen. Da ging es ihr bestens.«
»Falls du ihr Haus um ein Uhr morgens verlassen hast und es ihr bestens ging«, wiederholte ich ruhig, »dann erzähl das deinem Ermittler. Wenn du nichts Unrechtes getan hast, hast du auch nichts zu befürchten.« Dann legte ich auf.
»Was ist denn los?« fragte Macguire besorgt. Er hielt in der einen Hand eine Limonadendose und in der anderen ein Kristallglas mit Schokoladenpudding – das Glas, über das er heute morgen die Nase gerümpft hatte.
Ich räusperte mich. »Abgesehen von der Tatsache, daß mein Exmann wegen Mordverdachts festgenommen worden ist und mein Sohn glaubt, ich müsse versuchen, ihn freizubekommen?« Ich seufzte. Mein Kopf schmerzte. Ich setzte mich und rieb mir die Schläfen. »Moment mal, sonst ist nur noch los, daß ich heute abend eine große Party beliefern muß. O ja, und mein Sohn ist total wütend auf mich. Sonst ist nicht viel los.«
»Zu hart«, sagte Macguire. Er stellte den Pudding unangerührt beiseite, goß die Limonade in ein Glas und schlürfte den Schaum. »Wissen Sie was? Ich glaub', ich brauch' kein Nickerchen. Ich schau mal nach, ob Arch reden oder Musik hören will. Aber wir sind leise. Wir stören Sie nicht, versprochen.«
Ich murmelte ein Danke und starrte die Zutaten für die zweite Portion Kekse an. Wie üblich, wenn ich etwas mit John Richard zu tun hatte, setzte ein Gefühl der Unwirklichkeit ein. War ich verrückt oder er? Er war verrückt. Keine Frage. Ein verrückter Lügner, das war er immer gewesen. Aber andererseits – und das war mir immer ein Rätsel gewesen –, wie konnte er in seinem restlichen Leben so erfolgreich sein, dem Teil seines Lebens, zu dem ich nicht gehörte? Er hatte einen phantastischen Beruf, jede Menge Geld und ständig neue Freundinnen. Die Leute mochten ihn. Lag es an seinem Aussehen? Teilweise. Und er war

intelligent. Er war kein Genie, aber er konnte gut reden und sich in Situationen durchmogeln, von denen er keine Ahnung hatte. Dazu kam noch seine starke Fähigkeit, mit seinem Charme die Herzen der Menschen zu gewinnen. Und bis jetzt war es ihm gelungen, sich mit Lug und Trug aus den vielen, vielen Katastrophen herauszuwinden, die er angerichtet hatte. Und es war ihm gelungen, diese Katastrophen geheimzuhalten.

»Ich habe Suz Craig nicht umgebracht«. Ja, sicher. Ich gab wieder abgemessene Mengen Mehl, Backpulver und Salz in den Mixer, löffelte glattes, weißes Pflanzenfett hinein und ließ die Mischung zu Krümeln verkleinern. Und warum hast du ihr dann heute morgen Blumen gebracht? Warum hat sie im Tod dein graviertes Armband umklammert? Warum versuchst du, den Todeszeitpunkt herauszufinden? Damit du deine Geschichte ändern kannst? Ich erschauerte. Ich hatte nicht vor, ihm zu helfen. Ganz gleich, wie sehr er mich zu manipulieren versuchte. Ganz gleich, wie sehr er Arch in diese Sache hineinzog.

Armer Arch. Ich schaltete den Mixer höher und beobachtete, wie der Knethaken durch die Zutaten fuhr. Arch wünschte sich so sehr, daß ich seinem Vater half. Aber ich konnte es nicht. Der Mann war böse. Ich goß Buttermilch an, bis der Teig sich zu einer Kugel formte. Ich hätte Arch gern gesagt, daß der Versuch, einer Lüge seines Vaters zu folgen, um auf die Wahrheit zu stoßen, vergeblich war. Wer mit John Richard zu tun bekam, geriet in einen Strudel wie der alte Kapitän Ahab und endete auf dem Grund des Ozeans. Als ich den seidigen Teig aus dem Mixer löffelte, wanderte mein Verstand zu einem vertrauten Thema zurück: Wie kommt es, daß die Bösen in unserem Leben nicht einfach sterben? Wie kommt es, daß die Bösen in unserem Leben dazu in der Lage sind, intelligente, vielversprechende Frauen wie Suz Craig umzubringen?

Na ja, der Regen fällt auf die Gerechten und die Ungerechten.

Wiederum andererseits, war Suz so intelligent und vielversprechend gewesen? Hatte Suz Craig vielleicht auch eine böse Seite gehabt? Ich dachte an die Gerüchte, die Marla über die Tote zusammengetragen hatte. Nein, nein, schimpfte ich mit mir. Laß dich darauf nicht ein. Wenn sie Amy Bartholomew hinausgeworfen hatte, die Krankenschwester, die angeblich spielsüchtig war, na und? Wenn sie Ralph Shelton hinausgeworfen hatte, na und? Ich heizte den Backofen vor und rollte den Keksteig zu einem weichen Rechteck aus.

Schließlich war Suz die geborene Chefin gewesen, und geborene Chefs mußten manchmal Leute entlassen. Als Alleininhaberin meines Geschäfts war ich dankbar dafür, daß ich nie zu einer solchen Maßnahme hatte greifen müssen. Ich schwenkte den puckförmigen Ausstecher, den ich schließlich in einem Geschäft für Backzubehör aufgetrieben hatte, und stach Kreise aus. Dann legte ich sie vorsichtig auf ein Backblech.

Ich würde mich nicht in diesen Fall hineinziehen lassen. Suz hatte im Juli einen unangenehmen Besuch von Ralph Shelton. Erinnerst du dich an ihn? John Richards sarkastische Stimme hallte in meinen Gedanken wider. Natürlich erinnerte ich mich an Ralph Shelton, den Arzt und leidenschaftlichen Hockeyfan. Wir waren befreundet gewesen. Wie John Richard hatte sich Ralph an der medizinischen Fakultät der University von Colorado auf Gynäkologie spezialisiert. Auch Skip, Patricia McCrakkens Exmann, war ein Kumpel der beiden gewesen. Skip war nach Colorado Springs gezogen, und ich hatte ihn seit Jahren nicht mehr gesehen.

Ralph Shelton. Was hatte er für eine Vorgeschichte? Ich stellte die Küchenuhr für die Kekse ein und dachte zurück. Ralph hatte sich von seiner ersten Frau, einer zierlichen, sehr gebildeten Lehrerin scheiden lassen und trotz ihrer gequälten Widersprüche das alleinige Sorgerecht für beider Tochter Jill bekommen, die in Archs Alter war. Das Problem bestand darin, daß Ralph sich nicht um Jill kümmern konnte, wenn er auf Geschäftsreisen war, langwierige Konferenzen hatte oder ein Baby entbinden mußte. Deshalb hatte er die Sorge für seine Tochter immer häufiger mir anvertraut. Gleichzeitig wollte Jills Mutter das Mädchen unbedingt bei sich haben, in ihrem neuen Zuhause in Albuquerque. Wegen der zunehmenden Probleme in meiner Ehe und Archs nicht abreißenden Ohrenentzündungen hatte ich Ralph schließlich gesagt, ich könne mich nicht drei- bis viermal pro Woche um seine Tochter kümmern. Zusammen mit meiner Trennung von John Richard hatte das leider das Ende der Freundschaft mit Ralph Shelton bedeutet. Am schlimmsten daran war gewesen, daß Ralph seine Tochter schließlich zu ihrer Mutter nach New Mexico schickte. Arch und mir hatte Jill schrecklich gefehlt. Sie war ein lebenslustiges Kind gewesen, mit einem so ansteckenden Lachen, daß uns das Haus noch Wochen nach ihrem Wegzug leer vorgekommen war.

Die Küchenuhr klingelte. Ich nahm das Backblech mit einem überschwenglichen Scheppern aus dem Ofen und stach eine weitere Portion Kekse aus. Ich schaute den Ausstecher in meiner Hand an. Ich war so stolz auf mich gewesen, als ich ihn aufgetrieben hatte. Wenn die Kekse gebacken waren, hatten sie genau den Umfang eines Hockeypucks. Perfekt für die Party von heute abend.

Ralph ist ein Riesenhockeyfan, hatte Marla mir erzählt. Ungelogen. Während des Medizinstudiums bestand Ralph Sheltons einzige Erleichterung von seinen akademischen Ängsten darin, daß er Hockeyspiele in der McNichols Arena besuchte. Er besaß eine Dauerkarte für die Auftritte unserer unsäglichen ersten NHL-Mannschaft, den Colorado Rockies. Ich hatte nie begriffen, wie Ralph seinen Frustrationen Luft machen konnte, indem er einer derart miserabel spielenden Mannschaft zujubelte. Bei den düsteren Berichten über ihre Niederlagen war sein Gesicht rot angelaufen und hatte sich in Falten gelegt. Sein bißchen Haar war um eine immer größer werdende kahle Stelle herum vorzeitig grau geworden. Ich wußte nicht, ob er den Haarausfall den Leiden eines Fans der Rockies zu verdanken hatte oder der Aussicht, als Mediziner zu praktizieren. Als der Mannschaft die

Lizenz entzogen wurde, war Ralph untröstlich gewesen. Ich wußte auch nicht, ob sich seine Begeisterung auf Baseball verlegt hatte, als das Team, das jetzt den Namen Rockies trug, auf dem neu erbauten Coors Field die Schläger schwang und für Rekorde in Homeruns und Besucherzahlen sorgte. Inzwischen war Ralph Shelton aus meiner Umlaufbahn verschwunden. Und ich hatte wegen der Scheidung von John Richard alle Hände voll zu tun; deshalb war mir das gleichgültig.

Moment mal. Manchmal färbt sich eine Freundin die Haare und ist fast nicht wiederzuerkennen. Ich beobachtete die Backofenuhr, die tickte, bis diese Portion Kekse fertig war. Ich erinnerte mich an Ralph Shelton; ich hatte ihn vor kurzem gesehen. Ich hatte ihn in einer anderen Umgebung und mit verändertem Aussehen nur nicht erkannt. Er hatte eine Schirmmütze auf dem Kahlkopf getragen. Statt wie ein Sportfan war er wie ein Gärtner gekleidet gewesen. Er hatte sich einen Schnurrbart wachsen lassen, der vorzeitig weiß geworden war. Ich behielt die Uhr im Auge. Was noch? Er hatte unbedingt sehen wollen, was die Sanitäter machten. Heute morgen war mein ehemaliger Freund Ralph Shelton einer der gaffenden Nachbarn auf dem Jacobean Drive gewesen.

Das Essen, schimpfte ich mit mir. Tu was! Ich überflog mein Rezept für vietnamesischen Krautsalat. Chinakohl und Karotten, in Juliennestreifen geschnitten, und ganz leicht gedämpfte Schneeerbsen. Als mir vom Schneiden die Hand müde wurde, beschloß ich, eine Pause zu machen und im Telefonbuch nachzuschlagen. Ralph und Fay Shelton wohnten am Chaucer Drive, eine Straße von Suz Craig entfernt. Was hatte Ralph nur so früh am Morgen gemacht? Einen Spaziergang durch die Nachbarschaft? Ich konnte es nicht erwarten, daß Tom aufwachte.

Das Telefon klingelte. Patricia McCrackens Stimme zischte durch die Leitung. »Ich kann diese Party nicht absagen«, jammerte sie.

»Bloß nicht«, rief ich und schaute den bunten Gemüseberg an, den ich schon in gleichmäßige dünne Streifen geschnitten hatte.

»Die Polizei war hier, Goldy. Ich war so nervös, weil ich auf der Party all die Leute zu sehen bekomme, weil es mein erster öffentlicher Auftritt ist, seit ich die Klagen eingereicht habe, daß ich gestern nacht eine Schlaftablette genommen habe. Ich kann mich an überhaupt nichts erinnern.« Sie holte tief Luft und fügte trotzig hinzu: »Ich habe diese Frau von der Krankenversicherung nicht umgebracht.«

»Okay«, sagte ich, während ich auf meinen Regalen nach dem Reisweinessig suchte.
»Glauben Sie, daß John Richard sie umgebracht hat?«
»Ich weiß es nicht.«
»Dann bis um fünf.« Sie wartete nicht darauf, daß ich mich von ihr verabschiedete.
Was für ein merkwürdiger Anruf. Ich verrührte Sesamöl mit dem Reisweinessig und dachte zurück an den nassen Frühling, den wir hinter uns hatten. Ich hatte Patricia und ihren Sohn Tyler einmal in der Bücherei getroffen. Es war ein Rekordfrühling für unsere Stadtbücherei gewesen, aber nicht, weil sich die Nachfrage nach Büchern durch den unaufhörlichen Regen erhöht gehabt hätte. Die Sensation waren die Füchse gewesen, die sich am felsigen Abhang hinter den Lesesaalfenstern einen Bau gegraben hatten. Als ein Wurf von fünf Füchschen geboren wurde, war das zum Stadtgespräch geworden. Bald nutzten die kleinen Füchse die frühen Abendstunden zum Herumtollen in der Überlaufrinne aus Quarz und Granit, in voller Sicht eines Publikums aus aufgeregten Kindern aller Altersstufen. Es tat nichts zur Sache, daß das Lesen in dem Saal mit den hohen Fenstern unmöglich wurde. Jeder Büchereibesucher wurde mit derselben Frage begrüßt: »Haben Sie die Füchse gesehen?«
Als Arch und ich dem Lesesaal einen Besuch abstatteten, hatten wir Patricia getroffen, die an einer Hand den aufsässigen, quengelnden Tyler hinter sich herzerrte und auf dem anderen Arm einen Stapel Bücher von Dr. Seuss balancierte.
»Hast du die Füchse gesehen, Tyler?« fragte ich ihren Sohn fröhlich. »Sind sie heute abend draußen?«
Tyler hatte mich mit einem unwirschen Blick bedacht und einen Heullaut ausgestoßen. Patricia hatte mich angefahren: »Wir interessieren uns nicht für eine Fuchsfamilie. Jetzt nicht. Nie im Leben.«
Erschrocken hatte ich die massive Büchereitür für Arch aufge-

zogen. Als er an mir vorbeiging, murmelte er: »Was ist los – hält sie Hühner oder so?«
Weit gefehlt, begriff ich jetzt, als ich die Salatzutaten mit der süßsauren Sauce vermischte. Patricia hatte den kleinen Füchsen nicht beim Spielen zuschauen wollen, weil sie darunter litt, daß sie gerade ihr Kind verloren hatte. Der Gedanke an eine große, glückliche Familie überstieg ihr Fassungsvermögen. Ich deckte die riesige Schüssel mit Klarsichtfolie zu und schob sie in den begehbaren Kühlschrank.
»Die Geräusche klingen nach so gutem Essen, daß ich auch was abhaben will«, erklärte Tom munter, als er hereinkam. »Oh, Mann.« Er schnupperte gierig. »Noch mehr Kekse?«
Ich nickte, nahm das Blech mit den goldbraunen, aufgegangenen Kreisen heraus, schnitt dann schweigend einen Keks durch, bestrich ihn mit Butter und Brombeermarmelade und reichte ihn Tom auf einem Teller. Wenn er zu Ende gegessen hatte, würde ich ihm erzählen, daß ich Ralph Shelton gesehen hatte.
Als er sich setzte und zu essen anfing, schob ich ein weiteres Blech mit Keksen in den Ofen. Ich überzog die dunklen Schokoladentörtchen mit Guß, die eine Torte in der Form eines Eishockeyspielfelds einrahmen sollten, geliefert von der Konditorei von Aspen Meadow. Ich stellte die Törtchen in Plastikbehälter mit Deckel. Ich wollte nicht mehr grübeln. Ich war in meiner wunderbaren Küche, von herrlichen Düften erfüllt, und gab dem Mann, den ich auf der Welt am meisten liebte, etwas zu essen. Dann merkte ich, daß er mich beobachtete.
»Tom? Was gibt's?«
»Kommt das letzte Keksblech bald heraus?«
»Es dauert noch ein bißchen.«
Er machte eine Pause und sah dann auf die Uhr. »Wie sieht dein Zeitplan aus? Wann mußt du weg?«
»In etwa einer Stunde. Warum?«
Er machte ein bedenkliches Gesicht. »Ich mache mir Sorgen um Arch.«

»Ich auch. Aber warum sagst du das? Hat er dir von dem Anruf erzählt?« Zum Kuckuck mit John Richard.
Tom schüttelte den Kopf. »Nein, hat er nicht. Er hat kein Wort gesagt. Als ich an seinem Zimmer vorbeigegangen bin, hat er stocksteif auf seinem Schreibtischstuhl gesessen und ins Leere gestarrt. Als ich ihn gefragt hab', ob er reden will, hat er gesagt: ›Nicht mit dir, nein‹.«
Meine Lebensgeister, die durch die produktive Arbeit kurz erwacht waren, verschwanden völlig. Ich nahm an, es sei Macguire nicht gelungen, Arch zum Musikhören zu überreden. Ich zog einen Stuhl heran und setzte mich. »Tom. Arch möchte, daß ich John Richard helfe. Er will unbedingt, daß ich die Unschuld seines Vaters beweise.«
Tom ächzte. »Goldy, das geht nicht. Ich hab' dir gesagt, daß ich dich auf dem laufenden halte. Aber dieses Mal ist es nicht so wie damals, als du die Leiche zwischen den Bäumen an der Elk-Park-Schule gefunden hast. Dieses Mal ist der Hauptverdächtige am Tatort aufgetaucht, hat einen Mordskrach geschlagen und ist festgenommen worden. Du darfst dich in diesen Fall nicht einmischen; du bist eine Zeugin. Hör zu, holen wir Arch doch herunter und reden mit ihm . . .«
Ich hob die Hand, um ihn zu unterbrechen. »Vor etwa einer halben Stunde hat John Richard hier angerufen.«
»Er hat hier angerufen? Wollte er mit dir sprechen? Weißt du, daß sowas illegal ist?«
»Ich hab's ihm gesagt. Er hat behauptet, daß er angerufen hat, um mit Arch zu sprechen. Aber dann hat er zu Arch gesagt, er solle mich an den Apparat holen. Noch vom Gefängnis aus war er so manipulativ wie eh und je, hat Arch was vorgejammert und von mir wissen wollen, wann Suz gestorben ist, damit er sein medizinisches Wissen über Rigor mortis zum Beweis dafür benützen kann, daß er nicht der Mörder ist.«
Tom gluckste zynisch. »Dieser Typ. Vielleicht hat er versucht, seine Zeitangaben zu verändern.« Er runzelte die Stirn. Die rot-

blonden Augenbrauen zogen sich zu einer haarigen, schiefen Linie zusammen. »Du hast ihm nichts gesagt, oder?«

Ich warf ihm einen entnervten Blick zu. »Natürlich nicht.«

»Ich merke schon«, sagte er resigniert, »daß sich das zu einem Mordschaos auswachsen wird.«

»Hör mal, Tom, weißt du noch, daß ich dir von einem Arzt erzählt habe, den Suz angeblich hinausgeworfen hat, einem Arzt namens Ralph Shelton? Ich hab' dir nicht erzählt, daß John Richard und ich eine gemeinsame Vorgeschichte mit ihm haben.« Ich faßte kurz zusammen, daß wir uns vor Jahren gekannt hatten, als Arch noch klein war. »Jedenfalls«, sagte ich, »ist Ralph ein großer Glatzkopf mit einem weißen Schnurrbart. Ich weiß, daß er einer von den Männern war, die ich heute morgen von dem Graben weggescheucht habe. Ich habe ihn nicht erkannt, weil er mit einer Mütze auf dem Kopf ganz anders aussah. Außerdem war sein Haar früher grau, nicht weiß, und er hatte keinen Schnurrbart.«

Tom kniff die Augen zusammen. »Du nimmst mich auf den Arm.«

»Nein. Ralph war dort, wollte sehen, was die Sanitäter machen. Er hatte Gärtnerkleidung an und eine Baseballmütze auf. Deine Leute müssen beim Befragen der Nachbarn mit ihm gesprochen haben.« Ich dachte zurück an die modischen Hosen mit Tarnfarbendruck, die breiten Hosenträger, die dunkle Schirmmütze und das handgewebte kragenlose Hemd, die Sachen, die Ralph heute morgen getragen hatte. Im Rückblick war das eine Aufmachung, die möglicherweise für den frühen Morgen zu einstudiert war. Aber noch etwas nagte an meinem Gedächtnis. Was war es? Etwas an Ralph hatte nicht gestimmt. Was? Aber mein müdes Gehirn weigerte sich, Einzelheiten herzugeben.

»Ich überprüfe Shelton«, sagte Tom knapp. »Aber ich glaube, du solltest jetzt hinaufgehen und mit Arch reden. Ich packe die Sachen ein.«

»Als du zum letzten Mal meine Sachen eingepackt hast, mußte

ich ohne jede Vorbereitung für eine Party am vierten Juli Risotto kochen. Soweit ich mich erinnere, hast du es für komisch gehalten, mir die Zutaten unterzujubeln, damit ich nicht im Haus eines Verdächtigen herumschnüffle.«

Er stand auf und spülte seinen Teller ab. »Ich hab' geglaubt«, sagte er, ohne sich ablenken zu lassen, »daß ich dir durch die zusätzliche Arbeit Ärger erspare, Miss G. Außerdem habe ich mich entschuldigt, und du hast mir verziehen. Es ist nicht fair, jetzt deshalb auf mir herumzuhacken.« Er holte mehrere große Kartons, die ich zum Transport von Essen verwende, aus der Speisekammer.

Ich ging die Treppe hinauf und dachte: duschen, umziehen, Marla anrufen – das alles mußte ich erledigen, ehe ich abfuhr. Außerdem mit Arch reden, ihn milde stimmen angesichts der Tatsache, daß sein Vater unter dem Verdacht, einen brutalen Mord begangen zu haben, im Gefängnis saß. Nichts leichter als das.

Mein Sohn saß zusammengesackt auf seinem Schreibtischstuhl. Sein strähniges braunes Haar war ungekämmt. Die Brille war ihm halb von der Nase gerutscht. Julians abgelegtes T-Shirt hing an seinem reglosen Körper. Ich sehnte mich danach, ihn fest in die Arme zu schließen, wie ich es getan hatte, als er klein gewesen war und ich ihn immer hatte trösten können.

»Arch. Schatz. Bitte, laß uns reden.«

»Worüber?« Seine Stimme war tonlos.

»Darf ich hereinkommen?«

Sein Blick wich nicht von dem Zeitschriftenstapel auf seinem Schreibtisch. Er zuckte die Achseln. »Ich hab' gedacht, du mußt eine Party beliefern.«

»Arch, bitte, ich mache mir Sorgen um dich.«

»Na und? Ich mach' mir Sorgen um Dad.« Er fuhr herum und sah mir ins Gesicht, mit flammenden braunen Augen. »Dir ist das einfach egal, stimmt's?«

Ich setzte mich auf das Bett. Ehrlichkeit war die beste Taktik. »Du weißt, wie es ist, wenn du deine Hausaufgaben in deinem

Zimmer liegen läßt? Ich nehm' sie nicht an mich und rase in die Schule, um dir aus der Klemme zu helfen. Das nennt man Eigenverantwortung...«

»Oh, Mom!« schrie er in einem angewiderten Ton. Er funkelte mich böse an. »Behandel mich nicht wie ein Baby! Fang gar nicht erst damit an, okay?«

»Na schön«, sagte ich aufrichtig, »mir liegt nichts an deinem Vater. Mir liegt nur was an dir.«

»Wenn dir was an mir läge«, gab er wütend zurück, »dann wärst du bereit, wenigstens darüber nachzudenken, ob er diesen Mord begangen hat oder nicht. Dad lügt nicht.«

»Hat er dir erzählt, daß er Suz geschlagen hat, so wie er früher mich geschlagen hat? Weißt du, das hat er Tom und mir gegenüber zugegeben. Das war einer der Gründe dafür, warum Tom ihn heute morgen festgenommen hat. Ich sage dir jetzt nur die Wahrheit, Arch. Es tut mir leid, daß die Fakten so schmerzlich sind. Ich will dir nicht weh tun.«

Er stieß sich jäh vom Stuhl hoch. »Ich muß weg. Ich muß ein paar Sachen rauskriegen.«

»Was für Sachen?«

»Da ist eine Krankenschwester, die einen Laden für Gesundheitskost leitet...«

»Denk nicht mal im Traum daran, für deinen Vater den Ermittler zu spielen, junger Mann. Am Montag schaltet sein Anwalt einen Ermittler ein.«

»Soll das heißen, daß ich nicht in den Laden für Gesundheitskost darf?«

»Was hast du dort vor?«

»Das weiß ich noch nicht.« Er stellte sich vor den Spiegel und sah sich stirnrunzelnd an. Ein Besuch im Laden für Gesundheitskost erforderte offenbar weder, sich umzuziehen, noch sich die Haare zu kämmen. »Mach dir keine Sorgen, Mom.« In seiner Stimme schwang eine Spur Versöhnlichkeit mit. »Ich krieg' Macguire dazu, daß er mitkommt.«

»Er schläft«, sagte ich in der Hoffnung, das sei wahr. Ich hatte keinen Mucks mehr von Macguire gehört, seit er mit der Limonade aus der Küche geschlurft war.

»Ich weck' ihn! Es tut ihm sowieso gut, wenn er noch mal ein Stück zu Fuß geht.«

»Er wird ohnmächtig werden.«

»Mom!« Er bedachte mich wieder mit dem zornigen, entrüsteten Blick. »Hör auf, mich zu nerven! Warum willst du nicht wenigstens zugeben, daß Dad vielleicht ohne Grund im Gefängnis sitzt? Hat's nicht mal geheißen, unschuldig bis zum Beweis des Gegenteils?«

Ich stand vom Bett auf, ging zur Tür und nahm einen ruhigen Ton an. »Ich liebe dich, Arch. Ich will bloß nicht erleben, daß du in die Probleme deines Dads hineingezogen wirst.«

Er schob sich an mir vorbei. Es war eine unbewußte, wenn auch sanftere Nachahmung der Bewegung, mit der mich sein Vater heute morgen beiseite gestoßen hatte. »Tut mir leid, Mom. Ich steck' schon mit drin. Ich wünsch' mir, du würdest ihm helfen. Er braucht dich wirklich.«

Na, großartig. Ich ging leise in unser Schlafzimmer, um mich für die Party am Abend zurechtzumachen. Das Herz tat mir weh.

Eine Viertelstunde später hatte ich geduscht, mich angezogen und eine Nachricht auf Marlas Anrufbeantworter hinterlassen. Als ich zur Tür hinausging, bauschten sich am Rand des westlichen Horizonts durchsichtige graue Wolken auf. Sogar Anfang August fiel auf den höchsten Gipfeln im Westen jeden Morgen Schnee. Wenn die Nachmittagssonne die ewige weiße Decke erwärmte und leicht zum Schmelzen brachte, bescherte das den Bergstädten an der Front Range einen kurzen, herrlich abkühlenden Regen. Aber zuerst bildete die Feuchtigkeit üppige Cumulustürme, die phantastischen, glänzenden Pilzen ähnelten. Sobald diese Wolken den Himmel im Westen ganz ausfüllten, zogen sie nach Osten und ergossen sich über die Abhänge.

Tom hatte meine Sachen verladen und erklärt, er fahre zum Eisenwarenladen, eine seiner Lieblingsbeschäftigungen an Samstagnachmittagen. Er kam selten mit mehr nach Hause als Dichtungsringen, Schrauben und Nägeln im Wert von einem Dollar. Manchmal begleitete ihn Arch. Aber für mich waren diese Ausflüge todlangweilig. Etwas für Männer. Es war keine Überraschung, daß Arch es ablehnte, Tom zu begleiten, und mein Mann war allein in seiner dunklen Limousine losgefahren.
Arch. Ich ließ den Lieferwagen an und stieß rückwärts aus der Einfahrt. Ich war zeitig dran, und das war gut, weil ich ein bißchen herumfahren und nachdenken mußte. Ich fuhr an der Gärtnerei von Aspen Meadow zur Linken und am Aspen Meadow Barbecue zur Rechten vorbei. Ich kaute auf der Innenseite meiner Wange herum. Arch konnte seinen Vater nicht aufgeben. Im Grunde wollte ich das auch nicht. Trotz John Richards kaltem, selbstsüchtigem Verhalten klammerte sich Arch heftig an die Hoffnung, Liebe von seinem zweiten Elternteil zu bekommen. Und John Richard verwöhnte Arch so mit materiellen Dingen – meistens, wenn er wegen eines nicht gehaltenen Versprechens ein schlechtes Gewissen hatte –, daß Archs Sehnsucht nach einer Beziehung wie ein Heißhunger blieb, selten gestillt.
Ich wendete, fuhr durch die Stadt zurück Richtung See. Am Rand des Wasserfalls zwischen dem See und dem unteren Teil des Cottonwood Creek saß ein Schwarm glänzendschwarzer Kormorane, die Rücken durchgebogen, und beäugte das Wasser darunter nach Fischen. Als Arch klein gewesen war, hatte er es genossen, an den See zu gehen und die Wasservögel zu füttern, was jetzt streng verboten war, weil das Füttern durch Menschen dem Zugvogelinstinkt schadete. Arch hatte damals viel Kummer erlebt: Reibereien auf dem Spielplatz, den Schmerz wegen der Scheidung seiner Eltern. Damals wie jetzt hatte ich versucht, ihn zu trösten und zu beschützen. Aber dieses Mal änderte sein Kummer nichts an der Tatsache, daß Dr. John Richard Korman,

der Frauen zusammenschlug, endlich ertappt worden war. Und dann hatte er auf einer Straße voller neugieriger Nachbarn Widerstand gegen die Festnahme geleistet. Mir graute davor, daß Arch von dieser Szene erfuhr.

Es war auf schmerzliche Weise unvermeidlich, wie ich wußte, daß John Richard seinem Sohn und allen anderen, die zuhören wollten, seine Unschuld beteuern würde, bis in alle Ewigkeit. Ganz gleich, was er machte oder wem er weh tat, John Richard würde bis zum Ende darauf bestehen, daß er für seine Taten nicht verantwortlich war. Gut, das würde sich noch herausstellen.

Ich fuhr am See vorbei. Nicht weit entfernt wirbelten Autos Staubwolken auf, während Frauen vom Aspen-Meadow-Babsie-Club auf den Parkplatz am LakeCenter fuhren, um die Puppenausstellung aufzubauen. Arch konnte nicht begreifen, daß dieses Verbrechen – dieser Vorfall mit Suz Craig – alles ändern würde. Die Publicity wegen der Festnahme, die Bandbreite der Ermittlungen, die vorläufige Anhörung, der Prozeß, das Urteil, die Strafe – das alles würde seine Beziehung zu seinem Vater für alle Zeit ändern. Vielleicht witterte Arch diese bevorstehende Veränderung. Deshalb verlegte er sich auf das Abstreiten. Wer hätte das nicht getan?

Ich fuhr an einem einsamen Ruderer in Seeufernähe vorbei und lenkte den Lieferwagen Richtung Country Club. Ich war immer noch ein bißchen zeitig dran; wagte ich es also, am Laden für Gesundheitskost vorbeizufahren und herauszufinden, ob Amy Bartholomew, die Krankenschwester ohne Pokerface, da war? Nein. Für heute hatte ich von Verbrechen genug. Außerdem waren Arch und Macguire dorthin unterwegs. Falls mein Sohn geglaubt hätte, ich spionierte ihm nach, hätte er einen Wutanfall bekommen.

Die Furcht machte mir das Herz schwer, so wie einem die Brust weh tut, wenn die falschen Leute eine Wahl gewinnen und man nur dabei zuschauen kann, wie die Zahlen steigen. Ich fuhr durch den Torbogen in den Wohnbereich im Country Club, wo ein Trupp in weißen Overalls und mit weißen Schirmmützen damit beschäftigt war, die Schmierereien der Vandalen von den Steinmauern zu entfernen. Ich schüttelte den Kopf. Ich fühlte mich hilflos angesichts von Archs Dilemma, das bestimmt ein schlimmeres Ende nehmen würde als jede Wahl. Ich konnte bestenfalls hoffen, daß alles bald vorbei war.

Dieser Gedanke, die Dinge zu beschleunigen, bewog mich dazu, in den Jacobean Drive einzubiegen, dann nach links in den Sheridan Drive und schließlich in den Chaucer Drive. Dort verlangsamte ich vor dem Haus der Sheltons das Tempo. Das Gebäude war massiv, schlecht proportioniert, zweistöckig und im neogeorgianischen Stil gehalten. Weiß gestrichener Backstein bildete einen Kontrast zu glänzendschwarzen Fensterläden und Blumenkästen, üppig bestückt mit leuchtendroten Geranien und dekorativ herunterhängendem Efeu in Creme und Grün.

Was genau machte ich hier? Versuchte ich, den Gegenbeweis gegen John Richards Theorie über Ralph Shelton anzutreten, worin sie auch bestehen mochte? Versuchte ich, mich daran zu erinnern, was ich heute morgen gesehen hatte? Ich wußte es nicht. Ich parkte hinter dem Kombi der Sheltons und sprang aus dem Lieferwagen. Ich kannte die Vorschriften: Jeder, der in einem Fall aussagen könnte, ist ein Zeuge. Ich hatte nicht nur alles mit angesehen, was sich zwischen John Richard und Tom abgespielt hatte, ich hatte außerdem heute morgen Ralph Shelton gesehen oder glaubte, ihn gesehen zu haben. Ich wollte nicht daran denken, wie mir zugesetzt werden konnte, weil ich jetzt Kontakt mit Ralph aufnahm, falls ich als Zeugin vorgeladen wurde. Ich versuchte außerdem, nicht daran zu denken, wie aufgebracht Tom über meinen kleinen detektivischen Nebenjob sein würde.

Abgesehen von heute morgen, wie lange war es her, seit ich mit Ralph gesprochen hatte? Zu lange. Seine Tochter hatte ich zum letzten Mal als Vierjährige gesehen. Jetzt war Jill ein Teenager wie Arch. Ich rüttelte heftig an dem verschnörkelten, glänzenden Messingtürklopfer. Natürlich war Ralph wahrscheinlich gar nicht zu Hause. Samstag nachmittag an einem wunderschönen Sommertag in Colorado? Vermutlich war er beim Golfspielen.

Aber er war nicht auf dem Fairway. Noch bevor die Klingel damit aufhörte, ihre Melodie zu intonieren, kam der große Ralph mit dem weißen Schnurrbart an die Tür. Statt der Gärtnerkleidung trug er jetzt ein kragenloses, marineblaues Hemd und verschossene Jeans – Calvin Klein zu Hause.

»Was gibt's?« Er schaute mich aus Augen an, die aus gelbem Glas gemacht zu sein schienen.

»Ralph!« rief ich munter. »Ralph, erinnerst du dich nicht an mich? Vor etwa zehn Jahren habe ich mich um Jill gekümmert.«

Er richtete sich auf. »Ich bin Dr. Shelton.«

Wie üblich. Ist Doktor dein Vorname? Ich lächelte. »Ralph, ich bin Goldy Korman. Jetzt Goldy Schulz. Erinnerst du dich nach der langen Zeit nicht mehr an mich? Ich bin jetzt Partylieferantin.«

Er kniff die Augen zusammen und räusperte sich. »Goldy?«

»Wir ... haben einander vor Suz Craigs Haus gesehen, als die Polizei dort war. Heute morgen. Weißt du das nicht mehr? Drüben auf dem Jacobean Drive. Ich habe dich erst auch nicht erkannt. Und dann ist es mir wieder eingefallen. Und nach allem, was wir damals gemeinsam durchgemacht haben ... «

Aber mir fiel keine Lüge in letzter Minute ein, damit ich mit diesem Mann ins Gespräch kam. Statt dessen starrte ich stumm seine rechte Gesichtshälfte an, an der ein fachmännisch zurechtgeschnittener, rechteckiger Gazeverband klebte. Ich sah wieder, was ich heute morgen gesehen hatte. Am oberen Ende des Verbands, unter dem durchsichtigen Pflaster, waren die Anfänge, nur die Anfänge von vier senkrechten Kratzern. Wie Kratzer von den Fingernägeln einer Frau, wenn sie sich gegen jemanden wehrte.

»Verzeih mir, es war so ein anstrengender Tag.« Bei Ralphs salbungsvollem Ton wurde mir noch beklommener zumute. »Ich wäre nie auf die Idee gekommen ... und heute morgen, als du die Leute herumkommandiert hast, warst du so durcheinander ...« Er legte den Kopf schief und schloß die bernsteinfarbenen Augen, als bemühte er sich, die Ereignisse wieder vor sich zu sehen. Dann schüttelte er den Kopf. »Schreckliche Tragödie. Die Polizei hat mich sogar befragt, weil ich einen Spaziergang gemacht habe, als ...« Er machte eine Pause. »Aber warum bist du jetzt hier? Ich meine, wenn du an die alten Zeiten anknüpfen willst, ruf mich an, und wir können uns zum Mittagessen verabreden oder so ... Ich bringe auch Fotos von Jill mit. Sie spielt in New Mexico Fußball ...« Seine Stimme verstummte. Ein Arzt aus dem Country Club, der eine mit einem Cop verheiratete Partylieferantin zum Mittagessen einlud? Unwahrscheinlich, trotz unserer Vorgeschichte. Aber Ralph fuhr fort, mit einem Eifer, der fast traurig wirkte. »Ehrlich gesagt, in letzter Zeit haben mir alle meine alten Freunde gefehlt, die Dinge haben sich so schlecht entwickelt ... und jetzt ist das passiert. Sollen wir uns gleich zum Mittagessen verabreden?« Seine Hand ging nervös zum obersten Hemdknopf. »Das wäre eine großartige Idee.«

»Oh! Ehrlich gesagt, ich kann im Augenblick keine Termine machen. Ich suche nach dem Haus der McCrackens.« Es war lahm, aber es mußte reichen. »Kennst du Clark und Patricia McCracken? Weißt du noch, Patricia war vor vielen Jahren mit Skip verheiratet...« Er kniff skeptisch die Augen zusammen, und ich sprach hastig weiter. »Ich richte dort heute abend eine Party zur Feier des Stanley Cup aus, und ich kann mich einfach nicht daran erinnern, wo sie wohnen, und dann ist mir eingefallen, daß du so ein begeisterter Hockeyfan warst...«
Aber er hatte schon die Hand gehoben und mir bedeutet, ich solle warten. Ich verstummte, als seine große Gestalt in einem Flur verschwand, dessen Wände Tapeten mit schwindelerregenden schwebenden Kohlröschen bedeckten. Dahinter erhaschte ich einen Blick auf eine Landhausküche mit Rüschengardinen und glänzendem Kupfer. Ich fragte mich, ob Ralph wohl nach seinem Hinauswurf bei ACHMO eine neue Stelle gefunden hatte. Falls nicht, bezweifelte ich, ob er in der Lage sein würde, seinen Lebensstandard im alten Rahmen aufrechtzuerhalten.
»Markham zweiundzwanzig«, sagte er freundlich, als er zurückkam und eine Einladung im Prägedruck schwenkte. Dann musterte er mich. »Ich gehe auch eine Weile hin. Wir sind trotz allem Freunde geblieben. Es ist erstaunlich, daß sie... Na ja. Die Gäste wollen alle skaten, ein bißchen Cupfieber nachholen. Klingt doch gut? Aber wie kannst du eine Party in einem Haus ausrichten, in dem du noch nie warst?«
Auf diese Frage war ich gefaßt. »Das mach' ich dauernd. Eigentlich hab' ich geglaubt, daß ich weiß, wo das Haus der MacCrakkens ist. Aber seit heute morgen scheint mein Leben auf dem Kopf zu stehen.« Ich schaute hilflos in seine gelben Augen, die denen einer Katze so ähnelten. »Es war einfach ein Alptraum.«
Er grinste mitfühlend. »Ja. Wir sehen uns nachher bei den McCrackens...«
Ich lehnte mich an den Türrahmen. »Ralph, kannst du mir zei-

gen, wie ich in die Markham Street komme? Bitte? Ich fühle mich völlig desorientiert.«
Mit offensichtlichem Widerstreben kam er heraus und zeigte den Chaucer Drive entlang, wo ich, wie ich bestens wußte, zweimal rechts und einmal links abbiegen mußte, um zum Haus der McCrackens zu kommen. Er drehte sich um und kniff wieder die Augen zusammen. Meine trostlose Miene mußte schließlich einen Funken Neugier entfacht haben, denn er zögerte, ehe er ins Haus ging.
»Wie bist du auf... Suz Craig... gestoßen, äh, in dem Graben?« fragte er unvermittelt. »Ich meine, bist du darübergefahren oder so?«
»Ich war unterwegs zu den Rodines, um meinen Sohn abzuholen und zu seinem Vater zu bringen. Ich hab' sie dort gesehen... vor ihrem Haus. Und du?«
»Oh, ich hab' meinen Spaziergang gemacht.«
Ich seufzte. »Es tut mir leid, daß ich dich heute morgen herumkommandiert habe. Hast du nicht gesagt, du seist von der Polizei befragt worden? Ich scheine mich daran zu erinnern, daß sie mit allen sprechen wollte, weißt du?«
»Ja, schon.« Er räusperte sich. »Es ist nicht zu fassen, was die von mir wissen wollten.« Er rieb sich die verpflasterte Wange. »Sie haben mich gefragt, ob ich mir die Kratzer selbst zugefügt habe. Also hab' ich denen gesagt, was ich jetzt zu dir sage.« Der Ton seiner Stimme gefiel mir nicht. Verschleierte er Feindseligkeit, oder bildete ich mir Dinge ein? »Unsere Katze mag nicht zum Tierarzt. Sie hat mich gekratzt, als ich versucht habe, sie in den Transportkorb zu stecken.«
Ich nickte mitfühlend und dachte, daß Sergeant Beiner vermutlich jetzt mit dem Tierarzt telefonierte, um herauszufinden, ob Ralph Shelton vor kurzem mit einer Katze zu einer Untersuchung erschienen war. Ich bedankte mich für seine Hilfe und wich dann zurück. Es war an der Zeit, Fisch für die McCrackens zu grillen.

»So«, sagte Ralph langsam, »die Polizei verdächtigt also meinen alten Freund John Richard Korman?« Seine Finger streiften das Oberteil seines Hemdes und fuhren dann wieder zu dem Verband. Plötzlich schien er nicht zu wollen, daß ich ging.
Ich zuckte so überzeugend wie möglich die Achseln. »Wer weiß? Ich versuche, so wenig wie möglich mit dem Kerl zu tun zu haben.« Ich wandte mich meinem Lieferwagen zu. »Danke für deine Hilfe, Ralph.«
»Wart mal«, rief er. »Es tut mir leid. Natürlich willst du sowenig wie möglich mit ihm zu tun haben. Ich ... ich weiß noch, wie er dich behandelt hat.« Ich drehte mich um und wartete darauf, daß er den Mund aufmachte. Schließlich sagte er: »Es liegt einfach daran, daß ich einen so grauenhaften Morgen hinter mir habe.« Ich preßte die Lippen zusammen. »Ich habe sie gekannt, weißt du«, sagte er unverhohlen. Klang seine Stimme wehmütig? Schwer zu sagen. »Ich habe Suz Craig gekannt.«
»Wirklich?« fragte ich. »Oh, natürlich, die Krankenversicherung. Und du bist Arzt. Inzwischen kenne ich kaum jemanden mehr in der Medizinerbranche. Praktizierst du in Denver?«
»Ich habe dort praktiziert. Unser Team war mit ACHMO assoziiert. Ist es immer noch, genau gesagt. Ich gehöre nur nicht mehr dazu.« Er stieß einen Seufzer aus. »Bis nachher auf der Party. Weißt du jetzt, wie du fahren mußt?« Ehe ich antworten konnte, sagte er jedoch: »Auf Wiedersehen.« Dann machte er die Tür zu.
Verflixt noch mal. Keine Frage, Ralph litt unter etwas, und das lag nicht nur an Katzenkratzern. Ich warf einen letzten Blick auf den Messingtürklopfer, ging zurück zu meinem Fahrzeug – für den Fall, daß er mich durch ein Fenster beobachtete – und fuhr schnell hinüber zum Haus der McCrackens. Innerhalb von fünf Minuten hielt ich am Randstein vor einem großen Holzhaus, in ein giftiges Lila getaucht, mit Fensterläden in einem stumpfen Kastanienbraun. Man hätte das Gebäude für ein Werbeplakat der National Hockey League fotografieren sollen. Fahnen der Avalanches hin-

gen an jedem Laternenpfahl auf dem Trottoir. Übergroße Avalanche-Transparente drapierten jedes Fenster im ersten Stock. Das Gebäude sah aus wie ein Laden für Sportartikel.
Als ich in die Zufahrt der McCrackens einfuhr, wurde ich jedoch daran gehindert, am Hintereingang anzuhalten. Über eine große, rechteckige gepflasterte Fläche war ein Seil gespannt, und die Fläche war mit leuchtendweißen Linien markiert, damit sie einem Eishockeyspielfeld ähnelte. Ich konnte mir nicht vorstellen, was meine Reifen mit diesen grellen, kalkigen Linien anstellen würden, wenn ich darüber hinwegfuhr. Mir graute vor dem Gedanken, wie ich ausladen sollte, vom Servieren ganz zu schweigen.
Clark McCracken, ein langbeiniger Typ mit einem hageren, verschwitzten Gesicht und jeder Menge schweißüberströmten braunen Haaren, wedelte wild mit den Armen, als er über die Zufahrt auf mich zurannte. Er trug ein kastanienbraunes Trikot der Avalanches, glänzige kastanienbraune Shorts und steife, dicke Knieschützer, die seinen Gang in den eines verkrüppelten Rennpferds verwandelten. Keine Frage – der Mann war vorbereitet auf das Spiel am Ende der Zufahrt. Es war außerdem keine Frage, daß er nicht willens war, seine Kreidelinien von meinem Lieferwagen zerstören zu lassen. Ich seufzte. Es war unmöglich, etwa hundert Pfund geliefertes Essen in der Nähe des kürzesten Wegs zur Küche auszuladen. Ich ließ das Fenster herunter und beschloß, freundlich zu bleiben.
»Müssen Sie … parken …« Clark war außer Atem und wankte wie auf Stelzen. Ich hoffte auf alle Fälle, daß er sich nicht länger als fünf Minuten an dem beteiligen würde, was beim Hockey gleichbedeutend mit einem Gerangel ist. »Parken Sie hinter der Linie«, brach es aus ihm heraus, während er auf den ersten Kreidestrich zeigte. Er strich sich das Haar an den Schläfen zurück und keuchte: »Dann … können Sie mit dem Bier und dem Essen dorthin gehen, wo wir spielen, mit einem Tablett oder so.«
»Clark«, fing ich geduldig an. »Es ist ausgeschlossen …«

»Dann stoßen Sie zurück«, unterbrach mich Clark und wedelte abwehrend in die Richtung der Vorderseite des Hauses. »Das ist okay, die Torte wird auch so geliefert. Stoßen Sie zum Trottoir zurück. Machen Sie die Türen auf und ...« Er holte wieder qualvoll Luft und preßte die Augen zu. »Ich helfe Ihnen.«

Oh, sicher, dachte ich, als ich den Rückwärtsgang einlegte. Und wenn Sie zehn Minuten lang versucht haben, mir zu helfen, werde ich versuchen, mich an den Kurs für Wiederbelebung zu erinnern, den ich nach Marlas Herzinfarkt belegt habe. Der Lieferwagen stotterte. Ich bremste am Anfang des Trottoirs, einem Backsteinweg im Fischgrätmuster, der zu dem knallig dekorierten Haus führte, ein bißchen zu heftig.

Es stand mir nicht zu, Clark McCracken zu sagen, er hätte nicht so kurz vor seiner Party so schwer beladene Kisten über das Trottoir schleppen sollen. Aber Clark wirkte entschlossen, sich körperlich so sehr wie möglich mit den Vorbereitungen für seine Hockeyparty abzuplagen. Ich wußte, was er als nächstes tun würde – sich Eiswasser ins Gesicht schütten, sich das triefende Haar zurückkämmen und die Treppe hinunterrennen, als offizieller Gastgeber. Dann, mit dem ungeheuren Gefühl, es sei sein gutes Recht, würde er hastig ein halbes Dutzend Biere in sich hineinschütten, danach jede Menge Cocktails, ein Minimum essen und auf einem Patiomöbel wegsacken, bevor ich damit fertig war, die Vorspeisen zu servieren. Das hieß, falls er sich bei der ganzen Kraftanstrengung nicht schon vorher verletzte.

Wenn ich es recht bedachte, hätte ich vielleicht einen Rettungswagen rufen sollen. Nur für den Notfall.

»Okay«, sagte er und atmete immer noch schwer. »Was soll als erstes ins Haus?«

Zwanzig Minuten später war ich mit allem Zubehör in der Küche installiert. Clark, nach der Anstrengung um Atem ringend, erklärte wie ein Märtyrer, er werde seinen Gasgrill anzünden – das war immer Männersache, auch wenn es gar nicht nötig war, Feuer zu machen.

»Clark«, warnte ich höflich, »seien Sie bitte vorsichtig. Eben ist im *Mountain Journal* ein langer Artikel darüber erschienen, daß diese Grills überprüft werden müssen ...«
Wieder wedelte er abwehrend mit den Händen. »Bitte, zitieren Sie mir gegenüber nicht Frances Markasian. Ich habe noch nie gehört, daß Bergmotten in Propangrills Nester bauen! Was wird dieser Frau als nächstes einfallen?« Er verdrehte die Augen. »Ich glaube kein Wort, das diese Irre schreibt. Sie ist keine Reporterin, sie ist eine Viper auf der Suche nach einem Opfer. Explosionen durch Motten, ich muß doch sehr bitten! Aber machen Sie sich keine Sorgen. Ich mache die Abzüge sauber. Das ist meine Aufgabe.«
»Aber seien Sie vorsichtig«, wiederholte ich sanft.
Ich wickelte die Vorspeisen aus: einen riesigen ovalen Korb mit frischem Gemüse, der wie der Rest des Abendessens einem Eishockeyfeld ähneln sollte. Körbchen mit Chips ersetzten die Tore, und mitten in den spielfeldförmigen Korb stellte ich behutsam eine große Kristallschale mit mexikanischem Dip, meine Privatmischung aus dicken Schichten von Avocado, gewürfelten Tomaten, glattem Sauerrahm, knackigen Salatstreifen, Chilibohnen in pikanter Sauce, geschnetzelten schwarzen Oliven und einer üppigen Schicht aus goldenem, geriebenem Chester.
»Ooh, darf ich probieren?« gurrte Patricia McCracken, als sie auf Zehenspitzen in die Küche kam. Ein Stirnband mit winzigen Logos der Avalanches hielt ihren wirren Haarschopf aus gesträhnten Locken zurück. Aber ihr Gesicht mit den schönen Zügen war eingefallen. Sie trug ein übergroßes Avalanche-Trikot, das ihr fast bis zu den Knien reichte. Sie sah wie eine Studentin aus, die eine Nacht in einem Männerwohnheim verbracht hatte, samt ausgeliehenem Pyjama und Tränensäcken.
Trotz meiner besten Absichten, dieses Ereignis auszurichten, konnte ich nicht unterdrücken, was ich auf dem Herzen hatte. »Patricia, sind Sie sicher, daß Sie sich das antun wollen? Sie sehen erschöpft aus.«

»Ja«, sagte sie, »das habe ich vor. Tyler ist schon im Haus von irgendwelchen Bekannten. Außerdem, was soll ich machen, alle anrufen und sagen: ›Tut mir leid! Ein Mord in der Nachbarschaft! Muß leider absagen!‹ Oh, meine Güte, das erinnert mich daran, daß die Torte noch nicht da ist. Könnten Sie die Konditorei anrufen und herausfinden, ob Mickey jemanden damit vorbeischickt?«

»Kein Problem.«

Patricia streckte den Zeigefinger aus und nahm sich etwas von dem Dip. Ich tippte die Nummer der Konditorei von Aspen Meadow ein und reichte Patricia eine kleine Plastikschüssel mit Dip, die ich zum Kosten beiseite gestellt hatte. Sie rümpfte die Nase und jaulte: »Dasselbe?«

»Patricia, bitte. Natürlich.« Ich entfernte die Plastikfolie von der Schüssel mit dem gegrillten Schlagschußsalat.

»Es sieht jedenfalls nicht so aus, als ob es dasselbe wäre.« Sie schaufelte sich etwas Dip auf einen Chip und steckte ihn in den Mund.

»Konditorei von Aspen Meadow«, meldete sich Mickey Yuille mit der traurigen, barschen Stimme, die ich so gut kannte.

»Mickey, hi, hier ist Goldy Schulz. Ich bin bei den McCrackens, und Patricia wartet auf die Torte. Kann ich ihr sagen, daß sie unterwegs ist?«

Mickey seufzte. »Brandon besteht immer darauf, mir samstags beim Ausliefern zu helfen. Aber jetzt ist es in seinem Büro zu einer Art Krise gekommen, und mein zweiter Helfer ist krank, deshalb haben sich alle Samstagslieferungen verspatet.«

Ich hielt den Atem an. Brandon Yuille, Personalchef von ACHMO, wurde schon befragt? Von wem? Der Polizei? Von der Hauptverwaltung in Minneapolis? »Es ist wirklich nötig, daß jemand die Torte vorbeibringt«, flehte ich.

»Ja, ja, okay. Das sag' ich dir doch die ganze Zeit. Brandon ist spät gekommen. Er macht jetzt die Runde und sollte jeden Augenblick dort sein. Und übrigens! Dein Konfekt ist toll, Goldy. Brandon hat mir was davon mitgebracht, nach deinem Rezept. Komm doch mal vorbei und besuch mich. Ich möchte, daß du meine neuen Zimtbrötchen probierst. Die sind größer als die, die der andere Typ gemacht hat.«

Ich bedankte mich bei ihm, legte auf und wickelte die Kekse aus. Zu Patricia sagte ich: »Die Torte ist unterwegs.«

Mit zwei Chips löffelte Patricia eine weitere, heikel balancierende Ladung Dip aus der Plastikschüssel. »Mm-mm«, rief sie, als sie sich geziert einen Tropfen Sauerrahm aus dem Mundwinkel wischte. Dann kamen meine Worte bei ihr an, und sie bedachte mich mit einem verblüfften Blick. »Die Torte ist unterwegs? Meine Gäste sind das auch! Wir fangen mit dem Hockeyspiel früher als geplant an, falls Nachspielzeit nötig wird!« Ihre Stimme war voller Panik.

»Patricia! Sind Sie sicher, daß Sie okay sind?«

»Nein, ich bin nicht okay, vielen herzlichen Dank. Was meinen Sie, werde ich John Richard je vor einem Zivilgericht zu sehen bekommen? Unwahrscheinlich. Ich habe mein Auto verkauft, um den Vorschuß für meinen Anwalt zu bezahlen. Ihr Exmann saugt mich aus bis aufs Blut.« Sie klang sehr bitter.

Kapitän Ahab, dachte ich wieder, und spitzte ein Ohr Richtung Flur. »Ich glaube, entweder kommt die Torte oder einer Ihrer Gäste.« Ich liebte den Partyservice. Gelegentlich unterlief es mir jedoch, daß mir, während ich eine nervöse Gastgeberin beruhigte, die Butter verbrannte oder ich einen anderen *faux pas culinaire* beging. Ich wünschte mir, daß sie die Küche verließ, wollte aber ihre Gefühle nicht verletzen.

»Clark kann die Gäste begrüßen«, fuhr sie aufgeregt fort. »Ich will über das sprechen, was heute morgen passiert ist. Was haben Sie gesehen? Waren Sie dabei, als ...«

Gnädigerweise wurde sie von dem dunkelhaarigen, attraktiven Brandon Yuille unterbrochen. Brandon platzte durch die Küchentür herein und balancierte auf ausgestreckten Armen eine riesige weiße Schachtel. Die Torte. Ich deutete auf die

Kücheninsel, und er brachte die Schachtel fachmännisch in Sicherheit. Mit funkelnden Augen strich sich Brandon das lange Haar aus der Stirn. Er war mittelgroß und leicht – auf reizvolle Weise – pummelig, trug ein ein weites, gelbes Hemd aus Oxfordtuch ohne Krawatte, Khakihosen und locker geschnürte Schuhe aus Leder. Er sah gut aus und war ledig, obwohl etwas zu jung für Marla, sehr zu ihrem Kummer. Mit einem Schlenker machte er den Schachteldeckel auf.

»Oh, Brandon, die ist super«, sagte ich bewundernd. Die hokkeyfeldförmige Torte bestand aus zwei dicken Eiskremschichten mit einem dünnen gelben Biskuitdeckel darauf. Mickey hatte mit Tortenguß alle roten und blauen Linien und das Avalanche-Logo nachgezeichnet. Er hatte sogar an verschiedenen Stellen winzige Eishockeyspieler aus Plastik postiert und an beiden Enden Miniaturtore. »Um die Torte herum werden die Törtchen perfekt aussehen. Stellen wir sie in den Tiefkühler.«

Patricia starrte Brandon an. »Sie arbeiten doch für ACHMO?« fragte sie mißtrauisch.

Er lief rot an. »Ja, ich ... ich helfe nur meinem Vater ...« Er sah verwirrt aus. »Moment mal. Sie sind die Frau, die eine Klage eingereicht hat ... Oh, es tut mir leid. Ich weiß, daß Sie eine schwere Zeit durchgemacht haben ...«

»Sie alle spionieren mir nach«, erwiderte Patricia hitzig. »Glauben Sie ja nicht, daß ich nicht wüßte, wie viele Akten Sie in Ihren Besitz bringen wollten oder vernichtet haben. Verlassen Sie jetzt mein Haus.«

»Entschuldigung, daß ich hergekommen bin«, murmelte Brandon, als er die Torte in den Tiefkühler schob.

»Patricia, bitte«, besänftigte ich sie. »Mickey Yuille ist der neue Besitzer der Konditorei. Die Woche über arbeitet Brandon für ACHMO, an den Wochenenden hilft er seinem Vater. Brandon, das hier tut mir leid ...«

Aber Brandons Lederschuhe gaben schon Quietschgeräusche von sich, als er aus der Küche eilte. Soviel dazu, ihm Fragen dar-

über zu stellen, wie ACHMO auf den Tod der stellvertretenden Direktorin reagiert habe.
Patricia rümpfte die Nase. »Wenn ich gewußt hätte, daß der Konditor mit einem Typen von ACHMO verwandt ist, hätte ich Sie mit der Torte beauftragt.« Sie ließ es so klingen, als wäre es das Allerletzte.
Ein Gast, eine schlanke, dynamische Frau mit schwarzen Locken, kam türenknallend in die Küche. Ihre blauen Augen leuchteten vor Vorfreude, als sie auf uns zueilte. »Hören Sie, Goldy, hat Ihr Mann tatsächlich Dreck am Stecken?« Hinter ihr drängten zwei weitere Frauen herein, flüsterten und starrten mich gierig an.
Mannomann. Mir tat jeder Kieferknochen weh, so fest biß ich die Zähne zusammen. Ich lehnte mich gegen den Kühlschrank und sah die Fischfilets sehnsüchtig an. Sollte ich so tun, als hätte ich keine Ahnung von dem, was gespielt wurde? Mein Mann? Offen gesagt, meine Damen, mein Mann ist ein Cop, der heute nachmittag Besorgungen gemacht hat. Das heißt, nachdem er meinen Exmann festgenommen hat.
»Hinaus, hinaus, hinaus«, befahl Patricia mit überraschender Autorität. Zu meiner Erleichterung wichen ihre neugierigen Freundinnen aus der Küche. »Und es ist ihr Exmann!«
Ich hörte ein gedämpftes Aufheulen: »Aber wir wollen hören, was . . .« Die Tür ging hinter ihnen zu.
»Ihr armer Sohn«, sagte Patricia, plötzlich voller Reue. »Das muß die Hölle für ihn sein. Und wie peinlich wird es für ihn werden, wenn seine Freunde damit anfangen, über das alles zu reden. Ich bin so froh, daß Tyler nicht hier ist. Ich will auf keinen Fall, daß er Fragen stellt. Machen Sie weiter mit Ihrer Arbeit, Goldy. Ich bleibe bei Ihnen, bis Clark das Hockeyspiel anpfeift. Sie brauchen Schutz vor diesen Klatschtanten.«
Natürlich hatte sie recht. Genau wie Marla. Ich hätte tatsächlich ein T-Shirt mit der Aufschrift *Ich weiß überhaupt nichts* tragen sollen.

»Dahinter steckt ACHMO«, sagte Patricia wegwerfend, während ich das mitgebrachte Essen mit ruhiger Hand ordnete. Patricia mampfte nachdenklich einen weiteren mit Dip beladenen Chip. »Haben Sie je mal versucht, mit jemandem dort zu telefonieren? ACHMO erinnert mich an eine Kirche, in die ich früher gegangen bin. Jeder haßt jeden. Nichts funktioniert, und immer ist jemand anderer daran schuld. Je mehr Sie versuchen, Leute auszutauschen, desto schlimmer wird es. Es wäre besser, gleich alles niederzubrennen und von vorn anzufangen.«

»Was meinen Sie damit?«

»Sie wissen, was die mir angetan haben«, sagte sie. Ehrlich gesagt, ich hatte mich nie nach der Litanei der Klagen in dem Verfahren wegen Vernachlässigung der Aufsichtspflicht erkundigt, das Patricia anstrengte. Ich wußte, daß sie ihr Kind verloren hatte. Mein Interesse reichte nicht so weit, mir die Einzelheiten des Rechtsstreits anzuhören. Und ich wollte es auch nicht. »Sie haben natürlich gehört, daß ACHMO Ralph den Stuhl vor die Tür gesetzt hat«, fuhr sie verschwörerisch fort. »Der arme Kerl, er wird heute abend auch hiersein.«

»Ich habe gehört, daß er entlassen worden ist.« Ich konnte so mitfühlend klingen wie der nächstbeste Mensch. »Hat Ralph eine neue Stelle gefunden?«

Sie nickte. »Er hat Glück gehabt, daß er was bei einer anderen Krankenversicherung bekommen hat, aber es ist eine Stelle in der Verwaltung. Ich bin mir sicher, daß Suz Craig viele, viele Menschen hinausgeworfen hat«, konstatierte sie im selben lässigen Ton. »Aber zwei in Aspen Meadow? Ich bitte Sie. Wir sollten Fördermittel vom Bundesstaat beantragen.« Sie zog eine Augenbraue hoch und nahm einen weiteren Chip in die Hand.

»Außer Ralph hat sie auch Amy Bartholomew entlassen?«

»Sie wissen also über Amy Bescheid. Ja. Die Frau ist eine echte Heilkünstlerin, Goldy. Amy hat mir gesagt, ich solle diese Party geben. Mit ihr hat Suz ein Juwel verloren. Aber Amy berät die

Leute jetzt in ihrem Laden für Gesundheitskost. Ich glaube nicht, daß sie je an sechs einarmigen Banditen in Central City herumgespielt hat, wie behauptet wird.«

Ich legte die Kekse auf ein mit Butter eingefettetes Backblech und deckte sie mit Folie ab, damit ich sie später erhitzen konnte. »Na ja«, sagte ich voller Hoffnung, »die Polizei wird das schon rauskriegen. Vielleicht möchten Sie nach Ihren Gästen sehen ...?«

Leider schien es Patricia immer noch nicht eilig zu haben. »Die werden also ... Ihren Mann auf den Fall ansetzen? Das wäre was Besonderes, nicht wahr? Ich kann mir nicht vorstellen ...«

»Nein, Patricia.« Ich schaute aus dem Fenster mit Blick auf die Einfahrt. Die männlichen Gäste hatten sich in zwei Mannschaften aufgeteilt: die eine trug T-Shirts, die andere nicht. Ein halbes Dutzend Männer saß auf der Begrenzungsmauer und schnallte sich Inline-Skates an, während weitere drei – behelmt, mit Knieschützern versehen und mit nackter Brust – Drehungen in der Einfahrt ausprobierten. Ihre Gesichter waren feindselig, und sie sahen aus, als ob sie schrien. Brüllten sie sich jetzt schon Beleidigungen zu? »Äh, ist ein Arzt im Haus? Ich meine, nur für den Fall, daß es bei dem Hockeyspiel draußen ein Problem gibt?«

Erschrocken trat Patricia neben mich an das Fenster. »Oh, sie haben angefangen, das ist ja zum Heulen! Aha, da ist Drew Herbert. Er hat sich das Logo der Detroit Red Wings auf die Brust tätowieren lassen.« Sie klopfte gegen die Scheibe. Niemand draußen schenkte ihr die geringste Aufmerksamkeit. »Wer ist ...« Ein Skater stürzte, und Patricia schrie auf. »Oh, Clark wird uns eine Klage aufhalsen!« Damit stürzte sie hinaus.

Zwei Netze waren an den entgegengesetzten Enden der Einfahrt aufgespannt. Ein Tor stand an dem gepflasterten Rand, vor dem leicht abschüssigen Vorderrasen und Tylers diversen Schaukeln, das andere vor einer hohen Begrenzungsmauer. Gebannt schaute ich durch das Fenster zu, bis alle zwölf Männer mit schwindelerregender Geschwindigkeit herumrollten. Sie schwenkten lebensgefährlich aussehende Hockeystöcke, gruppierten sich und rasten, schlängelten sich ständig auf der wilden Jagd nach einem knallila Puck in Tennisballgröße aneinander vorbei.

Die Chancen gingen zwischen denen mit Hemd und denen ohne Hemd hin und her, während die Behemdeten im Abklatschen führten und die Hemdlosen im Schwitzen. Etwa zehn Zuschauer, darunter die drei Frauen, die mich belästigt hatten, versammelten sich an den Seitenlinien, brüllten, lachten und tranken etwas, was nach mehrstöckigem Gin und Tonic aussah, wie ich hoffte, aus Plastikbechern und nicht aus Gläsern. Was war aus dem Bier geworden? Hatte Clark es an das Ende der Einfahrt gebracht?

Als es zwei zu eins stand, brach ein Streit darüber aus, ob einer der Hemdlosen im Aus gewesen sei. Erst zwei, dann vier Männer gingen aufeinander los. Gewieher aus offenen Mündern begleitete unfreundliche Schulterstöße.

Kreischend stürzte sich Patricia in das Getümmel. Es waren noch zwanzig Minuten, bis ich die erste Portion Vorspeisen für zwei Dutzend Leute servieren sollte. Aber wenn dieses Gerangel noch hitziger wurde, hatte ich weniger Mäuler zu stopfen als geplant.

Die Männer stritten sich und gestikulierten mit den Hockeyschlägern. Hier! schienen sie zu sagen. Nein, der Puck ist dort ins Aus gegangen! Zwei weitere Frauen, offenbar ohne Rücksicht auf die eigene körperliche Sicherheit, eilten von den Seitenlinien heran, um den Streit zu schlichten. Patricia stieß ihrem Mann anklagend einen Finger ins Gesicht, während eine andere Frau der Meinung war, ihr Mann habe eine Gin-und-Tonic-Dusche ins rote Gesicht nötig. Als Clark Patricia beiseite stieß, drehte sie sich um und marschierte zum Haus zurück. Der Streit ging unvermindert weiter.

Zwei Männer stießen mit den Schultern gegeneinander, wäh-

rend sie seitwärts rollten und versuchten, das Gleichgewicht zu wahren. Dann schnallte sich einer der Spieler mit Hemd den Helm ab und schleuderte ihn gegen die Nase seines Gegners im Getümmel. Der Mann kam rückwärts ins Schleudern und machte dann eine Bauchlandung auf dem Asphalt. Der Kampf hörte kurz auf, als der Verletzte dalag und mit den Armen und den Beinen strampelte. Seine Hilfeschreie klangen gedämpft – vermutlich war er auf das Zwerchfell gefallen.
Patricia McCracken stürmte mit rotem Gesicht und schriller Stimme in die Küche. »Bier! Verdammt noch mal, Goldy! Wozu stehen Sie hier herum? Bier! Warten Sie die Halbzeit nicht ab! Bringen Sie ihnen jetzt Bier!«
Ich murmelte etwas darüber, ein Sanitäter sei eine bessere Idee als eine Barkellnerin, aber ich huschte gehorsam in der Küche herum und füllte schnell eine Styroporkühlkiste mit drei Sechserpacks und Eis. Ich hielt Bier nicht gerade für eine gute Idee, vor allem nach jeder Menge Gin und Tonic. Andererseits sah mein Vertrag nicht vor, daß ich das Spielfeld säuberte, falls das nötig wurde. Ich ging vorsichtig den Pfad entlang zu Clark McCracken, der großspurig in Richtung seines Hockeyspiels auf Beton gestikulierte.
»Bringen Sie es zu ihnen hinunter! Bringen Sie es hinunter!« brüllte er, das Gesicht scharlachrot vor Erschöpfung und, wie ich mutmaßte, vor Schmerz. »Werfen Sie ihnen die Dosen zu, wenn es sein muß!«
Die Skater hatten das Spiel ohne Clark fortgesetzt, was ich für unglaublich hielt. Die mit Hemd und die Hemdlosen rollten noch eifriger und tollkühner umeinander herum als vorher. Ein behelmter Spieler schleuderte den Puck Richtung Tor und verfehlte knapp das Netz. Statt dessen prallte der Puck von der Begrenzungsmauer ab und traf eine Zuschauerin am Knie. Ihr schrilles Schmerzgekreisch fand keinerlei Beachtung, während die Skater sich bückten und einander umkreisten, um sich einen neu beschafften Puck zuzuspielen.

»Bierpause!« rief ich, während die Dosen gegeneinander schepperten, was, wie ich hoffte, ein einladendes Geräusch war. Aber die Spieler konnten weder mich noch die Dosen hören, während sie sich stießen, stöhnten und um Stellungen rangelten. Clark, etwas wiederbelebt, sauste an mir vorbei und winkte mich hinunter an die Seitenlinie. Ich seufzte, hievte die Styroporkiste gegen meinen Brustkasten und kam scheppernd näher an die Spieler heran, während ich das Spiel wachsam im Auge behielt.

Clark brüllte seinen Mitskatern begeistert zu: »Hey, Jungs! Eine Bierpause wäre ...«

Aber ich hörte nicht, was er sonst noch sagte. Von dem Kreidestrich aus, auf dem ich stand, bemerkte ich plötzlich, daß sich in dem Spiel ein Umschwung ereignet hatte. Wie ein Tornado, der ohne Vorwarnung die Richtung ändert, kam mir plötzlich eine Schar schwitzender Spieler entgegen. Aus der Menge tauchte Ralph Shelton auf, kam unerbittlich auf mich zu. Ich ließ das Bier fallen. Die Styroporkiste landete auf meinen Füßen. Eissplitter flogen durch die Luft, als Ralph Shelton gegen meinen stehenden, unbehelmten, ungepolsterten Körper prallte. Als er mich rammte, war die Miene in seinem verpflasterten Gesicht eine entschlossene zornige Grimasse, als hätte er die Absicht, mich umzubringen.

Offenbar herrschte Ärztemangel. Jedenfalls kam niemand herüber, um mir Hilfe anzubieten. Ich lag sekundenlang auf dem Pflaster. Ich hatte das Gefühl, auf immer und ewig schielen zu müssen. Soweit ich das beurteilen konnte, hatten sich alle um Ralph Shelton versammelt.
Ich hechelte, bekam aber keine Luft. Der Atem hatte meinen Körper verlassen. Von meiner Stirn tropfte Blut. Schließlich kamen etliche Leute auf mich zu. Ihre Münder redeten unverständliches Zeug. Rühr dich, sagte ich mir. Steh auf. Aber ich stand nicht auf. Ich konnte es nicht.
Ich ächzte und hob eine Schulter. Schmerz durchbohrte meinen Magen und schoß meine Beine entlang. Ralphs Inline-Skates hatten meine Waden aufgeschlitzt. Noch stärker schmerzte mein Kopf, der unnachlässig weh tat.
Während ich sprachlos die Schar musterte, die jetzt auf mich hinuntergaffte, war ich davon überzeugt, mir auf dem Beton den Schädel angeschlagen zu haben. Vielleicht hatte ich eine Gehirnerschütterung. Vielleicht hatte ich ein Leck im Gehirn. Na ja, ich war bereit gewesen, eine Party für eine Gruppe von Hokkeyfans auszurichten. Vermutlich war ich sowieso hirnlos.
»Goldy?« Die Stimme einer fremden Frau kam anklagend von weit her. »Warum haben Sie das Bier fallengelassen?«

Ich schloß die Augen.
Als ich sie wieder aufmachte, saß ich in einem schimmernden, in Blau und Weiß gehaltenen Badezimmer. Ich erinnerte mich vage daran, daß jemand mich hochgehoben und dann hierher gebracht hatte. Ich musterte meine Umgebung. Porzellanfliesen mit dünnen blauen Streifen überzogen den Boden, die Wände, umgaben die Badewanne. Jemand hatte mir die Beine, die Arme und das Gesicht abgewischt. Der Raum verschwamm. Das war ein Alptraum, und ich war ein auf einer Staffordshire-Platte angerichtetes Abendessen.
»Ich brauche nicht mehr lange«, ertönte eine tröstliche Stimme in der Nähe des Waschbeckens. Wasser lief. Ich riskierte es, das Waschbecken zu betrachten.
Die mollige Frau, die neben mir stand, war mittelgroß. Ihr rotblondes Haar glänzte. Im Spiegel sah ich, daß sie ein gütiges Gesicht hatte. Genau gesagt, zwei gütige Gesichter. Ich stöhnte und machte die Augen zu.
Von der Schwelle aus erklang eine ungeduldige, bekümmerte Stimme. »Was für ein Glück, daß Sie wieder zu sich kommen, Goldy.« Mir wurde bang ums Herz. Patricia. Das war tatsächlich ein schlechter Traum. »Wir fangen mit dem Gemüsekorb an, den Sie aufgestellt haben. Sind Sie jetzt in Ordnung? Mein Mann kann den Fisch erst auf den Grill legen, wenn Sie bereit dazu sind.«
»Bereit wozu?« murmelte ich, während die gütige Rothaarige mir ein goldfarbenes Gel auf die Stirn strich. Das Gel sah aus wie Vaseline und roch wie etwas, was man in einem Navajogeschenkladen bekommt. »Was machen Sie da?« fragte ich beklommen, noch während die tröstliche Wärme der Salbe auf wunderbare Weise meine Kopfschmerzen linderte. »Kenne ich Sie?«
»Sch, sch.« Die Frau trug weitere Salbe auf meinen rechten Arm auf. »Jetzt reiben Sie sich den zweiten Arm damit ein.« Ich gehorchte. Wieder floß Wasser aus dem Hahn. Die rothaarige

Florence Nightingale reichte mir ein Glas. »Können Sie das trinken und sich dann das hier unter die Zunge stecken?« Als ich stumm nickte, schüttelte sie eine gesprenkelt beigefarbene Tablette aus einem breiten, braunen Röhrchen, das nicht aus einer Apotheke stammte.

»Ich nehme keine Drogen«, sagte ich entschieden. Jedenfalls hoffte ich das.

Ihr Lachen schallte von den porzellangefliesten Wänden wider. »Das hier ist von Drogen so weit entfernt wie irgend möglich«, versicherte sie mir.

»Goldy, hören Sie mich?« flehte Patricia, meine ehemalige Freundin, meine ehemalige freundliche Kundin. »Wir fangen mit den Vorspeisen an. Clark legt ein Video von einem der Cupspiele ein, und ich will, daß das Abendessen in vierzig Minuten serviert wird. Falls Sie immer noch vorhaben, diese Party auszurichten, sollten Sie sich lieber zusammenreißen.«

Ich umklammerte die Tablette. Ich hatte immer noch Schwierigkeiten damit, Patricia klar zu sehen. »Ah, sind die Skates alle Gäste los?« versuchte ich. Legasthenischer Satz. Ich konnte noch immer nicht richtig denken. Kein Wunder, daß Pressekonferenzen nach Eishockeyspielen so unergiebig waren. »Ah ...« setzte ich noch einmal an. »Sind die Gäste die Skates los?«

»Natürlich«, gab Patricia zurück. »Sie sind jetzt schon fast eine Viertelstunde hier drin, Goldy. Ich mache mir Sorgen, daß dem Grill das Propangas ausgeht. Nach dem Schlußpfiff sollen die Gäste Fisch auf den Tellern haben! Bitte, beeilen Sie sich!« Dann machte sie kehrt und marschierte davon. Ich hoffte, Clark habe ein Video des Endspiels von 1996 um den Stanley Cup eingelegt. Dann gäbe es das Abendessen in fünf Stunden, und ich könnte zuletzt lachen.

»Machen Sie sich nichts aus ihrem Gerede«, sagte die Rothaarige. »Übrigens bin ich Krankenschwester. Legen Sie sich die Tablette unter die Zunge. Das ist ein homöopathisches Mittel gegen Schock und Schmerz.«

»Was . . .?«
Aber ich hatte zu viele Schmerzen, als daß ich mich herumgestritten hätte. Ich legte die Pille gehorsam unter die Zunge und bekam als Belohnung ein Lächeln von meinem neuen Schutzengel. Verflixt noch mal, die Frau hatte eine Aura. Andererseits war meine Kopfverletzung möglicherweise schlimmer, als ich befürchtet hatte.
Sie sagte leise: »Das heißt Arnika wie die gleichnamige Blume.«
»Wer sind Sie?« brachte ich heraus.
»Ralph Shelton hat mich angerufen«, erwiderte sie mit der wohltönenden Stimme, die mich an umgerührten Pudding erinnerte. »Ich wohne in der Nähe.« Sie konzentrierte sich darauf, mich aus den warmen braunen Augen anzuschauen. »Ralph und ich haben früher zusammengearbeitet. Er hat sich solche Sorgen um Sie gemacht. Er hat mir gesagt, Sie seien eine alte Freundin von ihm.« Sie fügte sanft hinzu: »Ich heiße Amy Bartholomew.«
Ich würgte an der zweiten Tablette, als Amy noch mehr Salbe auf meinem rechten Schienbein auftrug. »Ich hab' gedacht, Sie . . .« Wie hatte ich sie mir vorgestellt, wie Kenny Rogers gleich nach dem Lied »The Gambler«? »Womit reiben Sie mich da ein?« Von den Tabletten hatte ich einen Geschmack im Mund wie von frisch gemähtem Heu. »Das Zeug in meinem Mund schmeckt komisch.«
»Die Salbe enthält Goldwurz, Olivenöl, Kampfer, Schafgarbe, weiße Eichenrinde und alle möglichen anderen Heilkräuter. Fühlen Sie sich allmählich etwas besser?«
Ich nickte und wartete dann darauf, daß als Strafe für die unkluge Bewegung die Kopfschmerzen wieder einsetzten. Zu meiner Verblüffung war das nicht der Fall. Ich schaute auf meine Beine hinunter: meine Strümpfe waren zerrissen, blutige Kratzer verliefen im Zickzack über meine Knie. Ich wünschte mir, ich hätte etwas zum Umziehen dabei, aber natürlich war das nicht so.

Amy tupfte weiter Salbe auf die Platzwunden. Als sie damit fertig war, sagte sie mir, ich solle ihr die Hand hinhalten. Ich tat es, und sie schüttelte einige bunte kleine Tabletten in meine Handfläche.

»Nehmen Sie jetzt noch zwei, dann weitere vier in einer halben Stunde. Und dann noch mal vier in jeder Stunde, bevor Sie zu Bett gehen. Okay?«

»Okay.« Ich bemühte mich immer noch darum, das Chaos in meinem Kopf zu ordnen. »Haben Sie eine Visitenkarte dabei? Ich meine, damit ich Sie bezahlen kann? Ich bezweifle, daß die McCrackens Geld für Ihre Zeit und Ihre Mittel ausspucken werden.«

Amy schüttelte den Kopf und gluckste. »Machen Sie sich darüber keine Sorgen. Patricia ist eine Kundin von mir. Aber kommen Sie auf jeden Fall am ... Moment mal, am Montag oder Dienstag bei mir vorbei. Im Laden. Ich möchte einen Blick in Ihre Augen werfen. Sie wissen, wo ich bin? Am See.«

Ich nickte wieder. Zögernd sagte ich: »Haben Sie ... haben Sie das über Suz Craig gehört?«

Ihr Gesicht verfinsterte sich. »Lassen Sie jetzt alles Negative beiseite. Sie verkraften es nicht. Sie müssen sich erholen. Konzentrieren Sie sich auf die Heilung.«

Ich seufzte tief. Konzentrieren Sie sich auf die Heilung. Ich hatte die Leiche einer Ermordeten gefunden, mein gewalttätiger Exmann schrie Drohungen aus seiner Gefängniszelle, mein Sohn war wütend auf mich, ich war bei einem Hockeymatch auf Rollerskates gerammt worden, die Party, die ich belieferte, war vermutlich im Eimer, und mein zerschrammter, blutender Körper würde wochenlang Blutergüsse haben. Konzentrieren Sie sich auf die Heilung? Kein Problem.

Als Amy gegangen war, befahl ich mir, aufzustehen. Dann schaute ich in den Spiegel. Nicht so schlimm, wie ich es mir vorgestellt hatte. Drei verschiedene, aber relativ kleine Platzwunden im Gesicht und am Hals. Mein rechtes Auge war schon rosa und schwoll an. Die rechte Schulter tat mir weh. Im Hinterkopf hallten die Kopfschmerzen noch dumpf wider. Ich schluckte zwei weitere Arnikatabletten und konzentrierte mich auf das Anrichten der Salate.

Die Gäste waren vollauf damit beschäftigt, sich ein Endrundenspiel zwischen den Avalanches und den Chicago Blackhawks anzuschauen. Ich suchte im Zimmer nach Ralph Shelton. Offenbar war er nach Hause gefahren. Aber die Fragen nagten an mir. Hatte er mich absichtlich gerammt? Hatte er mich verletzen wollen? Oder war es einfach schwierig, auf Inline-Skates zu bremsen? Ich weigerte mich, über diese Fragen nachzudenken, bis ich sicher zu Hause war. Als erstes mußte ich das Abendessen servieren.

Ich ging auf Zehenspitzen an dem lauten Wohnzimmer vorbei in die Sicherheit der Küche und löffelte die Salate in die Schüsseln. Meine Lebensgeister kamen zu sich, als ich die Marinade über den Thunfisch goß und die am Vortag zubereiteten mexikanischen Frühlingsrollen aufwärmte. Das scharfe südamerikanische Essen roch wundervoll. Ich schnitt eine Frühlingsrolle auf, um mich zu vergewissern, daß sie richtig heiß und knusprig war, tauchte sie dann in eine Mischung aus Avocado und Limone und biß ein Stück ab. Der Frühlingsrollenteig knackte um die mit Chili gepfefferte Füllung aus Huhn, schwarzen Bohnen, Kreuzkümmel und geschmolzenem Käse. Köstlich. Es war erstaunlich, wieviel besser ich mich fühlte. Jetzt brauchte ich nur noch ein Dos Equis, eine heiße Dusche und danach mein Bett. Die Chancen standen jedoch nicht gut.

Ich schob die Kekse und die Kartoffelbällchen in den Backofen, reichte die Frühlingsrollen herum und wurde belohnt mit einem Chor aus *Ohs* und *Ahs* und *Ich hätte gern noch so eine.* Niemand machte eine Bemerkung über mein ramponiertes, angeschlagenes Gesicht. Ich legte den Fisch auf den Grill und sah nach den aufgewärmten Keksen. Patricia verschlang stirnrunzelnd eine halbe Frühlingsrolle. Ihr Gesicht wurde milder. Empfand sie möglicherweise Reue, weil sie mich ausgeschimpft hatte, nachdem einer ihrer Gäste mich so gerammt hatte, daß ich bewußtlos geworden war? Vielleicht begriff sie, daß ich sie verklagen konnte. Vielleicht mochte sie einfach mexikanisches Essen. Ich probierte einen Zipfel vom gegrillten Fisch: flockig und köstlich mit der Marinade gewürzt. Offenbar konnte ich meiner Arbeit immer noch ordentlich nachgehen.

Die Gäste, etliche immer noch in der Inline-Skating-Montur, andere in Avalanche-Trikots, wankten lärmend hinaus in die Schlange am Büfett, als das Spiel gegen die Blackhawks abgepfiffen wurde. Etliche musterten mich neugierig, aber niemand machte sich die Mühe, mich zu fragen, wie es mir gehe. Auf dieser Party rechneten sie mit Verletzungen. Sie fragten mich auch nicht nach der Geschichte über die Festnahme des Kotzbrokkens. Von mir aus ging das in Ordnung: die unschlagbare Partylieferantin mußte arbeiten.

Bald hatten die Gäste den Hauptgang verdrückt, und ich stellte Kaffee auf. Schließlich tranken die Gäste Kaffee und aßen Stanley-Cup-Kekse mit Eiskremtortenscheiben, während sie beklagten, daß es noch über einen Monat bis zur Eröffnung der NHL-Saison dauere. Ich schaute auf die Uhr über dem Küchenfenster. Zehn vor acht. Die Sonne ging langsam hinter den Bergen unter. Direkt über dem gezackten, tief verfinsterten Horizont stiegen dünne Wolkenstreifen auf, vollkommene, gerade Linien. Ein Kamm für Riesen, hätten Arch und ich gesagt, als er noch klein war. Ich ließ heißes Wasser in das Spülbecken laufen und stellte das erste Geschirr zum Abwaschen hinein. Ich konnte es nicht erwarten, diesen Auftrag abzuschließen.

Kurz nach neun schleppte ich den ersten schweren Karton über die Terrasse. Tom wartete. Sobald er mein Gesicht sah, schüttelte er den Kopf. Er machte die Hintertür auf, kam heraus und nahm mir den Karton ab. Eine riesige grüne Schürze umspannte

seinen Körper. Er hatte wie üblich gekocht, weil er wußte, daß ich keine Zeit zum Essen haben würde.
»Miss G!« Sein Gesicht legte sich vor Sorge in Falten. »Was ist denn mit dir passiert?«
»Frag nicht. Es ist sowieso keine große Affäre.«
Er seufzte. »Du kommst an einem Tag häufiger in die Klemme als ich in einem Jahr. Und ich bin derjenige, der einen gefährlichen Beruf hat.«
»Du hast schließlich noch nie Eishockeyfans mit Essen beliefert«, murmelte ich finster.
»Stimmt.« Er stellte den Karton auf die Arbeitsfläche und gluckste, als ich auf einen Stuhl sackte. Er bückte sich, um mich zu küssen, sah dann die Platzwunde auf meiner Wange. Statt dessen küßte er mich auf den Kopf.
Später, als wir alles Zubehör ins Haus geschafft hatten, fragte ich: »Wo ist der Rest der Familie?«
Er lächelte und zerkleinerte im Mixer Kartoffeln. »Oben. Macguire hat einen tollen Tag hinter sich, seinen aktivsten seit einem Monat. Er hat lange geduscht. Aber ich glaube, er könnte ein bißchen Fieber bekommen. Arch hat den Hund und den Kater in sein Zimmer gebracht, und alle vier lachen über Zeitschriften für Puppensammler.«
»Was?«
Tom verquirlte geschickt ein Ei, tauchte ein bemehltes Fischfilet hinein und wälzte es dann in den geriebenen Kartoffeln. Mir wurde plötzlich bewußt, daß ich am Verhungern war. »Mach dir keine Sorgen«, fuhr er fort, »ich habe Macguire Ibuprofen gegeben. Drüben am See ist es zu einem Zwischenfall gekommen. Oh, und Arch will heute abend nicht zu den Druckmans, er will hierbleiben und sich vergewissern, daß Macguire okay ist.«
»Fang von vorn an. Was für ein Zwischenfall? Warum waren die Jungen am See?«
Tom holte tief Luft, kein gutes Zeichen. »Offenbar war der Laden für Gesundheitskost geschlossen. Macguire war zum

Weitergehen zu erschöpft, deshalb sind die beiden ins LakeCenter gegangen und haben Ausschau nach jemandem gehalten, der sie nach Hause fährt. Eine Frau – wie heißt sie gleich noch mal, Rodine? – hat gesagt, sie macht es, wenn die beiden Jungen ein paar Tische hineinschaffen. Ist das zu fassen? Warum hat sie die Jungen nicht einfach nach Hause gefahren?«

Ich seufzte. »Weil sie ein vergoldetes Miststück ist, deshalb.«

»Natürlich war Macguire zu schwach, einen Tisch zu heben, und Arch war zu klein, deshalb haben sie gefragt, ob sie etwas anderes tun könnten, um sich die Heimfahrt zu verdienen. Mrs. Rodine hat ihnen also aufgetragen, ein paar Schachteln mit verpackten Puppen hineinzubringen. Sie haben einen Karton zu einem Stand im LakeCenter geschleppt, während Mrs. Rodine und ihre Freundinnen anderen Untergebenen draußen Anweisungen zugeschrien haben. Arch und Macguire haben im Versuch, sich nützlich zu machen, damit angefangen, die Puppen aus dem Karton zu nehmen. Als alle draußen waren, hat sich Arch Sorgen um Macguire gemacht, also ist er zu einem Getränkeautomaten gegangen und hat Limonade für beide geholt. Inzwischen hat Macguire damit angefangen, die Puppen aus den Verpackungen zu nehmen ...«

»O nein. Nein, nein, nein. Die Sammler wollen keine unverpackten Puppen. Die Sammler wollen sie in der Originalverpakkung. Das ist ein Riesenunterschied ...«

Tom hob die Hand. »Als Arch mit den Getränken zurückgekommen ist, hat er versucht, Macguire zu warnen, aber es war zu spät.«

Ich wiederholte: »Zu spät. O Gott.«

Tom wirkte bei seinem Bericht über menschliche Torheiten resigniert. Dennoch blickten seine grünen Augen fröhlich drein, als er Öl in die Grillpfanne tröpfelte. »Drei Frauen haben gekreischt und Arch und Macguire aus dem LakeCenter gejagt. Dann hat ein Typ, der Ehemann einer Helferin, mit seinem Handy im Büro des Sheriffs angerufen ...«

Ich stöhnte.
Tom ließ die Filets mit Kartoffelkruste in die heiße Grillpfanne gleiten, in der ihr Zischen mir das Wasser im Mund zusammenlaufen ließ. »Weil ich auf dem Heimweg vom Eisenwarenladen war, war ich am nächsten dran.« Ein weiteres Lächeln spielte um seine Mundwinkel. »Also habe ich mich gemeldet. Ich habe in meinem Leben eine Menge merkwürdiger Einsätze hinter mich gebracht. Aber ein hysterisches Frauentrio davon zu überzeugen, daß es keine strafbare Handlung ist, eine Ferienbabsie von 1994 aus der Originalverpackung zu entfernen – das war vielleicht die größte dienstliche Herausforderung, vor der ich je gestanden habe.« Er gluckste.
Ich stöhnte wieder. »Diese Frauen haben Arch und Macguire doch nicht etwa was getan, oder? Warum hat Macguire Fieber?«
Tom schürzte die Lippen und drehte den Fisch um. »Die Babsiedamen haben unsere Jungen bis zum Ende des alten Pier verfolgt, wo Macguire leider das Gleichgewicht verloren hat und ins Wasser gefallen ist. Eine Frau in einem kleinen Boot ist herangerudert und hat ihn festgehalten, bis jemand aus dem Lake-Center einen Rettungsring werfen konnte.« Tom schaufelte die goldbraunen Fischfilets vorsichtig in eine gebutterte Auflaufform und schob sie in den Backofen.
Ich rieb mir den schmerzenden Schädel. »Ich ... weiß, daß Puppensammeln ein ehrenwertes Hobby ist. So ähnlich, wie wenn man ein Eishockeyfan ist. Ich verstehe bloß nicht, warum aus dieser Form von Zeitvertreib eine Manie wird.«
»Ich habe dieselbe Frage gestellt. Ich hätte genausogut den Frauenbibelkreis darum bitten können, sich mit der leiblichen Aufnahme in den Himmel zu beschäftigen. Eine Frau hat mir völlig ernst erklärt, Puppensammeln sei wie der beste je erlebte Sexualakt, mit zehn mulitpliziert.«
Ich ließ das durchgehen. Während der Fisch im Backofen garte, ging ich – langsam, unter Schmerzen – die Treppe hinauf, um

nach Macguire und Arch zu sehen, die beide sofort wissen wollten, warum ich so grauenhaft aussähe. Ich wich aus und maß Macguire das Fieber. Seine Temperatur lag bei 38 Grad, nicht so hoch, daß sein Arzt angerufen werden mußte, wie er behauptete. Dann erzählte ich den Jungen, daß mich ein Hockeyfan gerammt habe. Der Fan habe Rollerblades getragen, erklärte ich, im Gegensatz zu mir.

»Geil, Mrs. Schulz«, sagte Macguire bewundernd. »Sie sind tapfer.«

»Nein, ich war nur so blöd, ihm nicht auszuweichen.«

Offenbar hatte das Zusammensein mit Macguire bei Arch die Wirkung erzielt, die Marla vorhergesagt hatte. Mein Sohn wirkte nicht abgelenkt durch seinen Vater und die Ereignisse von heute morgen. Er schien nicht einmal wütend auf mich zu sein. Jedenfalls nicht im Moment.

Er zeigte auf die Zeitschrift in seinem Schoß. »Schau dir das mal an, Mom.«

Ich bückte mich nach der aufgeschlagenen Seite. Gleich darauf rückte ich näher heran, um mich zu vergewissern, daß meine Augen mich nicht trogen. Eine Babsie, im Hochzeitsstaat einer herzoglichen Braut, wurde originalverpackt für zwölfhundert Dollar verkauft. Eine weitere, aus der Originalverpackung entfernt, hatte sechshundert Dollar gekostet. Ursprünglich waren die Puppen für weniger als zwanzig Dollar verkauft worden, und ich erinnerte mich an meine Kindheitsfreundin aus New Jersey, die so begeistert mit ihren Babsies gespielt hatte. Im Katalog sah ich eine, die mir aus der Sammlung meiner Freundin bekannt vorkam. Es war eine originalverpackte Babsie Nummer eins mit blondem Pferdeschwanz. Sie hatte auf der Auktion eben sechstausend Dollar eingebracht. Ich fühlte mich schwach.

»Mom, bist du in Ordnung?« fragte Arch besorgt.

»Mir geht's bestens«, versicherte ich ihm. »Ich bin schon von einer Krankenschwester behandelt worden, und sie hat mir ein homöopathisches Mittel gegeben.«

»Homöopathisch?« maulte Macguire. »Was ist denn das?«
»Ein Naturheilmittel«, erklärte ich. »Bleibt bitte nicht zu lange auf. Es hätte mir gerade noch gefehlt, daß ihr beide krank werdet.«
Arch bedachte mich mit einem entnervten Blick, und ich machte die Tür zu, ehe ich ihn weiter kränken konnte. Zehn Minuten später hatte ich geduscht, einen Bademantel übergezogen und war heißhungriger denn je. Zu Ehren meiner Bewirtung der Hockeyfans hatte Tom seine Kreation Powerplay-Fisch in Kartoffelkruste genannt. Er servierte sie mit dünnen Julliennestreifen aus Karotten, gedämpften jungen Erbsen, einem kleinen grünen Salat und mit Südstaatenbrot aus Maismehl, dick mit Butter bestrichen. Ich biß gierig in ein Stück Fisch: Toms Kombination aus einer knusprigen Kartoffelkruste mit zartem, aromatischem Rotbarsch war himmlisch, und das sagte ich ihm auch. Er lächelte und sagte mir, das Rezept klebe jetzt an meinem Computerschirm. Dann runzelte er die Stirn.
»Wie hieß der Typ, von dem du gesagt hast, er hat dich gerammt?«
»Dr. Ralph Shelton«, mümmelte ich, den Mund voller saftigem Fisch. »Weißt du noch? Ich hab' dir heute schon mal von ihm erzählt. Er ist ein alter Freund von uns. War früher bei ACHMO, aber nach den Gerüchten hier in der Stadt hat ihn Suz Craig hinausgeworfen.«
»Stimmt. Und ich hab' gesagt, ich überprüfe ihn, und das hab' ich auch gemacht. Genauer gesagt, das habe ich Donny Saunders überlassen. Übrigens, war diesen Gerüchten auch zu entnehmen, warum dieser Dr. Shelton hinausgeworfen worden ist?«
Ich deutete eine Verneinung an und probierte die Karotten und die Erbsen, köstlich frische, milde Gemüse. Das Südstaatenbrot war so weich und reichhaltig wie jedes Stück, das sich Scarlett O'Hara je in den Mund gesteckt haben mochte. Ich stieß »Mmmm«-Geräusche aus, und Tom nickte zustimmend.

POWERPLAY-FISCH MIT KARTOFFELKRUSTE

4 frische Rotbarschfilets (zwischen 170 und 220 g pro Stück)
60 g Mehl
2 Eier
4 große Süßkartoffeln
2 Eßlöffel Olivenöl
Salz und frisch gemahlener schwarzer Pfeffer

Den Backofen auf 200 Grad vorheizen. Eine Auflaufform mit Butter einfetten. Die Filets abspülen und mit Küchenpapier trockentupfen. Die Eier in einem tiefen Teller verquirlen. Die Kartoffeln schälen, auf ein großes, sauberes Geschirrtuch reiben, aus dem sich Flecken entfernen lassen. Die Kartoffeln in das Geschirrtuch wickeln und auswringen. (Am besten über dem Spülbecken.) Die Kartoffeln in vier Häufchen aufteilen. Das Olivenöl in einer großen Bratpfanne erhitzen. Schnell erst jedes Filet durch das Mehl

und dann durch die Eier
ziehen. Jeweils die Hälfte
eines Kartoffelhäufchens
auf die Ober- und Unterseite
jedes Filets geben
(pro Filet die Menge
einer geriebenen Kartoffel).
Die Bratpfanne auf
mittlere Hitze bringen.
Die mit Kartoffeln beschichteten
Filets in das heiße Öl legen,
salzen und pfeffern
und schnell auf
beiden Seiten bräunen.
Wenn alle Filets gebräunt sind,
in die gebutterte Auflaufform
geben und etwa zehn Minuten,
bis sie durch sind,
im Backofen garen.
Den Fisch dabei nicht austrocknen lassen.

Ergibt 4 Portionen

»Brandon Yuille, kennst du den?« fragte er, mit dem Kopf immer noch bei der Arbeit.
»Er ist Personalchef bei ACHMO. Er ist außerdem der Sohn eines Bäckers in der Stadt. Er war in Suz' Haus, als ich dort das Essen geliefert habe. Ich habe ihn heute gesehen, aber nur kurz. Warum? Hast du mit ihm gesprochen?«
»Ja, ein ganzes Team ist losgefahren, um mit den Abteilungsleitern von ACHMO zu sprechen, aber die meisten sind bei einer Konferenz in San Diego. Medizinische Verwaltung, Mitgliederservice, Gesundheitsdienst, Qualitätskontrolle – vier von den sechs Leuten, mit denen Suz Craig täglich zu tun hatte, sind die Woche über verreist, obwohl sie bald zurückkommen. Von den Abteilungsleitern waren nur noch der Personalchef und der Leiter der Kontakte mit der Pharmaindustrie in der Stadt.« Er holte Luft. »John Richard Korman besteht hartnäckig darauf, daß er unschuldig ist. Die Cops, die ihn verhören, werden es langsam leid, daß sie dauernd hören, Suz Craig habe sich mit diesem oder jenem Feinde gemacht.«
»Ich hoffe, sie ignorieren ihn. John Richard Korman ist vermutlich der schlimmste Feind, den sich Suz Craig je gemacht hat. Bestimmt der gefährlichste.«
Tom zuckte die Achseln. »Er ist der Hauptverdächtige, folglich konzentriert sich das Büro auf ihn. Aber Donny Saunders hat mich gebeten, ihm Amtshilfe zu leisten. Ich war einverstanden.«
»Und wo kommt Brandon Yuille ins Spiel?«
»Korman behauptet, es habe eine Art Fehde zwischen Yuille und Suz Craig gegeben. Yuille erklärt, er sei letzte Nacht von Mitternacht bis fünf Uhr morgens bei seinem Vater in der Bäckerei gewesen, könne also Ms. Craig nicht umgebracht haben.«
»Du warst bei Brandon?«
»Hab' ihn auf dem falschen Fuß erwischt. Er wird vermutlich nur noch im Beisein eines Anwalts mit mir reden. Und er ist nicht der gesprächigste Mann im County«, bemerkte Tom.

»Wie auch immer, er hat sich äußerst vage ausgedrückt, als ich wissen wollte, warum Ralph Shelton ACHMO verlassen hat.«
»Das hast du ihn gefragt? Hat sich Brandon vage ausgedrückt, oder hat er es nicht gewußt?«
Toms Gesicht ließ sich nicht deuten. »Dein Exmann behauptet außerdem, daß Ralph Shelton Suz gehaßt hat. Ich frage mich, ob seine Entlassung etwas mit Patricia McCrackens Klage gegen ACHMO zu tun hatte.«
»Was soll das heißen? Ich meine, ich weiß, daß Ralph Frauenarzt ist, aber . . .« Ich fühlte mich benommen. Es war ein zu langer Tag gewesen.
Tom stand auf und nahm meinen säuberlich leergegessenen Teller. Er ließ Wasser in das Spülbecken laufen und sagte dann: »Folgendes habe ich aus Brandon Yuille rausgekriegt: Ralph Shelton hat für eine Frauenarztpraxis in Denver gearbeitet. Shelton hatte Dienst im St. Philip's Hospital, als Clark McCracken in der Nacht, in der sie das Kind verlor, seine Frau eingeliefert hat. Da liegt sie, verliert Blut und ist desorientiert, und Shelton sagt ihr, daß er bei ACHMO ist. Obwohl sie alte Freunde sind, rafft sich Patricia McCracken auf und schlägt ihm ins Gesicht. Er stürzt und bekommt keine Luft mehr. Diese Frau ist unglaublich stark, selbst wenn ihr etwas fehlt.«
»Aber«, protestierte ich, »wir haben uns alle nahegestanden. Außerdem war Ralph Shelton nicht das Problem. Das waren John Richard und ACHMO.«
»In jener Nacht hat Patricia McCracken eindeutig in Ralph Shelton das Problem gesehen. Dann setzen sich die Ereignisse folgendermaßen fort: Sie reicht eine Klage gegen Korman ein, eine weitere gegen ACHMO. Ralph verschwindet aus seiner Praxis. Zu diesem Zeitpunkt sind unsere Ermittlungen noch vorläufig, aber es sieht danach aus, als hätte Shelton danach eine Verwaltungsstelle bei einer anderen Krankenversicherung angenommen. Bei einer namens MeritMed.«

Ich sagte nachdenklich: »Aber Ralph und die McCrackens scheinen das Kriegsbeil begraben zu haben. Ich meine, er war heute abend zu ihrer Hockeyparty eingeladen.«
Tom grinste. »Ja, nach dem kleinen Gerangel im Krankenhaus hat sich Patricia mit Entschuldigungen Shelton gegenüber förmlich überschlagen. Vielleicht versucht sie jetzt, nett zu ihm zu sein, damit sie von ihm Insiderinformationen über ACHMO bekommt, die sie bei ihrer Klage verwenden kann. Ich meine, jetzt, nachdem er dort Persona non grata ist.«
»Ralph scheint mit einer weiteren Persona non grata unter einer Decke zu stecken«, bemerkte ich, als ich uns Sherry als Digestiv einschenkte. Ich berichtete Tom, wie ich von Amy Bartholomew versorgt worden war, einer früheren Krankenschwester bei ACHMO. »Jetzt beschäftigt sie sich mit Naturheilkunde.« Das erinnerte mich an etwas. Ich holte die letzten vier Arnikatabletten heraus und spülte sie mit süßem Sherry hinunter. Vielleicht hätten die Homöopathen das nicht unbedingt empfohlen, aber ich hielt es für wunderbar.
Tom zog mich auf seinen Schoß. »Versprich mir, daß wir morgen eine Pause beim Reden über den Fall einlegen, Miss G. Dieser Typ wird früh am Morgen festgenommen, und dann ruiniert uns das unser ganzes Wochenende.«
Das konnte mehr als unser Wochenende ruinieren, dachte ich finster, sagte es aber nicht. »Du erzählst mir dauernd, wenn ein Fall nicht in den ersten achtundvierzig Stunden aufgeklärt wird, ist es unwahrscheinlich, daß er überhaupt aufgeklärt wird.«
»Moment. Noch was. Suz Craig hat Korman seinen Bonus verweigert. Ende letzter Woche.«
Ich seufzte. »Genau das hat Marla befürchtet.«
»Du meinst immer noch nicht, daß dieser Fall aufgeklärt ist?«
»Ich glaube, daß dieser Fall noch lange nicht vorbei ist. Aber wir werden morgen kein Wort darüber reden. Außerdem«, zog ich ihn auf, »möchte ich mehr über die Freuden des Puppensam-

melns mit dir reden. Ich bin mir nicht sicher, ob ich glaube, was die behaupten. Ich meine, zehnmal besser als der beste Sex?«

»Das bleibt noch herauszufinden«, erwiderte er todernst und führte mich dann nach oben.

Man sollte meinen nach allem, was ich durchgemacht hatte, müßte ich zwölf Stunden lang ohne Unterbrechung durchschlafen. Ich nicht. Ich schlief zwei Stunden.

Ich wachte um Mitternacht schweißgebadet auf, aus dem Schlaf gerissen von einem Alptraum, in dem John Richard die Hauptrolle spielte. Ich wurde im Glauben hellwach, ich sei Suz Craig und werde gerade totgeschlagen. Vielleicht hatten sich meine Muskeln nach dem Zusammenstoß mit Ralph Shelton verkrampft. Aus welchem Grund auch immer, ich konnte nicht schlafen.

Ich ging auf Zehenspitzen in die Küche, wo ich mir einen heißen Kakao zubereitete, mit einem dicken Klecks Marshmallowcreme darauf. Zur Nervenberuhigung ging nichts über Schokolade und Marshmallow. Als ich mit elf einen Test in Gemeinschaftskunde nicht bestanden hatte, war ich sofort in den Drugstore gegangen und hatte Schokoladeneis bestellt, mit einer dicken Schicht aus Marshmallowcreme. Gab es solche Eisbecher überhaupt noch? fragte ich mich.

Ich trank den Kakao, schaltete meinen Computer ein und legte eine neue Datei an: FESTNAHME JRK. Ich dachte an Archs Worte: Er braucht dich wirklich. Mir war gleichgültig, was John Richard Korman brauchte. Aber die Wahrheit interessierte

mich. Und es war für mich nötig, daß Arch glaubte, mir liege etwas an *ihm*.
Es war ein stürmischer Tag gewesen. Ich hatte Tom versprochen, am Sonntag nicht über den Fall zu sprechen. Trotzdem erinnerten mich die Informationen über das Verbrechen, die jetzt an die Oberfläche trieben, an einen Elritzenschwarm, wie er gelegentlich im Aspen Meadow Lake zu sehen ist. Wer nicht sofort das Netz auswirft, kann die Elritzen nicht fangen.
Ich fing damit an, alles aufzulisten, was ich über die Beteiligten wußte. Suz Craig hatte in Denver das Büro der Krankenversicherung AstuteCare geleitet. John Richard Korman, ein Vertragsarzt von ACHMO, war seit sieben Monaten mit Suz ausgegangen. Privat hatte Suz ein luxuriöses Haus in Aspen Meadow gekauft, wo sie eine teure Gartengestaltung anlegte. Geschäftlich hatte sie angeblich ohne ein schlechtes Gewissen Mitarbeiter hinausgeworfen und denjenigen, die sie nicht entließ, ihren Bonus verweigert. Und sie hatte mutmaßlich die Vorschriften bei der Krankenversicherung verschärft, was im Fall von Patricia McCracken durchaus Folgen gehabt haben konnte. Auf jeden Fall glaubte Patricia das. Vielleicht mußte ich die Einzelheiten ihres Falles doch noch herausfinden.
FRAGE, tippte ich. Warum genau verklagt Patricia sowohl JRK als auch ACHMO?
FRAGE: Hat Suz Craig Dr. Ralph Shelton entlassen? Falls ja, warum?
FRAGE: War die Spielsucht wirklich ein ausreichender Grund für Suz, die Krankenschwester Amy Bartholomew hinauszuwerfen?
FRAGE: Worüber hatten sich JRK und Suz Craig im Country Club gestritten?
Ich seufzte. Wie sollte ich Antworten auf diese Fragen bekommen? Und warum? Ich speicherte die Daten, schaltete den Computer ab und trank den dampfendheißen Kakao. Das Marshmallow war auf der Oberfläche zu einer sahnigen Schicht

geschmolzen. Ich leckte es vorsichtig ab, wie ein Kind das tut. Vor meinem Küchenfenster blökte ein Elch. Ich war nicht im geringsten müde. Ich brauchte etwas Schlaf. Wie in aller Welt sollte ich in einem solchen Erschöpfungszustand den Kirchgang bewältigen? Dann überkam mich die Inspiration.

Mach was zu essen! Das wird dich entspannen. Verdräng eine Zeitlang alle diese Menschen und Gedanken aus dem Kopf und rühr was zusammen. Ich befingerte den Kakaobehälter und das Glas mit Marshmallowcreme, die noch auf der Arbeitsfläche standen. Ließen sich damit keine Plätzchen backen? Bestimmt gab es nichts Nervenberuhigenderes als Schokolade und Marshmallow in einem Plätzchen, daher nannte ich meine Kreation spontan *Tröstliche Schokoladenplätzchen.*

Ich schob Haselnüsse zum Rösten in den Backofen und schmolz dann Bitterschokolade im Wasserbad. Ich vermischte sonnengetrocknete Preiselbeeren und extragroße Chips aus Zartbitterschokolade in einer Schüssel und schüttete dann die Haselnüsse zum Abkühlen auf einen Teller. Ich fing an, mich besser zu fühlen. Als ich Süßrahmbutter mit Zucker und Sahnequark verrührte, summte ich vor mich hin, und das war ein Fehler. Jake kam auf seinen langen Bluthundbeinen hereingesprungen, Arch im Schlepptau, mit schläfrigen Augen und in einem zerknitterten Pyjama. Arch fummelte an seiner Brille herum und schaute verwirrt die Schüsseln, das Butterpapier und den wirbelnden Mixer an.

»Mensch, Mom! Was machst du da? Hast du was vergessen? Mußt du Plätzchen in die Kirche mitbringen?«

»Tut mir leid, Schatz, ich konnte bloß nicht schlafen. Möchtest du heißen Kakao mit Marshmallow? Das hab' ich in deinem Alter immer getrunken, wenn ich bei einem Test durchgefallen war. Oder als ich in deinem Alter war und nicht schlafen konnte. Es hat immer geholfen, trotz allem, was sie heute über das Koffein im Kakao sagen.«

»*Ich* hätte jedenfalls schlafen können, wenn du Jake nicht

TRÖSTLICHE SCHOKOLADENPLÄTZCHEN

115 g gehackte Haselnüsse
300 g extragroße Schokoladenchips, zartbitter
100 g sonnengetrocknete Preiselbeeren
250 g Süßrahmbutter, weich
200 g Raffinadezucker
100 g Sahnequark
1 Ei
2 Eßlöffel Milch
50 g Bitterschokolade bester Qualität, geschmolzen
1 1/2 Teelöffel Vanillezucker
250 g Weizenmehl Type 405, zusätzlich zwei weitere Eßlöffel
1/2 Teelöffel Backpulver
1/2 Teelöffel Salz
100 g Kakao
1/4 l Marshmallowcreme (Fertigprodukt)

Den Backofen auf 160 Grad vorheizen. Die Nüsse auf ein Backblech ohne Fett streuen und 7 bis 12 Minuten rösten, bis sie leicht gebräunt sind. Zum Abkühlen beiseite stellen. Zwei Backbleche mit Butter einfetten. In einer großen Schüssel die Schokoladenchips, die Preiselbeeren

und die abgekühlten Nüsse
vermischen; beiseite stellen.
In einer weiteren großen
Schüssel Butter, Zucker,
Sahnequark und das Ei schlagen,
bis alles cremig und glatt ist.
Milch, die geschmolzene Schokolade
und den Vanillezucker einrühren.
Mehl, Backpulver, Salz und Kakao
gemeinsam sieben und zu der
Buttermischung geben.
Die Marshmallowcreme unterheben,
gründlich verrühren.
Die Chips, die Preiselbeeren
und Nüsse hinzufügen.
Alles gut vermischen. Der Teig wird dick.
Mit einem Eiskremausstecher,
der vier Eßlöffel faßt,
den Teig abmessen und
im Abstand von 5 Zentimetern
auf die Backbleche geben,
nicht mehr als 6 Plätzchen pro Blech.
13 bis 17 Minuten backen,
bis die Plätzchen aufgegangen
und durch sind.
1 Minute auf dem Blech abkühlen lassen;
dann zum völligen Abkühlen
auf Gitter legen.

Ergibt 2 Dutzend

geweckt hättest«, maulte mein Sohn zornig. Er schlurfte zur Hintertür und machte sie auf, aber der Elch hatte aufgehört zu röhren, und Jake hatte nicht das geringste Interesse an einem mitternächtlichen Auslauf. Arch machte die Tür resigniert zu und warf sich auf einen Stuhl. »Klar, ich trink 'nen Kakao, danke.« Sofort stand er auf und hielt Jake einen von Tom hausgebackenen Hundekuchen hin. »Ja, Junge, du kriegst auch was! Keine Bange, ich nasch' bestimmt nicht, wenn du nicht auch was bekommst!« Der große, gelbbraune Hund wedelte mit dem Schwanz, leckte Arch das Gesicht ab und jaulte vor hündischer Zufriedenheit.

Ich machte Milch heiß und rührte Kakao, Zucker und Sahne hinein. In seiner Ecke malmte Jake anerkennend. Seine dunklen Augen bedachten meinen Sohn und mich mit liebevollen Blikken. Arch gab ihm noch zwei Hundekuchen und schaute dann zu, während ich großzügig Marshmallowcreme auf sein Getränk goß. Als ich den dampfenden Henkelbecher vor ihm abstellte, rechnete ich damit, daß er so erwartungsvoll wie ich darüber herfiel. Statt dessen blies er zögernd in den Schaum ganz oben und trank dann einen Schluck.

»Mom. Ich muß über etwas mit dir reden.« Er stellte den Becher ab. »Es geht um Dad.« Als ich das Gesicht verzog, sagte er schnell: »Mach weiter, back deine Plätzchen, es ist nicht wichtig.« Er fügte ernst hinzu: »Wirklich, Mom. Ich will dich nicht stören. Back, wenn dir das hilft, wieder schlafen zu gehen. Ich hab' bloß ein paar Fragen ...«

Er hatte Fragen, ich hatte Fragen, alle Welt hatte alle möglichen Fragen. Meine Kopfschmerzen kehrten heftig zurück. Ich rührte das Ei und die Milch in den Teig, gab dann die geschmolzene Schokolade und den Vanillezucker hinzu. Sobald ich den Backofen vorgeheizt und die Backbleche ausgebuttert hatte, maß ich die Trockenzutaten so ab, wie ich es für ausgeglichen hielt, und mischte sie unter den Teig. Die Plätzchen versprachen, phantastisch zu werden. Aber die Sorge hatte mir die Freude an meinem Backexperiment geraubt.

Arch sagte: »So. Wann war die letzte Hinrichtung in Colorado?«
»Arch!«
»Nein, wirklich, sag's mir. Und ... war die mit einer Todesspritze?«
Ich seufzte und löffelte den Teig auf die Backbleche. »Nein, die letzte Hinrichtung hat auf dem elektrischen Stuhl stattgefunden. Und ich glaube, das ist über dreißig Jahre her. Die Justiz in Colorado ist zur Todesspritze übergegangen. Aber bis jetzt ist sie noch nie eingesetzt worden.«
»Auf Mord«, seine Stimme brach – »steht die Todesstrafe, stimmt's?«
Ich schob die Bleche in den Backofen und drehte mich um. »Arch ...«
»Sag's mir.«
»Ja, auf Mord. Aber ...«
»Wirst du Dad helfen?« wollte er wissen.
Seine Frage tat weh. Ich stellte die Küchenuhr ein und überlegte, was ich sagen sollte. Schließlich fragte ich: »Was soll ich deiner Meinung nach tun?«
»Oh, du weißt doch«, erwiderte er ernst, »das, was du immer machst, rumlaufen und Fragen stellen, solche Sachen. Beim Ermitteln helfen, wie du das mit Tom machst.«
»Tom ist der Fall entzogen worden, und ich bin eine Zeugin. Was heißen soll, daß ich nicht herumlaufen und mit Leuten reden kann, die in den Fall verwickelt sind.«
»Das hast du aber gemacht, als du die Leiche vor der Elk-Park-Schule gefunden hast und als diese Frau im Parkhaus umgebracht worden ist.«
»Das war anders. Ich habe keine Verdächtigen gesehen, und auf alle Fälle war ich nicht bei einer Festnahme wegen Mordverdachts dabei. Und außerdem ist das alles passiert, als ich noch nicht viel über Strafjustiz wußte.«
Sein magerer Körper sackte zusammen. »Das heißt also nein.«

Sein Ton wurde verdrossen. »Falls Dad am Montag aus dem Gefängnis kommt, wie er glaubt, sollte ich zu ihm ziehen, meine ich. Bis zum Prozeß. Ich meine, vielleicht bekomme ich ihn dann zum letzten Mal zu sehen.«

Ich konnte es nicht fassen, daß wir dieses Gespräch führten, mitten in der Nacht, in der warmen Sicherheit unseres Hauses, hier in unserer gemütlichen Küche. Im äußerst unwahrscheinlichen Fall, daß John Richard vor der vorläufigen Anhörung auf freien Fuß kam, konnte ich mir nicht vorstellen, daß er Arch bei sich haben wollte. Welche Strafe für den Kotzbrocken ich mir auch im Lauf der Jahre ausgedacht hatte, so hatte sie nicht gewirkt. Nicht so, daß ich meinen Sohn verlieren könnte.

»Arch«, sagte ich ruhig, »du drohst mir damit, auszuziehen? Denn danach klingt es.«

»Mom! Natürlich nicht. Ich versuche doch bloß, das richtige zu tun. Er ist mein Vater.«

Ich bemühte mich um klare Gedanken und die richtigen Worte. »Okay, hör zu. Falls ich mit ein paar Leuten reden kann ... und wenn diese Gespräche dazu führen, daß der Gerechtigkeit Genüge getan wird ... Ich rede von Gerechtigkeit, Arch, nicht davon, jemanden ungeschoren davonkommen zu lassen. Das ist ein Unterschied.«

»Ja, ja, Wahrheit, Gerechtigkeit und der amerikanische Lebensstil. Alles dank meiner Supermom.«

»Arch!«

»Okay, okay.«

»Wenn ich mit ein paar Leuten reden könnte, ohne meine Stellung als Zeugin zu gefährden, würdest du dann hier zu Hause bleiben? Dein Dad ist wirklich nicht ... dazu fähig, sich um dich zu kümmern. Und ich würde mir Sorgen um dich machen.«

Er nickte, flüsterte: »Okay«, und trank schweigend seinen Kakao. Dann schniefte er, murmelte: »Bin gleich wieder da«, und ging hinaus. Der stets treue Jake rannte hinter ihm her. Ich

nahm die Plätzchen aus dem Ofen und legte sie zum Abkühlen auf Gitter.
Als Arch zurückkam, umklammerte er ein Papiertaschentuch. Ich merkte ihm nicht an, ob er geweint hatte. »Ich hab' bloß nachgedacht, Mom.« Er wechselte den Ton, ein deutlicher Hinweis darauf, daß er über ein anderes Thema sprechen wollte. »Du hast gesagt, du hast eine Tasse heißen Kakao trinken müssen, weil du nicht schlafen konntest? Aber wenn du nicht schlafen kannst, dann solltest du eine Autofahrt machen. Weißt du nicht mehr? Das hast du gemacht, als ich klein war. Wenn ich nicht schlafen konnte, hast du mit mir eine Autofahrt gemacht, und du hast gesagt, du wirst davon auch schläfrig.«
»Oh, Schatz...«
»Vermutlich erinnerst du dich nicht mehr daran, aber du hast immer gesagt, im Auto mit mir herumzufahren wär' so gewesen wie eine Tasse heißer Kakao, als du klein warst. Der Autorhythmus hat mich schläfrig gemacht wie dich der heiße Kakao. Sogar mitten in der Nacht, wenn ich Theater gemacht habe, hast du mich ins Auto gepackt. Ich erinnere mich nicht mehr an die Fahrten, ich erinnere mich bloß daran, daß du mir gesagt hast, daß wir an das Fahren gewöhnt sind.«
Ich nickte und schaute nach den Plätzchen; sie waren fast abgekühlt. O doch, ich erinnerte mich an die Fahrten. Und ich hatte sie nicht nur unternommen, weil Arch schwierig gewesen war. Immer wieder hatte ich das Lenkrad so umklammert, wie die Angst mich im Griff hatte. Beim Holpern über unebene Bergstraßen hatte ich verzweifelt versucht, mir einen Fluchtweg aus meinem Leben auszudenken, weg von John Richards Mißhandlungen und aus einer Ehe, die ich einfach nicht mehr aufrechterhalten konnte. Ich hatte mich auf die schlimmste Weise verirrt, und es hatte Jahre gedauert, bis ich mein Leben in die richtigen Bahnen lenken konnte.
Jetzt packte ich die Plätzchen ein, stapelte das schmutzige Geschirr im Spülbecken und warf die überschüssigen Zutaten weg.

»Eine Autofahrt klingt nach einer tollen Idee«, sagte ich zu meinem Sohn. »Aber was hältst du davon, wenn wir erst ein bißchen schlafen?«

Arch war einverstanden. Ausnahmsweise war er nicht in der Stimmung, meine neuen Plätzchen zu probieren, und ich war es auch nicht.

Ich flehte den Allmächtigen an, mir zu etwas Ruhe zu verhelfen, bevor am nächsten Morgen die Kirche anfing. Schließlich überkam mich im Morgengrauen ein unruhiger Schlaf. Tom weckte mich, brachte mir eine Tasse dampfenden Espresso.

»Wenn du es zum Spätgottesdienst schaffen willst«, riet er mir sanft, »sollten wir allmählich in die Gänge kommen.« Als ich mich mühsam aufsetzte und prompt zusammenzuckte, fügte Tom besorgt hinzu: »Bist du sicher, daß du heute morgen nicht einfach im Bett bleiben willst?«

Ich versicherte ihm, ich sei nur steif. Außerdem sei ich in der Nacht aufgewesen und hätte gebacken. Er schüttelte den Kopf und fing damit an, meine schmerzenden Schultern zu massieren. Mein Kreuz war immer noch verkrampft, und mein rechter Knöchel tat weh. Als ich den Espresso getrunken hatte, musterte ich den Knöchel. Er war unheilverkündend grün und blau. Ich humpelte ins Bad, nahm eine heiße Dusche, tupfte Make-up über die Kratzer auf meinem Gesicht und fühlte mich schließlich bereit, geistlichen Beistand zu finden. Während Arch in der sauberen Wäsche nach einem Paar Hosen wühlte, ging ich auf Zehenspitzen in Macguires Zimmer. Seine Stirn fühlte sich heiß an, aber er widersprach ächzend, als ich vorschlug, zum Arzt zu gehen. Ich flehte ihn an, noch zwei Ibuprofentabletten zu nehmen, was er tat. Als ich die Tür zumachte, schlief er. Der Teufel sollte Gail Rodine holen, weil sie Macguire wegen ihrer verdammten, albernen Puppen zu einem Sturz in den See getrieben hatte.

Als Tom, Arch und ich am massiven Eichenportal der Episkopalkirche St. Luke ankamen, hielten mir die beiden Männer in meinem Leben ritterlich die Doppeltür auf. Ich humpelte hindurch. Als sich das Gesichtermeer bei meinem Eintreten abschätzend mir zuwandte, begriff ich sofort, daß es besser gewesen wäre, darum zu bitten, daß uns die Kommunion ins Haus gebracht wurde. Es war durchaus üblich, daß Invalide das Sakrament geliefert bekamen. Aber es war nicht besonders üblich im Fall einer Partylieferantin, die am selben Tag, an dem ihr Exmann wegen Mordverdachts festgenommen worden war, von einem angesäuselten Hockeyspieler zu Boden gestoßen wurde. Deshalb war ich gar nicht auf die Idee gekommen.

Trotzdem hätte ich wissen müssen, was für ein Schauspiel und welche Nahrung für Klatsch mein angeschlagenes Selbst bot. Der leise Wellenschlag des Geflüsters schwoll zu einer Woge an. Marla, die ein fliederfarben bedrucktes Designersommerkleid trug, ein Bolerojäckchen, passende lila Ohrringe und hohe Absätze, eilte sofort heran.

»Ich glaube nicht, daß sie dich so anstarren, weil sie ein Brunchbüfett in Auftrag geben wollen«, vertraute sie mir an.

»Mensch, Marla. Vielen Dank für die Durchsage.«

Der Chor schlurfte in den Vorraum. Ich machte mir dessen Ankunft zunutze, um Marla zuzuflüstern: »Ich hab' Arch versprochen, wegen John Richard herumzufragen.«

Bei meinem Geständnis machte sie große Augen unter dem Lidschatten in Lila und Flieder. »Schlechter Schachzug, Goldy Schulz.«

Tom führte uns zu einer Bank weit hinten, und wir vier quetschten uns hinein. Marla umarmte Arch und drückte ihm zwei Cadburyriegel in die Hand, die er in die Hosentasche steckte.

Falls Marlas Kardiologe je auf die Idee gekommen wäre, ihre Handtasche von Louis Vuitton röntgen zu lassen, und herausgefunden hätte, daß sie von Schokoladeriegeln und Sahnetörtchen so ausgebeult war, hätte er selbst einen Herzstillstand erlitten. Marla beugte sich nahe an mich heran.

»Finde raus, wer hier ist. Als Episkopalierin darf ich nicht mit dem Finger zeigen.«

Ich überflog sekundenlang die Kirchenbänke und ortete Chris Corey, seine Schwester Tina, die Katzenliebhaberin, und Brandon Yuille, die auf der anderen Seite des Kirchenschiffs saßen. Tina hatte mir schon gesagt, sie sei ein Gemeindemitglied. Brandon kam gelegentlich in die Kirche. Chris hatte ich noch nie zuvor in St. Luke gesehen.

»Vermutlich sind die hier, um nach der Kaffeerunde den Gedenkgottesdienst für Suz zu planen«, flüsterte Marla. »Hast du beim Herumstochern was Neues rausgekriegt? Und was ist passiert? Hast du einen Kampf gegen deinen Mixer verloren?«

Ich warf einen schnellen Blick auf Arch. Mein Sohn heuchelte immer ganz gut, wenn auch nicht vollkommen, er höre bei Gesprächen unter Erwachsenen nicht zu.

»Nein und nein«, gab ich flüsternd zurück. Marla machte den Mund auf, wollte vermutlich eine weitere Frage stellen. Gnädigerweise setzten die ersten Töne des Einzugschorals ein. »Ich erzähl' dir später alles darüber.«

So sehr ich mich um Konzentration bemühte, mein Blick schweifte immer wieder auf die andere Seite des Kirchenschiffs, wo Tina und Chris mit Brandon saßen. Während der Lesung aus dem Alten Testament versuchte ich, mich daran zu erinnern, wann ich Tina je bei einem Kirchenbesuch gesehen hatte, wenn überhaupt.

Zu meinem Entsetzen kicherte ich. Streß. Ich schluckte und erhaschte einen Blick auf Marlas verwirrtes Gesicht und außerdem auf die jäh verblüfften Mienen der beiden Coreys und von Brandon Yuille. Na, großartig.

Als wir aufstanden, um uns die Schriftlesung aus dem Lukas-Evangelium anzuhören, dachte ich daran, was Marla darüber gesagt hatte, daß zwei Abteilungsleiter von ACHMO heute morgen in der Kirche waren; alle anderen Abteilungsleiter waren nach San Diego verreist. Chris und Brandon waren vermutlich tatsächlich hier, um die Beerdigungsformalitäten für Suz Craig zu erledigen. Suz hatte keine Angehörigen, die diese Aufgabe hätten übernehmen können, und Arch hatte mir berichtet, auf dem Papier sei Suz Episkopalierin. Arch hatte außerdem erzählt, Suz habe John Richard bei seinen seltenen Auftritten in St. Luke begleitet. Natürlich ging John Richard weniger zum Anbeten in die Kirche; mehr um mit seinen neuen Errungenschaften anzugeben, sei es ein Auto, eine Eigentumswohnung oder eine Geliebte.

Schluß. Unser Pfarrer, der jetzt seine Predigt hielt, stellte sich St. Luke gern als glückliche, wenn auch nicht immer harmonische Familie vor. Angeblich hatten nur Familienmitglieder Zugang zum Kirchengebäude, selbst wenn sie tot waren. Man konnte weder getauft, verheiratet oder ins Jenseits geschickt werden, falls man kein Kirchenmitglied war. Es sah also danach aus, als hätte Suz zu St. Luke gehört, wenn auch posthum.

Mann, was war mit mir los? Ich drückte die Augen fest zu und konzentrierte mich auf die Fürbitten. Eine Frau betete um die Seelenruhe ihrer Nachbarin Suz. Als ich die Augen aufmachte, war die Frau mit ihrem Gebet fertig. Ich hatte nicht gesehen, wer die Frau gewesen war. Brandon wiederholte ruhig die Fürbitte für Suz und flehte dann um Gnade für seinen Vater, der so viele Stunden einsam verbringe. Meine Gedanken schweiften wieder ab. Brandon war seit Mitternacht bis morgens um fünf bei seinem Vater in der Bäckerei gewesen? Das klang nach einer seltsamen Erklärung für einen Aufenthaltsort, selbst wenn der Vater tatsächlich ein einsamer Witwer war. Bei der Vorstellung, viele Stunden einsam zu verbringen, mußte ich an John Richard denken, der, darauf hätte ich gewettet, heute morgen bestimmt

nicht den Gottesdienst in der Gefängniskapelle von Furman County besuchte.
Während der Gabenbereitung intonierten zwei Dudelsackspieler auf Durchreise die klagenden Töne von »Amazing Grace«. Während ein Chorsopran den Text sang, wanderten meine Gedanken zurück zu Ralph Shelton. Warum hatte ich das starke Gefühl gehabt, Ralph wolle etwas verbergen, als ich vor seinem Haus gewesen war? Er war so zögerlich gewesen, als wollte er mit mir reden, fürchtete sich aber davor. Bei den Worten »Einst war ich verloren, doch jetzt bin ich wiedergefunden« schaute ich zu Arch hinüber. Ihm tropften Tränen aus den Augen. Mein Herz verkrampfte sich in meiner Brust.
Denk ja nicht daran, ihn zu umarmen. Denk nicht daran, ihn zu fragen, was ihm fehle. Ich war so klug, einen Vierzehnjährigen nicht so zu behandeln, daß es ihm peinlich war. Trotzdem war es Jahre her, seit ich gesehen hatte, daß Arch in der Öffentlichkeit weinte. Ich stöberte in meiner Handtasche, fand eine Papierserviette und reichte sie ihm schweigend. Ohne mich zur Kenntnis zu nehmen, griff er nach der Serviette. Tom tätschelte mir die Schulter. Marla schüttelte den Kopf.
Während des Schlußchorals floh Arch auf die Männertoilette. Sobald er die Kirchenbank verlassen hatte, beugte sich Marla an mich heran. »Wir sollten uns verdünnisieren, bevor sich die Horde beim Kaffee auf uns stürzt. Laß uns rauskriegen, ob Brandon Yuille oder die Coreys mit uns reden wollen. Als Exfrauen des Angeklagten können wir behaupten, wir hätten das Recht, zu wissen, warum er möglicherweise ihre Chefin umgebracht hat.«
»Ich will Arch nicht allein lassen ...«
Marla sagte: »Arch ist im Augenblick bei Tom besser aufgehoben als bei dir. Denk darüber nach. Tom sollte ihn zur Besuchszeit ins Gefängnis bringen.« Sie wandte sich an Tom. »Darf der Kotzbrocken heute von Arch besucht werden?«
Tom ignorierte die verblüfften Blicke, die uns die Leute in der

Bank vor uns zuwarfen, und nickte. »Ich fahr' ihn hin, damit er seinen Vater besuchen kann, Miss G. Das ist okay«, versicherte er mir.

Meine wunden Schultern sackten niedergeschlagen nach unten. Arch kam zurück. Wir vier verneigten uns, als das Kreuz vorbeigetragen wurde. Dann warteten wir endlos darauf, daß der Chor, die Dudelsackspieler und der Pfarrer auszogen. Als ich schließlich zu Arch sagte, Tom werde ihn zu seinem Dad bringen, während Marla und ich ein paar Besorgungen machten, wurde er munterer. Ich war überrascht. Ich hätte gedacht, er hätte verängstigt reagiert. Offenbar waren die Zeiten vorbei, in denen ich gewußt hatte, was mein Sohn brauchte.

Marla zwickte mich, und ich huschte aus der Bank, ignorierte meinen schmerzenden Körper. Heute spürte ich jede Stunde meines Alters. Sobald wir draußen waren, setzte sie ihren sechsten Sinn ein – denjenigen, der sich von Klatsch nährte –, um Brandon Yuille und Chris und Tina Corey ausfindig zu machen, die neben einer Kiefer am Rand des Parkplatzes standen.

»Juhu!« rief Marla. »Wir müssen kurz miteinander reden!«

Brandon winkte wenig begeistert, während Chris, den Knöchel noch immer im Gips, das Gewicht seines fülligen Körpers verlagerte und sich zu einem Lächeln zwang. Brandon, stets adrett, trug Khakihosen und ein Khakihemd im militärischen Stil. Chris Corey, groß und schwer, hatte einen Riesenbauch und helles Haar und einen hellen Bart. Er sah wie ein junger, blonder Buddha aus, vielmehr wie ein junger blonder Buddha in einem weißen Hemd und grauen Hosen, der außerdem humpelte. Als ich Chris kennenlernte, hatte mir am besten an ihm gefallen, daß er nicht darauf bestand, mit seinem Doktortitel angeredet zu werden. Sein dröhnender Bariton hatte mich an einen Hausarzt aus der Vergangenheit meiner Familie erinnert. Aber als ich ihn gefragt hatte, ob er uns je behandelt habe – vielleicht Arch als Kinderarzt? –, hatte er nein gesagt. Vielleicht erinnerte mich Chris weniger an Buddha als an den

Nikolaus. Wenn er lächelte, bekamen seine blauen Augen Fältchen. Tina, eine weibliche Version ihres stämmigen Bruders, hatte offenbar kein Babsie-Kostüm für den Kirchgang auftreiben können. Sie trug ein strenges schwarzes Baumwollkostüm, und ihr Haar war zu einem straffen Knoten zurückgebunden.

»Ich weiß, daß Sie beide vermutlich im Moment nicht reden wollen«, hechelte Mara den Männern zu, außer Atem von ihrem kurzen, aber entschlossenen Gang über den mit Kies bedeckten Parkplatz. »Ehrlich gesagt, wir wollen es auch nicht.« Sie heuchelte eine Traurigkeit, die so unecht war wie verwässerte Butter. »Es ist nur so, daß wir es müssen ... «

»Das ist okay«, sagte Chris liebenswürdig und zog an seinem blonden Bart. »Eine schwierige Situation. Aber wir können uns nicht lange unterhalten. Wir sind hier, um die Beerdigung zu planen.«

»Wir können überhaupt nicht lange miteinander reden«, fügte Brandon mit angespannter Stimme hinzu. Er strich sich die langen, dunklen Ponyfransen aus den Augen. »Der Pfarrer muß nur noch das Kaffeekränzchen hinter sich bringen.«

Ich nickte. Das Kaffeekränzchen war immer der Zeitpunkt, zu dem sich unser Pfarrer Fragen stellen mußte, die unter die allgemeine Rubrik Seelsorge fielen. Tatsächlich machten Fragen beim Kaffeekränzchen allem Konkurrenz, was Ann Landers sich je hatte bieten lassen müssen. Bestraft Gott meinen Nachbarn mit Krebs? Mein Sohn hat seine Eidechse getauft, und dann ist die Eidechse gestorben. Können Sie das Tier christlich bestatten? Für unseren geistlichen Führer war ein Gespräch über den Gedenkgottesdienst für Suz möglicherweise eine Erleichterung.

Marla plapperte sofort los. »Falls unser Exmann dran glauben muß, weil er seine Chefin ermordet hat, ist das schlecht für uns, wissen Sie. Es macht uns zwar nichts aus, wenn der Kotzbrocken leidet, aber wir wüßten trotzdem gern, warum er sie umgebracht hat.«

Chris, Brandon und Tina starrten Marla mit offenen Mündern an.
»Das ist nicht...«, fing Chris an. »Sie können von uns nicht erwarten, daß wir darüber sprechen –«
»O doch, das können wir«, fuhr Marla dreist fort. »Ihr Männer seid Abteilungsleiter bei einer großen Firma. Ihr müßt gegenüber der Öffentlichkeit Rechenschaft ablegen, wenigstens gegenüber den Exfrauen des Mannes, der beschuldigt wird, eure Chefin ermordet zu haben. Wir haben also folgendes gehört... bei dieser Krankenversicherung hat es Probleme wegen Entlassungen gegeben. Gab es Probleme in der Personalabteilung, Brandon? Hat jemand sie gehaßt?« Als er sie mit leerem Blick und offenem Mund anschaute, wandte sie sich Chris zu. »Können Sie unsere Fragen beantworten? Bitte?«
Mir war das peinlich. Das waren nicht nur ein paar Fragen. Sie drehte die Männer durch die Mangel, ohne daß Wäsche in Sicht gewesen wäre.
»Ah.« Ich ging dazwischen, um ein paar vertrauliche, unbeschwerte Worte mit Tina Corey zu wechseln. »Soweit ich das beurteilen kann, sieht das nicht nach einem Babsie-Kostüm aus. Moment mal... könnte es Babsie als Chordirigentin sein?«
Tinas Gesicht erstarrte. »Ich weiß nicht, worüber Sie sprechen.«
»Goldy, bitte«, unterbrach uns Chris, »könnten Sie nicht –«
»Babsie als Leiterin der Altargilde?« versuchte ich es uneingeschüchtert weiter.
»Seien Sie still«, sagte Tina.
Ihr schroffer Ton erschreckte mich, und ich wich zurück. Offenbar war Babsie keine Kirchgängerin. »Tut mir leid«, murmelte ich. »Äh, wie geht's der Katze?«
Tinas Gesicht blieb steinern. Sie sagte nichts. Vielleicht war die Katze weggelaufen, und sie gab mir die Schuld daran. Ich wünschte mir, ich hätte den Mund gehalten. Manche Leute sind überempfindlich, wenn es um die Planung einer Beerdigung

geht. Ich warf Marla einen flehenden Blick zu, der besagte: Könnten wir bitte gehen?
Chris schielte über Marlas Schulter und winkte dem Pfarrer zu, der mit besorgter Miene auf uns zukam.
»Wir wollen kein Aufsehen«, sagte Chris beruhigend.
»Dann beantworten Sie meine Fragen«, insistierte Marla.
»Ja«, sagte Chris leise. »Es hat bei ACHMO Probleme gegeben. Es war kein Vergnügen, dort zu arbeiten.«
»Sie sehen alle so ernst aus. Die Leute fragen sich schon, was Sie fünf hier draußen zu besprechen haben«, sagte unser Pfarrer, als er zu uns kam.
»Nichts«, sagte Marla munter. Sie war immer auf der Suche nach Klatsch, weihte aber selten jemanden ein, wenn nicht die Hoffnung auf Austausch bestand. Sie zog mich weg, und ich murmelte den beiden Männern und Tina Abschiedsworte zu. Marla machte die Tür zu ihrem Mercedes auf. Ich stieg auf den Beifahrersitz. Nach der Fahrerei mit dem Lieferwagen kam ich mir in dem tiefgelegten Mercedes immer wie ein Astronaut vor.
»Ich darf Brandon Yuille und Chris Corey ein paar Fragen stellen, wenn ich will«, sagte Marla trotzig, als sie die Tür zuschlug und sich abfahrbereit machte.
»Ja, stimmt. Du hast ja gemerkt, wie gut es gelaufen ist.«
»Schwieriger Kurs.« Sie ließ das Auto an und brauste weg vom Parkplatz, wurde dann hinter einem mit Touristen aus Kansas vollgestopften Kleinbus langsamer. »Mit wem sollten wir also reden, wenn du Arch helfen willst? Und was sollen wir sagen? Oder hast du darüber noch nicht nachgedacht? ›Hi, wir sind die beiden Exfrauen des Arztes, der gestern wegen Mord eingebuchtet worden ist! Können wir hereinkommen, auf eine Tasse Tee und ein kleines Verhör?‹«
Ich seufzte. »Laß uns mit Frances Markasian reden. Du hast gesagt, daß sie dich besucht hat, aber warum ist sie nicht bei mir vorbeigekommen? Ich glaube, sie wohnt in den Spruce-Apartments.«

Marla gab Gas. »Das nenne ich mal eine gehobene Wohngegend.«

Das Spruce-Apartment-Gebäude war vierstöckig und stammte vermutlich aus den sechziger Jahren, als Aspen Meadow sich schnell vergrößert hatte. Leider hatten die Gebäudebesitzer es nicht so gepflegt, wie der Name es versprach. In den siebziger Jahren war das Mietshaus, das auf einem Hügel mit Blick auf die Main Street stand, in einem blendenden Gelb gestrichen worden. Ich war bereit, darauf zu wetten, daß es seitdem keinen Neuanstrich erlebt hatte. Angefressene und verrottete Zedernschindeln kringelten sich auf dem Dach oder lagen zerstreut zwischen der Hirse und den krummen Kiefern, die den Eingang flankierten. Marla hielt neben einer Mauer aus Schlackenbeton, die den vorderen Parkplatzbereich markierte. Ich sah zwar Frances' Subaru nicht, wußte aber, daß es hinter dem Gebäude einen weiteren rissigen Asphaltplatz gab, auf dem die Bewohner überschüssige Autos abstellten.

»Sag mir noch mal, warum wir hier sind«, sagte Marla skeptisch.

»Das alles ist John Richard gestern passiert«, rief ich ihr ins Gedächtnis. »Du kennst Frances Markasian. Sie ist eine schnelle und effektive Schnüfflerin. Wenn jemand etwas weiß, dann sie.«

»Ich weiß nur, daß sie außerdem über die Puppenausstellung am See berichtet«, maulte Marla. »Vielleicht schreibt sie einen Artikel über Babsies im Kostüm von Gerichtsmedizinerinnen.«

Der Aufzug funktionierte nicht. Wir gingen die Treppe hinauf zur Wohnung 349, Markasians Wohnsitz, und klopften. Niemand zu Hause. Ein älterer Mann kam auf den Flur im dritten Stock heraus und musterte uns dreist, als Marla stärker klopfte. Der ältere Mann räusperte sich.

»Hey, die Damen!« knurrte er. Sein weißes Haar war brutal zu einem Bürstenschnitt gestutzt worden, und sein Gesicht mit den tiefen Falten sah bösartig aus. »Was wollen Sie? Sie sind doch keine von denen, oder?«

Ich hob den Zeigefinger und bedeutete Marla: Laß mich das machen. Zu dem älteren Mann sagte ich freundlich: »Keine von welchen?«

Er winkte ungeduldig. »Den ganzen Tag geben sich die Leute die Klinke in die Hand. Diese Frau ist keine Reporterin, sie ist so was wie eine Bürokratie. Raus mit Ihnen, Sie verpesten hier die Luft.«

Ich spürte, daß ich rote Wangen bekam.

Aber Marla lief nicht nur rot an. Sie war lila vor Wut. »Jetzt halten Sie mal die Luft an, Sie Typ! Wenn wir jemanden suchen, dann machen wir das auch, kapiert? Wenn wir wollen, klopfen wir an jeder Tür im Haus. Schon mal was von Pressefreiheit gehört? Wissen Sie, wo wir Frances Markasian finden können?«

»Hört mal, ihr zwei!« Er lachte dreckig. »Wollen Sie Artikel über Ihre Puppen? Werden Sie erst mal erwachsen! Puppen für erwachsene Frauen!« spuckte er aus. »Wenn Sie was von Frances Markasian wollen, fahren Sie hinunter zum See und suchen nach ihr!«

Ich war bereit zum Rückzug, aber Marla mußte wie üblich das letzte Wort haben. Sie wedelte mit einem fliederfarben lackierten Nagel vor dem Mann herum.

»Hüten Sie bitte Ihre Zunge! Sammeln ist ein ehrenwertes Hobby! Und eine schlaue Investition! Davon mal abgesehen, sind Sie unhöflich!«

»Unhöflich vielleicht, aber nicht verrückt!« meckerte er, ehe er in 35O verschwand.

Marla rannte hinter ihm her, und ich mußte humpeln, damit ich sie einholte. Zum Glück schlug die Wohnungstür des Mannes zu, ehe sich Marla Zutritt verschaffen und auf ihn losgehen konnte. Marla klopfte heftig und wiederholt an seiner Tür. Aus anderen Wohnungen wurde gekreischt: »Ruhe!« und »Hauen Sie ab, oder ich rufe die Bullen!« Aber unser weißhaariger, unfreundlicher Kritiker tauchte nicht wieder auf.

Am Nachmittag schimmerte der Aspen Meadow Lake wie Zucker auf Eis. Beim Anblick von mehreren Dutzend Autos auf dem unbefestigten Parkplatz fragte ich mich, ob es eine Warteschlange für Einer und Paddelboote gebe. Wir stiegen aus dem Mercedes und näherten uns dem Vordereingang des LakeCenters.
Das LakeCenter war ein Juwel der architektonischen Gattung, die als »moderner Bergstil« bezeichnet wird. Es war erbaut aus massiven hellen Baumstämmen, breiten, hochragenden trapezförmigen Glasscheiben, gebohnerten Dielen im Innern, Steinfluren ohne Verkleidung, trug ein phänomenal teures wetterfestes Schindeldach und war die Pracht des Erholungsviertels von Aspen Meadow. Das Innere bestand aus einem riesigem Raum, angeberisch als »Ballsaal« bezeichnet, und einem »Oktagon« genannten etwas intimer gehaltenen Raum daneben. Beide Räume hatten unvergleichliche Ausblicke auf den See zu bieten. Es gab auch eine Küche. Dort würde ich arbeiten, wenn ich die Babsie-Leute bewirtete. Leider gab es von der Küche aus keine malerische Aussicht.
Bedauerlicherweise war das LakeCenter abgeschlossen. Wir umrundeten das Gebäude, hielten Aussschau nach Frances Markasian und irgendwelchen Hinweisen auf die Puppenausstellung. Die Kormorane paddelten eifrig am Seeufer entlang.

Wenn sie nach Fischen tauchten, blieben sie so lange unter Wasser, daß es für am Land angesiedelte Tiere unmöglich wirkte, nicht zu ertrinken. Aber dann stiegen die schlanken schwarzen Vögel wie durch ein Wunder wieder auf und hielten triumphierend winzige, glitschige Fische in den Schnäbeln.

Als wir zum Bootsverleih kamen, stellten wir fest, daß er tatsächlich geöffnet hatte. Etwa dreißig Leute warteten auf Boote.

»Ein Geschäft an Land«, bemerkte Marla, »trotz der Tatsache, daß es auf dem Wasser gemacht wird.«

»Aber keine Frances«, äußerte ich.

»Meinst du, wir sollten mit diesen anderen Leuten reden, die John Richard erwähnt hat, Ralph Shelton und Amy Bartholomew? Und wie kommt es übrigens, daß du so übel zugerichtet bist?«

»Ich möchte mich lieber noch nicht mit einem von beiden treffen. Ralph Shelton ist gestern auf der Party der McCrackens mit mir zusammengeknallt. Buchstäblich. Amy Bartholomew hat mich verarztet. Ehe Ralph mich als Landepolster mißbraucht hat, habe ich versucht, ihm ein paar Fragen über Suz zu stellen. Er hatte nicht viel zu sagen. Das gilt auch für Amy, obwohl ich etliches an New-Age-Schwachsinn über Suz' negatives Karma zu hören bekommen habe. Ich will ihnen keine weiteren Fragen mehr stellen, bis wir besser wissen, wonach wir suchen.«

»Wonach genau suchen wir?« fragte Marla, als sie den Mercedes anließ.

»Wenn ich das nur wüßte.«

»Sprich dich nur aus«, gab sie zurück. »Wir wissen, daß es der Kotzbrocken war. Ich suche nach etwas zu essen.«

»Moment mal«, erwiderte ich. »Frances verabscheut das Kochen. Sie ist ein Geizkragen, aber hin und wieder taucht sie im Aspen Meadow Café auf, vor allem, wenn sie ein Interview macht und die Zeitung das Essen spendiert. Mit etwas Glück könnten wir ihr dort über den Weg laufen.«

Wir fuhren hinüber zum Café, aber Frances Markasian war wiederum nirgends zu sehen. Deshalb bestand Marla darauf, mich einzuladen. Weil der Kotzbrocken endlich im Gefängnis sei, wo er hingehöre, behauptete sie, sollten wir mit jeder Salatsorte feiern. Auf ihre königlichste Art winkte sie der Kellnerin zu und erklärte: »Bringen Sie alle.« Bald kam eine Platte nach der anderen: Roastbeefsalat, Pastasalat, Salat aus Mais und Paprika, Obstalat und ein Arugulasalat mit gerösteten Walnüssen, auf den ich ganz wild wurde. Ich wußte aus Erfahrung, daß mir der Cafékoch das Rezept niemals gegeben hätte, folglich prägte ich mir ein, ihn in meiner Küche neu zu erfinden, mit Pekannüssen in Meringue, die ich eingefroren hatte. In ihrer Maßlosigkeit bestellte Marla zu unseren Salaten eine Flasche Champagner und warme, leichte Muffins.
Ich lachte über ihre Verschwendung. Ich habe wirklich extremes Glück, daß ich Marla und Tom habe, die dafür sorgen, daß ich regelmäßig etwas zu essen bekomme und außerdem geliebt und betüttelt werde. Für jemanden im Essensgeschäft ist solche Fürsorge ein seltener Luxus.
Marla behauptete, sie wolle nichts von den Resten. Als die Kellnerin mir die prall mit Leckerbissen gefüllten Tüten reichte, bemerkte ich: »Das reicht unserer Familie für eine Woche.«
»So ist es auch gedacht«, erwiderte Marla glücklich. »Außerdem wirst du, wenn es um den Kotzbrocken geht, jede Hilfe brauchen, die du bekommen kannst.«
Als sie den Kreditkartenbeleg unterschrieb, stach mir eine neu eingetroffene Gruppe von Gästen ins Auge. Ich packte Marla am Arm. »Hey, schau mal.«
Sie folgte meinem Blick. Wir beobachteten Frances Markasian, die sich schlüssig zu werden versuchte, welcher Tisch draußen auf dem Patio der passende sei. Bei ihr waren Chris Corey und seine Schwester Tina. Tina hatte sich umgezogen. Dieses Mal war ich mir sicher, daß es ein Babsiekostüm war.
»Weißt du, warum Tina diesen Fummel angezogen hat?« fragte

ich Marla, die es sich angelegen sein ließ, soviel wie möglich über das Leben der Einwohner von Aspen Meadow zu wissen.

»Das Kostüm? Wer weiß. Tina arbeitet als Helferin in der Vorschule von Aspen Meadow. Sie leitet außerdem den Babsieclub, deshalb könnte es etwas mit der Ausstellungseröffnung zu tun haben. Vielleicht interviewt Frances sie.«

Tina zierten jetzt wieder die langen, blonden Zöpfe, mit denen sie gestern im Haus von Gail Rodine gewesen war. Sie trug eine Spitzenbluse mit Rüschen und eine königsblaue Weste mit passendem Rock, dazu über beidem eine schneeweiße Schürze mit Spitzenbesatz.

Ich sagte: »Wegen der Puppenausstellung habe ich vor allem mit Gail Rodine verhandelt. Sie ist zuständig für die Bewirtung und für die Sicherheit.« Marla zog eine Grimasse. Ich stieß meinen Stuhl zurück. »Ich habe Arch versprochen, ihm zu helfen. Komm, stören wir sie beim Essen.«

»Wunderbar«, sagte sie. »Ich störe immer liebend gern.«

Frances hielt im Café Ausschau nach einer Kellnerin. Dabei stampfte sie ungeduldig mit einem Fuß auf. Der Fuß steckte in einem mit Klebeband geflickten Turnschuh. In der Augusthitze war ihr schwarzer Trenchcoat natürlich überflüssig. Aber Frances war (oder hielt sich dafür) eine hochbegabte Reporterin, die nur vorübergehend in Aspen Meadow, Colorado, festsaß. Mit dem langen, wilden Kraushaar, ungesunder Blässe im Gesicht, Kleidung aus dem Trödelladen und der Gewohnheit, Kette zu rauchen, die ihr zweifellos in einem Jahrzehnt schwarze Lungen bescheren würde, verstand sie sich immerhin darauf, die Rolle zu spielen.

Im County war Frances' Ehrgeiz legendär. Sie stürzte sich auf jedes Verbrechen und jede Katastrophe wie eine ausgehungerte Wildkatze auf Beutejagd. Ihre Schlagzeilen waren eindeutig kreativ. Im Mai hatte es geheißen FAHRER AUF DER I-70 ERSCHIESST KALTBLÜTIG BÜFFEL AM STRASSENRAND! Der Juni hatte uns gebracht EXPLOSION IN MOT-

TENVERSEUCHTEM PROPANGRILL SCHLEUDERT DEN VORSITZENDEN DER KIWANIS IN DEN BACH! Seit Frances vor zwei Jahren zur Redaktion gestoßen war, hatte sich die Leserschaft unserer Stadtzeitung verdreifacht.

»Hey, Goldy«, sagte sie liebenswürdig, als wir uns ihrem Tisch näherten. Sie schob sich die schwarze Krause aus der Stirn. »Ich wollte Sie heute schon besuchen, aber Sie waren nicht zu Hause. Kennen Sie die Coreys? Chris ist Abteilungsleiter für Kontakte mit der Pharmaindustrie bei ACHMO – der Krankenversicherung AstuteCare in Denver. Und das ist seine Schwester Tina. Sie arbeitet in der Vorschule von Aspen Meadow und leitet den hiesigen Babsiepuppenclub.«

»Freut mich, Sie zu sehen, Frances. Und ich kenne beide Coreys«, erwiderte ich. »Wir haben uns heute morgen sogar schon kurz unterhalten.«

Chris verlagerte seine sperrige Leibesfülle in eine stehende Haltung, balancierte linkisch auf dem Gips. Sein heller Bart hüpfte, als er uns begrüßte.

»Tut uns leid, Sie zu stören«, log Marla in einem heiseren Schwall.

Frances lachte grollend und zündete sich eine Zigarette an. »Nein, es tut Ihnen nicht leid. Wie auch immer, das ist großartig. Ich muß unbedingt mit Goldy sprechen. Setzen Sie sich.«

Tina nickte uns zu. Die Kälte ihres Verhaltens vor der Kirche war völlig gewichen. Sie lief rot an. Wenn ich ihre Aufmachung getragen hätte, wäre ich auch rot angelaufen.

Marla sah Tina mit offenem Mund an und fragte: »Wo haben Sie denn Ihre Schafe gelassen, Heidi?«

Chris lächelte nachsichtig, aber Tinas Hals und ihre Wangen verfärbten sich noch stärker. Sie senkte den Kopf und strich sich die Rüschenschürze glatt. Ich war so klug, nicht wieder nach der Katze zu fragen. Frances sah in dem betretenen Schweigen finster drein. Kein guter Anfang für eine Störung beim Mittagessen, kein Zweifel.

»Moment mal«, sagte ich begeistert. »Ich kenne dieses Kostüm, Tina! Das ist die isländische Babsie!« Tina hob den Kopf, packte einen blonden Zopf und bedachte mich mit einem schüchternen Lächeln. »Ich liefere das Essen für die Puppenausstellung«, rief ich ihr ins Gedächtnis, weil sie sich vor der Kirche offenbar nicht an mich erinnert hatte. »Erinnern Sie sich an mich, gestern am Haus der Rodines?« Ich schüttelte Tina die schlaffe, fleischige Hand. »Erinnern Sie sich an mich?«
Tina fand die Fassung wieder. »Natürlich. Sie haben mir mein neues Kätzchen gebracht.«
Endlich waren wir auf festem Boden. Vielleicht sprach sie in der Kirche nur nicht über Puppen oder Katzen. »Die Katze hat sich gleich zu Ihnen hingezogen gefühlt«, sagte ich herzlich. Tina strahlte.
Marla maulte leise: »Mensch, Goldy, komm zur Sache, ja?«
Unsere Kellnerin tauchte wieder auf, und Chris verkündete, er lade uns ein, was wir gern hätten? Chris, seine Schwester und Frances bestellten Sandwiches. Marla, plötzlich das Inbild des Charmes, sagte, sie hätte gern Meringuetorte. Ich entschied mich für Linzer Torte mit Eiskaffee, versuchte, mir zu überlegen, wie ich Frances meine Fragen nach John Richard stellen sollte. Was haben Sie rausgekriegt? Sind Sie auf einer Spur? Warum genau wollten Sie mich heute morgen besuchen? Zu meinem Glück stocherte Frances so direkt, daß uns eine subtile Inquisition erspart blieb. Statt dessen stürzte sie sich sofort auf das Thema.
»Hey, meine Damen, glauben Sie, daß Ihr gemeinsamer Exmann mir hinter Gittern ein Interview gibt?« Ihre leicht gelblichen Zähne blitzten in einem breiten, schiefen Lächeln auf.
»Ich weiß es nicht«, antwortete ich ehrlich.
Marla sagte: »Ich bezahle Sie für das Interview, wenn Sie ein Foto im Sträflingsanzug von ihm machen und es dann in der Zeitung veröffentlichen.«
»War es schwer, oder sind Sie beide einfach begeistert darüber?« wollte Frances mit ihrer üblichen Sensibilität wissen.

Marla zuckte die Achseln.
»Ich kann nicht behaupten, daß ich begeistert bin«, sagte ich gereizt zu Frances. »Eine Frau ist tot. Außerdem leidet mein Sohn ziemlich schlimm darunter, vor allem, seit ihn sein Vater gestern aus dem Gefängnis angerufen hat. Arch ist eben dort und besucht ihn.«
Zu spät begriff ich, daß ich den Mund hätte halten sollen. Frances und ich waren befreundet, aber nichts ging über einen Knüller. Sie wühlte heftig in ihrer voluminösen schwarzen Handtasche, zog einen Stift und einen schmuddeligen Notizblock heraus und fing an zu kritzeln. »Was hat Korman in dem Gespräch gesagt, über das sich Arch so aufgeregt hat?«
»Nichts! Bitte, hören Sie auf, sich Notizen zu machen. Das darf doch wohl nicht wahr sein, Frances. Reine Privatsache.«
Chris mümmelte: »Vielleicht sollten wir über etwas anderes reden, Frances. Ich glaube nicht –«
Sie gestikulierte gebieterisch. »Für irgend jemanden ist es immer Privatsache, Goldy.«
»Kommen Sie mir nicht mit diesem abgedroschenen Journalistengewäsch. Wenn Sie wollen, daß ich hierbleibe, versprechen Sie mir, daß Sie nichts über meinen Sohn drucken.«
Sie kritzelte weiter, schürzte die Lippen und strich sich das Haar aus den Augen. »Okay, ich laß es, wenn Sie ein paar Sachen mit mir durchgehen. Außerdem bin ich mir sicher, daß Sie alles hören wollen, was ich über diese Geschichte mit der Craig herausbekommen habe. Chris« – sie wedelte lässig in seine Richtung – »ist ein Insider. Es gibt alle moglichen Gerüchte. Sie kennen diese Stadt. Sobald etwas passiert, ist es wie ...« Sie schloß die Augen und suchte nach dem perfekten Vergleich. »... wie eine vulkanische Energie, die um den Wunsch herum ausbricht, zu erfahren, was sich tut.«
Chris holte tief Luft und verlagerte unbehaglich das Gewicht. Tina trank einen Schluck Wasser. Marla war natürlich ganz Ohr. Aber Frances zündete sich gelassen eine Zigarette an. Mein

Versuch, Frances ein paar Fragen zu stellen, war ziemlich schnell schiefgelaufen.
»Sie wollen ein paar Sachen mit mir durchgehen?« echote ich. »Zum Beispiel was?«
»Okay, das hier ist streng geheim. Falls jemand an den Tisch kommt und wissen will, worüber wir reden, sagen wir, ich interviewe Tina wegen der Puppenausstellung.«
»Und was wollen Sie also mit mir durchgehen?«
»ACHMO plant eine Razzia«, teilte sie mir munter mit, in einem eine Spur leiseren Ton. »In John Richards Praxis. Morgen früh.«
Marla kreischte vor Schadenfreude. Ich sagte: »Eine Razzia? Frances, was in aller Welt soll das heißen?«
Unser Essen kam, und ich war dankbar für die kurze Ablenkung. Eine Razzia? Wonach suchten sie? Und warum sollte ACHMO in einer Praxis eine Razzia veranstalten? Das konnte nicht wahr sein. Ich nahm eine höflich interessierte Miene an und versuchte das Thema zu wechseln, weil die Kellnerin um uns herumwuselte.
»Wie verheilt Ihr Knöchel?« erkundigte ich mich bei Chris. »Ich hätte schon nach der Kirche danach fragen sollen.«
Er lächelte schüchtern. »Es dauert nicht mehr lange, bis ich wieder Tore schießen kann.«
Frances aß drei Bissen von ihrem Sandwich, schob es beiseite und zündete die halbgerauchte Zigarette wieder an, die sie sorgfältig ausgedrückt hatte, als das Essen kam. »So. Wollen Sie also etwas über die Razzia hören?«
»Ja, ja, ja«, drängte Marla mit funkelnden Augen.
»Warum sagen Sie das nicht einfach der Polizei?« fragte ich. Die Linzer Torte war köstlich, ein knuspriger Teigdeckel, überzogen mit Himbeermarmelade. »Eine Razzia durch eine Krankenversicherung ist bestimmt illegal, Frances.«
»Aber das ist sie nicht.« Chris' überraschend kräftiger Bariton verlangte Aufmerksamkeit. »Wir machen das dauernd. Mei-

stens rufen wir zuerst an, wie wir es auch morgen halten werden. Wir kommen, um die Informationen in den Akten zu überprüfen.«

»*Was?*« rief Marla. »Und was ist mit dem Datenschutz für die Patienten?«

Chris verlagerte seinen Knöchel und fuhr fort. »Marla. Goldy. Darf ich Sie beim Vornamen nennen?« Wie mir auffiel, nickte Frances, bevor wir die Gelegenheit dazu hatten. »Das steht in unserem Vertrag«, sprach er weiter. »Wir können jeder Praxis, die uns gehört, einen Besuch abstatten. Eine Krankenschwester, ein Arzt, jemand mit medizinischer Ausbildung, der für die Krankenversicherung arbeitet, erledigt das. Es ist im Grunde keine Razzia.« Er grinste Frances, die sich die dritte Zigarette anzündete, nachsichtig an. »Wir wollen nur überprüfen, wie bestimmte Behandlungsmethoden abgerechnet werden, und wir tun das, indem wir einzelne Krankenakten durchsehen. Die Praxis des Vertragsarztes muß uns alles aushändigen, was wir wollen.«

Keine Frage, meine Neugier war angestachelt. John Richard saß im Gefängnis, und ACHMO hatte einen Überfall auf seine Praxis vor, um Einsicht in seine Akten zu nehmen. Kein Wunder, daß sich Frances auch dafür interessierte.

»Wonach wollen Sie morgen früh suchen? Nach etwas mit einem Zusammenhang mit Suz Craig?« fragte ich milde.

»Und darf ich hinkommen?« wollte Marla wissen.

Chris' Antwort war sachlich. »Nein, oh, nein. Und ehrlich gesagt, es ist – es war – Suz, die diesen Besuch angeordnet hat. Er war schon eine Weile geplant, aber wir haben gewartet, bis Korman zu einer Entbindung gerufen wird. Jetzt haben wir eine perfekte Gelegenheit für das Eindringen. Und es kommt nicht darauf an, was die Person von der medizinischen Leitung für wesentlich erklärt. Oder ich, als Abteilungsleiter bei ACHMO. Weil sie Krankenschwester ist und ich Arzt bin, kann die Krankenversicherung die Sache mit dem Datenschutz für die Patienten umgehen. Aber in diesem Fall geht es bei dem, was wir angeblich wollen, und dem, was wir tatsächlich wollen, um zwei völlig verschiedene Dinge.«

»Was wollen Sie tatsächlich?« erkundigte ich mich unschuldig. »Und warum erzählen Sie uns das?«

Chris zog sich am Bart. »Wir suchen nach persönlichen Notizen von Korman über die Klage der McCrackens. Jedenfalls wollte Suz, wollen jetzt die großen Tiere bei ACHMO, daß wir danach suchen. Und wenn ACHMO diese Notizen an sich brächte, wäre es wirklich illegal. Das Unternehmen versucht, sich zu schützen, und es ergreift die Gelegenheit, daß Korman nicht da ist, um gründlich vorzugehen. Frances wird Ihnen darüber berichten. Sie hat vor, einen Artikel zu schreiben, der das alles bloßstellt.«

»Frances schreibt einen Enthüllungsartikel?« fragte ich mit großen Augen.

»Stell dir das mal vor«, kommentierte Marla. »Und wird dieser Enthüllungsartikel dem bösen Onkel Doktor, der wegen Mord im Gefängnis sitzt, helfen oder schaden?«

Frances runzelte die Stirn, als sie die Zigarette ausdrückte und sich die nächste anzündete. Sie murrte: »Der Zeitpunkt könnte ein bißchen besser sein. Ich will auf folgende Perspektive hinaus: Hatte Korman einen Anhaltspunkt, daß Suz Craig diese Razzia auf seine Akten geplant hatte?«

»Was haben Sie davon, Chris?« fragte ich. »Sie arbeiten doch immer noch für ACHMO. Bringt dieser Artikel Sie dort nicht in Schwierigkeiten?«

»Ich will, daß die Leute wissen, was die Krankenversicherung im Schild führt«, antwortete er finster. »Es sollte nicht möglich sein, in den Akten von Leuten herumzustochern, wann immer man das will. Und Frances hält meine Identität geheim. Ich kann es mir nicht leisten, meine Stelle zu verlieren.«

»Aber ACHMO hätte keine Mitarbeiterin umgebracht, oder?«

Eine gequälte Miene warf auf meine Frage hin die tiefen Falten in seinem Gesicht in Furchen. »Das glaube ich nicht. Ebensowenig wie alle, mit denen ich gesprochen habe. Sie können sich doch vorstellen, wie unsere Telefone heißgelaufen sind, seit gestern der Captain vom Büro des Sheriffs in Furman County den Oberbonzen von ACHMO in Minneapolis angerufen hat. Einer meiner Vorgesetzten hat angerufen und gesagt, jetzt sei der richtige Zeitpunkt, Kormans Akten zu filzen, wie Suz es geplant hatte. Deshalb schicken sie mich morgen hin – damit ich nach persönlichen Notizen suche, die Korman vielleicht in seiner Praxis hinterlegt hat.« Er machte eine Pause und blinzelte mich an. Seine Wimpern waren so hell, daß sie unsichtbar waren. »Alle bei ACHMO sind davon überzeugt, daß Ihr Mann Suz totgeschlagen hat.«

»Er ist mein Exmann«, sagte ich ruhig. Warum schien sich niemand daran zu erinnern?

»Mein Exmann auch«, sagte Marla trotzig. »Also machen Sie sich erst mal die Tatsachen klar, ehe Sie anfangen, uns zu beleidigen.«

Frances beugte sich liebevoll zu Chris hinüber und flüsterte ihm etwas ins Ohr. Tina bauschte die Spitzen an ihrer Babsiebluse auf. Und ich lehnte mich zurück und dachte, daß ich jetzt noch etwas in der Hand hatte, wonach das Büro des Sheriffs John Richard fragen mußte: Wissen Sie etwas über Suz' schmutzigen kleinen Plan, Sie hereinzulegen?

»Hören Sie, Goldy«, sagte Frances, »es gibt zwei Dinge, über die wir mit Ihnen reden wollen. Zunächst über Patricia McCracken. Haben Sie die in letzter Zeit gesehen?«

»Ehrlich gesagt, ich habe gestern abend eine Party für sie ausgerichtet.«

»Sind Sie dort so übel zugerichtet worden?«

Ich nickte und tat, als falle mir nicht auf, wie beide Coreys mein Gesicht anstarrten. Ich konzentrierte mich statt dessen auf den Himmel, an dem sich im Westen wieder rosa Wolkenschichten sammelten.

Frances hakte nach. »Wie wir alle wissen, ist Patricia von einem Arzt sitzengelassen worden und hat einen Zahnarzt geheiratet. Sie hat nicht mehr soviel Geld wie früher, weil es in Aspen Meadow mindestens fünfzig Zahnärzte gibt. Damals hat sie liebend gern die drei Sachen vorgeführt, die sie sich von ihrer Scheidungsabfindung gekauft hat: einen zu großen Diamantring, ein Saphirarmband, das sie im Fitneßstudio abgenommen und anschließend regelmäßig dort vergessen hat, und einen ständig verdreckten weißen Triumph, dessen Ledersitze ihr Sohn Tyler als Kleinkind mit Fingerfarben beschmiert hat.«

»Sie hat den Triumph eben verkauft, um den Vorschuß für ihren Anwalt zu bezahlen«, warf Marla ein. »Alle in der Stadt wissen das.«

»Kennen Sie Tyler?« fragte Frances unentmutigt. »Er ist ein fünfjähriges Monster.«

»Ich kenne ihn«, sagte Marla. »Ein ungezogenes Balg.«

»O nein«, sagte Tina. Es waren ihre ersten Worte seit längerer Zeit. »Er ist äußerst kreativ. Er hat mir immer mit den Hamstern geholfen. Er hat nur eine Menge Energie, das ist alles.«

Frances sah mich mit einer hochgezogenen Augenbraue an.

»Ja, ich kenne Tyler«, erwiderte ich. »Als Tyler noch kleiner war, ist Arch ein paarmal als Babysitter bei ihm gewesen. Aber der Junge war so hyperaktiv, daß Arch gesagt hat, er geht nie wieder hin, ganz gleich, wie pleite er ist. Gestern abend haben die McCrackens Tyler in das Haus von Freunden gebracht, weil sie nicht riskieren wollten, daß er ihre Party ruiniert, die dann sowieso ruiniert worden ist«, murrte ich, dachte an die Hockeypartie und meine schmerzenden Knochen.

»Mhm«, erwiderte Frances gelangweilt. Sie wühlte wieder in ihrer Tasche, nahm eine Dose extrastarkes Cola heraus und riß sie auf. Sie hatte immer mehrere Dosen dabei, und angesichts des dreifachen Koffeingehalts bezweifelte ich, daß sie jemals schlief. Jetzt nahm sie einen langen Schluck und zog dann an der Zigarette. Ich fragte mich, ob ihr Artikel über Krankenversicherungen einen Einfluß auf ihre ungesunde Lebensweise haben würde. Irgendwie bezweifelte ich das. Die Zigarette baumelte ihr aus dem Mund, als sie Chris das Cola reichte und dann in ihrer Tasche nach einem weiteren Notizblock kramte. Sie fand ihn, schlug ein paar zerfetzte, eselsohrige Seiten um und erklärte dann: »Okay, hier kommt es. Unsere Patricia hat Dr. John Richard Korman angefleht, sie ins Krankenhaus zu stecken, als es wegen der Plazentainsuffienz in der Schwangerschaft zu Problemen kam. Aber ACHMO wollte nicht für die Kosten aufkommen. ACHMO hat gesagt, Patricia solle sich bis zur Entbindung in ihrem gemütlichen Bettchen zu Hause ausruhen. Weil das ganze Geld der McCrackens in ihrem stark mit Hypotheken belasteten Haus und Clarks meistens unrentabler Zahnarztpraxis steckt, war die Aussicht auf einen unbefristeten Krankenhausaufenthalt die Heraufbeschwörung eines Bankrotts. Also hat Patricia ihren Schmuck verhökert«, fügte Frances genüßlich hinzu. »Der Diamantring und das Saphirarmband haben für einen Monat im Krankenhaus gereicht, den ACHMO nicht finanzieren wollte, und außerdem für einen Babysitter für Tyler. Sie konnte den Triumph nicht verkaufen, weil sie ein neues Auto gebraucht hätte, wenn sie das Kind bekam, und der Triumph war so heruntergekommen, daß sie nicht einmal eine Anzahlung dafür bekommen hätte. Und die Fingermalereien des kleinen Tylers auf den weißen Sitzen waren nicht unbedingt eine Wertsteigerung.«

Frances sah mich an, als erwartete sie Lob. Ich erwiderte ihren Blick schweigend. Marla verdrehte die Augen.

Frances seufzte. »Sie hat also den Schmuck verkauft und ist im Krankenhaus geblieben, bis ihr das Geld ausgegangen ist. Dann hat sie sich in einer billigen Pflegestation neben dem Krankenhaus eingemietet, Sie kennen diese Einrichtungen? Die hat sie mit ihrer Kreditkarte bezahlt.« Frances zog die Augenbrauen hoch, preßte die Lippen zu einer grimmigen Linie zusammen und schlug eine weitere Notizblockseite um. »Aber das hat nichts genützt. Sie hat das Kind im siebten Monat verloren. Von wegen bitter – mit dem Speichel dieser Frau könnte man einen Truthahn marinieren.«

»Frances«, tadelte ich sie. »Sie haben keine Kinder. Sie können sich nicht vorstellen, was für ein Verlust –«

»Ja, ja, ja. Also ist Patricia McCracken ausgerastet. Sie hat Korman verklagt. Sie hat ACHMO verklagt. Ihre Anwälte haben die Fälle übernommen, unter Vorbehalt. Patricia hat eine zweite Hypothek auf die Eigentumswohnung in Keystone aufgenommen und den Triumph schließlich doch noch verkauft, damit sie die juristischen Kosten abdecken konnte. Es war ihr egal, was sie ausgab, wenn sie nur John Richard Korman und ACHMO in die Knie zwang. Man kann eine Krankenversicherung nicht wegen eines Kunstfehlers verklagen. Deshalb versucht sie, die wegen Vernachlässigung der Aufsichtspflicht dranzukriegen, und auch deshalb, weil Korman dort Vertragsarzt war. Eins hat Patricia mir nicht erzählt, aber ich hab's aus einer anderen Quelle rausbekommen. Unsere Mrs. P. McCracken ist letzte Woche festgenommen worden, weil sie Pflastersteine in die Einfahrt von Suz Craig geworfen hat.«

Ich setzte mich auf. »*Was?*«

Marla murmelte: »Gütiger Himmel, Goldy, was bringt es denn, daß du mit einem Cop verheiratet ist, wenn er uns nicht mal mit Nachrichten über hiesige Verbrechen versorgt?«

»Ah«, sagte Frances. »Marla und Goldy zeigen endlich doch Interesse. Wissen Sie, wie wütend diese Frau war? Ich sag's Ihnen. Sie hat geschrien, daß sie ihr Kind nicht behalten konnte, ›wegen einer hinterhältigen, kaltherzigen, kinderlosen Schlampe‹« – sie warf einen Blick auf ihre Notizen – »und, ich zitiere, ›die ganz bestimmt keine Gäste auf einem Patio bewirten wird, der mit Blut erkauft ist. Mit BLUT!‹«

»Aber Patricia McCracken war letzte Woche in Keystone«, erklärte ich.

»Nein, nicht die ganze Woche. Wie auch immer, nach der Fest-

nahme hat Suz Craig auf eine Anklage verzichtet. Sie hat jedoch eine einstweilige Verfügung gegen Patricia erwirkt, die damit einverstanden war, sich einem psychologischen Test zu unterziehen. Sie war außerdem damit einverstanden, mit einer Trauertherapie für Frauen anzufangen, gleich nach ihrer Rückkehr von ihrer geplanten Reise nach Keystone.« Frances schlug den Notizblock mit einem triumphierenden Klatschlaut zu.
»Bis auf die Geschichte mit den Pflastersteinen haben Sie das alles von Patricia erfahren?« fragte ich.
»Natürlich«, erwiderte Frances hitzig. »Zum Teufel, für was für eine Reporterin halten Sie mich? Und ich mußte Tyler den ganzen kandierten Mais geben, den ich meistens in der Tasche mit mir herumtrage, um ihn daran zu hindern, daß er über mich herfällt.«
Marla sagte: »Kandierter Mais? Was Besseres ist Ihnen nicht eingefallen?«
Tina Corey machte ts, ts.
Ich sagte zu Tinas Bruder: »Wie kommt es, daß ACHMO bei Plazentainsuffizienz keinen Krankenhausaufenthalt genehmigt?«
»Die Vorschriften stammen nicht von mir, Goldy. Das ist Sache der Geschäftsleitung. Leider war das, was ACHMO getan hat, nicht illegal.«
Ich wandte mich wieder Frances zu. »Aber wenn Patricia prozessiert, steht sie dann Ihnen gegenüber nicht unter Schweigepflicht?«
»Schweigepflicht? Soll das ein Witz sein?« Frances zückte eine weitere Zigarette und zündete sie an der an, die sie eben zu Ende rauchte. »Diese Frau brennt darauf, daß ihre Geschichte veröffentlicht wird, so skandalös wie möglich. Sie hat nur mit mir gesprochen, weil die *Denver Post* und die *Rocky Mountain News* nicht daran interessiert waren. Und in Verbindung mit dem, was ich darüber weiß, daß ACHMO einen Überfall auf die Praxis des Kotzbrockens plant, um nach Notizen über den Fall zu

suchen ...« Sie inhalierte befriedigt. »Das wird ACHMO ruinieren.« Sie grinste mich an.
Ich hatte jäh das Gefühl, ich müsse nach Hause und mich vergewissern, daß Arch den Besuch im Gefängnis überlebt habe.
»Warten wir's ab. Marla, bist du soweit?« Ohne eine Antwort abzuwarten, sagte ich: »Wir haben es eilig, Frances.«
»Moment mal, Sie haben mir noch überhaupt nichts über den Mord an Suz erzählt. Ich will nicht nur über Patricia McCrakken mit Ihnen sprechen.« Frances wühlte wieder in ihrer Tasche, während Marla sich ein letztes Stück Torte in den Mund schob.
»Hören Sie, ich hab' hier ein paar Sachen, die ich Ihnen zeigen muß.«
»Frances, ich darf Ihnen gar nichts erzählen. Sie müssen doch begreifen, daß –«
Ihre nikotinverfleckten Finger hielten mir drei Zeitungsausschnitte hin. Ich nahm sie widerstrebend. Marla schaute mir über die Schulter. Frances strich sich das Haar aus dem linken Auge und wollte knapp wissen: »Sagen Sie mir, ob eine von Ihnen einen der Typen auf dem ersten Ausschnitt kennt.«
Zwei lächelnde Männer hielten Weingläser in die Kamera. KRANKENVERSICHERUNG MERITMED FEIERT ERFOLG IN NEBRASKA. Schön, toll für sie, und ich hoffte, daß sie einen guten Jahrgang Omaha schluckten. Aber es gab keinen Zweifel daran, daß ich einen der beiden Männer kannte. Ich hatte ihn erst gestern gesehen, aus allernächster Nähe. Die Bildunterschrift lautete: »Dr. Ralph Shelton und Mark McCreary, Generaldirektor von MeritMed, haben sich vom Erfolg des Unternehmens im Maisanbaustaat überzeugt.« Ich sah nach dem Datum: 14. Mai.
Ich klopfte gegen das unscharfe Bild. »Ralph Shelton hat früher für ACHMO gearbeitet, jetzt arbeitet er für MeritMed. Na und?«
Frances blies eine stetige Rauchwolke vom Patio. »MeritMed hat ein Büro in Denver.« Sie sah mich mit zusammengekniffe-

nen Augen an; ich schüttelte den Kopf. »Im März ist Ralph Shelton von Suz Craig bei AstuteCare hinausgeworfen worden.«

Ich sah Chris an. »Wollen Sie uns ein bißchen mehr über die Probleme wegen dieser Entlassungen erzählen?«

Er zuckte die Achseln. Marla erkundigte sich: »Weiß jemand von Ihnen, warum Ralph entlassen worden ist?«

Chris schüttelte den Kopf. »Noch nicht.«

Während Marla den ersten Artikel las, überflog ich den zweiten. Er war viel kürzer, ohne Begleitfoto. Es war eine Meldung aus einer Zeitung in Vail.

Heute abend um 20.00 Uhr hält Dr. John R. Korman vor dem Frauenärzteverband von Colorado einen Vortrag über das Thema ›Der Einsatz von Antibiotika nach der Geburt‹. Im Summit Stag Hotel, gegenüber vom Vail Valley Medical Center.

Der Artikel war älter als der erste, stammte von Anfang Januar.

»Frances«, fragte ich verblüfft, »warum zeigen Sie uns das? Ich weiß nichts über John Richards Terminkalender. Er fährt zu solchen Tagungen, wenn das heißt, daß er Ski fahren und sich amüsieren kann. Ich weiß nur, was er vorhat, wenn wir die Besuchsvereinbarungen für Arch ändern müssen.«

Frances tat das mit einem überheblichen Händewedeln ab. »Wissen Sie Bescheid über die Beziehung Ihres Exmannes mit einem Pharmakonzern namens Bailey Products?«

»Ja«, warf Marla mit bitterer Stimme ein. »John Richard reist herum oder ist herumgereist und macht Reklame für deren Produkt. Irgend etwas, was Biocess heißt. Woher wissen Sie das?«

Als Frances Chris anschaute, drängte Marla: »Wissen Sie, was aus dem Geld geworden ist, das er für die Werbung für Biocess bekommen hat?«

Frances nickte. »Ja. Das hab' ich von Ralph Shelton erfahren, der das Zeug in seiner Praxis auch verwendet hat. Ralphs alter Kumpel John Richard Korman hat Biocess von Portland, Oregon, bis

Portland, Maine, propagiert. Jedenfalls bis vor kurzem. Schauen Sie sich das an.«

Ich nahm den Artikel, den Frances mir jetzt hinhielt, und wieder las Marla über meine Schulter weg mit. Er stammte aus einer Zeitung in Omaha und trug wie der erste Ausschnitt das Datum 14. Mai. Die Schlagzeile lautete TEILNEHMER AN MEDIZINERTAGUNG WARNEN VOR MÖGLICHEN TÖDLICHEN NEBENWIRKUNGEN VON ANTIBIOTIKUM. Ich überflog auch diesen Text, der darauf hinauslief, der Manager einer Krankenversicherung warne seine Kollegen bei anderen Krankenversicherungen, weil seine Organisation im Verlauf ihrer Routineüberprüfungen darauf gestoßen sei, daß Biocess mit einem Todesfall wegen Leberversagens in Verbindung gebracht worden sei, außerdem mit mehreren Fällen von schädlichen Nebenwirkungen und höheren Kosten nach der Entbindung. Ich kam zum Ende des Artikels, wo ein Sprecher von Bailey Products verlautbarte, bei der Arzneimittelaufsichtsbehörde sei Einspruch eingelegt worden, und Bailey habe die Anwendung von Biocess eingestellt, bis weitere Studien über das Antibiotikum erstellt werden könnten.

»Hmm«, sagte ich unverbindlich und gab Frances den Artikel zurück.

Sie nahm ihn und sagte: »Es ist also festgestellt worden, daß Biocess, Kormans heißgeliebtes Antibiotikum, Leberschäden verursacht. Und das Füllhorn von Bailey Products, aus dem John Richard Korman schöpfen konnte, war plötzlich leer.«

»Da hast du die Antwort auf die Frage nach dem Einkommensrückgang«, sagte ich zu Marla.

Frances fuhr fort. »Sie beide sollten am allerbesten wissen, daß Kormans Finanzlage sich übel, wirklich übel verschlimmert hatte. Genau gesagt, alles brach ihm über dem Kopf zusammen. Und bedenken Sie, wieviel schlimmer es geworden wäre, wenn ihm Suz Craig einen dicken fetten Bonus verweigert hätte. Was sie getan hat.«

Ich sagte zu Chris: »Warum hat ihm Suz den Bonus verweigert? Warum hätte sie das tun sollen?«
»Auf legitime Weise?« fragte er mit einem Stirnrunzeln. »Wir schicken Fragebögen an Testpersonen unter den Arztpatienten. Wenn wir auch nur eine ernsthafte Beschwerde bekommen, wird der Bonus automatisch gestrichen. Oder wenn ein Arzt Patienten zu oft an Spezialisten überweist oder zu selten, entfällt der Bonus. Wenn er im vergangenen Jahr nicht genug Patienten in der Sprechstunde hatte oder die Kosten nicht gesenkt hat, wird der Bonus gestrichen.«
»So was nenne ich Zuckerbrot und Peitsche«, murmelte Marla.
Ich sagte: »Hören Sie, Frances, wir wußten beide, daß er Geldprobleme hatte.« Aber in Wahrheit hatten weder Marla noch ich das Ausmaß der Probleme gekannt.
»Ja, ja«, sagte Frances. »Und jetzt veranstaltet ACHMO bei ihm eine Razzia. Und Sie wissen, daß die ihn zum Sündenbock für die Affäre McCracken machen werden, wenn sie auch nur einen Fetzen Papier finden, den sie dazu benützen können, ihm die Schuld an der ganzen Sache in die Schuhe zu schieben.«
Ich fragte Chris: »Sie haben erwähnt, daß Sie morgen nach, wie Sie es genannt haben, ›persönlichen Notizen‹ suchen wollen, die sich John Richard gemacht haben könnte. Was sind das für Notizen?«
Frances warf eifrig ein: »Die suchen nach allem, was John Richard aufgeschrieben haben könnte, um sich zu schützen, zum Beispiel: ›Ich habe Patricia einen Krankenhausaufenthalt empfohlen. Aber dann mußte ich ihr sagen, daß die Krankenversicherung das abgelehnt hat.‹ Oder zum Beispiel: ›Habe P. McCracken heute gesagt, daß die Krankenversicherung ihr den Krankenhausaufenthalt verweigert hat, weil das Pennyfuchser sind. Miese Scheißkerle!‹« schloß sie mit einem Schlenker.
Ich wandte mich an Chris Corey. »Glauben Sie, daß es solche Notizen gab? Und wer genau wird danach suchen, außer Ihnen

und der Frau von der medizinischen Leitung? Jemand, der beim Schutz von ACHMO Suz' Interessen vertritt?«
Chris beugte sich vor. »Wissen Sie, in diesen Verfahren stehen Korman und ACHMO nicht unbedingt auf derselben Seite. Falls Korman sich Notizen gemacht hat, um sich zu schützen, braucht ACHMO diese Notizen sehr, sehr dringend. Falls Korman die Krankenversicherung einer Patientin gegenüber kritisiert hat, ist das ein Verstoß gegen die Vertragsbedingungen mit uns. Noch schlimmer wäre es für AstuteCare, wenn die Krankenversicherung Bettruhe zu Hause empfohlen hat, während Dr. Korman behauptet, er habe einen Krankenhausaufenthalt empfohlen, weil sie sonst das Kind verlieren werde ... Sie begreifen sicher, was das für die Kunstfehlerklage bedeuten könnte, und wie übel ACHMO dastehen würde. ACHMO muß wissen, was er denkt, was er getan hat.« Er schüttelte finster den Kopf.
»Noch was«, sagte Frances. »Chris hat mir erzählt, daß ACHMO daran dachte, Korman als Vertragsarzt unter Bewährung zu stellen, bloß weil er wegen eines Kunstfehlers verklagt worden ist.«
Marla brach in schallendes Gelächter aus. Während sich Frances eine weitere Zigarette anzündete, fragte ich mich, wie ACHMO darauf reagierte, daß der Kotzbrocken unter Mordverdacht stand.
Frances exhalierte und fuhr fort. »Und falls Korman zu Patricia McCracken etwas anderes gesagt hätte als zu ACHMO, dann behauptet ACHMO, ihn vor die Tür setzen zu können. Und glauben Sie mir, wenn Korman von der Liste der Vertragsärzte bei ACHMO gestrichen würde, hätte er gar nichts mehr, weil er denen die Praxis verkauft hat. Und die Person, die über Bewährung für ihn zu entscheiden hat, ist Suz Craig. Oder sollte ich sagen, war Suz Craig?« schloß sie schadenfroh.
»Warum sprechen Sie nicht mit der Polizei?« fragte ich mit einem Blick auf Chris. Er schüttelte traurig den Kopf. »Warum erzählen Sie es mir?«

Frances zog die buschigen schwarzen Augenbrauen zusammen und ignorierte meine Fragen, wie es typisch für sie war. Aber natürlich kannte ich die Antwort schon: Weil sie eine Story wollte. »Hören Sie«, wollte sie wissen, »hat Korman Ihnen oder Marla irgend etwas zum Aufbewahren gegeben? Zum Beispiel Akten, Päckchen oder Notizen über den Fall McCracken? Ohne etwas Konkretes kann ich ACHMO nicht in die Pfanne hauen.«

Wieder brach Marla in Gelächter aus. »Falls er mir Akten gibt, weiß er, daß ich sie in den Reißwolf stecke. Goldy würde sie möglicherweise auf dem Grill rösten.«

»Machst du Witze?« protestierte ich. »Ich würde sie im Gemüsehacker zerkleinern.«

Frances schüttelte den Kopf. »Okay, okay, einen Versuch war es wert. Aber denken Sie nach. Sie haben vermutlich die Geschichte über den Streit zwischen Suz und John Richard am Freitag abend im Club gehört. Nach dem, was ich Ihnen eben erzählt habe, ergäbe es doch einen Sinn, daß sie sich wegen Geld gestritten haben? Er sagt, er braucht seinen Bonus, sie sagt, daß er Glück hat, wenn er nicht ganz von ACHMO abgehalftert wird. Goldy, weiß Tom schon, worüber sie sich gestritten haben?«

»Ich möchte gern verheiratet bleiben, vielen Dank, Frances.« Mir reichte es. »Okay, Marla, ich muß wirklich nach Hause. Ich mache mir Sorgen um Arch.«

»Ich komme mit«, sagte sie herzlich und trank einen letzten Schluck Kaffee. Wir gaben Chris und Tina die Hand, bedankten uns bei ihnen für die Einladung zum Nachtisch und brachen auf.

»Hey! Stehenbleiben!« rief Frances, als sie hinter uns herrannte. »Ich muß wissen, weshalb Korman aus dem Gefängnis angerufen hat!«

Es gelang mir schließlich, Frances dazu zu bewegen, daß sie den Mercedestürgriff losließ, indem ich versprach, sie anzurufen, falls sich im Fall von John Richard etwas Weltbewegendes tue. Unter weltbewegend verstand ich alles, was der Pressesprecher des Büros des Sheriffs von Furman County ohnehin allen Zeitungen bekanntgeben würde, aber das stellte ich Frances gegenüber nicht klar.

Frances' schwarzer Mantel bauschte sich hinter ihr, und der Rauch ihrer Zigarette verzog sich, als sie ins Café zurückging, auf ein weiteres extrastarkes Cola. Ich würde sie anrufen, falls ich etwas wissen wollte. Aber beim nächsten Mal würde ich darauf achten, Arch nicht einmal zu erwähnen.

Zu Hause erklärte Macguire, er habe Schluckbeschwerden. Sein Fieber war leicht zurückgegangen, aber er wollte immer noch keinen Bissen essen. Ich bereitete für ihn weichen Erdbeerwackelpudding zu. Nach drei Löffeln teilte er mit, er müsse sich wieder schlafen legen. Na, großartig.

Ich überflog die Verträge für die Mahlzeiten bei der Puppenausstellung, die Gail Rodine und ich ausgearbeitet hatten. Babsiesammler waren offenbar angesichts der Möglichkeit, daß die winzigen Pumps aus Kunststoff Mayonnaiseflecken bekommen könnten, so paranoid wie wegen des Entfernens der Puppen aus der Originalverpackung. Deshalb hatten die Organisatoren der Babsieorgie trotz der Tatsache, daß sie bei der Ausstellung über zweihundert Menschen am Tag erwarteten, für Dienstag nur Karten für vierzig Lunchpakete verkauft. Dann war am Mittwoch ein Frühstück für den Planungsausschuß und die Hilfskräfte geplant – zwanzig Leute –, am Abend ein Abschlußbarbecue, für das die Veranstalter sechzig Karten verkauft hatten. Alle Mahlzeiten mußten auf den Picknicktischen im Patio des LakeCenters serviert werden. An der Hintertür sollte ein Wächter postiert werden, damit kein Klecks Barbecuesauce den Pferdeschwanz auch nur einer einzigen Puppe verschmierte. Am besten daran war, daß Gail Rodines Vorschuß für die erste

Rate von Archs Schulgebühren an der Elk Park, fällig im Herbst, reichen würde, eine Ausgabe, für die eigentlich John Richard zuständig war. Die Wahrscheinlichkeit, daß das eintrat, war jetzt so dünn wie Spaghettini.

Arch, Tom und ich nahmen ein vom Chinesen mitgebrachtes Essen zu uns, auf dessen Besorgung Tom bestanden hatte. Ich war gleichermaßen neugierig und besorgt, die Einzelheiten über den Nachmittag zu hören, den die beiden verbracht hatten. Wie hat dein Vater in einem orangefarbenen Anzug ausgesehen? Hat er Handschellen getragen? Und, was am wichtigsten war: Hat er gesagt, daß er es getan hat? Aber Arch murrte, er wolle nicht darüber sprechen. Mir machte Sorgen, daß er so gedämpft war.

Während wir uns um den Abwasch kümmerten, brachte ich Tom über alles aufs laufende, was ich von Frances und Chris Corey erfahren hatte. Er steckte den letzten Servierlöffel in die Spülmaschine, wusch sich die Hände und machte sich Notizen, von denen er sagte, er gebe sie an den Ermittler von der Staatsanwaltschaft weiter. Dann legte er den Notizblock beiseite und sagte mir, Arch habe auf der ganzen Heimfahrt kein Wort geäußert.

»Hast du John Richard auch gesehen?« fragte ich ihn.

Tom schüttelte den Kopf. »Miss Goldy, es ist besser, wenn du dich darauf vorbereitest. Es handelt sich um eine klassische Verlierersituation. Möglicherweise kommt John Richard morgen auf Kaution frei. Es ist eine wilde Vermutung, aber... Der diensthabende Countyrichter heißt Scott Taryton. Taryton hat öffentlich erklärt, daß er es satt hat, wie Frauen heutzutage verhätschelt werden. Was er mit Verhätscheln meint, sind Rechte.«

»O nein –«

Tom hob eine fleischige Handfläche. »Hör zu. Eine Richterin in Denver hat im letzten Sommer eine Mordverdächtige gegen eine Kaution von dreißigtausend Dollar auf freien Fuß gesetzt. Die Frau hatte ihren Mann erschossen, angeblich wegen Mißhandlung. Bei Taryton ist eine Sicherung durchgebrannt, als diese Richterin Kaution gewährt hat. Wir haben auf einen Vergeltungsschlag seinerseits gewartet. Einem Mann unter Mordverdacht Kaution zu gewähren – noch dazu, wenn der Anlaß ein häuslicher Streit war –, wäre ganz nach seinem Geschmack. John Richard könnte der Nutznießer sein.«

»Aber es gibt doch ein Gesetz, nach dem kein Mordverdächtiger freikommt?«

Tom sah finster drein. »Oh, sicher. Laut Gesetz muß in unserem Staat jeder Mordverdächtige festgehalten werden, ohne Kaution, bis zu einer Anhörung über die Beweislage. Aber nachdem im letzten Sommer jener Verdächtigen Kaution gewährt wurde, ist dieses Gesetz untergraben worden. So weit untergraben, daß Taryton genau das tun kann, was er will.«

»Gott helfe uns.«

»Taryton ist kein Frauenfreund«, schloß Tom grimmig.

Es war kein Wunder, daß ich wieder Schlafstörungen hatte. Die Schlaflosigkeit stellte sich ein, trotz einer fachmännischen Schultermassage durch Tom und eines spätabendlichen Anrufs von Marla – ob ich bei einer der Bewirtungen auf der Puppenausstellung ihre Hilfe bräuchte? Ich bedankte mich bei ihr und sagte, ich käme bestens zurecht; ich hätte die Arbeit nötig, um auf andere Gedanken zu kommen.

Ich schlief ein und träumte von Puppen, die Tabletts mit gegrillten Hamburgern trugen. Um zwei wachte ich mit hämmerndem Herzen auf. Bumm, bumm, bumm; so hatte John Richard mich früher geschlagen. Er schüttelte mich und schlug mir dann mit der Faust ins Gesicht. Ich versuchte, auszuweichen oder mich zu wehren. Zwecklos. Bumm. Ein Bein, das andere Bein, mein Rücken. Er hielt viel von Symmetrie.

Ich erschauerte und schlich aus dem Bett. Dann nahm ich eine Dusche zur Lockerung meiner verkrampften Muskeln. Ich trocknete mich ab und lauschte nach Geräuschen im Haus. Hatte ich dieses Mal jemanden geweckt? Offenbar nicht. Ich zog mich leise an – an Schlaf war jetzt nicht zu denken – und erinnerte mich plötzlich an Archs Rat: Du solltest eine Autofahrt machen. Das hast du immer mit mir gemacht, als ich klein war. Wenn ich nicht schlafen konnte …

Sollte ich das tun? Warum nicht? Ich fand die Schlüssel und meine Handtasche und ging auf Zehenspitzen auf die Hinterterrasse hinaus. Über mir trieben Wolkenfetzen über ein Sternenmeer. Die Luft war warm. Ein jähes Blöken begleitete das Rascheln von Laub. Eine Panikwelle ging über mich hinweg. Dann sah ich ein Dutzend Elche, die sich langsam unter den Kiefern bewegten. Es war tatsächlich ein Ausnahmejahr für die großen Tiere.

Ich setzte mich in den Lieferwagen und fragte mich, wie lange ich fahren mußte, bis ich so müde war, daß ich wieder schlafen konnte. Ich hatte kein Ziel. Aber schon als ich den Zündschlüssel umdrehte, wußte ich, wohin ich fahren würde.

Der Motor meines Lieferwagens klang auf der Main Street laut. Natürlich waren alle Läden dunkel, von Darlenes Antiques & Collectibles bis zum Doughnut Shop. Eine Brise durchlief die Espen am Straßenrand. Der Cottonwood Creek sprudelte und grollte, während ein Transparent, das für das Aspen Meadow Barbecue warb, wie eine vergessene Fahne flatterte. Die Reihen aus Motorrädern, die normalerweise an Sommerabenden in säuberlichen Winkeln vor dem Grizzly Bear Saloon parkten, waren verschwunden. Sie waren vor Stunden dröhnend in die Nacht eingetaucht, und Finsternis umgab den Saloon.

Der Lieferwagen tuckerte an dem Scheinwerfer vorbei, der dort angebracht war, wo sich der Wasserfall aus dem Aspen Meadow Lake ergoß. Die Kormorane hatten ihre Suche aufgegeben, und ich fragte mich flüchtig, wo die Vögel die Nacht verbrachten. Das Dach des LakeCenters blinkte, eine Kette von Weihnachtslichtern, von denen unser Freizeitausschuß behauptet hatte, sie verleihe dem Gebäude das ganze Jahr über ein festliches Aussehen. Der Ausschuß hatte recht gehabt.

Das kleine Einkaufszentrum, das einen unserer beiden Lebensmittelläden beherbergte, war ebenfalls finster, bis auf die Konditorei von Aspen Meadow, wo, wie ich mir sicher war, der stets fleißige Mickey Yuille für die Kunden am Montag morgen Zimtbrötchen buk. Vielleicht war Brandon dort und leistete ihm Gesellschaft.

An der Einfahrt zum Country Club stand ein dunkles Auto unter der Straßenlaterne. Auf der Tür stand MOUNTAIN SECURITY, aber niemand saß darin. Vielleicht hatte der Mann dem Schlaf nachgegeben und lag quer auf den Vordersitzen. Ich war versucht, herauszufinden, wie sauer er wurde, wenn ich ihn anhupte.

Ich bog in den Jacobean Drive ein und warf einen Blick auf die Uhr am Armaturenbrett. Elf Minuten von unserem Haus bis zu dem von Suz, ohne Verkehr. Die Straßenlampen warfen einen Neonschein auf den Asphalt und die gemähten Rasenflächen. Die Gärten waren in einem perfekten Zustand, bis auf den von Suz. Dort lagen unberührte Erdhaufen, und gelbe Polizeibänder waren straff um den Tatort und das Haus herum gespannt.

Obwohl seit dem Mord erst ein Tag vergangen war, konnte das Büro des Sheriffs es sich nicht leisten, Deputies vor dem Haus zu postieren. Ich fuhr langsam an dem Graben vorbei und schaute wieder auf die Uhr am Armaturenbrett. Zweiunddreißig Minuten nach zwei. John Richards Haus am Kells Way war in einer Richtung drei Blocks weit entfernt, dann zwei weitere um eine kurvenreiche Straße herum, die einen Kreis durch den Wohnbereich beschrieb, danach zwei weitere Blocks in Richtung Golfplatz. Sein Haus lag an der Straße, die bergab zum Golfplatz führte. Ich fragte mich, ob es auch mit Polizeibändern abgesperrt sei.

Als ich den Lieferwagen lautstark den Jacobean Drive entlang beschleunigte, sah ich, daß im Vorderzimmer der Tollifers ein

Vorhang zurückgezogen wurde. Ein gelbes Lichttrapez rahmte eine Gestalt ein, die herausschaute. Offenbar war ich heute nacht nicht der einzige schlaflose Mensch.
Knappe sechs Minuten später bog ich in den Kells Way ein. Hier hingen die Straßenlaternen in den Gipfeln der Kiefern. Das Licht, das auf den Asphalt fiel, wanderte und schwankte mit der Bewegung in den Bäumen. Sechs Minuten bis zum Straßenschild – aber wie lange bis zu John Richards Einfahrt? Ich ließ den Lieferwagen am Randstein entlang vor die Fassade des Mammuthauses im imitierten Tudorstil rollen, das John Richard ganz allein bewohnte. Es dauerte nur Sekunden. Ich schaltete den Motor aus und kurbelte das Fenster herunter. Fühlte ich mich müde? Nicht im geringsten. Soviel zu Archs Rezept gegen Schlaflosigkeit.
Der Wind wurde stärker. Auf einer nahen Terrasse kreisten und klingelten Windglöckchen. Das Geräusch durchdrang das Rauschen des Espenlaubs. Ich atmete die liebliche Sommerluft ein und fragte mich, ob John Richards Zelle ein Fenster hatte.
Okay, denk jetzt nach. Falls John Richard das Haus von Suz gegen ein Uhr morgens verlassen hatte, wie er behauptete, konnte er zehn nach eins wieder bei seinem Haus gewesen sein. Sagen wir mal, er war hineingegangen. Hatte noch ein paar Drinks gekippt. Beschlossen, zurückzufahren und den Streit zu Ende zu bringen. Das war eine mögliche Rekonstruktion der Ereignisse, aber keine wahrscheinliche, wenn man die Gewalttätigkeit bedachte, mit der er einen Streit zu Ende brachte, sobald er ihn vom Zaun gebrochen hatte.
Mein Nacken wurde steif, und ich versuchte, es mir bequem zu machen. Die Schmerzen in meinen Schultern hatten sich gelegt, waren jetzt milder. Ich griff nach einem Tischtuch, das ich in einer Plastiktüte hinter dem Beifahrersitz aufbewahrte. Ich schob die Kopfhörer und Kabel von Macguires Walkman beiseite und zog das Damasttuch heraus. Ich legte es um mich und

versuchte, mir eine andere Version der Ereignisse Freitag nacht vorzustellen.

Ganz gleich, wie wenig andere Leute Suz hatten leiden können, John Richard war der einzige, der mit ihr zusammengewesen war, sich im Club mit ihr gestritten hatte, möglicherweise über seine verheerenden Finanzprobleme. Sagen wir mal, er hatte sich bei ihr zu Hause mit Suz geprügelt, sie tot oder fast tot zurückgelassen und war dann gegen drei oder halb vier Uhr morgens zu seinem Haus zurückgefahren. Das, glaubte ich, sei viel wahrscheinlicher. Es paßte in sein Verhaltensmuster. Sobald er wütend war, dauerte es mehrere Stunden, bis er sich ausgetobt hatte. Was hatte Tom gesagt? Soweit sie es feststellen können, ist Suz Craig zwischen drei und fünf gestorben... Die Totenstarre hatte noch nicht eingesetzt, als die Sanitäter eintrafen. Falls John Richard Suz irgendwann nach drei Uhr morgens verlassen hatte, dann paßte alles ins Bild.

Die Brise verebbte; das Rascheln von Laub und Kiefernnadeln hörte auf. In der Ferne tuckerte ein Auto die kreisförmige Clubstraße entlang. Am Ende von Kells Way tauchte ein breiter Lichtkegel auf. Dann herrschte plötzlich Stille.

Sagen wir mal, John Richards Streit mit Suz hatte sich endlos hingezogen. Die Auseinandersetzung wurde gewalttätig, mit Töpfen und Pfannen als Waffen. Dann hatte Suz das übliche Bumm, Bumm, Bumm abbekommen. Weiterer Streit, vielleicht noch ein grauenhafter Schlag. Dann war er beleidigt gegangen, während sie verletzt war und schrie. Sie hatte ihm nachgerufen, er solle sie nicht in diesem Zustand allein lassen. Dann war sie auf der Suche nach Hilfe nach draußen gewankt, in den Graben gefallen und gestorben. Das alles hätte erklärt, warum die Totenstarre erst kurz nach sieben Uhr morgens eingesetzt hatte.

Ich hörte ein Geräusch auf der Straße, das nicht von einem Baum, einer Elchherde, einer Sprinkleranlage oder von Windglöckchen stammte. Mein Herz stand still. Jemand flüsterte laut und hartnäckig.

»Hey, Mann! Bist du immer noch nicht fertig?«
Meine Wirbelsäule verwandelte sich in Eis. Die Stimme war etwa fünfzehn Meter entfernt, kam von derselben Straßenseite, auf der ich im Lieferwagen saß. Wer auch immer das sein mochte, mußte hergekommen sein, nachdem ich mein Auto geparkt hatte, während der zehn Minuten, in denen ich tief in Gedanken dagesessen hatte.
Ich schaute in beide Richtungen, ohne mich zu rühren, konnte aber nichts ausmachen. Jugendliche, die sich nachts nach Hause schlichen? Autodiebe? Einbrecher? Falls zwei Typen vorhatten, ein Haus auszurauben, war mir das egal. Ich wollte nur nicht, daß auf ihrer Verbrechensliste der Überfall auf eine Partylieferantin auftauchte.
»Nein, Mann, ich bin nicht fertig!« lautete die dringlich geflüsterte Erwiderung. »Diese Leuchtfarbe tropft überallhin, verdammt! Außerdem ist sie mir fast ausgegangen! Gib mir also noch 'ne Dose und halt's Maul!«
Ächzen und Scheppern. »Ich hab' die guten Taten satt, Mann!« war die bittere Antwort. »Dieser Wachmann kommt zur vollen Stunde hier vorbei!«
»Ich hab' dir gesagt, du sollst die Klappe halten, sonst sorgen die Nachbarn dafür, daß er noch früher kommt!«
»Aber es ist fast drei!« insistierte sein Partner. »Er kann jede Sekunde hier sein! Wir müssen abhauen! Laß es einfach, wie es ist!«
Die Uhr an meinem Armaturenbrett zeigte 2.52 Uhr. Acht Minuten, bis der Wachmann auftauchte ... falls er kam. Ganz langsam, zentimeterweise, beugte ich mich vor, um durch die Windschutzscheibe zu schauen. Falls ich sie sah, konnte ich mir überlegen, wie ich ohne Zwischenfall abfuhr. Kells Way war eine Sackgasse. Falls diese beiden Typen – wer auch immer sie waren, welche Absichten sie auch haben mochten – vor mir waren, konnte ich den Motor anlassen, den Rückwärtsgang einlegen und zurückfahren. Falls sie auf dem Kells Way hinter mir waren,

konnte ich wenden und durch irgendeine Einfahrt fahren, um an ihnen vorbeizukommen.
Zu beiden Seiten der Straße beschienen Punktstrahler die Häuser, Zufahrten und Rasenflächen. John Richards Haus war mit Punktstrahlern oberhalb der Garage ausgestattet, die nicht ganz zur Erhellung des finsteren, weitläufigen zweistöckigen Gebäudes ausreichten. Auf der asphaltierten Zufahrt war nichts Ungewöhnliches zu sehen. Dann fielen mir mehrere Dosen auf, die wirkten, als wären sie auf einer Seite der Einfahrt weggeworfen worden. Weiter drüben, neben dem steinernen Torbogen, den eine breite, burgunderrote Markise überspannte, sah ich den Fuß einer Leiter. Wozu hatte John Richard eine Leiter aufgestellt? Er verabscheute Heimwerkerarbeiten.
Als ich mich langsam weiter auf dem Sitz nach vorn schob, strengte ich die Augen an, um mehr zu sehen. Eine Gestalt bewegte sich durch die Bäume. Dann machte ich jemanden auf der Leiter aus. Eine Autotür schlug zu, und die Bewegung unter den Bäumen brach plötzlich ab.
»Beeil dich, Mann! Was machst du denn, bist du high vom Schnüffeln?«
Das Flüstern kam von hoch oben auf der Leiter. Aus derselben Richtung wie das Zuschlagen der Autotür sprang ein Motor an. Jemand fuhr weg. Der Typ unter den Bäumen kletterte die Leitersprossen hoch, und ich hörte das unverkennbare Zischen einer Farbsprühdose.
Es waren die Country-Club-Vandalen.
Ein Vandale stand unten, auf der Leiter, der zweite ganz oben. Junge Männer, schlank und groß, dunkel gekleidet. In dem sich nähernden Scheinwerferlicht tauchte über den beiden ein tropfendes, schiefes Wort auf, leuchtendgelb.

MÖRDER

Ich erschauerte wieder. Schweiß strömte mir von der Stirn und den Handflächen. Die Vandalen, die im Clubbereich so viele Schäden angerichtet hatten, sprühten ihr Urteil an John Richards Haus. Oder vielleicht hatten sie etwas gesehen. Ich hatte das Handy vergessen und konnte die Cops nicht rufen. Deshalb mußten die Typen sich den Gesetzeshütern allein erklären. Ich wollte weg von hier.

Ich trat aufs Gas, drehte den Schlüssel um. Der Motor stotterte, sprang nicht an. Ich hatte zuviel Gas gegeben. Ich drehte wieder am Schlüssel, gab kein Gas. Dieses Mal heulte der Motor auf und ging wieder aus. Über John Richards Rasen kamen stampfende Schritte. Verdammt noch mal.

Ich kurbelte verzweifelt mein Fenster hoch. Aber ich konnte nicht rechtzeitig hinüberlangen, um das auf der Beifahrerseite zu schließen. Eine schlaksige Gestalt mit einer schwarzen Skimaske entriegelte die Tür, riß sie auf und stieg ein. Ich roch seinen Schweiß. Das sind Jugendliche, sagte ich mir. Keine Panik. Hinter der schwarzen Maske starrten die Augen des Vandalen mich drohend an. Er packte mich am rechten Oberarm.

»Steigen Sie aus«, zischte er wütend. »Und halten Sie das Maul.«

»Lassen Sie mich los«, sagte ich gelassen und ruckte weg von ihm. »Ich habe nur hier gesessen, weil ich eine Spazierfahrt gemacht habe – «

Seine Finger krallten sich in meinen Arm. »Halten Sie das Maul und steigen Sie aus.«

»Hören Sie auf, an mir herumzuzerren, dann tu ich's«, erwiderte ich mit einer ruhigen, nicht bedrohlich klingenden Stimme, von der ich hoffte, daß sie nicht verriet, wie wild mein Herz hämmerte. Zu meiner Verblüffung lockerte die Gestalt in Schwarz den Griff leicht. Ich nahm das Tischtuch ab und sprang linkisch auf die Straße.

»Behalt sie im Auge«, befahl der erste Vandale dem zweiten. In der Straßenbeleuchtung sah ich, daß Vandale eins mit einem Wagenheber herumfuchtelte. »Ich muß ihren Lieferwagen durchsuchen«, sagte der erste Typ. »Muß nachschauen, ob sie da drin eine Waffe oder eine Nachtsichtkamera hat.«

»Das ist lächerlich, natürlich habe ich beides nicht«, fuhr ich ihn an. »Ich bin bloß eine Partylieferantin.« Ich sah angestrengt die Straße entlang. Das vorüberfahrende Auto war verschwunden, ohne in den Kells Way einzubiegen. Wo war der Wachmann?

»Ach ja?« sagte Vandale zwei, mit Häme in der Stimme. Er schwenkte unfachmännisch den Wagenheber. »Bißchen früh, ein Frühstück zu servieren, meinen Sie nicht auch?«

»Hört zu, Jungs. Der Mann, der hier wohnt, der Typ, der festgenommen worden ist? Das ist mein Exmann.«

»Wirklich«, sagte Vandale eins. Er spuckte aus. »Was ist, der Typ sitzt ein, Sie haben von früher noch einen Schlüssel und wollen rein und ein paar Sachen mitgehen lassen, während er nicht da ist?«

»Nein. Ich bin nicht deshalb hier.«

Vandale eins feixte unheilverkündend. »Und warum sind Sie dann hier?«

Sag im Zweifelsfall die Wahrheit. »Ich konnte nicht schlafen. Ich habe eine Spazierfahrt gemacht.«

Die Augen des Vandalen Nummer zwei funkelten hinter der Maske. Er hielt den Wagenheber hoch. »Sie werden schlafen, wenn ich Ihnen einen Schlag auf den Kopf verpasse.«
Die Worte waren mir entschlüpft, ehe ich mich daran hindern konnte. »Hey, starker Mann! Ich hab' gedacht, Sie machen sich solche Sorgen, daß der Wachmann angefahren kommen könnte!« Diese Warnung trug mir einen unsanften Stoß gegen die Schulter ein. Ich trat zurück und sagte: »Warum sind *Sie* hier?«
Vandale zwei stach mit dem Finger Richtung Haus. »Können Sie nicht lesen? Wir wissen, daß er es war.«
In der Finsternis war es fast unmöglich, das häßliche gelbe Wort zu entziffern. »Ah. Mörder. Woher wissen Sie das?«
»Das möchten Sie wohl gerne wissen. Wir bekommen eine Menge zu sehen.«
Ich zuckte die Achseln. Aber falls diese beiden etwas über den Angriff auf Suz wußten... »Wie –«
»Moment mal«, rief Vandale eins. »Sie haben gesagt, Sie sind Partylieferantin? Ich hab' was über Sie gelesen.«
Ich sagte milde: »Und Sie sind...?« Als er nicht antwortete, fuhr ich fort. »Und weshalb sind Sie sich so sicher, daß mein Exmann sie umgebracht hat?«
»Glauben Sie, wir haben Zeit, Ihnen alles zu erzählen?« explodierte Vandale zwei. Zu seinem Komplizen sagte er dringlich: »Komm, hauen wir ab.«
»Ich bin mit einem Cop verheiratet«, erklärte ich hastig. »Falls er euch erwischt, hängt er euch ein solches Strafregister an, daß ihr für einen Ladendiebstahl lebenslänglich kriegt, wenn das hier vorbei ist. Alle beide«, fügte ich hinzu, wollte Zeit gewinnen. Wo in aller Welt steckte dieser Wachmann? »Aber wenn ihr mit mir darüber redet, warum ihr glaubt, daß mein Exmann schuldig ist –«
Der Typ mit dem Wagenheber wedelte damit vor meinem Gesicht herum. »Ich weiß, warum Sie hier sind. Schlaflosigkeit,

so'n Scheiß. Wetten, daß Sie sein Haus erben, wenn der Kerl dran glauben muß? Sie sind zu schüchtern, sich bei Tageslicht an Ihrer Beute zu weiden, aber Sie konnten bloß nicht schlafen, weil Sie sich Ihr neues Haus gründlich anschauen wollten.«

Ich war versucht zu fragen: Wieviel Farbe habt ihr eigentlich eingeatmet? Aber es kam nicht in Frage, daß ich diesen beiden irgend etwas erzählte. Daß Arch erben würde, falls es zum Schlimmsten kommen sollte. Nicht daß mein Sohn dieses Riesenhaus gewollt hätte. Nicht daß mein Sohn etwas anderes gewollt hätte, als daß seine Eltern am Leben waren, gesund und aus dem Gefängnis heraus. Aber ich mußte wissen, ob die beiden Freitag nacht etwas gesehen hatten. Und wo war der Wachmann? Warum schien keiner der Nachbarn zu hören, wie ich mich hier draußen mit Vandalen herumstritt?

Ich traf eine Entscheidung. Die Vandalen würden mir vermutlich nichts tun, trotz des Stoßes, den Vandale zwei meiner Schulter versetzt hatte. Diese beiden waren Feiglinge; deshalb beschmierten sie das Eigentum anderer bei Nacht. Sie waren trotzdem wütende junge Feiglinge, und ich mußte vorsichtig sein.

Ich ging zögernd einen Schritt auf den Lieferwagen zu. »Ich will nach Hause. Werden Sie mir sagen, warum Sie glauben, daß mein Exmann diese Frau ermordet hat? Oder wollen Sie, daß die Cops morgen hier ausschwärmen und Fingerabdrücke nehmen? Ehrlich gesagt«, fügte ich leichthin hinzu, »tun sie das vermutlich sowieso. Eine Mordermittlung ist ein ganz anderes Paar Stiefel als das Entfernen von Graffiti, Jungs.«

Vandale zwei hob spöttisch das Kinn. »Sie sterben vor Neugier, stimmt's?«

»Ja, stimmt.«

Vandale eins drängte sich heran. »Wir haben ihn gesehen«, sagte er, und sein Mund war meinem plötzlich so nahe, daß ich wider Willen zitterte. Sein Atem roch nach Kartoffelchips. »Dieser Korman ist in jener Nacht in einem weißen Jeep weggefahren.

Er bleibt zwei Minuten weg und kommt dann im Jeep zurück, bloß dieses Mal langsamer.«
»Um wieviel Uhr ist er weggefahren und zurückgekommen? Wo waren Sie, als Sie das alles gesehen haben?«
»Oh, Miststück – wofür halten Sie mich – für Rodney King mit einer Videokamera?«
»Rodney King hat keine Videofilme – «
»Halten Sie das Maul«, knurrte Vandale eins. »Der Doc fährt in seinem Jeep weg. Etwa zehn Minuten später kommt er zurück, aber mit ausgeschalteten Scheinwerfern.«
»Was soll das heißen, mit ausgeschalteten Scheinwerfern? Und waren es zwei Minuten oder zehn Minuten? Sind Sie sicher, daß es Korman war? War es ein weißer Jeep oder ein silberfarbener? Er hat Jeeps in beiden Farben.«
»Hören Sie, es war ein weißer Jeep. Und es hat sich so abgespielt. Er ist schnell weggefahren und langsam zurückgekommen, mit ausgeschalteten Scheinwerfern. Er hat an der Seitentür geklopft, und die, wie heißt sie gleich noch mal, hat ihn ein bißchen angeschrien. Dann hat sie ihn reingelassen.«
Vandale zwei zischte: »Laß die Schleimerei, Mann! Jemand kommt! Wir müssen abhauen!«
Der Wagenheber fiel scheppernd auf das Pflaster. Die Jungen rannten weg. Ich schaute Kells Way entlang in grelle Scheinwerferlichter. Das näherkommende Auto war nicht das des Wachmanns. Der Fahrer hielt an, machte einen Briefkasten auf und stopfte eine Zeitung hinein. Dieser Mann brachte keine Sicherheit; er brachte die Nachrichten. Er würde mir keine Hilfe sein. Die Zeitungsausfahrer, verschreckt wegen etlicher Überfälle in Denver, hätten jetzt nicht einmal mehr angehalten, wenn jemand in zwei Meter hohem Schnee verblutete. Aber ich brauchte von diesem Mann keine Hilfe.
Ich wirbelte herum und schaute in die wandernden Lichter in den Gärten. Die Vandalen waren verschwunden. Sie waren auf magische Weise über die Grundstücke geflohen. Von welchem

Punkt aus hatten sie in der Nacht, in der sie starb, das Haus von Suz Craig beobachtet? Die beiden Typen hatten nicht gesehen, wie ich Kells Way entlangfuhr. Vielleicht hatten sie in einem Block in der Nähe die Clubstraßenschilder besprüht, als ich parkte.

Das metallische Klappern von geöffneten und geschlossenen Briefkästen drang durch die Nachtluft. Der Wachmann ließ sich nicht blicken, und ich hörte kein Geräusch von einem Pritschenwagen oder einem anderen Fahrzeug, das wegfuhr. Wohin waren die Vandalen verschwunden? Ich hatte keine Ahnung.

Es war Zeit zum Aufbruch.

Als ich an dem Sicherheitswagen mit dem immer noch dösenden Wachmann vorbeifuhr und zu Hause ankam, zeigte die Uhr am Armaturenbrett Viertel vor vier. Die Zeit vergeht wie im Flug, wenn man gegen Schlaflosigkeit ankämpft. Ich zog fröstelnd den Schlafanzug über, schlüpfte ins Bett und legte die Arme um Toms warmen Körper. Sinnlos, ihn zu wecken. Morgen früh, zu einer vernünftigen Zeit, war es viel besser, ihm alles Vorgefallene zu erzählen.

Aber ich hatte ihn trotzdem geweckt. Er drehte sich um und murmelte: »Wo in aller Welt bist du gewesen, Miss G?« Ich brachte ihn sanft zum Schweigen und kuschelte mich näher heran. Aber er nahm meine kalten Hände in seine warmen. »Ich bin nach unten gegangen und habe dich gesucht... dann hab' ich gesehen, daß der Lieferwagen fort ist. Ehrlich gesagt, ich war ein Wrack.«

Ich schlang meine kalten Beine um seine warmen. »Ich konnte nicht schlafen, deshalb hab' ich eine Spazierfahrt gemacht. Ich wollte... die Fahrzeit von Suz Craigs Haus aus feststellen. Wie lange es von Suz' Haus bis zu dem von John Richard dauert, weißt du. Aber –« ich schloß ihn fest in die Arme » – dann bin ich auf zwei Vandalen gestoßen, die ich dabei gestört habe, wie sie John Richards Haus mit Farbe besprühten. Du wirst es nicht glauben, aber diese Typen haben das Wort ›Mörder‹ gesprüht. Also habe ich mit ihnen gesprochen –«

»*Was?*« Tom löste sich aus meiner Umarmung, schüttelte die Laken ab und schaltete die Nachttischlampe ein. Bald hatte er einen Frotteemantel übergezogen und zückte einen unserer zahllosen klecksenden Biocessfüller über seinem zuverlässigen Notizblock mit Spiralheftung. Er sagte: »Wie wär's mit einer kurzen Aussage, Mrs. Schulz?«

Ich seufzte, dann erzählte ich ihm alles über die Vandalen am Kells Way. Ich erwähnte auch den unsanften Stoß und ihren – nicht auf Videoband aufgezeichneten – Bericht darüber, wie sie gesehen hatten, daß John Richard in jener Nacht in seinem Jeep von Suz Craigs Haus weggefahren und dann sehr langsam zurückgekommen war, mit ausgeschalteten Scheinwerfern. »Sie haben geglaubt, ich sei heute nacht vor John Richards Haus gewesen, damit ich etwas aus dem Haus stehlen kann. Oder um mich daran zu weiden, daß ich es erbe.«

Tom klopfte gegen seinen Notizblock. »Du hast sie nicht wegfahren gehört? Aber du hast doch gesagt, sie hätten Angst vor dem Wachmann im Country Club gehabt. Der gar nicht aufgetaucht ist.«

»Vielleicht haben sie sich in ihrem Auto oder in ihrem Lieferwagen versteckt«, meinte ich.

Er sah finster drein. »Vielleicht. Wahrscheinlicher ist, daß es Teenager sind, die irgendwo in der Gegend wohnen. Vermutlich sind sie zu Fuß oder mit dem Fahrrad abgehauen, haben gedacht, sie können später zurückkommen und die Farbe und die Leiter holen.« Nachdem er einen Moment lang nachgedacht hatte, machte er das Licht aus und zog mich eng an sich heran.

Ich murmelte: »Es tut mir leid, daß ich dir Sorgen gemacht habe.«

Sein Atem streifte mein Ohr. »Bitte, laß weitere Streifzüge mitten in der Nacht durch die Gegend bleiben, okay? Wir könnten dir doch ein Rezept für Schlaftabletten besorgen. Das wäre sicherer.«

»Nein, danke.« Ich zögerte. »Tom. Es dauert fast zehn Minuten, zu John Richards Haus zurückzufahren. Diese Typen konnten mir nicht sagen, ob zwei oder zehn Minuten zwischen seinem Wegrasen und seiner Rückkehr vergangen sind. Und warum hätte er so bald zurückfahren sollen? So schnell erholt er sich nie von einem Wutanfall.«

»Ich hab' keine Ahnung. Ich schlafe jetzt weiter. Aber ich will ein Versprechen von dir. Genau gesagt, zwei Versprechen.«

»Nenn sie.«

»Miss G. Du scheinst entschlossen zu sein, die Nase in diesen Fall zu stecken. Vielleicht zweifelst du daran, daß Korman die Frau umgebracht hat. Vielleicht versuchst du, Arch zu helfen. Aber du schnüffelst herum. Widersprich nicht.« Als ich nickte, fuhr er fort: »Okay, versprich mir, daß du nicht in das Büro von ACHMO gehst. Daß du nicht in John Richards Praxis einbrichst und die Akten durchgehst. Daß du weder in Suz Craigs noch in John Richards Haus einbrichst. Wir – die offiziellen Gesetzeshüter – gehen in die Büros und verhören die Leute. Wir gehen die Akten durch, durchsuchen die Häuser und so weiter. Okay?«

»Was *darf* ich tun?«

»Was du immer machst. Sprich mit Leuten. Setz ihnen dein großartiges Essen vor. Und versuch, dich aus Gefahren herauszuhalten. Versprochen?«

Ich seufzte. »Du bist ein harter Verhandlungspartner, Cop.«

Er seufzte auch. »Sagen wir einfach, ich liebe meine Frau. Und ich möchte, daß sie am Leben bleibt.«

Am nächsten Morgen, Montag, schlief ich so tief, als Tom ging, daß er mir keinen Kaffee brachte. Ich hörte nicht einmal, wie Arch das Haus verließ, aber am Computer klebte eine Nachricht, die besagte, er komme zum Abendessen von seinem

Freund Todd zurück. Ich kramte in der Küche herum, kochte Espresso und toastete selbstgebackenes Brot. Ich rührte den Teig für die Brioches an, die ich für die Sandwiches in den Lunchpaketen für die Puppenaussteller verwenden wollte. Keine weiteren Lieferaufträge dräuten, deshalb überprüfte ich, daß ich die richtigen Rauchfleisch- und Käsesorten hatte, außerdem Mandeln, Zitronen und Himbeermarmelade ohne Körner. Ich wollte damit anfangen, mit eigenen Linzer Torten zu experimentieren. Ich las noch einmal die letzte Zeile von Archs Nachricht: Du hast versprochen, Dad zu helfen, Mom.
Richtig. Ihm helfen, ohne dem Büro von ACHMO einen Besuch abzustatten, ohne in das Haus von Suz oder das des Kotzbrockens einzubrechen, ohne mich in die Praxis zu schleichen und Akten durchzusehen. Wie wär's damit: Ich konnte John Richards Praxis einen Besuch abstatten, ohne in den Akten herumzustochern. Oder nicht?
Ich rief Tom an und bekam seinen Anrufbeantworter. Schon Spuren, die zu den Vandalen führten? wollte ich wissen. Oder zu sonst etwas? Ruf mich zurück. Als ich zu Ende gefrühstückt hatte – knuspriges, getoastetes Anadamabrot, dick bestrichen mit Butter und Apfelmus –, sah ich nach Macguire. Er schlief. Ich befühlte ihm die Stirn. Das Fieber schien weg zu sein.
Seine gelb gefleckten braunen Augen gingen weit auf, als ich meine Hand zurückzog, und er ächzte. »Was ist los?«
»Nicht viel. Ich wollte nur nach dir sehen. Hast du Lust, in einer Weile mit mir zu John Richards Praxis zu gehen? ReeAnn ist vermutlich dort.«
Es ist erstaunlich, was für ein Energiespender Verliebtheit sein kann. Mit viel Gestöhn erhob sich Macguire, duschte, rasierte sich und zog sich an. Als er in die Küche schlurfte, hingen sein weißes Baumwoll-T-Shirt und die dunklen Jeans so schlaff an seiner abgemagerten Gestalt, daß ich mich beim Betteln ertappte. Schließlich ist es mein Beruf, Leuten etwas zu essen zu geben.

»Bitte, Macguire. *Bitte,* iß was. Ich mach' dir Saft und Toast zurecht. Die Leute sind begeistert von meinem selbstgebackenen Brot, und – «

»Nein. Danke.« Er musterte die Küche entmutigt, schaute dann in mein besorgtes Gesicht und gab nach. »Okay. Ein kleines Glas Saft und ein Stück Brot. Aber nicht getoastet. Toast ist zu knusprig. Tut meinem Hals weh.«

Er schluckte weniger als einen Viertelbecher Saft und kaute das Drittel einer Scheibe selbstgebackenes Brot ohne Kruste. Wenigstens etwas.

Als wir eine Viertelstunde später in John Richards geräumige, ganz in Beige gehaltene Praxis kamen, war ReeAnn Collins in einer üblen Verfassung. Sie hielt das lange Telefonkabel vor den Marmortresen, rannte auf dem dicken Teppichboden hin und her, beschwerte sich in den Hörer und gestikulierte wütend mit der freien Hand. Ihre vollbusige Figur kam prächtig zur Geltung in einem eine Nummer zu kleinen weißen T-Shirt und hautengen schwarzen Radlerhosen. Ihr lockiger schwarzer Pferdeschwanz und die langen, toupierten Ponyfransen hüpften, wenn sie sich von Zeit zu Zeit bückte und auf Zeitschriften schlug, die sich über die beigegestrichenen Tische ergossen.

»Erst meldet sich Judy krank. Sie ist Krankenschwester, aber sie kann mir nicht sagen, was ihr fehlt. Also bin ich hier, muß alles machen, und dann ruft das Büro des Sheriffs an und sagt, ich soll nichts anrühren. Sie sind unterwegs.« Mit einem geistesabwesenden Nicken wies sie uns die Sessel im Wartebereich an. »Dann ruft ACHMO an«, sprach sie weiter ins Telefon, »und sagt, ich soll dem Büro des Sheriffs nichts geben.« Ich setzte mich und fragte mich wie üblich, wie hochschwangere Frauen es je schafften, aus diesen tiefen, weichen Sesseln aufzustehen, wenn es Zeit für ihren Termin wurde. ReeAnn tobte weiter. »ACHMO sagt, die Akten gehören ihnen, und wenn ich dem Büro des Sheriffs irgendwas gebe, sitz' ich in der Tinte. Und dann sagen die, sie sind unterwegs.« Ihr herzförmiges, außergewöhnlich hübsches Gesicht verzog sich zu einem Schmollen, als sie dem Rat vom anderen Ende der Leitung lauschte. Sie betrachtete ihre schwarz und lila lackierten Nägel und seufzte. »Okay. Bring dein Motorrad mit. Um zwölf.« Sie knallte den Hörer auf und musterte uns bitter. »Was wollen *Sie?*«

Macguire senkte das Kinn auf den Hals und brabbelte etwas Unverständliches. Armer Junge. Abgesehen von ReeAnns üppiger Figur und ihrem hübschen Gesicht konnte ich mir die Anziehungskraft nicht erklären. Vielleicht waren es die Nägel in Schwarz und Lila.

»ReeAnn«, versicherte ich ihr, »wir sind hier, um Ihnen zu helfen. Wissen Sie, ich habe gestern nach der Kirche mit jemand von ACHMO gesprochen, und nach dem, was Ms. Craig zugestoßen ist – «

Sie stach mit einem dunklen Fingernagel in Macguires Richtung. »Warst du das, der den Cops erzählt hat, daß ich Ms. Craig nicht gemocht habe? Die waren nämlich gestern bei mir zu Hause.«

»Äh, ich, nein –,« stammelte Macguire. »Ich muß wohl – «

Ehe er mit seinen schwachen Protesten fortfahren konnte, zeigte ReeAnn mit dem Fingernagel auf mich. »Hm. Und Sie, Mrs. Ex-Korman Nummer eins, wie genau wollen Sie mir helfen? Mein Boß sitzt hinter Gittern, und die Cops glauben, daß ich seine Freundin gehaßt habe. Was haben Sie vor, wollen Sie eine Aushilfsschwester einstellen, die hier einspringt? Wollen Sie die vielen schwangeren Frauen anrufen und ihnen andere Ärzte empfehlen? Mir Geld aus Ihrem Partyservice leihen, wenn ich diese Woche nicht bezahlt werde?«

»ReeAnn, Sie sind aufgeregt. Bitte, nennen Sie mich Mrs. Schulz. Oder Goldy.«

»Ich weiß es«, sagte sie gehässig. »Sie sind wegen Geld hier. Deshalb ruft Mrs. Ex-Korman Nummer zwei dauernd hier an.«

Ich erwiderte ruhig: »Ich interessiere mich nicht für Geld,

jedenfalls nur am Rande. Hören Sie, wissen Sie, warum die Leute von ACHMO heute hierherkommen?«

Sie seufzte dramatisch und schaute weg. »Das weiß ich nie. In einer Woche heißt es: ›Lassen Sie uns nachschauen, wie Sie Ultraschalluntersuchungen abrechnen.‹ Dann suchen sie sich zehn Akten von Frauen heraus, die mit Ultraschall untersucht worden sind. Wenn eine Patientin zufällig gesagt hat: ›Meine Güte, ich möchte mit Ultraschall untersucht werden, weil ich mir Sorgen um das Baby mache‹, und der Doc das in der Akte der Frau schriftlich festgehalten hat, kann sie die Kostenerstattung in den Wind schreiben.«

Ich sagte: »Hmm.« Chris Corey hatte erklärt, daß die Krankenversicherung in die Arztpraxen kam, um die Abrechnungen zu überprüfen, aber ich kannte den Grund immer noch nicht. »Warum spielt es eine Rolle, was die Patientin zu einer Ultraschalluntersuchung gesagt hat?«

»Weil«, äußerte sie ungeduldig, »wenn die Frau sicher sein will, daß ACHMO den Ultraschall bezahlt, es einen medizinischen Grund für die Untersuchung geben muß. Und der Arzt muß den Ultraschall vorschlagen, verstehen Sie? Selbst wenn der Wunsch von der Patientin ausgeht, müssen wir es so hindrehen, als ob der Arzt gemeint hätte, ihr Leben sei ohne Ultraschalluntersuchung in Gefahr. Sonst rückt ACHMO das Geld für den Ultraschall nicht heraus. Verstanden? Willkommen in der Welt der medizinischen Versorgung durch die Krankenkassen, Mrs. Ex-Korman Nummer eins.«

Das konnte heiter werden , wie ich merkte. Das Telefon klingelte. ReeAnn erledigte das Problem – eine Frau wollte einen Termin –, indem sie die Patientin an einen anderen Arzt verwies. Dann wandte sie sich wieder uns zu.

»Was also wollen Sie? Darüber reden, daß ACHMO kommt? Ich habe keine Zeit.«

Ich sagte unverblümt: »Glauben Sie, daß mein Exmann Ms. Craig umgebracht hat?«

Meine Frage schien sie zu überraschen. Sie schürzte die Lippen und riß die Augen weit auf. Macguire beobachtete sie mit schwärmerischer Ehrfurcht. Dann griff sie nach hinten und zwirbelte ihren Pferdeschwanz, während sie überlegte. »Er könnte es getan haben«, sagte sie unverbindlich.
Als sie nicht mehr sagte, hakte ich nach. »Was ist mit Patricia McCracken? Glauben Sie, daß sie gegenüber Suz Craig ausgerastet sein könnte?«
ReeAnn schnaubte. »Das ist genauso wahrscheinlich.« Das Telefon klingelte wieder. »Hören Sie, es tut mir leid, aber ich habe wirklich keine Zeit für einen Schwatz –« Ich winkte ihr, den Hörer abzunehmen. ReeAnn wimmelte diese Anruferin ab, indem sie ihr riet, in der Apotheke anzurufen.
»Wo ist die Akte von Patricia McCracken?« fragte ich, sobald die nicht zu einem Schwatz aufgelegte Sekretärin wieder reden konnte.
Sie lachte spöttisch. »Wollen Sie mich auf den Arm nehmen? Glauben Sie, ich zeige Ihnen die Akte einer Patientin?«
»Ich will nicht, daß Sie mir irgend etwas zeigen«, erwiderte ich geduldig. »Vielleicht sollten Sie versuchen, etwas zu finden. Das, wonach die Leute von ACHMO suchen werden. Es könnte ein Brief sein, eine Notiz, etwas über die Klage der McCrakkens. Falls John Richard irgend etwas über die Behandlung von Patricia McCracken aufgeschrieben hat und die Leute von ACHMO es mitnehmen, wird das mir und meinem Sohn schaden. John Richard könnte in dem Verfahren wegen des Kunstfehlers für schuldig befunden werden, und dann verlieren wir die finanzielle Unterstützung. Ehrlich gesagt, im Grunde habe ich mir gewünscht, daß Patricia die Klage gegen ACHMO gewinnt.«
ReeAnn schüttelte heftig den Kopf; der Pferdeschwanz wackelte. »Sie haben die finanzielle Unterstützung schon verloren«, sagte sie schneidend. »Er hat geglaubt, daß Sie mit Ihrem Partyservice so viel Geld verdienen, daß er nichts mehr bezahlen muß.

Und dann, als Bailey Products Biocess vom Markt genommen hat... Es war scheußlich. Und er arbeitet so hart«, jaulte sie. »Und was wird aus mir, wenn ihm der Prozeß gemacht wird, weil er sie umgebracht haben soll?«

Ich holte tief Luft. Ich hatte immer den Verdacht gehabt, ReeAnn und John Richard seien aus dem gleichen egoistischen Holz geschnitzt. Jetzt war ich mir dessen sicher. Aber hatte es in den wenigen Monaten, seit denen sie für ihn arbeitete, eine Romanze zwischen ReeAnn und dem Kotzbrocken gegeben? War es möglich, daß ReeAnn eifersüchtig auf Suz Craig gewesen war? So eifersüchtig, daß sie einen Mord beging?

»Mein Sohn«, sagte ich mit einem Lächeln, »ist äußerst durcheinander, weil sein Vater im Gefängnis sitzt. Deshalb habe ich ihm versprochen, herumzufragen, um herauszufinden, ob es etwas gibt, was ihn entlasten könnte, okay?«

»Äh, ReeAnn, weißt du noch?« warf Macguire schwach ein. »Weißt du noch, wie du erwähnt hast, daß du an einem Projekt für die Krankenversicherung gearbeitet hast? Eine Sache, die was mit Ms. Craig zu tun hatte? Weißt du noch, daß du sie eine Sklaventreiberin genannt hast? Vermutlich war die Polizei deshalb bei dir.«

»Diese Frau war ein Miststück erster Güte«, spuckte ReeAnn aus. »Und genau das habe ich zu den Cops gesagt. Ich habe sie eine Sklaventreiberin genannt. Und Sie kennen den Lieblingsspruch der Sklaventreiberin, nicht wahr?« Macguire und ich sahen sie erwartungsvoll an. Sie hob die Stimme und trällerte: »›Ich mache nichts selbst – ich delegiere.‹«

»O ja«, murmelte ich, erinnerte mich daran, daß Suz genau das zu mir gesagt hatte, als es um die Zubereitung der Speisen für ihr Arbeitsessen ging. »Ich glaub', das hab' ich gewußt. Aber als ich für sie gearbeitet habe, hat sie mir beim Abwasch geholfen, und das hätte sie durchaus delegieren können –«

»Billig!« schäumte ReeAnn. »Schließlich hab' ich zu ihr gesagt:

›Tragen Sie mir nichts mehr auf! Delegieren Sie woanders! Ich arbeite nicht für Sie!‹«

»Was genau sollten Sie für sie – «

Ein Klopfen an der Tür unterbrach mich, und gleich darauf kam Brandon Yuille herein. Heute trug er ein weites blaues Hemd aus Oxfordtuch ohne Krawatte, marineblaue Hosen und Deckschuhe.

»Juhu, wir sind da!« Brandons fröhliche Begrüßung klang eher wie *Wann ist das Weihnachtsessen fertig* als wie *Hier ist Eliot Ness, alle mit dem Rücken gegen die Wand.* »Hey, Goldy! Was machst du hier? Ich hab' gestern vergessen, dich zu fragen, ob du die Thaisauce probiert hast, die ich dir gegeben habe?« Sein ganzes Verhalten war viel munterer als gestern nach der Kirche. Chris Corey hinter ihm wirkte jedoch noch finsterer als am Vortag.

»Ah, nein«, erwiderte ich, »noch nicht.«

»Na gut, aber warum bist du hier?« fragte Brandon wieder, immer noch lächelnd.

»Ich suche nur nach etlichen, äh, Schulheften von Arch.«

»Im August? Sind denn keine Schulferien?«

»Sie sind schon lange verschwunden.«

ReeAnn klatschte einen Aktenstapel auf den Tresen und warf mir einen wissenden, entnervten Blick zu.

»So, Jungs, hier ist ein Haufen von D & Cs, die ihr durchsehen könnt. Hab' ich richtig vermutet?«

Das waren Muttermunderweiterungen und Kürettagen.

»Nö, wir brauchen Akten über Kaiserschnitte«, erklärte Brandon strahlend. »Die sind schon länger verschwunden als die Schulhefte.« Sein Lachen war ansteckend, und ich ertappte mich dabei, daß ich wider Willen lächelte. »Sollten wir dort drin anfangen?« Er deutete den Flur entlang Richtung Ablageraum.

»Das klingt einfach großartig.« Sarkasmus war nicht ReeAnns Stärke. »Als ob ich eine andere Wahl hätte, stimmt's? Ich muß hierbleiben und mich um das Telefon kümmern.«

»Hier ist die Liste der Akten, nach denen wir suchen«, sagte Chris sanft, als er seine Leibesfülle hinter den Tresen quetschte und ein Klemmbrett konsultierte. Er wartete einen Moment, bis Brandon außer Hörweite war. Ich schlich mich zum Tresen. »Haben Sie eine Kopie von Patricia McCrackens Akte gemacht?« fragte Chris ReeAnn dringlich.
»Ja«, gab sie flüsternd zurück. »Genau wie Sie es mir gesagt haben. Das Original ist da oben.« Sie zeigte auf ein Regalbrett. Das Telefon klingelte; sie packte den Hörer.
»Was?« protestierte sie. »Du bist damit an der Reihe, die Sandwiches zu besorgen! Glaubst du, ich kann mich heute auch noch darum kümmern? Vergiß es! Thunfischsandwiches!« Dann knallte sie den Hörer auf. Es klang nicht, als käme sie besonders gut mit der Person aus, wer das auch sein mochte.
Ich sagte: »Chris! Ich hab' gedacht, Sie wollen, daß ACHMO beim Versuch erwischt wird, die Akte mitzunehmen!«
Er räusperte sich und zurrte seinen überweiten Gürtel zurecht. »Wenn Brandon die Kopie an sich nimmt, auf der McCrackens Name steht, bevor die Polizei hier ist«, flüsterte er ungeduldig, »ist es trotzdem eine strafbare Handlung. Und wenn ReeAnn das Original aufbewahrt, kann ihm der Anwalt Ihres Mannes die Informationen entnehmen, die er braucht.«
»Er ist mein Exmann«, zischte ich wütend. »Und ich hab' gedacht, Sie hätten gesagt, daß eine Frau von der medizinischen Verwaltung heute hierherkommt. Was hat die Personalabteilung mit der Überprüfung von Abrechnungen zu tun? Macht Brandon so etwas je?«
Chris zuckte großspurig die Achseln. »Die haben Angst.« Und dann hielt er sich auf dem Gips in einem gefährlichen Gleichgewicht und schleppte sich hinter Brandon her.
»Nehmt ja nichts mit, Leute!« rief ich ihnen nach. »Mein Mann ist Cop, und ich zeige euch an!« Zu ReeAnn sagte ich leise: »Das Büro des Sheriffs ist unterwegs?«
»Angeblich.« Sie beäugte das Telefon auf dem Marmortresen,

als überlegte sie, bei welcher Freundin sie sich als nächstes beschweren sollte.

»Äh, ich glaub', wir gehen«, erklärte Macguire. Sein Gesicht war fahler, als ich es je gesehen hatte, seit er bei uns wohnte. Trotz seiner Worte schienen ihm jedoch die Energie und der Wille zu fehlen, sich vom Fleck zu rühren.

»ReeAnn«, flüsterte ich, während ich die alten Ausgaben des *Architectural Digest* aufsammelte, die sie im Verlauf ihres ersten manischen Telefongesprächs zu Boden gefegt hatte. »Können wir bitte kurz miteinander reden? Es geht um Arch.«

»Ich weiß nicht, wo seine Schulhefte sind.«

»Bitte.«

»Ich muß ans Telefon gehen.«

»Ich weiß, daß Sie eine Romanze mit meinem Exmann hatten«, improvisierte ich. Als ich das sagte, warf ReeAnn Macguire einen vernichtenden Blick zu. »Es ist okay«, fügte ich hinzu.

»Im Augenblick bin ich mit einem anderen Mann zusammen, nicht mit einem alten Sack. Und ich war die ganze Freitagnacht bei ihm. Mein neuer Freund kann für mich bürgen, und das habe ich den Cops auch gesagt.«

»Schön.« Ich versuchte, nachzudenken. »Sagen Sie mir nur – an was hat Suz Craig gearbeitet, das sie delegieren wollte? An Sie delegieren, meine ich? Es wirkt merkwürdig, daß sie von Ihnen verlangt hat, für sie zu arbeiten, obwohl sie bei ACHMO eine ganze Armee von Sekretärinnen zur Auswahl hatte.«

ReeAnn schnaubte wieder, ihr Markenzeichen. »Ich bin keine Sekretärin, ich bin eine Assistentin. Und die Sachen, die ich für die Sklaventreiberin erledigen mußte, waren Kleinkram. ›Reservieren Sie uns einen Tisch für das Abendessen.‹ ›Rufen Sie die Gärtnerei von Aspen Meadow an. Sagen Sie denen, sie sollen kommen und meine Treppe in Ordnung bringen.‹«

Als ihr das Weitersprechen zu widerstreben schien, hakte ich nach: »Das war alles?«

»Na ja. Nicht ganz.« Sie biß sich in die Innenseite ihrer Wange und vertraute mir dann an: »Wirklich unheimlich war, was sie an John Richard delegieren wollte, wie er mir erzählt hat, wenn Sie die Wahrheit wissen wollen.«

»Die Wahrheit wäre großartig.«

Sie beugte sich nahe an mich heran. »Sie wollte, daß er irgendwelche Sachen – Papiere oder so – an einem sicheren Ort aufbewahrt, irgendwo, wo die Leute von ACHMO sie nicht finden können.«

»Was für Sachen? Woher wissen Sie, daß es Papiere waren? Die Art von Papieren, die sie jetzt finden wollen?« Plötzlich erinnerte ich mich daran, daß John Richard am Telefon zu mir gesagt hatte: Suz hatte brisantes Material... Was für Material? Ich hatte geglaubt, es hätte etwas mit Ralph Shelton zu tun, aber war das falsch? »Sind Sie sicher, daß es Papiere waren?«

Sie zuckte gleichgültig die Achseln. »Wer weiß?« Das Telefon klingelte. ReeAnn meldete sich und verwies eine weitere Patientin an einen anderen Arzt. Zu meiner Überraschung tauchte plötzlich Brandon Yuille neben mir auf. Er ließ sein Filmstarlächeln aufblitzen.

»Goldy? Kann ich dich kurz sprechen?«

»Geht es wieder um Thaisauce?« sagte ich munter.

»Bitte. Draußen vor der Tür. Bloß ganz kurz, wenn es dir nichts ausmacht.«

Ich ging mit ihm hinaus. Ich würde ihm sagen, was er wissen wollte – vielleicht –, falls er auch ein paar Fragen beantwortete. Ich ließ meine Stimme freundlich klingen. »Brandon, ich habe mich gefragt... War es so schwer, für Suz Craig zu arbeiten, wie manche Leute behaupten?«

Sein Gesicht mit den schönen Zügen erblühte rosa. »Manche Leute haben sie für... schwierig gehalten.« Sein Ton wurde wachsam.

»Und über welche Leute reden wir?«

Er fegte meine Frage beiseite. »Goldy, ich muß dich etwas Wichtiges fragen, aber es ist... brisant.« Mann, alle liebten dieses Wort, als ob es um Sprengstoff ginge. »Du weißt, wie Leute manchmal während einer Scheidung Wertsachen voreinander verstecken? Zum Beispiel Geld?«

Ich lachte. »Natürlich weiß ich das. Wer läßt sich scheiden?«

Er wand sich. »Ich... darf es nicht sagen. Aber du weißt Bescheid über das Verstecken von Werten?«

»Sicher. Wenn jemand bei einer Scheidung Werte versteckt, schaltet die andere Partei einen gerichtlich beauftragten Buchhalter ein, wie ich das tun mußte, der die Bücher der Person prüft, die das Versteck anlegt. Manchmal findet man es, manchmal nicht. Zu meinem Glück habe ich es gefunden.«

Brandons Augen, normalerweise dunkelbraun, wurden fast schwarz. Seine Stimme wurde auf schmerzliche Weise ernst. »Ich versichere dir, Goldy, falls John Richard dir etwas zum Verstecken gegeben hat... müssen wir... muß ich das wissen.«

Ich hätte fast wieder gelacht. Ich stellte mir eine Liste intimer – besser gesagt brisanter – Fragen vor: Haben Sie eine kosmetische Operation machen lassen? Färben Sie sich das Haar? Wieviel wiegen Sie? Woraus werden konnte: Wieviel Geld verdienen Sie? Jetzt konnte ich offenbar dieser Liste zudringlicher Fragen hinzufügen: Hat Ihr gewalttätiger Exmann Ihnen etwas Belastendes zum Verstecken gegeben?

»Brandon«, sagte ich gleichermaßen ernst, »wenn mein Exmann mir einen Weißkopfadler gegeben hätte, den er geschossen und ausgestopft hat, würde ich es den Bonzen von ACHMO nicht erzählen.«

Brandon Yuille, mein Kumpel, wenn es um Essen ging, machte kehrt und ging weg. Ich hatte sofort ein schlechtes Gefühl. Ich mochte Brandon; ich wollte keine Entfremdung zwischen uns. In der Praxis sagte ReeAnn: »Was? Wer? Ja, sie ist hier. Goldy!«

Als ich in die Praxis zurückging, war Chris Corey nicht wieder aufgetaucht, und Macguire saß immer noch zusammengesackt im Sessel und sah katatonisch aus. Sobald Brandon feststellte, daß der Anruf nicht ihm galt, schob er sich auf dem Rückweg in den Aktenraum grob an ReeAnn vorbei.

»Mann!« rief ReeAnn und gestikulierte mit dem Hörer. »Was ist mit dem los? Wie auch immer, es ist für Sie.«

Ich seufzte und ging zum Tresen zurück. »Ja?« sagte ich zögernd in den Hörer.

»Miss G.« Toms warme, gelassene, beruhigende Stimme. »Ich hatte so ein Gefühl, daß du dort bist. Leider habe ich schlechte Nachrichten.«

»Fang an.«

»Ich hab' dich gewarnt. Der Richter hat's gemacht. John Richard hat die Kaution zugesprochen bekommen. In zwei Stunden ist er draußen, vermutlich gegen Mittag wieder in Aspen Meadow.«

»Nein.«

»Ja. Jetzt hör zu, du bist in diesem Fall eine Zeugin. Er ist ermahnt worden, nicht mit Zeugen zu sprechen, aber du weißt ja, wie sich dieser Typ an Anweisungen hält. Falls er am Haus auftaucht oder irgend etwas tut, um Kontakt mit dir aufzunehmen, ignorierst du ihn, verstanden? Ruf uns an. Wir wollen diesen Fall nicht ruinieren, bevor er überhaupt angefangen hat.«

»Okay.« Meine Stimme stand unter Novocain.

»Goldy? Ich will's nicht übertreiben, aber du bist in Gefahr. Du hast die Leiche gefunden. Du hast gesehen, wie er mit Blumen angefahren gekommen ist. Du bist die Hauptzeugin, was seine körperliche Gewalttätigkeit anlangt. Er ist mental in einer üblen Verfassung, und vielleicht will er dich ein für allemal beseitigen. Ist Macguire da? Ich hab' gedacht, wir wären uns einig gewesen, daß du nicht in Akten herumstocherst.«

»Ich bin bloß kurz hier in der Praxis. Und ich stochere nicht in Akten herum. Das machen die Leute von ACHMO. Ist dein Team unterwegs? ReeAnn hat gesagt, es sei so.«

»Sie müßten in fünf Minuten dort sein. Sorg dafür, daß du in zwei Stunden in deiner Küche bist, okay? Ich warne dich, Goldy.

Ich will nicht, daß dir etwas passiert. Okay, gib mir bitte diese Sekretärin, damit ich sie dazu bewegen kann, die Typen von ACHMO hinauszuwerfen, bevor unsere Leute kommen.«

Ich reichte ReeAnn den Hörer und sagte ihr dann, Macguire und ich müßten weg. Sie schüttelte den Pferdeschwanz, was besagen sollte: Machen Sie doch, was Sie wollen. Aber Macguire und ich fuhren nicht direkt nach Hause. Wir mußten noch jemanden warnen.

Als wir von der Praxis wegfuhren, wartete ich auf ein Trommelfeuer aus Fragen von Macguire. Normalerweise hatte der Teenager ein hohes Interesse an Kriminalfällen. Aber er musterte mich stumpf, als ich sagte, wir müßten noch einmal Station machen.

»Sie wollen nicht direkt nach Hause fahren?« fragte er. »Sie reden dauernd darüber, wie gefährlich der Kotzbrocken ist.«

»Ich habe Arch versprochen, ein paar Fragen zu stellen.«

Er zuckte die Achseln und schwieg. Als wir den See umrundeten, stiegen Staubwolken vom Parkplatz des LakeCenters auf. Die Organisatoren der Puppenausstellung waren eingetroffen. Ohne Begeisterung begriff ich, daß ich auch mit ihnen reden mußte, ehe ich nach Hause fuhr; das bedeutete also zwei Stationen. Ich bog in den Parkplatz des gepflegten, holzverschalten Lakeview-Einkaufszentrums ein, einer zweistöckigen Ansammlung aus Boutiquen und Büros, die vor kurzem dort errichtet worden war, wo früher ein knalliger Saloon gestanden hatte. Ehe der Saloon pleite ging, hatte er sich mit einer Leuchtreklame à la Las Vegas geschmückt, die einen Planwagen darstellte, scheinbar unterwegs von einer Gebäudeseite Richtung See. Aber betrunkene Möchtegerncowboys, die im Saloon lärmten, hatten häufig geglaubt, der Planwagen aus Neon werde sie überfahren. Zahlreiche Autoun-

fälle waren die Folge gewesen. Das Büro des Sheriffs hatte angeordnet, die Leuchtreklame auszuschalten, und das hatte das Aus für den Saloon bedeutet.
Ich parkte vor Sam's Soups, wo im verdunkelten Fenster ein Schild mit der Aufschrift *Zu vermieten* hing. In Aspen Meadow ist die Gastronomie immer ein heikles Geschäft, und Sam's' entweder klebrige oder dünne Suppen waren hier erfolglos geblieben. Neben Sam's hatte der Laden für Gesundheitskost durchgehalten, aber nur nach mehreren Umwandlungen. Noch vor ein paar Monaten hatte meine Freundin Elizabeth Miller dort alles angeboten, von Hirse in Zwanzigpfundsäcken bis zu Vierliterflaschen Sojamilch. Elizabeth hatte den Laden an die Krankenschwester Amy Bartholomew verkauft, früher beschäftigt bei der Krankenversicherung AstuteCare und jetzt Lieferantin homöopathischer Heilmittel.
Bloß war sie jetzt nicht im Geschäft. Amys Uhrschild aus Pappe wies darauf hin, sie öffne um elf. Es war noch nicht einmal zehn. Nicht nur das, sondern Amy hatte mitten in die Uhr gekritzelt: »An den meisten Tagen.« Großartig. Ich schaute über die Straße weg auf das LakeCenter.
»Was dagegen, wenn wir da drüben einen Besuch machen?« fragte ich Macguire und zeigte auf das LakeCenter. »Ich will bloß mal sehen, wie ich am Mittwoch servieren soll.«
»Ist egal.« Er bedachte mich mit einem erschöpften Lächeln. »Ich will noch nicht wieder ins Bett. Ich hab' das Gefühl, als ob ich mein ganzes Leben zwischen den Laken verbracht hätte.« Sein Gesicht war eingefallen. Armer Junge. Es war ein scheußliches Gefühl für mich, daß ReeAnn Collins ihn so oberflächlich behandelt hatte. Es ist schwierig, Grausamkeiten vom anderen Geschlecht wegzustecken, vor allem von jemandem, an dem einem etwas liegt. Mit neunzehn war ich, was Beziehungen anlangte, auch ein Spielball der Gefühle gewesen, ohne gegen Pfeiffersches Drüsenfieber und einen exzentrischen, ichbezogenen Vater ankämpfen zu müssen.

»Wir kommen hierher zurück, wenn die Inhaberin aufmacht«, versprach ich. »Willst du dich kurz ausruhen, bevor wir zu den Damen von der Babsieorgie gehen?«

»Ist egal«, wiederholte Macguire, offenbar zu müde, als daß ihm etwas anderes eingefallen wäre. Er starrte den See, eine funkelnde Wiese, durchbrochen von Paddel- und Segelbooten, finster an. Ich fragte mich, wie Tom auf die Idee kam, der arme, lustlose Macguire in meiner Begleitung könne mich vor dem Kotzbrokken beschützen. Er ist draußen. Ich erschauerte. Aber ich schüttelte das ab, genau wie ich immer versuchte, Gedanken zu verdrängen, bei denen der Kotzbrocken im Spiel war.

Bald saßen wir wieder im Lieferwagen, holperten über die Schlaglöcher auf der unbefestigten Straße, vorbei am Rand des städtischen Golfplatzes und auf den von Wildblumen umgebenen Parkplatz des LakeCenters. Nachdem ich geparkt hatte, gingen wir beide auf das große Holzgebäude zu, wo Männer und Frauen mit eingesiegelten Schildern, auf denen FACHBESUCHER stand, Schachteln mit Waren nach innen karrten.

»Gail?« sagte ich, als wir uns näherten.

Gail Rodine, im Gespräch mit einem Uniformierten, hob als Erkennungszeichen das Kinn. Genau gesagt, ich konnte von Gails Gesicht nicht viel mehr als das Kinn sehen. Sie hatte sich mit einem breitkrempigen Hut herausgeputzt, aus dem in alle Richtungen Federn sprossen und der, wie ich überlegte, ein gutes Dekorationsmittelstück für das jährliche Bankett der Audubon-Gesellschaft der Vogelfreunde abgegeben hätte. Ihr Midikleid glitzerte in Schwarz und Weiß. Woher hatte die Frau das Geld für ihr Hobby? Es war nicht billig, das LakeCenter zu mieten, und ich war keine billige Partylieferantin. Der hiesige Babsieclub mußte sich wohl eine Scheibe vom Gewinn des Verkaufs der Puppen abschneiden, und der Profit mußte beträchtlich sein.

»Ich bin gleich bei Ihnen«, erklärte sie und setzte ihr leises Gemurmel mit einem älteren Mann in einer grauen Wachmannuniform fort, die seinen Bauch wie eine Wurstpelle umspannte. Der Mann hatte einen fleckigen Teint, seine Nase war knallrot, und sein silbergraues Haar klebte in flachen, fettigen Wellen an seinem Kopf. Alle paar Sätze von Mrs. Rodine quittierte er mit einem Schluckauf. Er war nicht der Typ von Wachmann, der Vertrauen einflößte. Trotzdem hielt ich respektvoll Abstand von ihrem Gespräch. Trotz der Tatsache, daß Arch eine Nacht in ihrem Haus verbracht hatte, verkehrten Gail und ich nicht in denselben gesellschaftlichen Kreisen, was wir beide genau wußten. Reiche Leute reagieren sehr empfindlich auf Leute aus dem Dienstleistungsbereich, die aufdringlich sind. Macguire verharrte drei Meter hinter mir. Ich glaube, die Erinnerung daran, daß die Frauen ihn vor zwei Tagen bis an das Ende der Pier gejagt hatten, machte ihn weniger erpicht darauf, sich gesellig zu geben.

Gail Rodine winkte mich heran, während sie forsch zu dem Wachmann sagte: »Und das ist unsere Partylieferantin. Sie bringt morgen die Lunchpakete her und unser Frühstück am Mittwoch, kurz vor neun.« Sie sah mich mit einer hochgezogenen Augenbraue an, als wollte sie mich herausfordern, ihrem Terminplan zu widersprechen. Ehrlich gesagt, ich müßte am Mittwoch eher gegen acht Uhr morgens kommen. Aber bevor ich ein Wort äußern konnte, bemerkte Gail Macguire. Ihr Gesicht erstarrte vor Zorn.

Ich versuchte, beruhigend zu klingen. »Gail, wir sind heute nur hier, um zu überprüfen, daß die Backöfen funktionieren, und um herauszufinden, wo Sie das Büfett haben wollen. Außerdem muß ich übermorgen gegen acht oder Viertel nach acht herkommen. Wäre das okay?«

Sie hob das Kinn, und ich erhaschte einen Blick auf eine Hakennase und einen rostrot geschminkten Mund mit einem grausamen Zug. »Acht wäre bestens. Sie haben gesagt ›wir‹. Ist dieser ... Mensch ... Ihr Assistent? Falls ja, dürfen Sie hereinkommen, er aber nicht«, verkündete sie gebieterisch. »Dieser

Junge hat uns das Leben schon schwer genug gemacht. Und wir bereiten uns auf die morgendliche Teepause vor. Sie wird dort abgehalten, wo der Brunch stattfindet.«

»Okay«, gelang es mir, herauszuwürgen.

»Na gut.« Sie setzte sich ungeduldig in Bewegung. »Kommen Sie, schauen Sie sich an, worüber ich rede.«

Gail marschierte mir voraus. Normalerweise liebe ich meine Kunden. Sie engagieren mich mit Freuden. Sie genießen die Planung des Menüs. Sie schwärmen von dem Essen, das ich liebevoll zubereite. Normalerweise nimmt alles ein gutes Ende, mit weiteren Aufträgen in Aussicht. Aber manchmal kann man es wittern, wenn die Dinge einen schlimmen Verlauf nehmen. Gail war bei Archs Übernachtungsparty grausam zu den Kindern gewesen; sie hatte sich Macguire gegenüber bösartig verhalten, als er lediglich versucht hatte, ihr zu helfen. Ich hatte eben mit angesehen, wie sie den Wachmann zur Sau machte, und ich spürte, daß ich als nächste an der Reihe war, noch vor der Teepause. Ich versuchte, eine jähe Vision von Gail Rodine, wie sie in einem Meer aus Orange Pekoe trieb, mit den Babsiepuppen um den Hals herum, aus meinem Kopf zu verdrängen. Ich unterdrückte ein Ächzen. Hinter mir drehte sich Macguire um und schlurfte zum Lieferwagen zurück.

Ich folgte Gail vorbei an dem gelangweilt aussehenden, leicht stinkenden Wachmann – was für Geschichten für Trinkkumpane konnte er schließlich beim Aufpassen auf Puppen sammeln? – in die Küche. Der große und praktische Raum war so, wie ich ihn in Erinnerung hatte: zwei Herde an einer Wand, ein Spülbecken mit Blick auf den Parkplatz. Zwei längliche Tresen trennten den Ballsaal von der Küche. Diese Tresen dienten in den Wintermonaten, während der Eislaufsaison, als Imbißbüfetts, waren aber auch geeignet als Zubereitungsbereich für mich. Ich überprüfte, daß die Herde funktionierten, und warf einen kurzen Blick in den Ballsaal, wo die Händler lange Tische aufbockten und leere Regale für ihre Ausstellungsobjekte aufbauten.

»Morgen früh«, erklärte Gail großspurig über das Stimmengewirr der Händler hinweg, »will ich das ganze Essen draußen serviert haben. Nichts darf den ausgestellten Puppen nahekommen, wissen Sie noch? Sie können mit den beladenen Teewagen hier durchfahren.«

Sie huschte zur Küchenwand und öffnete dann geübt eine Tür in einem Gerüst, das aussah, als bestünde es aus massiven Holzstämmen. Die Tür – im Grunde ein Rechteck aus ausgesägten Stämmen, die sich der Wand anpaßten – führte auf den gefliesten Patio neben dem Gebäude. Gail ging hinaus. Sie deutete forsch auf den Grill für die Abschlußmahlzeit am Mittwoch, die Picknicktische auf der Terrasse mit Blick auf den See, wo das Abendessen stattfinden sollte, und auf die hohen Türen zwischen dem Ballsaal und der Terrasse.

»Keine Puppen außerhalb dieses Bereichs, wenn sie nicht verkauft sind«, sagte sie energisch. Ich lächelte, nickte und fragte mich, wie es Macguire gehe. Nachdem ich Gail versprochen hatte, am nächsten Tag mit den Lunchpaketen zurückzukommen, eilte ich zurück zu meinem Lieferwagen.

Macguire, das Kinn in der Luft und mit offenem Mund, war eingeschlafen, den Kopf gegen die Nackenstütze gelehnt. Es war ausgeschlossen, daß er es bequem gehabt hatte.

Als der Lieferwagen aus dem unbefestigten Parkplatz herauskurvte, wurde Macguire aus dem Schlaf geschreckt. Er blinzelte und murmelte dann: »Äh, jetzt will ich wirklich nach Hause.«

»Nur noch ein kurzer Halt. Ich habe dieser Krankenschwester versprochen, daß ich heute zu ihr komme. Außerdem will ich sie warnen, weil mein Exmann aus dem Gefängnis entlassen wird. Er hat sie in dem Telefongespräch vom Gefängnis aus erwähnt. Sie muß wissen, daß er möglicherweise auftaucht.«

»Dann gehe ich lieber mit Ihnen hinein«, sagte Macguire erschöpft. »Wenn Ihr Ex es schon hierhergeschafft hat, brauchen Sie Deckung.«

Wir holperten über die Schlaglöcher zurück, fuhren auf den Lakeview-Parkplatz und hielten neben einer Harley-Davidson vor dem Laden für Gesundheitskost. Eine indianische Kuhglocke an der Tür bimmelte, als wir eintraten. Innen rahmten gerüschte grüne Ginganvorhänge die Fenster. An den mit Kiefernholz getäfelten Wänden hingen Bilder von Maharishi Maresh Yogi und anderen Würdenträgern der vegetarischen Welt. Der deutliche Geruch nach exotischen Kräutern und Weihrauch, der die meisten Läden für Gesundheitskost durchdringt, hüllte uns ein.

Obwohl der Laden erst seit zehn Minuten geöffnet hatte, waren uns zwei Leute zuvorgekommen. Erstens Patricia McCracken, deren birnenförmiger Körper in einem weißen Tennisdress steckte, ein Kontrast zur exotischen Umgebung. Sie saß mit Amy Bartholomew an einem Tisch. Amy trug ein grün geblümtes, mit Fransen besetztes indianisches Kleid. Die zweite Person im Laden, ein kräftiger, in schwarzes Leder gekleideter Mann mit lockigem, schulterlangem Haar musterte zwei mit braunen Fläschchen bestückte Regalbretter. Jede Menge Silberringe in seinem linken Ohr funkelten in der Sonne, wenn er sich vorbeugte, um ein Etikett zu lesen.

»Ich glaube«, flüsterte Macguire, »selbst verkleidet könnte Korman nicht so aussehen.«

»Du hast recht«, erwiderte ich flüsternd.

Am Tisch führten Patricia und Amy ein vertrauliches Gespräch. Patricias Stimme brach vor Schmerz; Amys Stimme verströmte ihre flüssige Wärme. Als sie unsere Ankunft mit einem kurzen Nicken zur Kenntnis genommen hatte, wies Amy Patricia an, ein Fläschchen mit der linken Hand an ihr Herz zu halten. Mit der rechten Hand sollte Patricia Zeigefinger und Daumen als Okayzeichen zusammendrücken. Dann stellte Amy eine Frage und löste sanft die Finger von Patricias rechter Hand. »Sechs am Tag?« murmelte Amy und zog an den Fingern. Das Okayzeichen öffnete sich. »Acht am Tag?« Es öffnete sich wieder. Bei zwölf am Tag rührten sich Patricias Finger nicht mehr. Amy schrieb etwas auf einen gelben Block, und Patricia füllte einen Scheck aus. Das war eine ganz neue Methode für das Ausstellen eines Rezepts.

Als sie ging, bedachte mich Patricia mit einem entschuldigenden Blick. »Haben Sie noch Schmerzen vom Samstag?«

»Mir geht's bestens«, sagte ich zu ihr, nicht ganz wahrheitsgemäß. »Aber hören Sie. John Richard ist gegen Kaution auf freiem Fuß. Ich glaube nicht, daß er es auf Sie abgesehen hat, aber wenn er Frauen gegenüber jähzornig wird ... Na ja. Seien Sie vorsichtig.«

Patricias Gesicht verkrampfte sich, und sie fluchte mit angehaltenem Atem. Dann schüttelte sie den Kopf und ging von mir weg, ohne eine weitere Frage zu stellen.

Amy beäugte Macguire schon, als die Kuhglocke hinter Patricia bimmelte. Nach einem abschätzenden Blick aus zusammengekniffenen Augen trat sie neben Macguire. Der magere Teenager überragte sie.

»Dir geht es nicht gut«, murmelte sie.

»Ja, Lady. Echt.«

»Ich komme gleich zu dir.«

Macguire nickte ohne Interesse. Er blieb vor einem Gestell mit Zeitschriften stehen. Amy schlüpfte hinüber zu den Regalen und schien genau zu wissen, was der König der Ohrringe brauchte. Ich beobachtete, wie sie ihm eine große Zellophantüte reichte, gefüllt mit jeder Menge kleiner Zellophantüten, allesamt vollgestopft mit bunten Kapseln. Ich konnte mir Frances Markasians schrille Schlagzeile vorstellen: POLIZISTENFRAU BEI DROGENÜBERFALL IM GESUNDHEITSKOSTLADEN FESTGENOMMEN!

Der König der Ohrringe funkelte mich böse an. »Was gibt's da zu gaffen, Frau?« wollte er wissen.

»Entschuldigen Sie«, stammelte ich. Mein Mund war trocken geworden.

»Edgar, Sie müssen diese Wut umwandeln«, ermahnte Amy den Mann sanft. »Sie blockiert Sie.«
Edgar strahlte eine Feindseligkeit aus, der nichts von Umwandlung anzumerken war, klatschte etliche Dollarscheine für seine Zellophantüten auf den Tresen, murmelte, er wolle kein Wechselgeld, und ging scheppernd zur Tür hinaus. Einen Moment später brach das Aufheulen eines Motorrads das Schweigen. Amy schüttelte den Rotschopf.
»Krebs«, sagte sie traurig. Ich wußte nicht, ob sie die Krankheit oder das Sternzeichen meinte, und wollte nicht danach fragen. Sie sah mich an und fragte: »Wie geht's Ihrer Schulter?«
»Einigermaßen.«
»Lassen Sie mich erst Ihren Freund behandeln und dann Sie. Wie wär's damit?«
»Na ja ...« Wie sollte ich das ausdrücken? Mein Exmann hat aus dem Gefängnis angerufen. Er hat Sie im Verdacht, seine Freundin umgebracht zu haben. Jetzt ist er auf freiem Fuß und möglicherweise auf der Suche nach Ihnen, Amy. Packen Sie lieber ihre Luzernesprossen ein und laufen weg. »Ich muß ungestört mit Ihnen reden.«
»Kein Problem«, erwiderte Amy munter und drehte forsch die Pappuhr an der Tür um, so daß sie GESCHLOSSEN zeigte. Amy winkte Macguire heran. Er schlurfte hinter uns her, als sie ins Ladenhintere vorausging, wo Tischchen zwischen zwei Kühlvitrinen eingeklemmt waren, die Plastikflaschen mit Chlorophyll und anderen Substanzen enthielten, von denen ich nicht kosten wollte. Neben den Fläschchen lagen Plastiktüten mit schwarzen und roten Bohnenkernen, ein paar schlapp aussehende Karotten und eine kleine Auswahl abgepackter Körner. Macguire sackte auf einen Stuhl, und ich setzte mich neben ihn. Amy nahm eine seiner Hände in die ihren; er zog sie sofort zurück. Ich hatte dasselbe unbehagliche Gefühl wie im Bad der McCrackens – daß Amy mir weit voraus war und ich nicht genau wußte, ob ich sie einholen wollte.

»Vielleicht sollten Sie einfach nur mich behandeln«, sagte ich zu ihr. »Ich bin im Grunde nicht berechtigt«

Aber Amy hatte sich in Macguires Augen vertieft. Er wandte sein Gesicht von ihr ab und rieb sich die Schläfen. Sie sagte: »Was meinen die Ärzte?«

»Die ... Oh«, ich stockte, »na ja, Macguire hat das Pfeiffersche Drüsenfieber und er ... mir macht Sorgen, daß er keinen Appetit hat. Der Arzt hat gesagt, es sollte ihm bessergehen, aber ... Jedenfalls wohnt er bei mir, bis sein Vater Ende des Monats nach Hause kommt, und ich bin mir nicht sicher, ob sein Vater damit einverstanden wäre ...« Ich plapperte vor mich hin. Warum brachte diese Frau mich immer zum Plappern?

»Macguire?« fragte Amy mit ihrer gütigen Stimme, die geschmolzener Milchschokolade glich. »Willst du geheilt werden?«

Macguire legte skeptisch den Kopf schief, warf Amy einen schnellen Blick zu und sah dann zu Boden. »Glaub' schon.«

»Okay. Entspann dich.« Sie brachte ihn dazu, die Uhr abzulegen. Dann faßte er sich erst mit der einen, dann mit der anderen Hand an den Kopf.

»Was machen Sie da?« brach es aus mir heraus.

Sie erwiderte, ohne mich anzuschauen: »Ich erforsche seine Aura.«

Oh, das! dachte ich. Natürlich. Marla und ich mußten das unbedingt in unseren Erste-Hilfe-Kurs aufnehmen.

Amy zückte eine kleine Taschenlampe, dann entfaltete sie eine Art Diagramm und strich es glatt. »Schau mich an.« Macguire tat es, und in den nächsten fünf Minuten leuchtete ihm Amy mit der Taschenlampe in die Augen und konsultierte ihr Diagramm. Als sie sich ein paar Notizen gemacht hatte, stand sie auf und sammelte flott Mittel ein. Ein Fläschchen Chlorophyll. Fünf braune Röhrchen mit Tabletten. Zellophantüten, denjenigen ähnlich, die der König der Ohrringe gekauft hatte. Dann fing sie mit der Übung an, die sie bei Patricia durchgezogen hatte:

Macguire hielt sich die Arzneien an das Herz, Amy stellte Fragen und überprüfte die Reaktion, indem sie seine zum Okayzeichen zusammengepreßten Finger voneinander löste. Ich behielt die Tür im Auge, für den unwahrscheinlichen Fall, daß der Kotzbrocken auftauchte.
Schließlich schien Amy mit drei Tablettenröhrchen, zwei Zellophantüten und dem Chlorophyll zufrieden zu sein. Sie fragte Macguire, ob es ihm recht sei, wenn sie eine Zweitagekur für ihn zusammenstelle. Wie üblich bejahte er das dumpf.
»Sie sollten sich das lieber auch anschauen«, sagte sie zu mir und zeigte uns dann das Blatt Papier. Er sollte zweimal am Tag zehn Kapseln einnehmen, dazu einen in einem Glas Wasser aufgelösten Teelöffel Chlorophyll. Lecker!
Ich zeigte auf die Kapseln. »Was ist da drin?«
»Haifischknorpel«, erwiderte sie, »Zypressenrinde, Essigrose, Hagebutte –«
Eine Vision der Hexen in *Macbeth* erschien mir. »In Ordnung«, unterbrach ich sie, bevor wir zu Fischaugen kommen konnten.
»Sind Sie bereit, sich von mir anschauen zu lassen?« fragte sie.
»Sicher«, sagte ich begeistert. Was hatte ich schon zu verlieren?
Während Macguire pflichtschuldig mit einem Glas Quellwasser, in das Chlorophyll eingerührt war, seine Kapseln schluckte, wurde ich derselben Taschenlampenprozedur wie er unterzogen. Wieder konsultierte Amy ihr Diagramm.
»Hmm«, sagte sie. Dann musterten die schönen braunen Augen und das Gesicht mit den verblaßten Sommersprossen mich traurig. Sie biß sich auf die Innenseite der Unterlippe und stellte dann die Diagnose: »Sie sind deprimiert.«
Großartig, dachte ich, haben Sie Kräuter dagegen? Baumrinde als Tranquilizer? Statt dessen sagte ich: »Es ist die Stunde der Wahrheit, Amy. Ich muß unbedingt mit Ihnen über etwas reden.«

»Über Ihren Exmann. Dr. Korman.«

»Woher haben Sie das gewußt?«

Sie lächelte. »Ich betreibe zwar einen Laden für Gesundheitskost, aber das heißt nicht, daß ich in einer anderen Galaxie lebe. Suz Craig und ich sind nicht miteinander ausgekommen. Als ich Sie im Haus der McCrackens versorgt habe, haben Sie gesagt, Sie wissen das. Was, glauben Sie, daß Dr. Korman vorhat, mir etwas anzutun? Ich war ein Opfer von Suz' Bösartigkeit, werde ich jetzt deshalb verdächtigt, sie ermordet zu haben? Will Dr. Korman behaupten, ich hätte sie umgebracht?«

Ohne Vorwarnung fühlte ich mich unendlich niedergeschlagen. Vielleicht lag es an Amys Meinung, ich sei deprimiert, vielleicht an meinem Eingeständnis der Wahrheit. Eine Frau war tot. Falls mein Exmann sie umgebracht hatte, würde er dafür bezahlen. Aber ebenfalls mein Teenagersohn, der lange mit emotionalem Schmerz dafür bezahlen würde. Falls John Richard Suz nicht umgebracht hatte, dann blieb es dem Ermittler der Staatsanwaltschaft überlassen, herauszufinden, wer es getan hatte. Donny Saunders. Saunders, der mir bei unserer letzten Begegnung mitgeteilt hatte, Radicchio sei der Name eines Mafiosos. Kein Wunder, daß meine Lebensgeister sanken.

»Ich hole Ihnen Kräuter gegen diese Depression«, sagte Amy entschieden. Sie trat an den Regalbereich, aus dem sie das Fläschchen für Patricia McCracken genommen hatte. Hmm.

Und dann wurde ich ebenfalls dem Routineverfahren unterzogen, mußte die Kräuter ans Herz halten und mir die Finger lösen lassen. Nach fünf Minuten schluckte ich auch Mammutkapseln, von deren Bestandteilen ich nur drei erkannte: Bambussaft, Ingwertriebe und Lakritzwurzeln. Das klang nicht nach einer Mischung, die ich zum Plätzchenbacken verwendet hätte.

»Patricia McCracken ist also auch deprimiert?« fragte ich Amy. »Weil sie ihr Kind verloren hat?«

Amy zog die Augenbrauen hoch. »Wären Sie das nicht?«

»So deprimiert, daß sie richtig wütend auf Suz Craig geworden wäre?«
»Wer weiß? Suz hat einer Menge Menschen Kummer gemacht.«
»Ihnen auch.« Als sie nickte, schluckte ich und sagte dann: »Warum hat Suz Sie hinausgeworfen?«
Amy lächelte friedlich. »Hat Suz das behauptet, daß sie mich hinausgeworfen hat? Nein. Das hat sie immer behauptet, wenn Leute nicht mit ihr ausgekommen sind ... daß sie sie hinausgeworfen hat, als wären sie die Inkompetenten.« Sie schüttelte sanft den Kopf. »Ich habe bei ACHMO gekündigt. Meine Abfindung aus der Betriebsrente hat mir dabei geholfen, diesen Laden zu kaufen.«
»Warum haben Sie gekündigt?«
»Warum haben Sie sich von Dr. Korman scheiden lassen?«
»Weil er mich mißhandelt hat.«
»Aha! Derselbe Fall. Bloß hat Suz Craig Menschen nicht körperlich mißhandelt. Sie hat sie mental zusammengeschlagen.« Amy sagte das, als ob es eine Krankheit wäre.
»Soll heißen ...?«
Sie runzelte die Stirn und dachte über meine Frage nach. Sie schwieg eine Weile. Dann antwortete sie: »AstuteCare ist seit acht Jahren in Colorado. Ich war von Anfang an dabei, bin in die medizinische Verwaltung aufgestiegen. Es gab eine Gruppe von Abteilungsleitern, darunter Brandon Yuille und Chris Corey, die ebenfalls in Aspen Meadow wohnten. Wir haben als Team gearbeitet. Suz ist vor zwei Jahren zu ACHMO gekommen. Und dann brach die Hölle los.«
Die Hölle. Interessant. »Warum? Was hat sie verändert?«
»Wir hatten jede Woche eine Konferenz, um Probleme zu besprechen. Was nötig für die Neuausgabe unseres Handbuchs für Vertragsärzte war, solche Dinge. Suz hat geschrien und gebrüllt. ›Was ist in euch gefahren?‹ war ihr Lieblingssatz. Und dann ist sie gehässig auf jeden Menschen im Raum losgegangen,

wegen Dummheit, Faulheit, Inkompetenz. Oder, im Fall von Chris, weil er dick war. ›Wie soll ein Fettkloß ein Vorbild für Gesundheit sein?‹ hat Suz ihn angeschrien. Sie können sich ein Bild machen. Brandon Yuilles Vater, der eben seine Frau verloren hatte, war dabei, die Konditorei umzubauen und neu zu eröffnen. Suz war ständig hinter Brandon her, weil er an den Wochenenden dort war, statt für sie Überstunden zu machen. Sie hat behauptet, Brandon käme zu müde zur Arbeit, als daß er sich nützlich machen könne, weil er die ganze Nacht lang den Babysitter für seinen Vater spiele. Immer wieder. Es ging sie nichts an, daß Brandons Vater Witwer war und allein und dringend seine Gesellschaft brauchte. Aber sie hat sich eingemischt. Sie hat ihm das Leben vermiest.«

Aha, wieder die Hölle. »War da niemand, bei dem Sie sich beschweren konnten?«

Sie zuckte die Achseln. »Es ist dazu gekommen. Eine Gruppe hat versucht, sich über Suz hinwegzusetzen.«

»Und haben sie das getan? Und wem gegenüber?«

»Sie haben darüber gesprochen. Aber mir hat es gereicht. Ihre Grausamkeit war unerträglich. Ich habe das nicht mehr ausgehalten. Der letzte – nein, Moment, der vorletzte – Tropfen, der das Faß zum Überlaufen gebracht hat, kam vor fünf Monaten, als ich Verhandlungen geführt habe, um diesen Laden zu kaufen. Für mich war der Laden ein langfristiges Projekt für meine Pensionierung. Ursprünglich hatte ich geplant, ihn nur an den Wochenenden zu öffnen, mir im Verlauf von etwa zehn bis fünfzehn Jahren einen Kundenstamm aufzubauen, bis zu meiner Pensionierung bei ACHMO. Aber Suz hat nie gewollt, daß jemand Herr über das eigene Schicksal ist. Sie wollte die Herrin über das Schicksal anderer sein.«

»Sie hat gewußt, daß Sie diesen Laden eröffnen wollten?«

Amy lächelte traurig. »Suz hat es sich zur Aufgabe gemacht, persönliche Einzelheiten über die Leute herauszubekommen, die für sie arbeiten.« Sie schüttelte den Kopf. »Wie auch immer. Ein

Arzt bei ACHMO war spielsüchtig. Suz hat mich gebeten – im Vertrauen, wohlgemerkt –, dem Mann in die Casinos in Central City zu folgen, herauszufinden, was er da treibt, und zu versuchen, mit ihm zu reden. Herauszufinden, ob er bereit ist, sich einer Selbsthilfegruppe anzuschließen, eine Therapie zu machen oder sonst etwas. Wenn ich das täte, hat sie gesagt, verspreche sie mir, für einen meiner Darlehensanträge zu bürgen. Ich hatte dabei kein gutes Gefühl« – sie zuckte die Achseln –, »aber wenn ein Vertragsarzt süchtig ist, wirkt sich das negativ auf seine Behandlungsmethoden aus. Ich habe geglaubt, ich sollte dabei helfen, das herauszufinden. Also war ich damit einverstanden, ihm nachzufahren.«

»Sie spielen also nicht?«

Sie lachte leise. »Nein. Ich bin diesem Vertragsarzt nachgefahren und habe ihn dabei ertappt, wie er an einarmigen Banditen spielt. Ich habe ihn zwei Stunden lang beobachtet, dann habe ich ihn zur Rede gestellt. Er hat mich dazu überredet, eine Weile mit dem einarmigen Banditen herumzuspielen, damit ich merke, wieviel Spaß das macht. Ich habe achtzehn Dollar in Vierteldollarmünzen in zwei einarmige Banditen geworfen und nicht mehr als einen Dollar zurückgekriegt. Dann habe ich diesen Mann – einen Kinderarzt, wenn Sie das fassen können – dazu überredet, einen Kaffee mit mir zu trinken und mit mir zu sprechen. Beim Kaffee hat er gesagt, er denke nicht daran, mit dem Spielen aufzuhören. Ich vergeudete nur meine Zeit. Suz ist diesen Arzt losgeworden, und jetzt ist er in Utah und führt Bergsteigerexpeditionen. Eine andere Form des Spielens, nehme ich an. Dann hat Suz verbreitet, ich sei spielsüchtig. Damals sind Angebote für diesen Laden gemacht worden, und ich habe fieberhaft an Kreditanträgen gearbeitet. Weil es mir nicht gelungen war, den Kinderarzt von seiner Sucht zu kurieren, hat Suz sich geweigert, für mich zu bürgen, und ich habe keinen Kredit bekommen. Als ich sie zur Rede gestellt habe, weil sie versucht hat, meine ganzen Pläne für die

Zukunft zu zerstören – mich zu zerstören –, hat sie behauptet, ich sei paranoid.«

»Und deshalb haben Sie gekündigt.«

Amy sah einen Moment lang weg. Dann sagte sie: »Na ja, nicht sofort. Sie wissen, wie das mit Institutionen ist, mit denen Sie verbandelt sind. Die Institution der Ehe, die Institution der Arbeit, die Institution der Kirche. Anfangs lieben Sie Ihre Arbeit, und alle sind nett. Dann wird die Arbeit vielleicht langweilig, aber Sie mögen die Leute so gern, daß Sie nicht gehen wollen. Dann gehen etliche der guten Leute, und Sie denken, na ja, es ist nicht so gut wie früher, aber es ist besser, als sich nach etwas Neuem umzuschauen.«

Ich schaute hinüber zu Macguire, der in einer Zeitschrift über Nudistenkolonien blätterte.

»Ziemlich bald«, fuhr Amy fort, »gibt es in der Institution nur noch eine Handvoll Leute, die Sie mögen, oder nur noch eine Handvoll von Dingen. In unserem Fall bei ACHMO haben wir Suz Craig bekommen, eine stellvertretende Direktorin, die wir nicht mochten. Sie kam und hat uns allen das Leben vermiest. Und obwohl es unsere Kameradschaft gestärkt hat, hinter ihrem Rücken über sie zu reden, war das nur ein magerer Trost.«

»Ich verstehe immer noch nicht, warum sich niemand beschwert hat.«

Sie seufzte. »Es ist darüber gesprochen worden, aber Sie wissen schon, wer hängt der Katze die Schelle an? Die Personalabteilung? Brandon Yuille hat so viel Angst, seine Stelle zu verlieren, daß er sich nicht einmal an unserem Klatsch beteiligen wollte. Der arme Junge, er mußte genug verkraften, als seine Mutter starb.«

»War sie bei ACHMO versichert?«

»Weiß ich nicht«, erwiderte Amy. »Brandon redet sich den Mund über Essen fußlig und hat uns immer Leckereien mitgebracht, aber über sein Privatleben war er äußerst verschwiegen.«

»Was ist mit Chris Corey? Hat er Suz Craig auch gehaßt?«

»Wir haben sie alle gehaßt, Goldy. Sie hat Chris gequält, wegen seines Übergewichts und weil er seine Termine nicht eingehalten hat. Sie hat immer gesagt, das hier sei kein Wartezimmer, wo er seine Termine um eine Stunde überziehen könne. Und so weiter und so fort. Sie war grausam, gehässig und manipulativ. Außerdem ruinierte sie die Krankenversicherung mit den Methoden, mit denen sie mit Fällen wie dem von Patricia umging. Sie wollte, daß wir schmutzige Geschichten herausfinden über Leute, die klagen, ohne zu begreifen, daß das ein Schuß ist, der nach hinten losgehen kann. Eine Krankenversicherung kann schlechte Publicity nicht überleben. Dann treten die Leute einfach nicht mehr ein.«

»Wenn Sie also nicht gegangen sind, als sie sich geweigert hat, für Ihren Kredit zu bürgen, warum sind Sie dann schließlich gegangen?«

»Wissen Sie, ich hab' nie rausgekriegt, ob Suz will, daß ich gehe, oder ob sie will, daß ich bleibe. Wenn sie wollte, daß ich gehe, warum hat sie dann nicht einfach zugelassen, daß ich mir den Laden kaufe? Wenn sie wollte, daß ich bleibe, warum hat sie dann damit gedroht, mir mit der Spielgeschichte zu schaden? Eins sage ich Ihnen, die Frau war einfach bösartig.« Sie seufzte. »Der allerletzte Tropfen für mich kam, als wir eine Teamkonferenz hatten und Suz vor allen meinen Kollegen zu mir gesagt hat, ich sei nicht bei Trost, hätte nicht die geringste Ahnung davon, Menschen zu heilen. Sie hat sogar gesagt, ich zöge mich unprofessionell an.«

Ich konnte nicht anders. Ich musterte Amys formloses, fransenbesetztes Kleid, das auch als Nachthemd hätte durchgehen können. Sie lachte.

»Keine Sorge, Goldy. Solche Sachen habe ich bei der Arbeit nicht getragen. Aber ich hatte auch nicht vor, kurze Wollkostüme anzuziehen, die mir gerade bis zum Hintern reichen und in einem Winter in Colorado nicht mal meine Beine warmhalten.«

»Also haben Sie ...«

»Nachdem mich Suz öffentlich heruntergeputzt hat, bin ich nach Hause gefahren, habe in den Spiegel geschaut, angestrengt, und mich gefragt: ›Bist du glücklich?‹ Und die Antwort war ein so widerhallendes Nein, daß ich am nächsten Tag hingefahren bin und gekündigt habe. Dann hat sie wegen meiner Kündigung einen Wutanfall bekommen. Sie hat geschworen, daß sie überall, wo ich mich bewerbe, herumerzählt, ich sei spielsüchtig und könne keinen festen Arbeitsplatz behalten. ›Wen soll ich für Sie einstellen?‹ wollte sie wissen, nachdem sie uns wochenlang angeschrien hat, wir seien austauschbar. Ich habe nur zugehört und immer wieder zu mir gesagt: ›In acht Stunden, Amy, wirst du dir diese Tyrannin nie wieder anhören müssen.‹ Denn das war Suz – eine Tyrannin.«

»Und deshalb sind Sie einfach gegangen.«

»Ja. Ich habe meinen Schreibtisch ausgeräumt, meine zwei Wochen Resturlaub genommen, und das war's. Ich habe nie zurückgeblickt. Ich hatte ein paar Ersparnisse, die mir über die Runden geholfen haben, habe mit meiner Abfindung aus der Betriebsrente den Laden gekauft, statt einen Kredit aufzunehmen, und jetzt mache ich das, was ich liebe.« Sie lächelte. »Im nächsten Jahr mache ich vielleicht sogar einen Gewinn. Dann spare ich wieder für meine Rente.«

Ich sah mich in dem bunt dekorierten Laden um, schaute die spärlich mit Kräuterkapseln gefüllten Regale an, den armselig bestückten Tiefkühler, die »Gesundheits«-Magazine, zu denen das Softpornoheft gehörte, von dem Macguire so gebannt war. Aber der Laden hatte wie Amy ... na ja, der Laden hatte eine Aura. Und es war die Aura von Glück. Aura! Igitt! Hört euch das an!

»Sie wissen, worüber ich spreche«, insistierte sie. In ihrer Stimme schwang ein leicht vorwurfsvoller Ton mit. »Sie haben Ihren Partyservice aufgemacht, nachdem Sie mit Dr. Kotzbrocken verheiratet waren. Sie müssen sich ekstatisch fühlen, weil Sie frei von ihm sind.«

»Es ist... na ja...« Von der Wand strahlte der Maharishi auf mich herunter. »Es ist das Nirwana«, gab ich zu.

»Dann wissen Sie, worüber ich spreche.«

»Ich weiß es. Aber jetzt wird Dr. Kotz-John Richard beschuldigt, Suz Craig ermordet zu haben, und mein Sohn leidet auf eine Weise, die Sie nicht fassen könnten. Meinem Sohn zuliebe muß ich herausfinden, ob sein Vater sie wirklich umgebracht hat.«

Amy betrachtete die grünen Ginganvorhänge an der Vorderseite des Ladens eine lange Zeit, ohne etwas zu erwidern. Dann sagte sie leise: »Ich glaube an die Mächte des Universums, Goldy. Wer gesündigt hat, wird es wieder tun. Die ganze Wahrheit wird herauskommen. Sie brauchen Vertrauen.«

»Ich habe Vertrauen, Amy. Aber zur Verblüffung aller ist John Richard Korman gegen Kaution auf freiem Fuß. Möglicherweise sucht er Sie auf, will Fragen stellen und wird dann jähzornig. Das ist sein Kontrollzwang. Sehr berechenbar. Jedenfalls hätte ich ein besseres Gefühl, wenn Sie nicht allein wären. Können Sie nicht jemand einstellen, der mit Ihnen im Laden arbeitet? Halten Sie allermindestens das Telefon griffbereit, falls Sie 911 wählen müssen.« Ich griff nach ihrer Hand. »John Richard hat mich vom Gefängnis aus angerufen. Er wollte, daß ich vorbeikomme und Sie ausfrage.«

Amy zog ihre Hand aus meiner. Ihre Stimme wurde frostig. »Sind Sie deshalb hier?«

»Amy, bitte. Ich kenne diesen Mann. Ich bin hier, um Sie zu warnen. Er hatte etwas mit ACHMO zu tun, Sie hatten etwas mit ACHMO zu tun, und auf alle Fälle sind Sie nicht mit Suz ausgekommen.« Ich machte eine Pause. »John Richard glaubt, daß Sie Suz umgebracht haben könnten und ihm eine Falle gestellt haben, damit er den Sündenbock für Sie spielt. Glauben Sie mir, er ist kein Mensch, von dem Sie wollen, daß er auf Sie losgeht.«

Sie schüttelte den Kopf, während sie sich mit den Fingern durch das leuchtendrote Haar fuhr. »Diese Leute«, murmelte sie traurig. »Verdammt noch mal.«

Jakes ohrenzerreißendes Geheul begrüßte Macguire und mich, bevor der Lieferwagen in unsere Einfahrt einbog. Die Ursache seines hündischen Mißvergnügens war die Ankunft von Donny Saunders. Der Ermittler für die Staatsanwaltschaft von Furman County saß auf der obersten Stufe unserer Verandatreppe. Na schön, es wurde auch Zeit.

Donny hatte glatt zurückgekämmtes braunes Haar, eine vorstehende Nase samt Stirn und ein arrogantes, pferdezähniges Lächeln, das er immer sehen ließ, wenn er sich den Ruhm für eine Festnahme unter den Nagel riß. Im allgemeinen war er am engsten an einer Verhaftung beteiligt, wenn er sichergestelltes Material an ein Labor schickte. Vor kurzem hatte ein Streifenpolizist fünfzehn Kilo Kokain gefunden, als er ein Auto angehalten hatte, das zu schnell gefahren war. Donny Saunders hatte den Bericht zu Protokoll genommen und hinterher endlos damit angegeben, er habe in der Geschichte des County den größten Zugriff auf Drogen durchgeführt.

Bei seinem Anblick holte ich tief Luft. Ein guter Ermittler wäre nicht später als Samstag nachmittag bei mir vor der Tür gestanden, kurz nachdem ich Suz Craigs Leiche gefunden hatte und von Sergeant Beiner und ihrer Assistentin befragt worden war. Inzwischen waren zwei Tage verstrichen. Die Tatsache, daß mir

Donny endlich einen Besuch abstattete, war kein gutes Zeichen dafür, daß in dem Mordfall effektiv ermittelt wurde.

»Hey, Goldy, wie geht's denn so!« begrüßte er mich. »Haben Sie was zu essen? Ich bin am Verhungern! Und Sie sollten lieber was gegen diesen Hund unternehmen!«

Ich gab mir Mühe, freundlich zu wirken, obwohl mir angesichts von Donnys Anzug im Stil von Las Vegas aus glänzendem blauen Stoff, der schimmerte und funkelte, als er auf uns zustolzierte, der Mund offen stehenblieb. Ich stellte Macguire vor, nannte ihn lediglich einen Übernachtungsgast.

»Ich muß allein mit Ihnen sprechen«, sagte Donny mit seiner üblichen, selbstgefälligen Wichtigtuerei, als ich die Haustür aufschloß. Was für eine gastfreundliche Erklärung.

»Mensch«, murmelte Macguire in einem verletzten Ton, »das ist jetzt heute das dritte Mal, daß Leute mich nicht in der Nähe haben wollen, wenn Goldy Schulz mit ihnen spricht. Hab' ich einen miesen Körpergeruch oder so? Ich denk', ich setz' mich allein irgendwohin. Bis es Zeit wird, noch mal zehn Kräuterkapseln zu nehmen.« Bevor ich ihn besänftigen konnte, schlurfte er in den Garten hinter dem Haus, um Jake zu beruhigen. Nach einem Moment hörte das Geheul auf. Leider fing die Quälerei für mich erst an.

»Ich muß eine Menge kochen«, warnte ich Donny. »Ich beliefere morgen ein Großereignis.«

Die riesigen Schulterpolster in Donnys saphirblauem Jackett hoben sich unheilverkündend, als er die Achseln zuckte. »Kein Grund zur Sorge! Kochen Sie nur, kleines Frauchen! Der Platz einer Frau ist die Küche! Ha! Ha!« Bei seinem jovialen Ton knirschte ich mit den Zähnen. »Aber sagen Sie mal«, fuhr er wie eine Dampfwalze fort, »haben Sie irgendwas zu essen, was, Sie wissen schon, fertig ist?«

Ich schloß die Augen, versuchte, bis zehn zu zählen, kam aber nur bis vier. Ich erinnerte mich einerseits an das, was ich Arch versprochen hatte, andererseits an meine Versprechungen Tom gegenüber. Vielleicht konnte ich tatsächlich etwas von Donny erfahren. Aber ich bezweifelte es.

Ich schlug ein Käsesandwich vor, und Donny war gierig einverstanden. Er fügte schnell hinzu, Brot bleibe ihm in der Kehle stecken, und er brauche drei bis vier Biere, um die Krümel hinunterzuspülen. Meine Hoffnungen auf unser Gespräch sanken auf eine unterirdische Ebene, die für Geologen unerreichbar war. Aber weil der Briocheteig zum ersten Mal aufgegangen war, nahm ich ihn mit einem Sechserpack Dos Equis aus dem Kühlschrank. Ich drückte den kalten, seidigen Teig nach unten, stellte ihn zum zweiten Aufgehen beiseite und machte Donny ein Sandwich aus dick geschnittenem, selbstgebackenem Brot, mit Pesto, frischen Tomaten und Chèvre. Als ich ihm das Sandwich hinstellte, bat er um das zweite Bier. Ich reichte ihm die kalte Flasche in der Hoffnung, sie werde ihm die Zunge lockern, damit er Informationen preisgab, die ich noch nicht kannte. Mir graute jedoch vor dem Gedanken, was mein Mann dazu sagen würde, daß ich mitten am Tag einen Ermittler mit der Hilfe von alkoholischem Gebräu anzapfte.

»Sagen Sie mal, das schmeckt ja toll!« mümmelte Donny mit vollem Mund. Er biß ein weiteres riesiges Stück ab und mampfte nachdenklich. »Wie heißt gleich noch mal dieses weiße Käsezeug?«

»Chèvre.«

Seine Pferdezähne bleckten sich zu einem breiten Grinsen. »Nö, Goldy, das ist ein Lastwagen.«

Ich zwang mich zu einem Lächeln. »Worüber wollen Sie reden, Donny?«

»Okay«, sagte er ernst, wischte sich den Mund ab und benützte dann seine Serviette, um sich die Nase zu schneuzen. »Ein paar Sachen.« Er kippte das Bier. »Suz Craig. Sie haben sie gefunden.«

»Ja.« Ich beschloß, mich lieber den *Babsie-Törtchen* zu widmen. Sonst wäre die Versuchung, aus der Haut zu fahren, möglicher-

BABSIE-TÖRTCHEN

250 g Süßrahmbutter, weich
200 g Zucker
2 Eigelbe
1 Teelöffel Vanilleextrakt
2 Teelöffel fein gemahlene
Zitronenzesten (s. Anmerkung)
180 g Weizenmehl Type 405
1 Teelöffel Zimtpulver
1/4 Teelöffel Nelkenpulver
1/4 Teelöffel Salz
1 Teelöffel Backpulver
140 g blanchierte Mandelsplitter
(s. Anmerkung)
100 bis 150 g rote Himbeermarmelade
ohne Körner

Die Butter cremig schlagen. Den Zucker hinzugeben und schlagen, bis alles gründlich vermischt ist. Die Eigelbe leicht mit Vanille und den Zitronenzesten verquirlen. Zur cremigen Mischung geben, gut umrühren. Die Trockenzutaten gemeinsam sieben, dann zur cremigen Mischung geben. Die Mandeln hineinrühren. Den Backofen auf 180 Grad vorheizen. Zwei Teflonbackbleche für Törtchen mit Planzenöl einsprühen. Je zwei Eßlöffel Teig in eine Törtchenvertiefung geben. Den Teig behutsam in die Vertiefung streichen. Den Teig nicht eindellen, weil sonst die Marmelade in der Mitte ausläuft.

In die Mitte jedes Törtchens
2 Teelöffel Marmelade geben.
Etwa 15 Minuten backen,
bis der Teig aufgegangen
und um die Marmelade herum
goldbraun geworden ist.
Die Bleche aus dem
Backofen nehmen und die
Törtchen mit einem scharfen Messer
aus den Vertiefungen lösen.
Die Törtchen im Blech abkühlen lassen,
mindestens 1 Stunde lang.
Die Törtchen vorsichtig
mit einem Küchenmesser
auf Kuchengitter geben
und völlig abkühlen lassen.
So servieren oder
mit Puderzucker bestreuen oder
Vanilleeis bester Qualität dazugeben.

Ergibt 2 Dutzend

Anmerkung:
Zitruszesten und Nüsse
lassen sich leicht in einer
sauberen Kaffeemühle zerkleinern.

weise zu groß geworden. »Sicher, ich habe sie gefunden.« Ich nahm ein Schneidebrett und einen Zestenreißer heraus und fuhr mit dem Werkzeug an einer Zitrone entlang. Zesten ringelten sich, bildeten auf dem Brett einen leichten, scharfen Nebel aus Zitronenöl. »Ich habe sie in einem Graben gesehen, an dem ich am letzten Samstag kurz vor sieben vorbeigefahren bin.«

»Und sie war die Freundin Ihres Exmannes.«

»Das war sie allerdings.« Ich hackte die Zesten und griff dann nach einer Kaffeemühle, die ich ausschließlich zum Pulverisieren von Obstzesten und Nüssen benützte. »Haben Sie meine Aussage nicht gelesen?«

Er gestikulierte mit der jetzt leeren Bierflasche und versuchte erfolglos, einen Rülpser zu unterdrücken. »Ich habe einen Blick darauf geworfen. Jetzt müssen wir feststellen, wie John Richard Kormans Verhaltensmuster früher ausgesehen hat. Sie wissen schon, ähnliche Tätlichkeiten. Wie er Sie zusammengeschlagen hat. Wie er Sie fast umgebracht hätte. Darauf werde ich den Fall aufbauen.« Er beäugte sehnsüchtig den Dos-Equis-Pack, aber ich ignorierte ihn. »Goldy«, fuhr er fort, vor Ehrlichkeit übersprudelnd, »ich habe schon jede Menge solcher Verbrecher erlebt. Wenn sie's erst mal getan haben, finden sie Geschmack daran. Sie machen immer weiter. Bis sie jemand umbringen.«

»Moment mal, Donny. Was ist mit den Autopsieergebnissen?«

»Die Gerichtsmedizin sollte sie geschickt haben, sobald ich wieder im Büro des Sheriffs bin. Aber zerbrechen Sie sich nicht darüber das hübsche Köpfchen. Wann hat John Richard Korman Sie zum letzten Mal verprügelt?«

Ich holte bei der Erinnerung zitternd Luft. »Vor sieben Jahren. Er hat mir diesen Daumen« – ich zeigte darauf – »kurz vor unserer Scheidung an drei Stellen gebrochen.«

»Okay, ich muß überprüfen, was der Pathologe über Suz Craigs Hand schreibt, ob es da auch Bruchstellen gibt. Wenn wir Glück haben, hat er ihr auch den Daumen gebrochen. Wie hat Korman

Sie attackiert? Es macht Ihnen doch nichts aus, wenn ich Sie danach frage?«

»Er hat mich an den Armen gepackt und heftig geschüttelt. Er hat mich gern ins Gesicht geschlagen, obwohl die meisten Schläger mit hohem Einkommen so schlau sind, das Gesicht zu verschonen. Meistens hatte ich hinterher ein blaues Auge.«

»Welches Auge?« Er schrieb nicht mit.

»Das rechte. Und mir ist aufgefallen, daß das auch Suz' blaues Auge war.«

»Da haben Sie recht, kleines Frauchen. Okay, wenn er Sie verprügelt hat, hat er Sie dann gleich bewußtlos geschlagen? Oder ging es stundenlang so weiter?«

Ich griff nach dem Messer. Die Erinnerung an diese Ereignisse ließ an Schmerzlichkeit nie nach. »Das hing davon ab, wie wütend er war«, sagte ich leise. »Aber, Donny«, warf ich wider Willen ein, »was ist mit den Fakten in *diesem* Fall? Weil ich nie Anklage erhoben habe, läßt der Richter das alles vielleicht nicht gelten. Haben Sie mit jemandem in Suz Craigs Büro gesprochen? Bei ACHMO?«

»O ja. Ich war heute morgen in Denver und habe mit ein paar Managern von der Krankenversicherung geredet.«

»Mit welchen Managern?« Die anwesenden Manager von ACHMO waren damit beschäftigt gewesen, John Richards Praxis in Aspen Meadow zu durchsuchen. Waren die restlichen Abteilungsleiter von der Konferenz in San Diego zurückgekehrt?«

»Na ja... ehrlich gesagt, hab' ich mit Suz Craigs Sekretärin gesprochen, weil die meisten anderen Typen auf einer Dienstreise sind. Aber so kriegt man mehr raus. Diese Weiber wissen wirklich, was sich zusammenbraut, wenn Sie verstehen, was ich meine.« Er zwinkerte.

»Ah.« Ich legte das Messer weg und streifte die Zitronenzesten in die Mühle. Dann pulverisierte ich die blanchierten Mandelsplitter und häufte sie zu einem hellen Hügelchen auf. »So. Was hatte Suz' Sekretärin zu sagen?«

»Na ja...« Er griff nach dem nächsten Bier, stemmte den Kronenkorken auf und nahm einen langen Schluck. »Das dürfte ich wirklich nicht sagen.«
»Warum nicht? Vielleicht könnte ich Ihnen helfen. Die Lücken füllen.«
Er räusperte sich, stopfte sich den Sandwichrest in den Mundwinkel, kaute und leckte sich die Finger ab. Manchmal fragte ich mich, ob Donny nur dann etwas Anständiges zu essen bekam, wenn Goldilocks Partyservice etwas mit einer seiner Ermittlungen zu tun hatte. »Eins sag' ich Ihnen, Goldy, niemand mag Korman. Aber diese Craig hat auch niemand gemocht. *Niemand*, meine ich. Wissen Sie, man möchte doch meinen, daß die Leute über Tote nichts Schlechtes sagen. Aber um es auf den Punkt zu bringen, es überrascht mich, daß niemand sie im Büro abgemurkst hat. Natürlich hatten die dort kein Verhaltensmuster wie unser Doc Korman.«
Ich verschlug Süßrahmbutter mit Zucker, Eigelb, Vanille und Zitronenzesten, wog das Mehl und die anderen Trockenzutaten ab und vermischte sie dann mit dem cremigen Rest zu einem nussigen, buttrigen, himmlisch riechenden Teig. »Haben Sie sich mit anderen Fakten dieses Falles beschäftigt, Donny?«
»Deshalb bin ich hier, stimmt's?«
Ich fragte mich kurz, ob ich hinausschlüpfen und mir einen der Tranquilizer holen könne, die Marla mir gegeben hatte. Vielleicht hatten Amys Kräuterkapseln eine beruhigende Wirkung. Aber nein – es gab eine Chance, daß Donnys Angeberei den Sieg davontragen und er mir erzählen würde, was Suz' Sekretärin zu sagen gehabt hatte. Das hieß, falls ich nicht zu begierig wirkte. Deshalb konzentrierte ich mich auf die Frage, wie ich den Törtchenteig mit einem hohen Anteil Himbeermarmelade überziehen konnte. Das würde funktionieren, wenn ich den Teig in ein Backblech mit Törtchenvertiefungen löffelte und dann Marmelade darauf gab. Ich ignorierte Donny und fettete ein Blech ein.

Er fuhr eifrig fort. »Hören Sie zu? Sie könnten nicht fassen, wie sehr diese Sekretärin, sie heißt Luella Downing, Ms. Craig gehaßt hat. Luella war heute morgen völlig durcheinander.«
Ich machte ts, ts, sprühte aber weiter gewissenhaft ein Blech ein.
»Sehen Sie«, hakte er nach, »diese Luella konnte Ms. Craig nicht leiden, weil Ms. Craig es sich zur Aufgabe gemacht hat, finanzielle Einzelheiten über Luellas Scheidung herauszubekommen.« Ich schaute von dem Blech auf und zog die Augenbrauen hoch. Donny grinste triumphierend. »Ich hab' Luella gesagt, daß sie juristisch nichts zu befürchten hat.« Ich ließ mir nicht anmerken, wie entnervt ich war, und nickte wissend. Er sprach weiter. »Da ist rausgekommen, daß Ms. Craig darüber Bescheid wußte, wie Luella ihre Betriebsrente flüssig gemacht und das Geld auf das Konto ihrer Eltern überwiesen hat, damit Luellas Ex es nicht finden konnte. Unsere Ms. Craig hat diese Info dazu benützt, Luella dazu zu bringen, daß sie über das Mitschneiden den Mund hält.«
Ich stellte das Blech auf die Arbeitsfläche. »Das Mitschneiden von was?«
Er hob die Hand. »Darauf komme ich gleich. Und keine Sorge, ich habe überprüft, wo Ms. Luella am Wochenende war, nur für den Fall, daß sie sich in den Kopf gesetzt hatte, ihre Chefin wegen der Betriebsrente abzumurksen. Luella hat einen Basar für die Kirche ihrer Eltern in Aurora organisiert. Die Geschichte stimmt – Beiner ist zu der Kirche gefahren und hat die Eltern befragt.«
Ein bißchen Bewunderung für Donny schlich sich in mein Gehirn. »Und … was hat Luella mitgeschnitten?«
»Luella hat nichts mitgeschnitten. Das hat Suz Craig getan. Jede Konferenz in ihrem Büro.« Er senkte die Stimme. »Wie in dem verflixten Weißen Haus, wenn Sie mich fragen. Sehen Sie, niemand außer Ms. Craig und Luella hat es gewußt. Luella sagt, wenn sie ihre Chefin verpfiffen hätte, dann hätte sie ihre Stelle

verloren und möglicherweise ihre Moneten aus der Betriebsrente.«

»Weiß Luella, was auf den Bändern war? Hat sie die transkribiert?«

»Nein, o nein. Luella hat zufällig entdeckt, wie Ms. Craig ein neues Band in das in ihren Schreibtisch eingebaute Gerät geschoben hat. Sehen Sie, einmal ist Luella ohne zu klopfen in Ms. Craigs Büro gekommen, auf der Suche nach irgendwelcher Korrespondenz oder so, und hat gesehen, wie Ms. Craig an dem Gerät herumspielt. ›Was in aller Welt machen Sie da?‹ Und da sagt Ms. Craig: ›Wenn Sie irgend jemandem etwas darüber sagen, werfe ich Sie hinaus und verrate Ihrem Ex, wo Ihre Kröten aus der Betriebsrente sind.‹ Ms. Craig hat zu Luella gesagt, daß sie das Gerät nicht anrühren darf. Die Chefin hat zu Luella gesagt, sie schneidet die Konferenzen mit, um sich zu schützen. Sie hat die Bänder außerdem beschriftet und in einem abgeschlossenen Schrank aufbewahrt.«

»Gütiger Gott. Und was ist passiert? Wie sind die Bänder entdeckt worden?«

»Als Ms. Craig mausetot in einem Graben aufgetaucht ist, hat jemand Luella angerufen. Offenbar war Luella nach dem Basar wieder zu Hause. Sobald Luella gehört hat, daß ihre Chefin tot ist, hat sie die Unternehmensleitung angerufen. Jemand war dort, obwohl es ein Samstag war. Luella hat geschrien: ›Ihr Leute müßt über diese Bänder Bescheid wissen und sie an euch bringen, bevor sie der Presse in die Hände fallen. Suz Craig war so ein Miststück, daß sich unmöglich sagen läßt, was auf diesen Bändern drauf ist.‹ Die Geschäftsleitung kriegt es mit der Angst zu tun und schickt Samstag nacht zwei Typen nach Denver. Die versuchen wie verrückt, den abgeschlossenen Schrank aufzubrechen, als jemand dem Büro des Sheriffs einen Tip gibt. Die Cops tauchen mit einem Durchsuchungsbefehl auf und stellen die Bänder sicher, die sie finden, und außerdem schließen sie mit den Schlüsseln aus Ms. Craigs Haus alle anderen Aktenschränke im Büro auf, suchen nach mehr Bändern.«

»Das alles haben Sie von Sergeant Beiner erfahren? Oder von Luella Downing?« fragte ich mißtrauisch.

»Ein bißchen was von beiden. Mein Job ist es, alles zusammenzusetzen.«

»Und warum hat sich Luella Ihrer Meinung nach Ihnen anvertraut?«

Seine Augenbrauen gingen nach oben. »Hey, Goldy! Partylieferantin und ein As als Amateurdetektivin! Wachen Sie auf! Luella hätte nicht zuerst in Minneapolis anrufen dürfen, sie hätte erst den Cops von den Bändern erzählen müssen. Heute morgen kriegt Luella plötzlich einen Anfall von Reue, ooh, ooh, sie hatte vor, es uns zu sagen, aber sie wollte ihren Job nicht verlieren, das sagt sie, verstehen Sie. Inzwischen macht unser Büro eine Bestandsaufnahme. Es sieht danach aus, als ob die Bänder von *einem* Tag fehlen, und die Leute von ACHMO schwören, sie haben keine Ahnung, wo die sein könnten. Ein bißchen später am Morgen schickt der Sheriff also ein Team in Suz' Haus. Die finden nichts.«

»Mist.«

»Sehen Sie, und deshalb denke ich an Ihren Exmann. Ich denke, warum haben er und Suz Craig sich Freitag nacht wie Hund und Katz gestritten? Und dann denke ich, natürlich wegen der fehlenden Bänder! Vermutlich hat sie John Richard.«

Was? Ich preßte die Lippen zusammen und wandte mich ab. Ich mußte nachdenken. Brisantes Material, hatte John Richard gesagt. Ich löffelte weichen Teig in jede Vertiefung. Und was hatte ReeAnn gesagt? Sie wollte, daß er etliche Sachen an einem sicheren Ort aufbewahrt, wo die Leute von AstuteCare sie nicht finden können. Heute morgen hatte mir Brandon Yuille vor John Richards Praxis dieselbe Frage gestellt: Falls John Richard dir was zum Verstecken gegeben hat... Ich schob das Blech in den heißen Backofen.

»Was könnte auf den Bändern drauf sein?« fragte ich verblüfft. »Und wer könnte sie haben?«
»Das sind die entscheidenden Fragen, nicht wahr? Die Manager stellen sich an wie verrückt. Wo sind die Bänder, wollen diese Großkotze wissen. Und heute morgen, können Sie das fassen? Alle Sekretärinnen von ACHMO haben die Wandverkleidungen abgerissen, um die verdammten Dinger zu finden. Inzwischen gibt uns der diensthabende Richter einen Durchsuchungsbefehl für Kormans Haus, weil bei Suz Craig zu Hause nichts aufgetaucht ist. Keine Bänder, aber jemand hat sein Haus übel mit Farbe beschmiert –«
»Die Bänder von einem Tag ... Von welchem Tag? Was für Leute haben sich an diesem Tag mit Suz Craig getroffen?« unterbrach ich.
»Luella versucht, das zu rekonstruieren.« Er schüttelte den Kopf und rülpste. »Hat Korman irgendwo ein Versteck?«
»Er ist zwanghaft ordentlich. Und er hat eben seine Wohnung in Keystone verkauft.« Ich kaute auf der Innenseite meiner Unterlippe herum. »Seit Juni war er nicht mehr in seiner Eigentumswohnung auf Hawaii. Ich nehme an, er könnte die Bänder dort gelagert haben. Aber falls sie auf Hawaii sind, was wäre dann passiert, wenn Suz sie zurückgewollt hätte?«
»Mann, wär' das toll, wenn das Büro 'ne Dienstreise auf die Inseln springen ließe! Verdammt! Haben Sie noch ein Bier?«
»Donny. Sind Sie mit dem Auto hier?«
Er zog das Kinn ein. »Ja, schon, aber Sie brauchen sich wegen ein paar Bierchen keine Sorgen zu machen, Goldy. Ich kann's vertragen. Und keine Bange, ich ruf' auf Hawaii an und sorg' für einen Durchsuchungsbefehl. Und wie wär's jetzt mit –«
»Ich koche Ihnen Kaffee. Sie wissen, daß mein Mann ein Cop ist. Ich will nicht, daß Sie einen Unfall bauen, nachdem Sie bei uns zu Hause Bier getrunken haben. Das würde einen schlechten Eindruck machen.«
»Okay«, sagte er widerstrebend und beäugte die Espressoma-

schine auf meiner Arbeitsfläche. »Aber geben Sie mir bloß keinen Scheißcappuccino, sonst muß ich kotzen.«

Ich kochte Donny einen normalen schwarzen Kaffee, den er lautstark schlürfte. Die mit Mandeln aromatisierten Linzer Törtchen ähnelten Buntglasfenstern, als ich sie aus dem Backofen nahm. Weil sie ein Bestandteil der Lunchpakete für die Puppenausstellung werden sollten, beschloß ich, sie Babsietörtchen zu taufen. Während ich sie zum Abkühlen auf ein Gitter legte, fragte ich Donny, ob es außer John Richard Verdächtige gebe. Er sagte nein, nicht seit Luellas Alibi überprüft worden sei. Ich fragte ihn, ob sie die Vandalen erwischt hätten, die John Richards Haus besprüht hatten, und er sagte: »Oh, Sie glauben, daß das Vandalen waren?« Schließlich fragte ich ihn, ob er etwas über den Bonus wisse, den John Richard hätte erhalten sollen, aber nicht bekommen hatte.

»Ja, ja. Das gehört zu meiner Theorie. Die Craig hat Korman den üblichen Bonus verweigert, deshalb hatte er kein Geld und wollte ihr die Bänder nicht geben, die er versteckt hatte, folglich haben sie sich gestritten, und er hat sie umgebracht.« Er zog die Mundwinkel nach unten, schüttelte den Kopf. »Das war sein Verhaltensmuster«, folgerte er selbstgefällig. »Sagen Sie mal, diese Törtchen da riechen furchtbar gut.«

Ich legte ein warmes, krümeliges Babsietörtchen auf einen kleinen Teller und reichte ihn ihm. »Ah ... haben Sie herausgefunden, warum genau ihm Suz den Bonus verweigert hat? Hat Luella Ihnen darüber Aufschluß gegeben?«

Er steckte das Törtchen in den Mund, lehnte sich im Stuhl zurück und hielt beim Kauen einen Finger hoch. »Die Abrechnungen«, sagte er schließlich. »Er hat nicht korrekt abgerechnet. In diesem Punkt werd' ich Kormans Sekretärin richtig durch die Mangel drehen. Sie wissen schon, ob Korman und Ms. Craig sich je über die Abrechnungen gestritten haben. Außerdem läuft gegen ihn ein Verfahren wegen eines Kunstfehlers. Das hat der Krankenversicherung nicht gefallen, ebensowenig wie die Tatsache, daß die Versicherung von derselben Patientin verklagt worden ist. Unserem Doc stand also das Wasser bis zum Hals. Kochendheißes Wasser. Noch ein Grund, Ms. Craig umzubringen.« Er schaute auf seine Uhr. »Apropos Abrechnungen! Ich muß heute mit noch ein paar Leuten reden, sonst kriegen die im Büro einen Wutanfall wegen der Stunden, die ich bezahlt haben will.«

»Wieso?«

»Na ja, normalerweise rechne ich nach Stunden ab, aber die haben behauptet, daß ich bei jeder Einzelperson zu gründlich vorgehe und zuviel Zeit auf die Ermittlungen verwende. Au weia! Jetzt rechne ich nach der Zahl der Leute ab, mit denen ich rede. Außerdem, obwohl ich ein photographisches Gedächtnis hab', muß ich über jedes Gespräch einen Bericht schreiben. Und glauben Sie mir, diese Berichte können lästig sein, wenn Sie die mitten in der Nacht tippen müssen.«

»Ich bin mir sicher, daß Sie das schaffen«, sagte ich beruhigend, als ich ihn zur Tür brachte.

»Das Tippen würde mir ja gar nicht soviel ausmachen«, sagte er untröstlich, »wenn ich dabei nicht einen solchen Hunger bekäme.«

Also gab ich ihm noch ein Törtchen. Vielleicht ist Donny Saunders ein Schwein, aber ich kann einer hungrigen Seele nie widerstehen.

Zu meiner Überraschung rief Arch an und fragte, ob Todd bei uns übernachten könne. Ich sagte ja und war noch erfreuter, als Arch um sein Lieblingsessen bat, gebackene Kartoffeln mit diversen Beilagen. Ich hoffte, die Zubereitung der Kartoffeln würde mir dabei helfen, über Donny Saunders' Besuch nachzudenken. Bänder? Was für Bänder? Und wo waren die fehlenden? Ich hatte nur soviel erfahren, daß ich frustriert war. Falls Frances Markasian je einen Artikel über die Verschwendung von Steuergeldern schrieb, würde ich sie auf Donny ansetzen.

Ich füllte eine breite Bratpfanne mit extradicken Schinkenscheiben und dachte aus einem unerfindlichen Grund an den Komponisten Schönberg. Schönberg sollte gesagt haben, seine Musik enthalte alle seine Geheimnisse. Seine Kompositionen seien der Schlüssel zu den innersten Vorgängen in seiner Seele. Man müsse nur wissen, wie man zuzuhören habe. Auf irgendeine Weise steckten vielleicht in den ganzen Informationen, die ich hatte, ausreichend Daten, um das Geheimnis dessen zu enträtseln, was in den frühen Morgenstunden am Samstag geschehen war. Ich wußte nur nicht, wie ich sie entziffern sollte.

Das Telefon klingelte. Es war die Therapeutenpraxis, die mir mitteilte, ich würde im Lauf des Tages wegen eines Termins für Arch angerufen. Offenbar konnte die Aushilfssekretärin im Augenblick nichts unternehmen. Ich seufzte und sagte, ich würde auf ihren Anruf warten.

Ich schnitt knackigen grünen Brokkoli als eine der Beilagen zu den Kartoffeln zurecht und dachte an Arch. Er und Todd planten heute abend eine ausgedehnte Orgie. Dabei ging es, wie ich gelernt hatte, nicht um Ausschweifungen, sondern um Musik. Von mir aus ging das in Ordnung. Ich wollte, daß Arch ein geregeltes geselliges Leben führte, statt sich wegen seines Vaters Sorgen zu machen. Um die Wahrheit zu sagen, tat mir jedoch weh, daß ich mit der Musik, wie sie die Vierzehnjährigen von heute mochten, nichts anfangen konnte. Ich hatte meinen Eltern verübelt, daß sie die Rolling Stones unerträglich fanden. Aber die Rolling Stones machten Musik. Was Arch und Todd sich anhörten, war schlicht und einfach Lärm. Na ja, dachte ich mit einem Seufzer, Schönbergs Mutter hatte mit der Musik ihres Sohnes vermutlich auch Probleme gehabt. Bei näherem Nachdenken, überlegte ich, als ich ein Dutzend dicke Idahokartoffeln aus der Speisekammer holte, klang Schönbergs Musik in meinen Ohren auch mehr oder weniger nach Lärm.

Während ich die Kartoffeln wusch und einstach, fiel mir ein, den städtischen Tierarzt anzurufen. Ich machte mir immer noch

Gedanken über Ralphs Kratzer und ob sie tatsächlich von seiner Katze stammten. Die Sprechstundenhilfe des Tierarztes sagte mir, sie könne mir unter keinen Umständen Auskunft über die Behandlung von Ralph Sheltons Haustieren geben. Die ärztliche Schweigepflicht schien heutzutage bestens zu funktionieren, wenn es um eine Katze ging. Vielleicht wußte Tom etwas darüber.

Ich schob die Kartoffeln in den Backofen, knetete dann behutsam den Briocheteig, teilte ihn in Stücke und legte ihn zum dritten und letzten Aufgehen in Brotbackformen. Als Arch, Todd und Tom eintrafen, schob ich die Laibe in den Backofen und schloß die Zubereitung des Abendessens ab. Todd Druckman, mit einem Babygesicht, etwas pummelig und mit Haar, das noch brauner und glatter war als das von Arch, erklärte, in keiner Küche, die er kenne, rieche es besser als in unserer. Ein Haufen Kartoffeln wartete darauf, aufgeschlitzt und gefüllt zu werden. Ich zeigte den Jungen die Auswahl aus cremiger Käsesauce, die auf dem Herd blubberte, dampfenden Brokkoliröschen und einem Berg aus warmem, knusprigem Schinken, bei dessen Geruch einem das Wasser im Mund zusammenlief. Zur eigentlichen Überraschung kam es jedoch, als Arch, Todd, Tom und ich damit beschäftigt waren, den Tisch zu decken. Wir merkten nicht einmal, wie Macguire die Küche betrat.

»Hey!« sagte er. »Was riecht denn da so toll?«

Einen Moment lang waren wir alle sprachlos. Macguire hatte Hunger? Dann zwinkerte Tom mir zu. »Was hat Cinderellas Patin gesagt? Manchmal brauchen Wunder Zeit?«

Ich schaute auf die Uhr. »Ja. Sechs Stunden. Da haben wir den Laden für Gesundheitskost verlassen. Erstaunlich.« Macguire schlurfte immer noch, und sein Körper war so mager, daß es weh tat. Aber zum ersten Mal seit einem Monat hatte er eine gesunde Gesichtsfarbe, und er wollte etwas essen! Das waren ungeheuerliche Fortschritte. Ich sprach ein stummes Dankgebet.

Die Kartoffeln waren tatsächlich himmlisch: jeden flockigen

Bissen umgab cremige Käsesauce, die verblüffend mit dem zarten Brokkoli und dem knusprigen Schinken verschmolz. Zu meiner Verblüffung aß Macguire langsam zwei Kartoffeln mit Beilagen, dann erklärte er lachend, er sei so satt, daß er Magenschmerzen habe. Tom, Todd und Arch aßen ihre Teller bis zum letzten Bissen leer. Unser Essen bestand aus Gemeinsamkeit, leckeren Speisen und Gelächter. Ich dachte kein einziges Mal an die Leiche, die ich im Graben gefunden hatte.

Arch brach den Bann des Familienlebens. Er sagte plötzlich: »Ich frage mich, was es heute im Gefängnis als Abendessen gibt.«

»Schatz«, erwiderte ich sanft, »dein Vater ist gegen Kaution auf freiem Fuß. Heute morgen haben wir –«

»Du hast heute morgen rausgekriegt, daß er entlassen worden ist? Und du hast mich nicht bei Todd angerufen?«

»Ich hab' gedacht... wenn dein Dad anrufen will, dann wird er –«

»Und vermutlich hättest du mich nicht mit ihm reden lassen!« Er sah anklagend zwischen mir und Tom hin und her. »Und wetten, daß du heute auch nichts getan hast, um ihm zu helfen?«

»Entschuldigung, junger Mann, aber ich habe etwas getan –«

Aber ehe ich meinen Satz beenden konnte, schmiß Arch die Gabel hin und rannte hinaus.

Tom schüttelte den Kopf. Todd sah bestürzt aus. Ich legte schweigend ein halbes Dutzend Babsietörtchen auf einen Teller, reichte Todd einen Sechserpack Limonade und sagte ihm, er solle hinaufgehen und herausbekommen, was er tun könne. Todd nahm den Teller und die Limonadedosen und entschuldigte sich dankbar.

»Vielleicht sollte ich auch gehen«, erklärte Macguire in einem schuldbewußten Ton und verschwand. Gleich darauf sah ich, daß das Telefon rot aufblitzte, ein Hinweis darauf, daß Arch vom ersten Stock aus ein Auswärtsgespräch führte. Der Anruf dauerte nicht lange. Vermutlich hatte Arch John Richards

Nummer gewählt und eine Nachricht auf seinem Anrufbeantworter hinterlassen. Sofort stellte sich meinem Verstand eine neue Frage: Wenn der Kotzbrocken nicht zu Hause war und nicht ans Telefon ging, wo war er dann?

Tom sagte: »Überlaß mir den Abwasch, Miss G.«

»Du machst alles«, sagte ich bekümmert. »Bringst Essen nach Hause. Machst den Abwasch. Erträgst uns. Erträgst mich.«

»Du hast ein großartiges Abendessen gekocht«, konterte er, als er heißes Wasser in das Spülbecken laufen ließ. »Und du bist diejenige, die versucht, alles zu machen. Du kannst nicht dafür sorgen, daß alles glatt läuft.«

»Wenigstens wäre ich ein besserer Ermittler als Donny Saunders.«

Tom gluckste. »Tut mir leid, Miss G., aber das will nicht viel heißen.«

Während er sich um den Abwasch kümmerte, fragte ich ihn nach den Bändern aus Suz Craigs Büro. Er sagte, die Kollegen im Büro hörten die Bänder, die sie gefunden hatten, ab und legten eine Inventarliste an. Ich erzählte ihm von den Gesprächen, die ich mit Amy Bartholomew und ReeAnn Collins geführt hatte. Er nickte und machte sich keine Notizen, ein Hinweis darauf, daß er im Büro schon ähnliches gehört hatte. Dann schaltete er die Espressomaschine ein. Kurz darauf stellte er mir ein Täßchen Espresso mit viel Crema hin und setzte sich mir gegenüber an den Tisch.

Ich seufzte. »Wenn ich das trinke, bin ich die ganze Nacht lang wach.«

»Ach was, trink's. Du wirst sowieso die ganze Nacht lang wach sein. Du wirst jede Nacht wach sein, bis das hier vorbei ist. Und verlaß dich auf mich, Goldy, solche Dinge nehmen immer ein Ende. Auf die eine oder andere Weise.«

Ich schloß die Augen und schluckte den starken, befriedigenden Espresso. Als Tom den letzten Teller in die Spülmaschine räumte, nahm ich die goldbraunen Briochelaibe aus dem Backofen

und legte sie zum Abkühlen auf Gitter. Ihr intensiver, heimeliger Geruch durchströmte die Küche.
Tom sagte: »Nehmen wir doch ein paar Plätzchen mit auf die Terrasse. Ich möchte mit dir über die Autopsie reden, aber dort, wo uns die Jungen nicht hören können.«
»Schokolade, Kaffee und Tod. Lauter dunkle Themen.«
Wir streckten uns auf meiner noblen Terrassencouch aus, die so lange nicht benützt worden war. Die Nachtluft war lieblich, mild und erfüllt mit dem Surren unsichtbarer Insekten. Direkt über der dunklen Silhouette der Berge funkelte die Venus wie ein Eiskristall.
Wir genossen schweigend die Schokoladeplätzchen, hielten uns in den Armen. Die Plätzchen waren prall gefüllt mit dicken Schokoladechips und knusprigen, gerösteten Haselnüssen. Die sonnengetrockneten Preiselbeeren verliehen jedem Happen einen köstlichen, herben Biß.
Ich fragte Tom, ob die Cops Sheltons Tierarzt angerufen hätten, und er sagte ja. Die Kratzer seien Ralph Shelton von seiner Katze zugefügt worden, seien aber geringfügig. Dann seufzte Tom. Er fragte: »Hast du gewußt, daß Suz Craig auch eine Katze hatte?«
»Ja, ein scheues Kätzchen namens Tippy. Am Samstag morgen, gleich nachdem du zu den Deputies hinübergegangen bist, ist mir die Katze in die Arme gesprungen. Ich weiß, daß Tippy zum Tatort gehörte, aber ich hatte Angst, daß sie niedergetrampelt wird, wenn ich sie im Stich lasse. Ich habe sie bei Tiny Corey hinterlassen. Warum?«
Er antwortete nicht sofort. Ich schmiegte mich an ihn und genoß seine Wärme.
»Folgendes haben wir heute herausgefunden«, sagte Tom schließlich, während er mir den Rücken massierte. »Suz Craigs Alarmanlage war abgeschaltet. Außerdem ist Suz Craig nicht daran gestorben, daß sie in den Graben gefallen ist. Sie ist an einem subduralen Hämatom gestorben. Kein Blut, weil sie mit dem Kratz-

baum ihrer Katze erschlagen worden ist. Das ist ein massiver Metallzylinder, mit Teppichbodenstoff überzogen. Du weißt, was ein subdurales – «

»Ja. Ein Schlag verursacht eine Gehirnblutung. Die Blutung führt zum Tod.«

»Stimmt. Es dauert acht Stunden, bis Leichengerinnsel auftreten, und sie lag erst zwei, vielleicht drei Stunden in dem Graben, als du sie gefunden hast. Es ist sehr unwahrscheinlich, daß ihr der tödliche Schlag dort versetzt worden sein könnte. Jemand hat sie also nach draußen geschafft. Wir wissen nicht, warum. Wir warten immer noch auf die Laborberichte über Drogeneinwirkung; das wird ein paar Tage dauern.«

»Ja, ich erinnere mich daran.«

Tom fuhr nachdenklich fort: »Jetzt kommt das Merkwürdige an der Sache. Sie weist eindeutig dasselbe Muster aus Blutergüssen auf wie du, wenn John Richard dich verprügelt hat. Wenn er sie zusammengeschlagen und sofort umgebracht hätte, wären die Blutergüsse an der Leiche nicht zu sehen gewesen. Blutergüsse brauchen mindestens drei bis vier Stunden, um sich zu bilden, falls das Opfer nicht zu den wenigen Menschen gehört, bei denen ein Bluterguß nach einer Stunde auftritt. Was ist also zwischen dem Zeitpunkt geschehen, zu dem Suz Craig verprügelt worden ist, und dem Zeitpunkt, zu dem sie an einem Schlag mit dem Kratzbaum der Katze gestorben ist? Und wie ist sie in diesen Graben gekommen?«

»Die Vandalen sagen, daß John Richard in jener Nacht weggefahren und dann zurückgekommen ist. Oder jemand in einem Jeep wie seinem ist dorthingekommen, mit ausgeschalteten Scheinwerfern.«

»Ja.« Tom seufzte müde. »Ich weiß, was sie gesagt haben. Wir überprüfen, ob irgendwo in der Gegend von Denver ein weißer Jeep gemietet worden ist. Und wir müssen auf den Laborbericht über Drogeneinwirkung warten. Außerdem ist die Haut unter ihren Nägeln ins Labor geschickt worden. Falls es sich um Kormans Haut handelt, kriegen wir ihn wenigstens wegen Körperverletzung dran.«

Aber nicht unbedingt wegen Mord. Ob er in die Todeszelle kam? Ich wollte nicht daran denken.

Wie Tom vorhergesagt hatte, schlief ich nicht gut. Einmal schlich ich hinunter in die Küche und tippte meine Notizen über das, was ReeAnn Collins, Amy Bartholomew, Donny Sauners und Tom mir erzählt hatten, in den Computer ein. Ich hatte kein photographisches Gedächtnis. Aber andererseits, nach dem, was ich beim Zusammenleben mit dem Kotzbrocken durchgemacht hatte, betete ich darum, nie über ein photographisches Gedächtnis zu verfügen.

Trotz der Tatsache, daß der Dienstagmorgen mit strahlendem Sonnenschein anbrach und juwelenbunte Kolibris an den Erdgeschoßfenstern vorbeischwirrten, fühlte ich mich nicht im geringsten aufgeheitert. Tom war früh gegangen. Ich machte meine Yoga-Übungen, im Versuch, einen leeren Kopf zu bekommen – nicht einfach. Heute, inmitten aller anderen Krisen, mußte ich mit der Bewirtung der Leute von der Puppenausstellung anfangen. Ich hatte kürzlich gelesen, es sei notwendig, bei der Arbeit in eine Zone der Freude einzutreten, vor allem dann, wenn man seine Arbeit ein Leben lang gern tun wolle. Ich versuchte, die Zone vor mir zu sehen und mir vorzustellen, Gail Rodine halte sich nicht darin auf.

Ich schnitt die abgekühlten Briochelaibe in Scheiben und fing dann damit an, die Lunchpakete zusammenzustellen. In jedes gehörten vier Sandwichdreiecke: mit Gurke, Räucherlachs, Schweizer Käse und dem Belag aus Pesto, Tomaten und Chèvre, die Donny Saunders so heißhungrig verschlungen hatte. Ich erschauerte und machte mir einen Eiskaffee. Etwas, was Donny Saunders gesagt hatte, trieb knapp unter meiner Bewußtseinsebene, während ich kühle Mayonnaise auf die Brotscheiben strich und die Beläge für die Sandwiches bereitstellte.

Als ich die Sandwiches fertig eingewickelt hatte, steckte ich in jedes Paket ein Fläschchen Weißwein, Käsestangen, einen Becher Obstsalat aus Pflaumen, Orangen und Bananen und eine Plastiktüte mit einem Babsietörtchen und einem Schokoladenplätzchen. Als ich das letzte Paket zumachte, fiel mein Blick auf den Computer. Computer, Disketten, Bänder. Bänder. Wenn Luella jemandem etwas über das Mitschneiden erzählt hätte, wäre ihr gekündigt worden. Wie wichtig waren diese Besprechungen, die Suz mitgeschnitten hatte? Ich wußte es nicht, und ich hatte Tom versprochen, nicht bei ACHMO herumzuschnüffeln. Ich rief im Büro von Brandon Yuille an. Ich würde mich dafür entschuldigen, daß ich ihm vor John Richards Praxis über den Mund gefahren war, und dann Informationen aus ihm herausholen. Als seine Assistentin mißtrauisch fragte, wer am Apparat sei und ich es ihr sagte, mußte ich zwei Minuten auf ihre knappe Antwort warten, Mr. Yuille sei nicht erreichbar. Ich fragte, ob ich zu einem günstigeren Zeitpunkt zurückrufen könne. Sie erwiderte eisig, es gebe schlicht und einfach keinen günstigen Zeitpunkt. Schön. Ich legte auf und rief im Büro von Chris Corey an.

Seine Sekretärin stellte mich sofort durch. »Goldy!« Seine tiefe, grollende Stimme klang überrascht. »Was gibt's? Korman hat Sie doch nicht etwa belästigt, oder?«

»Das traut er sich nicht. Hören Sie, Chris, ich habe mir Gedanken gemacht über etwas, was einer der Ermittler gesagt hat.« Ich zögerte, erinnerte mich daran, daß ich versprochen hatte, nicht zu erwähnen, daß es Luella gewesen war, die Donny gegenüber die Karten auf den Tisch gelegt hatte. »Es hat etwas mit dem zu tun, worüber wir am Sonntag im Café mit Frances gesprochen haben. Sie haben gesagt, daß ACHMO in John Richards Praxis nach Notizen über die Klage der McCrackens suchen will.«

»Na ja . . . ja.«

»Ich hab' gehört, daß auch Bänder verschwunden sind.«

Chris ächzte. »Erinnern Sie mich nicht daran.«

Ich hakte unschuldig nach: »Was ist denn damit los? Warum hätte Suz Bänder von Besprechungen in ihrem Büro aufbewahren sollen?«
Er senkte die Stimme. »Hören Sie, Goldy, es ist eine Riesenkrise. Alle regen sich darüber auf. Niemand scheint zu wissen, warum sie in ihrem Büro mitgeschnitten hat. Heimlich mitgeschnitten. Was die Sache viel schlimmer macht.«
»Sie sagen das, als ob es andere Tonbandgeräte gäbe.«
»Ja, sicher. Die Mikrophone in unserem Konferenzraum sind eingeschaltet, und alle wissen, daß dort alles mitgeschnitten und dann transkribiert wird, damit wir für jede Konferenz exakte Protokolle haben. Es könnte sein, daß Suz Angst vor Betriebsspionage gehabt und deshalb vorsichtshalber in ihrem Büro mitgeschnitten hat. Vielleicht hat sie die Bänder dort eingeschlossen und aus dem Büro nach Hause oder sonstwohin mitgenommen, falls irgendeine Drohung auftaucht.«
»Hat sie von Ihrer Zusammenarbeit mit Frances gewußt?«
»Nur falls ihr Frances das erzählt hat, und das ist unwahrscheinlich.«
»Wer hätte der Spion sein können, der Suz Sorgen gemacht hat?«
»Hören Sie. Unsere Konferenzen sind vertraulich, und falls eine andere Krankenversicherung, zum Beispiel MeritMed, versuchen sollte, die Einzelheiten unserer Expansionspläne herauszubekommen, könnte uns das höllisch teuer zu stehen kommen. Und weil uns ein Gerichtsverfahren ins Haus steht, löst der Gedanke, Bänder von anderen internen Besprechungen könnten bei der Konkurrenz kursieren, wo sie jedem in die Hände fallen, bei der Geschäftsleitung eine Massenparanoia aus, glauben Sie mir.«
»Sind Sie sicher, daß Suz die Bänder hatte?«
»Nein! Der Geschäftsleitung ist flau im Magen, weil jemand, den Suz entlassen hat, sie haben könnte. Falls jemand außer Luella gewußt hat, daß Suz mitgeschnitten hat, hätte so jemand

ein Motiv haben können, sie zu stehlen, vor allem, falls sie möglicherweise etwas gegen ACHMO beweisen. Außerdem«, fügte er finster hinzu, »sind sie voller Panik, daß Patricia McCracken sie sich irgendwie beschafft haben könnte. Die Frau ist ein bißchen durchgedreht. Es würde hier niemanden überraschen, wenn es ihr gelungen wäre, den Schlüssel zum Aktenschrank zu stehlen, ins Büro einzubrechen und die Bänder von jenen Tagen entwendet hätte, an denen Suz sich wegen des Falls McCracken mit unseren Anwälten getroffen hat.«

»Sie wissen nicht einmal, für welche Tage die Bänder der Besprechungen fehlen?«

Er stöhnte vor Frustration. »Wir versuchen, das zu rekonstruieren, aber es ist ein Riesenchaos. Heute sollten wir es wissen. Angeblich haben wir einen Sicherheitsdienst, aber Sie wissen ja, wie so etwas läuft. Wie auch immer, Goldy, apropos Besprechungen, ich muß jetzt zu einer. Schadensbegrenzung. Viel Glück bei dem, woran Sie gerade arbeiten.«

»Eigentlich arbeite ich an gar nichts, Chris. Es geht nur darum, daß mein Sohn völlig durcheinander ist. Ich habe ihm versprochen, daß ich versuchen werde, seinem Dad zu helfen, so wenig ich den Mann leiden kann.«

Ich legte auf und steckte die Lunchpakete in Tiefkühltüten, in denen sie garantiert kalt blieben. Als ich fast fertig war, kam Macguire zum Frühstück herunter. Seine Verwandlung war erstaunlich. Seine Wangen waren tatsächlich rosa, sein nur leicht wackliger Schritt federte, und er hatte ein breites Lächeln im Gesicht, das mich zum Lachen brachte.

»Ich mach' dir einen Toast«, erbot ich mich. »Und vielleicht ein paar Eier?«

»Klingt toll.« Während die Spiegeleier in der Pfanne brutzelten, spülte Macguire pflichtschuldig die zehn Kräuterkapseln mit Wasser hinunter, das durch das Chlorophyll ein Science-fiction-Grün angenommen hatte. »Todd und Arch schlafen noch«, erklärte er. »Ich weck' sie um zehn. Sie haben bis drei Uhr morgens Musik gehört. Ich mach' ihnen auch Frühstück. Vermutlich Toast.« Sein Grinsen wärmte mir das Herz.

Ich bedankte mich dafür, daß er sich um Arch und Todd kümmern würde, lehnte sein Angebot ab, mir beim Einladen meiner Lieferung zu helfen, und schleppte den ersten Karton hinaus zum Lieferwagen. Als ich in die Küche zurückkam, klingelte das Telefon.

»Goldy, mein Gott, ich bin so froh, daß ich dich erreiche.« Ralph Sheltons Stimme klang erschöpft und angespannt. »Hör mal, es tut mir entsetzlich leid, daß ich dich auf der Party der McCrakkens gerammt habe. Ich habe einfach die Kontrolle über diese Skates verloren. Bist du in Ordnung?«

»Sicher, Ralph.« Zwecklos, ihn mit einer Litanei meiner anhaltenden Schmerzen zu bekümmern. »Danke für den Anruf.«

Er zögerte. »Ich muß kurz mit dir reden. Erinnerst du dich daran, wie du bei mir warst und nach dem Weg zu den McCrackens gefragt hast?«

»Ja. Worum geht es denn?«

»Ich sollte heute morgen nach Omaha fahren, aber es hat sich herumgesprochen, daß ... O Gott, ich muß wissen, ob du etwas über diese Bänder weißt, die Suz Craig aufgenommen hat. Bitte, sag's mir, Goldy. Ich werd' zu dir auch ehrlich sein. Als alter Freund.«

Ich holte tief Luft. »Warum liegt dir etwas an den Bändern?«

Seine Stimme schwankte, als wäre er kurz vor dem Weinen. »Weil ich letzten Monat bei ihr war, genau gesagt, am vierzehnten, und ... Es geht einfach nicht, daß jemand erfährt, worüber wir gesprochen haben. Bitte, Goldy, hilf mir. Suz hat versucht, mich zu vernichten. Hast du die Bänder? Hat sie John Richard? Sind sie in seiner Praxis? Oder in seinem Haus? Ich bin schon an Suz' Haus vorbeigefahren, und da ist ganz herum das verdammte gelbe Band –«

»Ralph, beruhige dich. Sag mir erst – warum genau bist du bei ACHMO entlassen worden?«

Einen Moment lang glaubte ich, er werde nicht antworten. Aber dann seufzte er. »Beschwerden von Patientinnen. Keine sexuelle Belästigung oder etwas in der Art. Ich bin einfach ein miserabler ärztlicher Betreuer. Das war immer so. Du kannst dir vorstellen, daß das für einen Frauenarzt tödlich ist. Mir ist eine Stelle in der Verwaltung von MeritMed angeboten worden. Ich habe sie angenommen.«

Ich dachte an Suz' Sekretärin, die Suz mit Drohungen bei der Stange gehalten hatte. »Hat Suz dir in irgendeiner Weise gedroht?«

Er zögerte. »Du hast viel erfahren, nicht wahr? Sie hat Leuten gedroht, ja, mir auch. Aber es war alles ... übertrieben. Ich bin gegangen, bevor sie mich ruinieren konnte«, schloß er düster. »Aber wenn irgend jemand diese Bänder in die Finger bekommt ... O Gott«, ächzte er.

»Hast du ... warst du ... hast du Suz Craig etwas getan?«

»Natürlich nicht, für wen zum Teufel hältst du mich?«

Genau das wußten wir nicht, nicht wahr? »Ich weiß ehrlich nicht, wo die Bänder sind, Ralph. Und John Richard ist gegen Kaution auf freiem Fuß. Du könntest ihm oder seiner Praxis einen Besuch abstatten. Aber seine Sekretärin regt sich total über das Chaos auf, und man kann nicht wissen, in was für einem emotionalen Zustand John Richard ist. Wenn ich du wäre, würde ich beiden aus dem Weg gehen.«

»Ja, schon, aber du bist nicht ich.«

Im LakeCenter war die Babsiepuppenausstellung in vollem Schwung. Der Wachmann, sogar noch verkaterter als neulich, knurrte eine Frage danach, ob mein Assistent mir helfe, denn er habe strikten Befehl, »diesen jungen Burschen« nicht in die Nähe der Puppen zu lassen. Ich behielt die Geduld und sagte ihm, mein Assistent begleite mich heute nicht. Der bewaffnete Wachmann eskortierte mich an den Ausstellungstischen vorbei, wo glänzende Reihen aus wohlgeformten, ultraschlanken, kunstvoll frisierten Babsies in paillettenbesetzten Spitzengewändern den aufgeregten Besucherinnen schwärmerische Ah- und Oh-Rufe entlockten. Sogar ich war beeindruckt, vor allem, als ich die Preisschilder sah.

Zur vereinbarten Zeit verteilte ich auf dem Patio Lunchpakete an Frauen, die blaue Essensgutscheine umklammerten. Während sie aßen, gönnte ich mir einen ausführlicheren Rundgang durch die Ausstellung. Ein Tisch war ausschließlich Feiertagsbabsies von 1990 bis zur Gegenwart gewidmet. Alle Puppen gehörten Gail Rodine. Alle waren mit dem Schild »unverkäuflich« versehen. Die Kostüme waren festlich und phantastisch: winzige Straßsteine glitzerten auf schimmernden roten und grünen Taftroben; weiße Pelze hoben sich von Abendkleidern aus dunklem Samt ab. Ein weiterer Tisch zeigte Babsie als Astronautin, Babsie als Tierärztin, Babsie als Primaballerina, Babsie, wie sie ihren Pudel auf den Champs-Elysées ausführte, sogar Babsie als Präsidentin. Es fehlte nur noch Babsie als Elvis. In einem langen Gang waren Accessoires für Babsie ausgestellt. Ich schaute staunend winzige Torerohosen an, hochhackige Schuhe, perlenbesetzte Trikots, Babsiekoffer mit mehreren Fächern, gelockte Perücken in Blond, Schwarz, Brünett und Rot, und Reizwäsche, die zu Babsie im Massagesalon paßte. Wie Donny Saunders gesagt hätte: Au weia!

Die wenigen Besucherinnen, die nicht in Lunchpaketen schwelgten, stießen vor einem Tisch auf der entgegengesetzten Seite des Ballsaals Gurrlaute aus. Als ich zu ihnen kam, merkte ich, daß ihnen nicht wegen meiner Briochegurkensandwiches das Wasser im Mund zusammenlief. Ihre Augen hefteten sich gierig auf eine einzelne Babsie. Ich schaute sie mir an: Babsie in einer »exklusiv japanischen« Robe. Ich wußte nicht, ob das hieß, daß die Robe in Japan hergestellt oder verkauft wurde oder beides. Unwichtig. Ich war gebannt von der Miniaturausgabe einer Modeschöpfung.

Babsies blaue Augen, ihre rosigen Wangen und ihr geschwungener Mund wirkten ernst, und ihre lange, perfekte blonde Mähne wies keine lose Strähne auf. Das Leibchen und der Rock der bodenlangen Robe waren aus schneeweißem Satin, und die Spitzen winziger rosa Schuhe mit hohen Hacken ragten unter dem Saum hervor. Über dem weißen Satin bauschte sich ein knallrosa Überrock aus besticktem Chiffon. Eine Miniaturstola aus demselben rosa Stoff schmiegte sich um die Schultern der Puppe, während ein Collier aus winzigen rosa Perlen ihren Hals schmückte. Sehr hübsch, dachte ich anerkennend, genau das Richtige für einen Amtseinführungsball oder eine königliche Hochzeit. Dann schaute ich auf Babsies Preisschild: dreitausend Dollar. Als die Frau neben mir fragte, ob ich nicht meinte, das sei einfach unglaublich, sagte ich: »Ja, nicht in Worte zu fassen.« Mir sollte niemand nachsagen, ich sei eine Partylieferantin ohne Wertschätzung für die Hobbys ihrer Kundinnen.

Die erste Frau sagte: »Der Händler hat zu mir gesagt: ›Wie können Sie dieser anbetungswürdigen Puppe widerstehen?‹ Jetzt habe ich das Gefühl, diese arme Puppe ist ein Flüchtling und wird verhungern, wenn ich sie nicht kaufe!« Eine Träne rollte ihr über die Wange.

Eine zweite Frau flüsterte: »Ich habe eine Spionin in Frankreich. Sie sollten meine Telefonrechnungen sehen. Aber wenn die französischen Babsies auf den Markt kommen – Sie wissen schon, diejenigen, die wir nicht kriegen –, besorgt sie meine Spionin. Sie schickt sie per Luftpost, aus Sicherheitsgründen in einer schlichten braunen Verpackung. Kostspielig, aber das ist es mir wert.«

John le Carré, stirb vor Neid. Ich riß mich von den Puppen los und kehrte auf den Patio zurück. Mit einem großen Plastikmüllsack sammelte ich schmutzige Becher, Einwickelpapier, benützte Plastiklöffel und leere Weinfläschchen ein. Plötzlich stiegen die Kormorane am Ufer wild flatternd auf, und ich nahm schwach ein fernes Rattern wahr.

Ich setzte mich auf eine Patiobank und sah mit zusammengekniffenen Augen zum Himmel auf. Das Rattern, immer lauter. Im Sommer war es das am meisten gefürchtete Geräusch in Aspen Meadow. Es war der Rettungshubschrauber. Meistens war er nur zu hören, wenn jemand, häufig ein Kind, ertrunken, beim Bergsteigen abgestürzt war oder sich nach stundenlangem Wandern in der Wildnis verlaufen hatte.

Ich trabte zur Mülltonne neben dem See und hievte den Abfallsack hinein. Der Helikopter kreiste in der Nähe der Main Street. Das war merkwürdig. Er schien über dem Cottonwood Creek zu schweben, nicht allzu weit von unserem Haus entfernt. Ich griff nach dem Handy in meiner Schürzentasche, das ich zu Bewirtungen mitnehme, und tippte zittrig unsere Nummer ein, während ich mir ins Gedächtnis rief, daß nicht alle Katastrophen in Aspen Meadow mich betreffen mußten.

Eine Sekunde, zwei Sekunden, drei ... dann war die Verbindung hergestellt, und Arch meldete sich nach dem ersten Klingeln. »Ich bin okay, Mom.«

»Wie hast du –?«

»Soll das ein Witz sein? Du machst dir doch dauernd bloß Sorgen um mich. Ich hab' den Helikopter eben gehört und Marla angerufen, um rauszukriegen, daß sie nicht wieder einen Herzinfarkt gehabt hat. Sie hatte schon rausgefunden, was los ist. Jemand ist in eine Explosion geraten. Ein Grill im Park ist in die Luft geflogen. Sie glauben, daß Bergmotten ein Nest im Abzug gebaut haben. Und dann, als die Person das Propangas angezündet hat, ist der Grill explodiert, genau wie es Frances Markasian in der Zeitung geschrieben hat. Oh, Moment, das ist die andere Leitung. Vielleicht ist es Marla.«

Ich beobachtete das langsame Vorrücken des Minutenzeigers auf meiner Armbanduhr, während ich darauf wartete, daß Arch wieder in der Leitung war. Wie üblich versuchte ich zu rekonstruieren, wo Tom war –

»Oh, Mom«, sagte Arch mit gedämpfter Stimme. »Marla sagt,

weißt du, sie hat die Explosion überlebt, aber sie hat Verbrennungen und blutet –«

»Wer hat überlebt, Arch?« Ich war verzweifelt. »Marla?«

»O nein, Mom. Die Person, die versucht hat, den Grill anzuzünden… die Person, die verletzt worden ist… Es war Ree-Ann.«

Ich fragte Arch, wie es Macguire gehe. Er schlief. Ich fragte, ob Arch etwas von seinem Vater gehört habe. Er sagte nein. Ich sagte ihm, er solle sich vergewissern, daß alle Fenster geschlossen seien und die Alarmanlage eingeschaltet sei. Und bleib im Haus, sagte ich. Es war kein logischer Befehl, sondern ein emotionaler, eine Tatsache, auf die mein Sohn hitzig hinwies. Ich sagte ihm, ich sei in weniger als einer Stunde zu Hause. Dann schaltete ich ab und rief Tom an.

Er war nicht in seinem Büro. Ich schaute auf die Uhr: zwei. Statt eine Nachricht zu hinterlassen, wählte ich wieder das Revier an und bat darum, mit Sergeant Beiner zu sprechen. Als sie sich meldete, nannte ich meinen Namen und erzählte ihr, was geschehen war.

»Moment«, sagte sie. Sie raschelte im Hintergrund mit Papier. »Diese ReeAnn? Kormans Sekretärin, stimmt's?« Ich bestand darauf, daß ReeAnns Unfall etwas mit dem Mord an Suz Craig zu tun haben müsse.

Sergeant Beiner sagte ruhig: »Wie?«

Ich biß mich in das Wangeninnere und beobachtete, wie die Kormorane wieder auf dem See landeten. Ein Kolibri schwirrte durch die Luft und tauchte dann ab, um den Nektar aus einer nahen Mohnblüte zu saugen.

»Wie«, wiederholte ich Sergeant Beiner nicht ganz so geduldig, »könnte ein Unfall von ReeAnn Collins etwas mit Suz Craig zu tun haben? Möglicherweise hat John Richard geglaubt, daß sie Suz umgebracht hat, und beschlossen, sie zu bestrafen. Aah ... vielleicht glaubt jemand, daß ReeAnn über etwas Belastendes verfügt.«

»Hmm«, sagte Sergeant Beiner, eindeutig nicht überzeugt.

Ich erzählte ihr, ich wisse Bescheid darüber, daß Suz heimlich Besprechungen mitgeschnitten habe. Ich fügte hinzu, Donny Saunders und Chris Corey hätten berichtet, daß etliche Bänder fehlten. Vielleicht glaubte jemand, ReeAnn habe sie. Vielleicht waren Patricia McCracken oder Ralph Shelton oder sonst jemand so verzweifelt hinter den Bändern her, daß sie versucht hatten, ReeAnn in die Luft zu sprengen. Sergeant Beiner sagte, alle diese Leute hätten ReeAnn schon länger gekannt, warum sollten sie ihr jetzt etwas antun?

»Ich weiß es nicht«, erwiderte ich hartnäckig. »Vielleicht wegen der Bänder. Aber es gibt eine Verbindung, da bin ich mir sicher.«

»Goldy«, riet mir Sergeant Beiner, »halten Sie mal die Luft an.«

»Bitte, helfen Sie mir«, flehte ich sie an. »Ich weiß, daß Sie normalerweise die betroffenen Familien über die Fortschritte einer Ermittlung auf dem laufenden halten ... Können Sie uns bitte helfen, damit wir Bescheid wissen und mein Sohn keine solche Angst haben muß?«

Einen Moment schwieg sie. Denn sagte sie knapp: »Bei Patricia McCracken weiß ich es nicht. Sie hat heute morgen angerufen und sich nach dem neuesten Stand in der Kriminalermittlung erkundigt, damit sie sich schlüssig werden kann, was sie mit ihren Zivilklagen machen soll. Und« – Seiten raschelten, und ich wußte, daß sie ihre Notizen konsultierte – »Amy Bartholomew ist heute morgen von Donny Saunders befragt worden. Ms. Bartholomew hat ihm gesagt, daß sie ein paar Tage allein zum Campen in das Naturschutzgebiet von Aspen Meadow fahren will und daß Sie ihr geraten haben, sie solle eine Zeitlang wegfahren. Vielleicht ist sie nicht gefahren, aber ich glaube nicht, daß sie gegen ReeAnn Collins einen lebensbedrohlichen Groll gehegt hat. Glauben Sie das?«

»Eigentlich nein.«

»Was Dr. Korman anlangt, er ist gegen Kaution auf freiem Fuß, wie Sie zweifellos wissen. Vielleicht sollten Sie Ihre Anstrengungen darauf konzentrieren, die Wiederwahl dieses Richters zu verhindern.« Sie machte eine Pause. »Über Ralph Shelton weiß ich nichts. Wir schicken jemanden hin, der mit ihm spricht. Aber ich muß Ihnen sagen, daß es eine Weile dauern wird.«

»Okay.« Ich kam mir besiegt vor, nicht, weil ich wollte, daß Amy oder Patricia oder Ralph oder jemand bei ACHMO oder John Richard ReeAnn etwas angetan hatten, sondern weil ich völlig verwirrt war. Ich entschuldigte mich murmelnd bei Sergeant Beiner, weil ich sie belästigt hatte, und schaltete ab.

Ich rannte zurück ins LakeCenter und beendete das Aufräumen der Lunchpakete. Gelegentlich, dachte ich, als mich bückte, um den letzten Abfall aufzuheben, den die Besucherinnen hinterlassen hatten, habe ich eine großartige kulinarische Idee, die danebengeht. Aber bevor ich weiß, daß es nicht funktioniert, schürt die Inspiration meine Energie und setzt mein Gehirn unter Strom. Pizza mit Blauschimmelkäse war das Ergebnis solcher Gedanken. Rührkuchen mit entsteinten, eingefrorenen Kirschen war ein weiteres, genau wie Würstchen, überbacken mit Äpfeln und Maisgrütze. Lauter Fehlschläge. Ich hatte an der versalzenen Pizza gewürgt. Der Rührkuchen wurde erst tintenblau, dann matschig, dann ungenießbar. Und als Arch zwei Bissen von der Kreation mit den Würstchen gegessen hatte, fragte er, ob wir bei Burger King frühstücken könnten.

Meine meisten Essensideen und Experimente gelingen. Aber es ist schwer, das im Gedächtnis zu behalten, wenn es zu Fehlschlägen kommt. Und statt darauf mit einer optimistischen Einstellung à la Thomas Edison zu reagieren – jetzt weiß ich, was nicht funktioniert –, fühle ich mich meistens frustriert und bin wütend, weil ich Zeit verschwendet und Geld für Zutaten ausgegeben habe, die zu solchen Katastrophen führten. Was noch schlimmer ist, die Quälerei wegen der Fehlschläge wirft mich immer in ein psychologisches Loch der Unsicherheit. Fragen wie: Arbeitest du wirklich auf dem richtigen Gebiet? und: Für wen hältst du dich eigentlich? suchen mich heim. Schließlich reiße ich mich natürlich immer zusammen, werfe den Fraß in den Müll und gehe zur nächsten Kreation über.

Jetzt sehnte ich mich nach diesem Zusammenreißen. Arme ReeAnn.

Als ich auf die Knöpfe unserer Alarmanlage drückte und unser Zuhause betrat, hob die Wärme innen meine Lebensgeister ein wenig. Es ist nicht so schlimm, sagte ich mir. ReeAnn war am Leben, wenn auch verletzt. Ich hielt mein Versprechen Arch gegenüber. Ich versuchte, herauszufinden, was Suz Craig tatsächlich zugestoßen war. Ich wollte den Kotzbrocken nicht entlasten, es war mir gleichgültig, ob er überhaupt je entlastet wurde. Aber ich wollte wissen, was geschehen war und warum, damit ich Arch mit reinem Gewissen sagen konnte, ich hätte mein Bestes getan, wenn sie John Richard ins Gefängnis steckten.

Ich rief im Lutheran Hospital an und fragte nach dem Zustand von ReeAnn Collins. Ich erfuhr, weil ich keine Familienangehörige sei, dürften sie mir keine Auskunft geben. Im ersten Stock hörten Arch und Macguire etwas, was angeblich als Musik bezeichnet werden konnte. Macguire zeigte mir eine riesige Schachtel mit importierten Pralinen, die Marla vorbeigebracht hatte. Sie hatte den Jungen gesagt, sie fahre ins Lutheran Hospital, um sich nach ReeAnn zu erkundigen, und rufe mich später an. Ich wußte, daß sie die Auskunft bekommen würde. Wenn Marla Leuten erzählte, sie sei eine Familienangehörige, wurde ihr selten widersprochen.

Die Jungen boten mir eine eingewickelte Mozartkugel an, und ich nahm sie. Es war eine Spur ironisch, daß diese beiden die klassischen Meister der Musik nur durch Süßigkeiten kennenlernten. Nach wenigen Momenten beulte weitere Schokolade ihre Wangen aus, und Lärm schallte unsere Straße entlang. Ich dachte wieder an Schönbergs Mutter und zog mich hastig in meine Küche zurück.

Ich schaltete meinen Computer ein und ging die Akte durch, die ich über die Umstände von Suz Craigs Tod angelegt hatte. Welche Bedeutung konnte ReeAnn für den Mord an Suz Craig haben? Wo war das Bindeglied? Ich sah keines, abgesehen von der Tatsache, daß ReeAnn alles über die Machenschaften des Kotzbrockens gewußt hatte und vermutlich auch viel über die von Suz Craig.

Ich ließ die Computerakte zurücklaufen und las einen frühen Eintrag noch einmal, in dem ich das Mittagessen zusammenfaßte, das ich ihr im Juli geliefert hatte. Es war ein klarer sonniger Tag gewesen, mit Wolken, die sich über den Bergen im Westen türmten, und Vögeln, die zwischen den blauen Glokkenblumen herumschwirrten. Suz war nervös wegen des Aussehens ihres Gartens mit der unfertigen Gestaltung gewesen. Sie hatte sich Sorgen wegen des Wetters gemacht, weil sie nicht wollte, daß die großen Tiere bei einem unerwarteten Gebirgsschauer triefnaß wurden. Sie hatte wenig Interesse an der Zubereitung und der Präsentation des Essens gezeigt. Mir sagte das: Karrierefrau, die nach dem College keinen Umweg durch die Küche gemacht hat. Was bestens war. Diese Art von Kundin weiß meine Arbeit unkritisch zu schätzen, hält sie sogar für eine Form von Zauberei. Suz hatte fröhlich gewirkt, aber sie hatte das Essen nicht wirklich genossen. Und als Chris Corey die Treppe hinunterfiel, war sie außer sich gewesen.

Das alles drängte die Frage auf, an die ich zunächst nicht gedacht hatte: Warum waren die Leute aus Minneapolis im Juli zu Besuch gekommen? Die Leute hatten bei dem Essen jedenfalls keine Jahresabrechnung, Buchprüfung oder Konferenz erwähnt. Im Rückblick wirkte das merkwürdig. Als ich einen der Besucher gefragt hatte, was ihn nach Denver geführt habe, hatte ich eine unverbindliche Antwort bekommen, in der Richtung von »Brandbekämpfung«. Was für ein Brand? Suz' Gäste waren alle aus der Personalabteilung in der Hauptverwaltung von ACHMO gekommen, soviel wußte ich. Ich hatte einen Kumpel aus der Essensbranche in der Personalabteilung von ACHMO in Denver. Aber als ich Brandon Yuille das letzte Mal gesehen hatte, in der Praxis von John Richard, war er wütend auf mich gewesen, weil ich ihm nicht gesagt hatte, wo der Kotzbrocken etwas verstecken würde. Jetzt begriff ich, daß er vermutlich die fehlenden Besprechungsbänder meinte, außerdem Notizen über die Klagen wegen des Kunstfehlers und der Vernachlässigung der Aufsichtspflicht. Ich hatte wieder ein schlechtes Gewissen, weil ich ihm über den Mund gefahren war, und beschloß, mich mit ihm zu versöhnen, ehe ich ihm weitere Fragen nach Suz stellte.

Wenn ich mein Versprechen Tom gegenüber halten wollte, konnte ich Brandon keinen Besuch im Büro von ACHMO abstatten. Sie hätten die Exfrau des Mannes, der beschuldigt wurde, ihre stellvertretende Direktorin ermordet zu haben, sowieso nicht hineingelassen. Statt dessen rief ich in Brandons Büro an und stellte mich wieder vor: Goldy Schulz, Partylieferantin, eine Freundin von Brandon. Wieder war Brandons Sekretärin entweder gut geschult oder einfach ihr übliches mißtrauisches Selbst. Sie fragte nach dem Grund meines Anrufs.

»Ich muß mich bei ihm für ein Mißverständnis zwischen uns entschuldigen. Außerdem möchte ich mit ihm über ein Mittagessen reden, das ich vor einer Weile beliefert habe«, erwiderte ich. Ich vermied es, den Namen von Suz Craig zu erwähnen. »Wir haben über Thaiküche und über Konfekt gesprochen, erinnern Sie ihn daran. Ich habe ein paar Fragen wegen der Party selbst.«

Eine Pause entstand. »Aah«, sagte die Sekretärin schließlich mit unechtem Bedauern, »es sieht danach aus, als hätte Mr. Yuille in den nächsten drei Tagen eine Konferenz.«
»Machen die niemals eine Pause?« fragte ich gutmütig. »Es dauert nicht lange.«
Sie reagierte nicht sofort. Ich hatte das Gefühl, sie schaue Brandon an, der heftig den Kopf schüttelte. Nach einer Weile erklärte sie steif: »Ich kann Sie mit Mr. Yuilles Anrufbeantworter verbinden, wenn Sie wollen.«
Ich bejahte und teilte der aufgezeichneten Stimme kurz mit, ich versuchte, meinem Sohn dabei zu helfen, die Festnahme seines Vaters zu verkraften, indem ich ihn über die Mordermittlung auf dem laufenden hielt. Ob Brandon mir verzeihen könne, daß ich ihn in Kormans Praxis so kurz abgefertigt hatte? Und könne er meine Neugier befriedigen, mir sagen, warum das Personalabteilungsteam aus Minneapolis eigentlich nach Denver gekommen sei? Schließlich: ob er zufällig wisse, ob jemand John Richards Sekretärin ReeAnn Collins nach dem Leben trachte, die eben bei einem Grillunfall schwer verletzt worden sei?
So, dachte ich, als ich auflegte, das könnte unsere Freundschaft entweder ruinieren oder sie auf eine ganz neue Ebene heben. Ich hatte das beunruhigende Gefühl, daß ich ihn zu stark bedrängt hatte. Darüber hinaus war es, wie es zu diesem Zeitpunkt schien, äußerst fragwürdig, ob meine Fragen mir nützliche Informationen einbringen würden.
Ich wollte kochen. Aber mein knurrender Magen vermeldete, daß ich zu hungrig war, mich zu konzentrieren. Ich hatte in den letzten acht Stunden nichts gegessen außer einem Stück Toast und einer Mozartkugel und Kaffee getrunken. Ich sah mich um und fiel wie eine Irre über den Behälter mit den Schokoladeplätzchen her. Ich hatte zwar Berichte darüber gelesen, wie Süchtige ihren Drogenkonsum steigern, aber meiner Meinung nach geht nichts über dunkle, samtige Schokolade auf nüchternen Magen. Ich schloß die Augen, biß in ein Plätzchen und

wartete auf den Kick. In meinem Kreuz setzte eine Ekstase aus Schauern ein. Ich seufzte mit schokoladesüchtiger Zufriedenheit. Jetzt war ich bereit, mich dem zu stellen, was der restliche Tag bringen mochte.

Nach meinem Auftragskalender wollte der Vorstand von Gail Rodines Puppenclub am nächsten Morgen – Mittwoch – ein Nobelfrühstück am See. Ich hatte ihr überbackene Rühreier mit Sahnekäse und Shrimps, Obstkebabs, mit Honig gewürzten Schinken und diverse Brotsorten versprochen. Meine Lieferantin hatte das Fleisch am Freitag gebracht. Ich hievte den dicken Schinken mit Knochen auf die Arbeitsfläche und sah nach, ob er so eingeschnitten war, wie ich ihn bestellt hatte. Das war er, und ich mußte ihn am Morgen nur noch garen. Die Eier und Shrimps würde ich im LakeÇenter zubereiten, aber um die Brote mußte ich mich heute kümmern.

Ich hatte von den Lunchpaketen noch zwei große Briochelaibe übrig, außerdem mehrere Dutzend dunkle Pumpernickelbrötchen, die ich gebacken und eigens für diesen Anlaß eingefroren hatte. Aber es fehlte noch eine Brotsorte zur Abrundung. Experimentieren, um ein köstliches neues Brot für ein gehobenes Frühstück zu backen? Bitte, laß mich nicht in die Röhre gucken. Thomas Edison, hier komme ich. Ich wußte, daß ich es konnte. Ich musterte nachdenklich den Inhalt des begehbaren Kühlschranks.

Alle guten Partylieferanten bewahren aus Sparsamkeit übriggebliebene Zutaten auf. Ich sah Eiweiße, die ich für die Babsietörtchen nicht gebraucht hatte, zwei Orangen, die ich zusammen mit den Zitronen bestellt hatte, und mehrere ungeöffnete Packungen Mohnsamen. Ich griff nach diesen Zutaten. Ich würde ein kuchenähnliches Mohnbrot mit Orangen backen. Oder bei dem Versuch sterben.

Wie immer wich beim Kochen oder Backen die Trübsal von mir. Während die Eiweiße schaumig geschlagen wurden, wog ich die Trockenzutaten ab und genoß dann den feinen Sprühnebel aus

Zitrusöl, als ich Zesten von den Orangen riß. Draußen schien die Sonne strahlend an einem tiefblauen Himmel, und eine warme Brise fuhr durch die Espen. Ich machte das Fenster über dem Spülbecken auf. Die Musik der Jungen hallte die Straße entlang wider. Draußen im Hintergarten heulte Jake zur Begleitung. Ich lächelte. Wenn die Musik die Jungen glücklich machte, würde ich kein Wort dagegen sagen.

Ich rührte den Mohn in den Teig, als John Richard Korman vor das Fenster sprang. Ich schrie und ließ die Schüssel ins Spülbekken fallen. Die Schüssel zerbrach. Jake heulte. Der Hund war hinten ausgesperrt und konnte mir nicht helfen. Ich hatte die Alarmanlage ausgeschaltet. Ich hatte sie nicht wieder eingestellt. O Gott.

Ohne etwas zu denken, wirbelte ich wild Richtung Telefon herum. Aber inzwischen hatte John Richard die Jalousie hochgezogen, langte durch das Fenster und packte mein Handgelenk.

»Laß los!« rief ich, als ich meine Hand zurückzerrte. »Geh weg!« schrie ich. Er schob sich durch das Fenster, umklammerte mein Handgelenk immer noch fest. Mit der freien Hand schlug er mir ins Gesicht. Er roch nach Whiskey.

»Halt's Maul!« brüllte er. »Eins sag ich dir, Goldy.« Seine Stimme klang bedrohlich, als ich den Mund aufmachte, um wieder zu schreien. »Zum Teufel, halt's Maul. Ich will mit dir reden. Ich will mit Arch reden. Laß mich rein.«

Statt dessen stieß ich ihn heftig, im Versuch, ihn hinauszubekommen. Erbarmungslos verrenkte er mir das Handgelenk. Ich schrie vor Schmerz auf. Wieder sagte er zu mir, ich solle zum Teufel das Maul halten. Dann riß er meine Hand über den Fensterrahmen. Blut spritzte aus meinem Unterarm, wo die Haut gegen das Metall kratzte. Der arme Jake heulte vergeblich. Mein Unterleib preßte sich schmerzhaft gegen die Spüle. Meine Füße berührten kaum den Boden.

»Wer hat diesen Scheißdreck an mein Haus geschrieben?« Er

verrenkte mir das Handgelenk heftiger. »Die Nachbarn sagen, daß du es weißt. Wer war es?«

»Vandalen.«

Ich hielt mir die freie Hand vor das Gesicht, im Versuch, es vor einem weiteren Schlag zu schützen. »Vandalen. Das Büro des Sheriffs weiß nicht, wer sie waren. Sie können sie nicht finden. Das hier ist keine gute Idee«, warnte ich ihn. »Geh weg. Ich verspreche, daß ich Tom nichts sage.«

»Warum hast du die Tür nicht aufgemacht, als ich geklopft habe?«

»Ich habe dich nicht gehört.«

»Ich hab' gesagt: ›Warum hast du die Tür nicht aufgemacht, als ich geklopft habe?‹«

»Ich hab's dir doch gesagt ... au ...« Wieder durchfuhr der Schmerz mein Handgelenk. »Ich habe dich nicht gehört.«

»Quatsch. Hör zu. Ich habe sie nicht umgebracht.« Mit der anderen Hand packte er mein Kinn und zwang mich, ihm in die Augen zu schauen. »Ich habe Suz Craig nicht umgebracht. Sie war abgemahnt worden« – ein weiterer Ruck an meinem Arm brachte mich zum Wimmern –, »von den Leuten aus Minneapolis, und ihr drohte die Entlassung. Wir haben uns gestritten, aber ich habe sie nicht umgebracht. Die haben sie umgebracht.« Seine Finger bohrten sich so brutal in mein Handgelenk, daß ich winselte.

»Sag's den Cops«, keuchte ich. »Sag's ... deinem Anwalt.«

»Das habe ich getan! Ich wollte es bloß auch dir sagen!«

Sein attraktives Gesicht verzerrte sich vor Zorn. Ich wußte, daß er mich wieder schlagen würde. Wegen der beiden Jungen im ersten Stock packte mich die Panik. Ich konnte nicht zulassen, daß Arch uns wieder so sah. Ich wollte nicht zulassen, daß der Kotzbrocken mir wieder so weh tat. Benommen vom Schmerz hielt ich verzweifelt nach etwas – irgend etwas – Ausschau, was mich retten konnte. Kein Messer war in Sichtweite.

Durch zusammengebissene Zähne sagte er: »Ich will mit dem

Jungen reden, der hier bei dir wohnt. Perkins. Ich glaube, daß er mein Haus besprüht hat.«
Schmerz durchschoß meinen Arm. Ich wand mich, um Halt am Spülbecken zu finden.
»Vergiß es!« schrie ich. Mit der linken Hand packte ich den schweren Schinken auf der Arbeitsfläche. Ich hievte ihn hoch und schlug John Richard damit auf den Schädel. Der Schinken prallte von John Richards Stirn ab, und er verdrehte die Augen nach hinten. Er ließ mein Handgelenk los und stolperte rückwärts.
Ich machte einen Satz zum Telefon, ließ es fallen, hob es auf, tippte 911 ein. Ich rief, ein Eindringling sei bei mir im Haus, mein Exmann John Richard Korman.
Ich schrie: »Er hat mich verletzt! Ich blute!«
»Ist er jetzt da?« Der Notruftelefonist sprach ruhig.
Ich quälte mich zum Fenster und sah gerade noch, wie John Richard zur Straße humpelte und mit einer Hand seine Schläfe umklammerte. »Ja, ja, aber er geht! Beeilen Sie sich!« schrie ich. »Kommen Sie, fassen Sie ihn, und bringen Sie ihn weg!«
Aber ich wußte schon, daß es zu spät war. Der Jeep heulte auf, und er war fort.

Ich machte das Fenster zu und verriegelte es. Draußen hatte Jake mit seinem pausenlosen Geheul nicht aufgehört. Ich ließ ihn durch die Hintertür herein. Er sprang sofort zu mir herüber, fuhr mir mit der Schnauze ins Gesicht und wollte es ablecken. Ich wankte ins Bad, um mir das Blut vom Arm abzuwaschen. Leider rannten Arch und Macguire die Treppe herunter, als die Sirenen ertönten.
Die blutigen Finger meiner linken Hand verriegelten die Badezimmertür. Als die Jungen nach mir riefen, erwiderte ich, ich käme gleich. Ich konnte im Augenblick mit niemandem reden. Ich sah grauenhaft aus. Mein Gesicht war fleckig, auf meiner rechten Wange zeigte sich der scharlachrote Abdruck von John Richards Hand. Ich drehte den Kaltwasserhahn ganz auf und spülte mir immer wieder das Gesicht ab. Es war lange her, seit der Kotzbrocken so mit mir umgesprungen war. Unser Haus war mit einer Alarmanlage gesichert, einem Bluthund, und ein Polizist wohnte hier. Nichts davon hatte etwas genützt.
Würden wir je sicher sein?

Die nächste Stunde verging in einem Nebel. Weil ich darauf bestand, gingen Arch und Macguire nach oben. Die beiden Polizisten, die an die Tür kamen, beide Deputies, die ich nicht kannte, fragten, ob ich ihnen sagen könne, wohin John Richard gefahren sei. Ich gab ihnen seine Adresse im Country Club und flehte sie an, mich wegen meiner Aussage nicht mit aufs Revier zu nehmen. Die Deputies trugen mir auf, aufzuschreiben, was genau passiert war. Während ich schrieb, rief einer der Cops Tom an, der nicht an seinem Schreibtisch war. Der andere konfiszierte den Schinken als Beweismaterial. Ich hätte fast gelacht, aber das gelang mir nicht, weil ich nicht aufhören konnte zu zittern.

Dadurch, daß John Richard während der Mordermittlung, bei der er unter Verdacht stand, mit einer Zeugin Kontakt aufgenommen und sie angegriffen hatte, war er in ernste Schwierigkeiten geraten. Wenn das Büro des Sheriffs ihn ausfindig machte, würde er wieder festgenommen werden. Dadurch, daß ich das wußte, fühlte ich mich nicht viel besser. Ich konnte nur an Arch denken.

Ich duschte, zog frische Sachen an und suchte nach meinem Sohn. Ich fand ihn in seinem Zimmer, mit einem schnurlosen Telefon. Seinem vertraulichen Ton war zu entnehmen, daß er mit seinem Kumpel Todd sprach. Als ich an der Tür klopfte, schaltete er den Apparat schnell aus.

»Darf ich hereinkommen?«

Ich merkte, daß er sich grauenhaft fühlte. Seine Stimme brach, als er flüsterte: »Mom, bist du okay?«

»Nein, Schatz, wirklich nicht.«

»Ich hab' nicht mal die Chance gehabt, ihn zu sehen.«

»Ich weiß.«

Arch sackte verdrossen auf sein Bett und preßte die Lippen zusammen. Schließlich sagte er: »Ich hab' einfach das Gefühl, daß es so hoffnungslos ist. Du hast versprochen, ihm zu helfen, und –«

»Ich habe versucht, ihm zu helfen«, unterbrach ich ihn, auf einen beruhigenden Ton bedacht. »Nicht weil er etwas Gutes getan hätte, sondern weil ich dir versprochen habe, daß ich –«

»Entschuldige, Mom, aber du hast ihm nicht geholfen. Er sagt, daß er Ms. Craig nicht umgebracht hat. Ich glaube ihm.«
»Arch, bitte. Ich habe die letzten Tage am Telefon verbracht, habe Fragen gestellt, bin herumgefahren und habe mit Leuten gesprochen, und –«
Seine Augen hinter den Brillengläsern flammten. »Und was hast du herausgefunden? Nichts!« Er milderte schuldbewußt seinen Ton. »Du willst, daß er ins Gefängnis kommt, das weiß ich. In deinem Herzen.«
Armer, unglücklicher Arch. Es war keine Hilfe, daß er vermutlich recht hatte. Ich wollte, daß John Richard ins Gefängnis kam, wo er nicht noch eine Frau verletzen konnte. Ich sagte geduldig: »Ich warte darauf, daß Leute mich zurückrufen. Ich kann die Leute nicht zwingen, mit mir zu reden.«
Er stand auf und schlüpfte halb unter sein Bett. Als er sich rückwärts darunter hervorschob, umklammerte er seinen Rucksack. »Tut mir leid, Mom, aber ich werde eine Zeitlang bei den Druckmans wohnen. Mindestens bis zu Dads Anhörung. Todds Mutter hat gesagt, es ist okay.« Er zog eine Schublade auf und holte Shorts und Shirts heraus. »Wenn ich nicht hiergewesen wär', dann wär' Dad nie vorbeigekommen und hätte angefangen, dich zu schlagen. Er hat vermutlich nach mir gesucht.«
»Schatz, bitte, bitte, geh nicht.«
»So«, fuhr mein Sohn fort und wich meinem Blick aus, »kriegen wir keinen Riesenärger mehr mit der Polizei. Bitte, geh jetzt aus meinem Zimmer, Mom.«
Er schickte mich aus seinem Zimmer. Er wollte nicht mit mir sprechen. Er weigerte sich sogar, zuzuhören. Ich zog mich in meine Küche zurück, wo ich zehn Minuten lang dasaß, in stummem Schock. Dann rief ich die Druckmans an und entschuldigte mich dafür, daß mein Sohn sich bei ihnen einnisten wollte, und um zu hören, ob ich nicht wenigstens Essen vorbeibringen könne. Kathleen Druckman versicherte mir, es freue sie, Arch so lange bei sich zu haben, wie er bleiben wolle. Und ich bräuchte

auch keine Mahlzeiten zu liefern, sagte sie lachend, das sei für sie nur beleidigend. Sie und ihr Mann würden Arch sogar zum Gefängnis fahren, damit er seinen Vater besuchen könne. Und ob es stimme, daß John Richard mich mit einem ganzen Lachs bewußtlos geschlagen habe? Ich sagte nein, bedankte mich noch einmal bei ihr und legte auf.

Macguire hatte einen Zettel hinterlassen, der an meinem Computer klebte. *Mache einen Spaziergang, hoffe, Sie sind okay. Bis zum Abendessen. Gibt es Pizza?*

Nicht einmal Macguires wiedererwachter Appetit durchbrach mein Elend. Als Arch türenknallend aus dem Haus ging, wäre ich fast in Tränen ausgebrochen. Statt dessen wählte ich Toms Nummer.

Es war vier. Er war nicht da, deshalb hinterließ ich eine kurze Nachricht auf dem Anrufbeantworter. John Richard sei hiergewesen. Sowohl Arch als auch ich seien okay. Wenn er weitere Informationen wolle, könne er mit den beiden Polizisten sprechen, die, wie ich hoffte, John Richard festgenommen hätten, wenn er diese Nachricht bekomme.

Die Erinnerung an den Schlag des Kotzbrockens strömte in mein Bewußtsein zurück. Aber was hatte er da über Suz Craig gebrüllt? Sie war abgemahnt worden. Weshalb? Ich rief wieder bei Brandon Yuille an. Schließlich war er für die Personalabteilung zuständig. Leider weigerte er sich wieder, mit mir zu sprechen, außer auf dem Umweg über seine Sekretärin. Ich sagte ihr, sie solle Brandon fragen, ob die Großkotze bei ACHMO vorgehabt hätten, Suz Craig hinauszuwerfen, und falls ja, warum. Und erinnern Sie ihn daran, sagte ich, das Mißverständnis zwischen uns tue mir leid. Außerdem hätte ich eine enge persönliche Beziehung zu der Enthüllungsjournalistin vom *Mountain Journal*, und sie werde ihn liebend gern wegen eines Interviews belästigen. Ich legte mit einem Knall auf, der nicht dazu beitrug, meine Stimmung zu verbessern.

Ich beseitigte das Chaos in der Küche, das mein Gerangel mit dem Kotzbrocken hinterlassen hatte. Um Macguires Wunsch zu erfüllen, knetete ich einen Pizzateig und stellte ihn zum Aufgehen beiseite. Ich rief meine Lieferantin an, um zu erfahren, ob ich Ersatz für den Schinken haben könne, und bekam ihren Anrufbeantworter. Dann, weil mir nichts anderes einfiel, was ich tun konnte, fing ich von neuem mit dem Mohnbrot mit Orangen an.

Als ich dieses Mal wieder an dem schicksalhaften Punkt angekommen war, den Mohn unterzurühren, klingelte das Telefon. Ich glaubte, es könnte Marla sein, Tom oder auch Brandon Yuille, der mich zurückrief, aber ich irrte mich. Zu meiner Überraschung war es Patricia McCracken. »Was haben Sie herausgefunden?« wollte sie atemlos wissen, als hätte sich in den letzten drei Tagen keines dieser bedauerlichen Ereignisse zugetragen und als wären wir immer noch fröhliche Vertraute.

»Worüber?« Ich schabte behutsam den leichten, feuchten, mohngesprenkelten Teig in eine gebutterte und bemehlte Brotlaibform.

»Über John Richard, Dummerchen! Hat er sich noch mehr Scherereien eingehandelt?«

»Was zum Beispiel?« Ich wollte wirklich nicht darüber sprechen. Jede Auskunft, die ich Patricia gab, hätte sich angesichts ihrer Fehde mit dem Kotzbrocken innerhalb einer Stunde in ganz Aspen Meadow herumgesprochen. Wenigstens hatte sie nicht die verrückte Geschichte gehört, er habe mich mit einem Lachs niedergeschlagen.

»Der Sohn meiner Nachbarin ist am Park vorbeigefahren, als der Hubschrauber gelandet ist. Ich habe gehört, ReeAnn hat Verbrennungen an über drei Vierteln ihres Körpers«, fuhr sie fort. »War sie mit John Richard zusammen? Sie wissen nicht, was sich da abgespielt hat, oder?«

Das war die Frau, die sich bei mir so bitter über die Katastrophenbesessenheit in unserer Gemeinde beschwert hatte? Unglaublich. Manche Leute merken einfach nicht, daß sie dem

Problem, über das sie sich aufregen, zusätzliche Nahrung geben.

»Ich kann jetzt nicht reden, Patricia«, erwiderte ich. »Ich muß Brot zu Ende backen.«

Sie sagte bitter: »Sie sind keine große Hilfe«, und legte auf.

Keine große Hilfe. Sagten das in diesen Tagen nicht alle über mich? Ich schob das Brot in den Backofen, dann schaltete ich den Computer ein und fügte meiner Liste dessen, was ich über Suz Craig wußte, hinzu: *Laut Kotzbrocken ist Suz von der Geschäftsleitung von ACHMO abgemahnt worden.* Kurz danach nahm ich das goldbraune Brot aus dem Backofen und legte es auf ein Gitter. Es parfümierte die Küche mit einem starken Orangenduft. Macguire kam nach Hause, als ich den Hund und den Kater fütterte. Ich versicherte ihm, es gehe mir bestens und ich könne bald wieder Kleeblattbrötchen kneten. Er sah den Abdruck des Schlages in meinem Gesicht und den dicken Verband an, den ich mir um den Unterarm gewickelt hatte. Aber im Gegensatz zu Patricia McCracken war er zu höflich, etwas zu sagen.

Tom kam kurz nach sechs, brachte vegetarianische Calzones und eine dick belegte Würstchenpizza mit. Er stellte das Essen ab, untersuchte behutsam mein Gesicht und meinen Arm und verfluchte John Richard. Er drückte vorsichtig den Pizzateig nach unten, den ich vorbereitet hatte, steckte ihn in einen reißfesten Gefrierbeutel mit Reißverschluß und legte ihn in den Tiefkühler. Als er den italienischen Festschmaus ausgepackt hatte, spürte ich, wie mir die Tränen in den Augen brannten.

»Bitte, Goldy, nicht weinen«, sagte er sanft, als er mich in die Arme nahm. »Was du durchgemacht hast... Es tut mir furchtbar leid, daß ich nicht hier war. Ich habe das Gefühl, ich hätte dich im Stich gelassen.«

»Das hast du nicht getan.«

»Doch.«

»Oh, Tom. Arch ist bis zu John Richards Anhörung zu den Druckmans gezogen.«

»Er kommt zurück«, sagte er zuversichtlich.
Ich ließ mich von ihm festhalten. »Das viele Essen«, murmelte ich schließlich, »wird kalt.«
Er hielt mich auf Armeslänge von sich weg. Seine warmen grünen Augen bedachten mich mit einem skeptischen Blick. »Deshalb habe ich meinen Umluftherd in dieses Haus mitgebracht, weißt du noch? Du magst Pizza, nicht wahr? Auch wenn es eine Pizza ist, die jemand anders zubereitet hat?«
Du magst Pizza? »Klar«, sagte ich unsicher und setzte mich an den Tisch, während Tom den Backofen vorheizte und eine Flasche Chianti aufmachte. Ich erschauerte. Auch wenn es eine Pizza ist, die jemand anders zubereitet hat?
Mein nachmittäglicher Zusammenstoß mit John Richard hatte einen weiteren Ansturm von Erinnerungen mit sich gebracht, von denen ich geglaubt hatte, ich hätte sie verdrängt. Ich hatte einmal versucht, Pizza aufzutischen, die jemand anders zubereitet hatte. Arch war drei Monate alt gewesen und hatte eine schmerzhafte Ohrenentzündung gehabt. Nachdem ich eine ganze Nacht und dann einen ganzen Tag lang mit ihm aufgewesen war, hatte ich aus Erschöpfung eine Pizza zum Abendessen bestellt. Natürlich hatte John Richard einen Wutanfall bekommen. Er hatte die Pizza in Stücke gerissen und in den Mülleimer geworfen. Wenn er ins Haus gelieferte Pizza gewollt hätte, hatte er gebrüllt, wäre er ledig geblieben.
Macguire deckte unaufgefordert den Küchentisch. Keiner von uns erwähnte meinen Sohn. Arch mußte Macguire von seinem Plan erzählt haben, bei den Druckmans zu wohnen. Wieder war Macguire zu höflich, etwas darüber zu sagen.
Es ist seltsam, daß man schließlich Hunger bekommt, wenn man eine schwierige Zeit durchmacht. Die italienische Wurst auf der Pizza, die Tom mitgebracht hatte, bildete eine scharfe, saftige Ergänzung zu dem knusprigen Teig. Die Calzones enthielten so viel dampfende Tomaten, Zwiebeln, Paprika und Käse, daß es schwierig war, einen Bissen in den Mund zu neh-

men, ohne zu kleckern. Als wir zu Ende gegessen hatten, hatte sich meine Stimmung etwas aufgehellt.

»Ich muß etwas mit euch besprechen«, sagte Tom mit der sanften Stimme, die er einsetzte, wenn er eine Bombe platzen lassen mußte.

Ich sagte: »Uh-oh.«

»Die Deputies konnten John Richard nicht finden«, erklärte er sachlich. »Er war nicht in seinem Haus. Die Fahndung nach ihm läuft, aber ihr müßt wissen, daß er auf freiem Fuß ist.«

»Zu hart«, sagte Macguire.

»Vermutlich ist es ganz gut, daß Arch bei den Druckmans ist«, fuhr Tom fort. »Hier zu Hause müssen die Fenster ständig verriegelt bleiben. Stell den Ventilator auf dem Dachboden an, wenn du lüften mußt. Aber die Alarmanlage bleibt eingeschaltet. Ich meine es ernst.«

Ich rieb mir die Schläfen und versuchte stumm, mir Mut zu machen. Aber die aufmunternden Gedanken stellten sich nicht ein. Als Macguire sich erbot, den Abwasch zu übernehmen, waren Tom und ich dankbar einverstanden. Im ersten Stock zeitigten der Chianti und das entspannende Essen schließlich ihre Wirkung. Ganz gleich, wie schlecht die Nachricht ist, man muß essen, braucht irgendwann Schlaf. Ich hatte nicht gut geschlafen, seit ich Suz Craigs Leiche gefunden hatte. Ich gähnte.

»Zieh den Pyjama an«, kommandierte Tom mit einem liebevollen Lächeln, »und laß dir von mir den Rücken reiben.«

»Es ist noch nicht mal acht.«

»Miss G, erlaub mir, mich um dich zu kümmern. Mach kein Theater.«

Ich zuckte zusammen, als ich den Pyjamaärmel über den verletzten Arm streifte, dann fielen mir die Arnikatabletten und die Kräuterkapseln gegen Depressionen von Amy Bartholomew ein, und ich legte sie auf den Nachttisch. Bevor ich sie nehmen konnte, mußte ich jedoch meinem Mann ein paar Fragen stellen.

»Tom«, sagte ich, als ich mich vorsichtig auf den Bauch legte, »wo könnte John Richard sein?«
»Ach, irgendwo, wo er sich sicher fühlt. Vermutlich bei Freunden. Ich glaube nicht, daß er es wagt, dir etwas zu tun. Nicht nach dem heutigen Tag.«
»Ich erlaube mir, anderer Meinung zu sein.« Nach einem Moment sagte ich: »Arch glaubt nicht, daß ich mich mit den Anschuldigungen gegen seinen Vater befasse. Nach allem, was ich getan habe, tut das fast mehr weh als alles andere.«
Toms große Hände drückten und massierten meinen schmerzenden Körper. »Er ist ein Kind, Goldy. Er versteht es einfach nicht. Hab ein bißchen Nachsicht mit ihm.«
»Ich habe jede Menge Nachsicht mit ihm gehabt. Er hat bloß keine mit mir.«
Tom beschloß, darauf nichts zu erwidern. Unter seinen Händen entspannten sich meine verkrampften Muskeln. Ich spürte, daß mir die Augen zufielen.
»Ich muß dich noch was fragen«, sagte ich schwach.
»Es wäre mir lieber, du würdest nicht reden.«
»Hat irgend jemand bei ACHMO euch gesagt, daß Suz mit Entlassung gedroht worden ist? Oder warum?«
Er gluckste. »Korman hat das beim Verhör jedenfalls behauptet. Aber er war der einzige, der es erwähnt hat, und er kann überhaupt nichts beweisen. Alle anderen schwören, daß sie eine sichere Stelle hatte.«
»Ah«, sagte ich. Ich schluckte die Kräuterkapseln und legte mir die Arnikatabletten unter die Zunge. Kurz darauf konnte ich nicht widerstehen, als der Schlaf sein Recht verlangte.
Um zwei Uhr morgens wurde ich so hellwach, daß ich mir sicher war, Arch sei nach Hause gekommen, die Alarmanlage sei losgegangen oder entweder Scout oder Jake kratzten, weil sie nach draußen wollten. Nichts davon war der Fall. Ich schaute aus dem Fenster. Die Nacht war ruhig. Natürlich waren weder eine Brise noch das Plätschern des Bergbachs zu hören, weil alle Fenster

fest verriegelt waren. Ich schaltete die Lampe auf der Kommode ein und sah einen Zettel von Tom.

Miss G., Arch hat angerufen, bevor er ins Bett gegangen ist. Du hast so tief geschlafen, daß ich Dich nicht wecken wollte. Er wollte Dir gute Nacht sagen und daß er Dich liebt. Außerdem hat Marla angerufen. ReeAnn C. ist übel zugerichtet, aber sie glauben, daß sie durchkommt. T.

Fabelhaft. Aber mich hatte nicht die Sorge um Arch oder um ReeAnn geweckt. Es war etwas anderes.

Falls Suz Craig entlassen werden sollte oder ihr auch nur mit Entlassung gedroht worden war, was konnte das für einen Zusammenhang mit ihrer Ermordung haben? Und warum weigerte sich Brandon Yuille, mein Thaiküchenfreund, meine Anrufe entgegenzunehmen? War er trotz meiner Entschuldigungen immer noch verärgert über unser Gespräch in der Praxis des Kotzbrockens? John Richard war auf freiem Fuß, aber ich bezweifelte, daß er unser Haus beobachtete. Ich schlüpfte in Jeans, Turnschuhe und ein T-Shirt. Tagsüber konnte sich Brandon weigern, mich zurückzurufen, sooft er wollte. Aber um diese Zeit wußte ich genau, wo ich ihn finden konnte.

Die Konditorei von Aspen Meadow hatte einen Gezeitenwandel erlebt, seit Mickey Yuille, der Meisterbäcker und mein alter Freund, sie gekauft, neu eingerichtet und eine dynamische Putzkolonne unter Vertrag genommen hatte. Jetzt hingen makellos weiße Spitzenvorhänge im europäischen Stil an den Fenstern. Die Glasvitrinen, früher schmierig von wochenalten Fingerabdrücken, schimmerten jetzt tadellos sauber im gedämpften Licht des gemütlichen Cafés. Der ehemalige Besitzer hatte ein Sammelsurium aus altbackenen Plätzchen und nur zum Teil durchgebackenem Blätterteig angeboten. Das war jetzt ersetzt worden durch appetitliche Reihen aus Trüffeln, in Schokolade getauchte Makronen und französischen Sahneplätzchen, die so butterzart waren, daß sie der Wendung, sie zergingen auf der Zunge, einen neuen Sinn verliehen.

Weil es Viertel nach zwei war, stand ich lüstern vor der Auslage in der dunklen Ladenfassade und hielt Ausschau nach Bewegungen in der Küche. Ein Rechteck aus gelbem Licht illuminierte Mickey, der hin und her eilte. Als ich näher an das Schaufenster herantrat, damit ich besser sehen konnte, erhaschte ich einen Blick auf Brandon. Er saß an einem langen Tisch und gestikulierte, während er ernst mit seinem Vater sprach. Die Hintertür stand einen Spalt offen, vermutlich,

damit kühle Nachtluft in den vom Backofen erhitzten Raum kam.
Ich ging an dem Comicsladen, dem Büro des Versicherungsvertreters und dem Leseraum der Christian Science vorbei. Ich umrundete die Rückseite des Gebäudes und kam lautlos zum Hintereingang mit der angelehnten Tür. Mickey hatte mich eingeladen, auf frische, warme Zimtbrötchen vorbeizukommen. Jetzt wehte der unverkennbare Geruch eines der kostbarsten Gewürze, von indonesischem Zimt, in die Dunkelheit hinaus. Ich stieß die Tür auf und trat ein.
»Hallo allerseits«, sagte ich munter, als stattete ich gewohnheitsmäßig um zwei Uhr morgens geschlossenen Bäckereien einen Besuch ab. »Ich konnte nicht schlafen, also hab' ich gedacht, ich schau' mal vorbei.«
Mickey, der eine Glatze bekam und zusammengeschrumpft war, hatte dennoch ein so gewinnendes Lächeln, daß er mich immer an einen ausgestopften Troll erinnerte. Er schaute auf von der dicken, goldenen Teigplatte, die er auswellte. »Goldy! Was für eine freudige Überraschung!« Er legte sein Wellholz aus Marmor beiseite, kam heran und umarmte mich. Er roch wunderbar, eine Mischung aus Schweiß, Gewürzen und Mehl. Seine lange weiße Schürze stäubte meine Kleidung ein. Ich grinste, erwiderte seine Umarmung und schaute dann zu Brandon hinüber. Sein attraktives Gesicht zeigte nicht mehr den üblichen schelmischen Ausdruck. Er sah aus, als wäre vor seiner Schwelle ein Monsun niedergegangen.
»Guten Morgen, Brandon«, sagte ich freundlich. »Ich bin so froh, daß ich dich hier antreffe. Ich habe versucht, dich wegen des Mißverständnisses in der Praxis meines Exmannes anzurufen und mich zu entschuldigen.«
Das glänzende schwarze Haar fiel ihm ins Gesicht, und er strich es sofort zurück. »Sicher, okay, ich trag' dir nichts nach«, murmelte er ohne sichtliche Begeisterung. »Freut mich, dich zu sehen.«

»Kaffee, Kaffee, ich mache frischen Kaffee«, sagte Mickey, offensichtlich erfreut über meine Gesellschaft, auch wenn sein Sohn es nicht war.

»Warum hast du auf meine Anrufe nicht reagiert?« fragte ich Brandon, als ich mich auf einen Stuhl am Arbeitstisch seines Vaters setzte. Mickey ließ außer Hörweite Wasser laufen und maß gemahlenen Kaffee ab.

»Ich kann dich nicht zurückrufen«, erwiderte Brandon. »Sie beobachten mich in jeder Sekunde. Ich befürchte, daß jeder meiner Anrufe abgehört wird ... «

»Wer sind ›sie‹? Wer sollte deine Anrufe abhören?«

Brandons attraktives Gesicht verzog sich angewidert. »Dieselben Typen, die schon mal hier waren, aus der Personalabteilung der Hauptverwaltung. Sie sind aus Minneapolis zurückgekommen und bleiben hier, bis die vorläufige Anhörung gegen deinen Ex vorbei ist. Ich kann dir sagen, Goldy, die Atmosphäre ist mies.«

»Du hältst das für eine miese Atmosphäre? Mein vierzehnjähriger Sohn ist bis zur vorläufigen Anhörung ausgezogen. So sauer ist er wegen dieses Falles auf mich. Mir ist viel wichtiger als deinen Firmenbonzen, daß ich herausfinde, was zum Teufel beim Vater meines Sohnes gelaufen ist.« Er sagte nichts. »Bitte, Brandon. Bitte, hilf uns.«

Brandon atmete unglücklich aus. »Was auch immer ich dir erzähle, du mußt behaupten, daß du es nicht von mir gehört hast.«

»Brandon, um Himmels willen! Du warst doch nicht etwa an irgendwelchen illegalen Aktivitäten beteiligt, oder?«

Sein Lächeln war eine jüngere, weniger faltige Version des Lächelns seines Vaters. »Natürlich nicht. Keine illegalen Aktivitäten. Ich habe nicht einmal Suz Craig umgebracht, wie in gewissen Kreisen geglaubt wird.«

»In was für Kreisen?«

Sein Gesicht wurde rosa. »Oh, du weißt schon. Die Klatschmäuler.«

»Sollte sie bei ACHMO entlassen werden, als sie umgebracht worden ist?«
Sein Vater kam mit dem Kaffee zurück. Er war wundervoll, dunkel und stark. Wir tranken dankbare Schlucke und überschütteten Mickey mit Lob und Dank.
»Macht nur weiter und unterhaltet euch«, sagte Mickey zu uns. Er beäugte das Teigrechteck. »Ich muß arbeiten.«
»Können wir dir nicht helfen?« erbot ich mich. Geschirrtücher verhüllten die Kuppel in einer weiteren Riesenschüssel mit aufgegangenem Teig.
»Nö, nö«, erwiderte Mickey und wedelte mit einer bemehlten Pranke. »Der Pfarrer hilft mir bei der Trauerarbeit. Sagt, ich muß arbeiten. Mich beschäftigen. Bestes Gegengift. Aber ich hab' dich gern hier.«
Ich schaute zurück zu Brandon, der die Achseln zuckte. Er murmelte: »Laß ihn. Er weiß, was er braucht. Ich leiste ihm nur Gesellschaft. Wenn ich ihm helfe, dann meistens an den Wochenenden.«
»Sollte Suz entlassen werden?« fragte ich Brandon noch einmal. »Oder gab es irgendwelche Disziplinarmaßnahmen gegen sie?«
Brandon trank seinen Kaffee und schwieg. Einen Moment lang befürchtete ich, er habe beschlossen, nicht zu antworten. »Es war keine richtige Abmahnung. Sie ... wurde beobachtet. Bei ihrem Umgang mit Leuten.« Ich wartete darauf, daß er fortfuhr. Er verlagerte auf dem Holzstuhl das Gewicht. »In der Hauptverwaltung sind eine Menge Beschwerden eingegangen.« Er schien in eine Trance zu verfallen, während er beobachtete, wie sein Vater Butter auf den ausgewellten Teig strich.
»Beschwerden von wem?« soufflierte ich.
Brandon blinzelte und zuckte die Achseln. »Von allen, die je mit Suz Craig zusammenarbeiten mußten.«
Als er in Gefahr schien, in eine weitere Trance zu verfallen, sagte ich: »Amy Bartholomew hat dasselbe gesagt. Sie hat gesagt, daß

Suz ihr eine Falle gestellt hat. Amy wollte ihr Schicksal selbst bestimmen, wie sie das ausgedrückt hat, aber Suz hatte andere Vorstellungen. Suz hat Amy beschuldigt, zwanghaft die einarmigen Banditen in Central City zu füttern. Dann hat Suz versucht, es Amy unmöglich zu machen, daß sie den Laden für Gesundheitskost kauft.«
Brandons Blick ruhte auf seinem Vater, der dunklen Zimtzucker auf den goldenen Teig streute. »Ja, ich weiß. Ich bin der sehr junge, sehr erfolglose Leiter der Personalabteilung, weißt du noch?«
»Amy hat gesagt, Suz hat dich kritisiert, weil du zuviel Zeit hier mit deinem Vater verbringst und zu müde ins Büro kommst, als daß du gute Arbeit leisten könntest. Chris Corey hat sie auch kritisiert.«
»Junge, Junge, erinnere mich nicht daran.« Er schaute an die Decke. »Chris hat ein neues Handbuch für die Beziehungen zu den Vertragsärzten erarbeitet. Er ist sehr gründlich, und Suz hat ständig die Formulierung bestimmter Richtlinien geändert. Es war ihre Schuld, daß er den Termin überzogen hat. Aber sie hat trotzdem einen Wutanfall bekommen, vor allen anderen.«
»Hat sic Ralph Shelton kritisiert?«
»Natürlich«, sagte er schlicht. »Sie hat zu uns gesagt, daß sie eine Akte mit Patientinnenbeschwerden zusammenstellt, die als Dossier mit einer negativen Beurteilung von ihr an MeritMed geschickt werden soll.«
»Warum sollte sie das tun? Er hat mir schon erzählt, daß er deshalb entlassen worden ist.«
»Wer weiß? Außerdem, Goldy, ich bin nicht davon überzeugt, daß sie ihn hätte entlassen sollen. Jeder Arzt hat unzufriedene Patienten. Im letzten Jahr hat die bundesstaatliche Ärztekammer über siebenhundertfünfzig Beschwerden erhalten. Fünfundachtzig Prozent sind abgewiesen worden.« Er seufzte. »Und dann war Shelton ein solches Häufchen Elend. Er hat uns alle angerufen, nachdem sie ihn entlassen hatte, um herauszufinden,

ob wir sie daran hindern können, das Dossier mit den Beschwerden abzuschicken. Wir hatten alle den Verdacht, daß Shelton versucht, seine alte Freundschaft mit Korman zu erneuern, damit er ihr ausredet, das Dossier an Sheltons neue Arbeitgeber bei MeritMed zu schicken. Aber offenbar hat Korman ihn wiederholt von seiner niedlichen Sekretärin abwimmeln lassen.«
»So ähnlich, wie du mich heute abgewimmelt hast.«
»Tut mir leid. Ich war wirklich in einer Besprechung.«
»Hat Suz John Richard auch kritisiert und ihm gedroht?«
Brandons große braune Augen und sein schmales Gesicht wirkten plötzlich überwältigt von Traurigkeit. »Sie konnte der herzlichste, liebevollste Mensch sein, den du dir überhaupt vorstellen kannst.« Er machte eine Pause und schaute weg. »Sie konnte außerdem bösartig sein. Jeden Tag, wenn ich auf den Parkplatz eingebogen bin, hat sich mein Magen verkrampft. Wie war sie heute gelaunt? Was würde sie versuchen, mir anzutun? Wie konnte ich mich gegen sie wehren?«
»Wollte sie John Richard unter Kontrolle haben?« insistierte ich.
Er runzelte die Stirn und schüttelte dann den Kopf. »Wer weiß? Er hat uns nicht mehr viel anvertraut, du weißt schon, der Verwaltung. Suz' Hauptsorge war die Kontrolle über Informationen, und das konnte sie sehr gut.« Seine Stirn legte sich in Falten. »Ich habe gehört, daß Kormans Abrechnungen problematisch waren und daß er nicht automatisch für den Bonus in Frage kam, mit dem er gerechnet hatte.«
»Wer hat dir diese Einzelheiten erzählt?« Als er die Achseln zuckte, fuhr ich fort: »Wo kommen die Großkotze von ACHMO ins Spiel? Warum waren sie im letzten Monat hier? Einer hat mir erzählt, es gehe um Brandbekämpfung.«
Er seufzte wieder. »Ich kann es dir genausogut erzählen. Wir haben uns bei der Hauptverwaltung über Suz beschwert. Wie ungezogen von uns. Amy hat dir das nicht erzählt?«
»Sie hat gesagt, es sei etwas geplant gewesen.«

»Die Abteilungsleiter haben sich zusammengetan. Wir haben die Personalabteilung in der Hauptverwaltung angerufen. ›Diese Frau bringt uns um‹, haben wir gesagt. ›Sie müssen sie loswerden.‹«
»Wow.«
Er stach mit dem Finger in die Luft. »Aber hör zu! Die Hauptverwaltung erzählt uns ständig: ›Unsere Vision besteht darin, eine Organisation aufzubauen, die auf Kooperation basiert! Wir wollen offene Kommunikationsleitungen! Rufen Sie uns jederzeit an, wenn Sie Hilfe brauchen!‹« Seine Miene wurde noch finsterer. »Wenn das kein Schuß war, der nach hinten losgegangen ist.«
»Wieso?«
»Sie sind gekommen, sie haben zugehört, sie sind abgereist. Am letzten Tag hast du ein gutes Mittagessen geliefert, nachdem wir uns die ganze Woche lang mit ihnen getroffen und ihnen erzählt hatten, wie grauenhaft unsere Chefin ist. Und rat mal, was am vorletzten Tag passiert ist? Sie haben sich mit ihr getroffen.«
»Uh-oh.«
»›Uh-oh‹, richtig! Offene Kommunikation? Klingt eher nach Verrat, meinst du nicht auch? Sie haben zu Suz gesagt: ›Brandon Yuille behauptet, daß Sie ihn zuviel kritisieren. Er kann seine Arbeit beim Einstellen nicht erledigen, wenn er sich den ganzen Tag lang Beschwerden über Sie anhören muß.‹ Und dazu hat Suz gesagt: ›Wissen Sie, Brandon hat eben seine Mutter verloren. Ich lade ihn noch in diesem Monat zum Mittagessen ein.‹«
»O nein.«
»O ja. Am allerletzten Tag hatten diese Leute aus der Hauptverwaltung die Stirn, uns von ihrem Gespräch mit ihr zu erzählen und von allem, was sie versprochen hatte. Sie haben behauptet, sie hätten unser kleines Personalproblem gelöst. Jetzt verstehst du also, warum unser Mittagessen ein bißchen angespannt war.«

Sein Vater nahm ein Blech aus einem der großen schwarzen Backöfen an der Wand. Innen sah ich die Flammen. Ich hatte eine flüchtige Vision von Hänsel und Gretel.
Brandon fuhr fort: »Und in der folgenden Woche hat Suz jeden von uns zu sich bestellt. Zu mir hat sie gesagt: ›Wenn Sie sich noch einmal über mich beschweren, kriegen Sie von mir einen Tritt in den Arsch. Ich sorge dafür, daß Sie nie wieder in Denver oder sonstwo im Land eine Stelle bei der Personalabteilung einer Krankenversicherung bekommen.‹« Sein Lachen war hohl. »Und was sie sonst noch gesagt hat, wirst du nicht glauben. ›Brandon, ich schwöre, daß ich Ihre medizinischen Daten ändern lasse, damit daraus hervorgeht, daß Sie Krebs haben, genau wie Ihre Mutter.‹«
»Oh, mach halblang. Sicherlich –«
»Mach selber halblang. Du glaubst nicht, daß sie Zugang zu unseren medizinischen Daten hatte? Wie naiv bist du?«
»Ich kann es einfach nicht fassen.«
»Goldy, glaub's mir.«
An diesem Punkt unterbrach uns Mickey, indem er blaue Teller mit warmem Blätterteiggebäck vor uns abstellte. Er strahlte wie ein Zauberer.
»Oh, toll«, sagte Brandon. »Bärentatzen.«
Ich wußte nicht, ob dieses Gebäck in der Form einer Riesentatze eine Spezialität in den Rocky Mountains war. Ich hatte nie etwas davon gehört, bevor ich hierhergezogen war. Ich biß eine Kralle der mit Mandelpaste gefüllten Delikatesse ab. Zwischen den flockigen Schichten sickerte Butter heraus. Eine leichte Zuckerglasur und knusprige Mandelsplitter ergänzten die üppige Füllung. Ein weiterer köstlicher Grund, in Colorado zu leben.
»Vielen herzlichen Dank«, sagte ich zu Mickey. »Du kannst dir gar nicht vorstellen, wie ich das zu schätzen weiß.«
Er goß mir heißen Kaffee nach. »Natürlich kann ich mir das vorstellen. Leute, die Essen servieren, sind immer die letzten, die sich hinsetzen und etwas wirklich genießen können. Außerdem

habe ich gern Gesellschaft, das kann Brandon dir sagen. Ich bin gerade dabei, Sauerrahmtorten zu backen... Braucht ihr beide noch etwas?«

»Danke, Dad. Nein«, sagte Brandon herzlich, als er seinem Vater die Hand drückte. Zum ersten Mal fielen mir die Tränensäcke unter Brandons Augen auf. Seine Terminplanung mußte brutal sein, dachte ich. Zu den Cops hatte er gesagt, er gehe jeden Abend um acht ins Bett, damit er gegen zwei Uhr morgens hier sein könne. Das war keine Lebensweise, der ich auf langfristiger Basis hätte folgen wollen, vor allem, weil ich sie in den letzten Nächten ausprobiert hatte und mich jetzt fühlte wie ein wandelnder Zombie.

»Ich gehe gleich«, sagte ich zu Brandon. »Ich glaube, ich verstehe jetzt besser, warum alle, vor allem mein Ex, Ärger mit dieser Frau hatten. Es fällt mir jedoch schwer zu glauben, daß Suz dir damit gedroht hat, deine medizinischen Daten zu ändern. Konnte denn niemand etwas dagegen unternehmen, daß sie Menschen eingeschüchtert hat? Es klingt so nach Erpressung.«

Brandon kaute den Rest seiner Bärentatze. »Großartige Idee, Goldy. Inzwischen haben wir gewußt, daß unsere Besprechungen mit ihr in ihrem Büro mitgeschnitten worden sind. Als ich in der Woche nach der Abreise der Bosse in der Hauptverwaltung angerufen habe, haben die zu mir gesagt: ›Wenn Sie Beweise haben, daß sie Ihnen droht, werfen wir sie hinaus.‹ Ich habe denen zwar nicht getraut. Aber ich habe die Etiketten der Bänder überprüft, die Luella Downing gefunden hat. Keins war von dem Montag nach der Abreise der Leute aus der Hauptverwaltung, als Suz sich mit ihren Drohungen ausgetobt hat.«

»Das ist alles?« sagte ich erstaunt. »Montag – wann war das, am vierzehnten Juli? Die Bänder von diesem Tag fehlen?«

»Warum? Du weißt, wo sie sind?«

»Nein«, sagte ich mit einem jähen Gähnen, das ich nicht unterdrücken konnte. »Ich habe keine Ahnung.«

Als ich um vier wieder ins Bett kroch, wälzte Tom sich herum und sagte: »Allmählich glaube ich, daß da noch jemand ist.«
Ich fing an zu lachen und konnte nicht aufhören. Es war die Art von Gekicher, das einen überfällt, wenn man sehr jung ist, im Zeltlager oder bei einer Pyjamaparty, und das sich nicht zurückhalten läßt, ganz gleich, wie tapfer man es versucht.
»Mhm«, sagte er. »Hast du wieder eine Aussage zu machen? Bist du auf einem deiner Streifzüge auf irgendwelche Missetaten gestoßen?«
»Ich kann ...«, sagte ich zwischen dem Gekicher, »... nichts dafür ... wenn ich nicht ... schlafen kann.«
»Dann beruhige mich. Sag mir, wo du warst.«
»In der Konditorei. Hab' eine Bärentatze gegessen. Tut mir leid. Ich hab' dir keine mitgebracht.«
Er legte die Arme um mich und brummte: »Versprich mir, daß du mich nächstes Mal auf eine solche Exkursion mitnimmst. Ich komme mir vor wie ein Kind, das immer zu Hause bleiben muß.«
Ich schmiegte mich in seine Arme. »Okay. Wo ich hingehe, da willst auch du hingehen. Oder etwas in diesem Sinne.«
»Und hast du in der Konditorei etwas über Korman herausgefunden?«
»Gewissermaßen. Die fehlenden Bänder sind vom vierzehnten Juli, dem Tag, an dem Suz alle Angestellten zu sich bestellt hat, die sich über sie beschwert haben, und ihnen gedroht hat, sie zu entlassen. Sie muß sich an jenem Tag auch mit anderen Leuten getroffen haben, zum Beispiel mit Ralph Shelton. Also ... wenn du Bänder hättest, auf denen du andere Leute erpreßt, wo würdest du sie verstecken?«
»Ich würde sie vernichten.«
»Oh, Cop, du bist mir eine große Hilfe.«

Meine Yoga-Übungen wurden an jenem Morgen noch dadurch erschwert, daß um sechs hartnäckig das Telefon klingelte. Ich löste mich aus einer verzerrten Asana, in der Hoffnung, das Büro des Sheriffs rufe an, um uns zu sagen, sie hätten den Kotzbrocken gefaßt. So viel Glück hatten wir nicht: durch die Leitung kam die Kommandostimme der gefürchteten Herrin über die Puppen, Gail Rodine.

»Der Vorstand will nicht, daß Sie heute abend bei unserem Abschlußessen den Grill benützen«, erklärte sie ohne die Spur einer Entschuldigung dafür, daß sie uns so früh anrief. »Ich meine, nach dem, was ReeAnn Collins zugestoßen ist, haben wir einfach ... das Gefühl, daß es zu gefährlich ist.«

Beim Gedanken an die Berge von Hamburgern, die ich zubereitet und eingefroren hatte, und an die Packungen mit Hühnerbrüsten, die ich hatte marinieren wollen, sackte mir das Herz nach unten. Es war ausgeschlossen, daß ich das alles zu Hause grillte und im LakeCenter aufwärmte, ohne es zu verderben.

»Was möchten Sie dann?« fragte ich vorsichtig. »Es ist unmöglich, vor heute abend zusätzliche Zutaten zu bestellen.«

»Was haben Sie schon zur Hand? Etwas, was Sie, sagen wir mal, zu Hause grillen und dann aufwärmen könnten?«

»Etliches läßt sich machen«, sagte ich zuversichtlich. »Ich will auf keinen Fall, daß sich eine Kundin Sorgen wegen der Zubereitung macht. Aber was ich zur Hand habe...« Ich wog im Geiste das Huhn ab. »Wenn ich das Huhn grille, das ich im Haus habe, reicht das nur für die Hälfte Ihrer Gäste. Ich muß...« Ich ging im Kopf den Kühlschrankinhalt durch. »Ich bereite zum Strecken einen Camembertkuchen zu. Er wird auch Shrimps und Gemüse enthalten.« Unter den zerknitterten Laken tauchte Toms verschlafenes Gesicht auf. Ich deckte den Hörer mit der Hand ab und flüsterte: »Kundin braucht heute abend einen zweiten, ganz anderen Hauptgang.«

»Macguire hat gesagt, daß er dir helfen will«, erwiderte Tom, als er sich wieder unter das Laken wälzte. »Gib ihm Gemüse zum Hacken. Er macht sich Sorgen darüber, wie deprimiert du wegen Arch bist. Er will wirklich wieder dein Assistent werden.«

»Goldy?« Gail Rodine. »Goldy, hören Sie mir zu? Was wird das zusätzlich kosten?«

»Ich will Sie, den Vorstand und Ihre Gäste zufriedenstellen, Gail –«

»Keine Sorge«, sagte sie und räusperte sich. »Ich habe schon einen Partylieferanten in Denver angerufen, und er hat gesagt, niemand kann uns bis fünf Uhr heute abend liefern, was wir für ein festliches Abendessen brauchen, ohne exorbitanten Aufschlag.«

»Gail, bitte –«

»Das ist lächerlich!« kreischte sie mir ins Ohr. »Ich habe ihm gesagt, Sie wollen doch nicht, daß uns ein Propangasgrill in die Luft sprengt, oder?«

»Die Zutaten für den Camembertkuchen kosten schätzungsweise vierzig Dollar. Zum Menü gehört schon Huhn à l'orange mit Reis. Ich kann zusätzlich einen gemischten Blattsalat anmachen und vielleicht einen Obstsalat in Gelee, wenn ich die Zeit dazu habe. Außerdem gefrorenen Vanillejoghurt mit den Schokoladenplätzchen, die in Ihren Lunchpaketen waren. Für nur

fünf Prozent Aufschlag für die kurzfristige Änderung des Menüs.«
»Schön, schön, setzen Sie es auf unsere Rechnung.« Sie legte auf.
»Ich fürchte mich, danach zu fragen, worum es ging.« Toms Stimme grollte, als er Richtung Bad strebte.
»Die Frau will heute abend nicht ihr letztes Barbecue veranstalten«, sagte ich und stöhnte, bevor ich mit einer letzten Streckübung anfing. »Will nicht enden wie ReeAnn.«
»Paßt ins Bild. Hey, laß mich das anschauen.« Er kam herüber zu mir, eine männliche Vision in T-Shirt und Baumwollunterhosen. Er berührte meinen Arm. »Mein Gott, Goldy! Schau dir diesen Bluterguß an! Ich schwöre, daß ich Korman demnächst eigenhändig umbringe.«
Ich verrenkte mich und sah stirnrunzelnd die Verfärbung in Grün und Blau auf meinem Unterarm an, die sich durch John Richards brutalen Zugriff gebildet hatte. Sie war mir bis jetzt noch nicht aufgefallen. »Na ja. Sag mal, möchtest du wieder ins Bett?«
Er lächelte mich an, aber berührte den Bluterguß behutsam. »Tut es weh?«
Ich zuckte die Achseln im Stil eines Arztes. »Ich werd's überleben, wenn wir als erstes eine Runde im Bett einlegen.«
Er kam mir entgegen, und wir verbrachten die Zeit wunderbar, warm und intim. Manchmal ist es das Beste, was man morgens tun kann, gleich wieder ins Bett zu gehen.
Nach einer Weile sagte Tom: »Ich helfe dir bei diesem Frühstück und fahre spät ins Büro. Übrigens, ich hab' dir einen anderen spiralförmig eingeschnittenen, mit Honig behandelten Schinken gekauft. Er liegt im Kühlschrank.«
Ich grinste und küßte ihn. »Es läßt sich nicht in Worte fassen, wie wundervoll du bist. Und danke – ich hätte heute morgen liebend gern Gesellschaft.«
Ich machte mir einen Espresso, während Tom duschte. Weil ich vom Krankenhaus einen Rüffel bekommen hatte und es zu früh

war, Marla anzurufen, telefonierte ich kurz mit dem Büro des Sheriffs: ReeAnn Collins war außer Gefahr und erholte sich von den Verbrennungen zweiten und dritten Grades. John Richard Korman war leider immer noch auf freiem Fuß. Und nein, teilte der diensthabende Officer mir mit, Korman war nicht am Haus der Druckmans aufgetaucht.

Ich trank den Espresso und fragte mich, wie es Arch gehe. Er war erst eine Nacht lang fort, aber es kam mir vor wie eine Ewigkeit, weil kein Ende abzusehen war. *Ich werde eine Zeitlang bei den Druckmans wohnen. Wenigstens bis zu Dads Anhörung.* Dann nahm ich Lauch, Tomaten und Sahnekäse heraus und holte dann zwei große Beutel *Shrimps* aus dem Tiefkühler. Als Tom in der Küche auftauchte, mit frischgewaschenem Haar und einem winzigen Klecks Rasiercreme unter dem Ohr, war ich doppelt froh darüber, daß er sich zum Bleiben entschlossen hatte. Nichts bringt einen so zum Grübeln wie Einsamkeit und ein gewalttätiger Exmann auf der Flucht.

»Weisen Sie mir Arbeit an, Captain Cook«, forderte Tom mich fröhlich auf, nachdem er den Espresso, den ich ihm einschenkte, hinuntergeschluckt und sich die Neuigkeiten über ReeAnn und den Kotzbrocken angehört hatte. »Je unappetitlicher, desto besser, Sir.«

Das war einfach: ich verabscheue das Pochieren und Schälen von Shrimps. Jetzt brauchte ich sie nicht nur für das Vorstandsfrühstück des Puppenclubs, sondern auch für das Abendessen. »Wenn du die vielen Shrimps garen und schälen könntest, wäre ich dir bis in alle Ewigkeit dankbar.«

Er beäugte die prallen Tüten und gluckste. »Aye-aye, Sir.«

Ich fing mit einer Art Briocheteig an, der einen köstlichen Dekkel für das Gericht liefern würde, das ich *Camembertkuchen* für Sammler getauft hatte. Während wir beide arbeiteten, tauchte Macguire plötzlich in der Küche auf. Ich schaute auf die Uhr: noch nicht einmal sieben. »Das kommt unerwartet«, bemerkte ich. »Was ist los?«

SHRIMPS UND EIER FÜR DIE PUPPENAUSSTELLUNG

1 Teelöffel
Old-Bay-Gewürzmischung
8 große tiefgekühlte Shrimps
3 Eßlöffel Butter
50 g gehackter Lauch, nur das Weiße
100 g frische Tomaten,
entkernt, geschält und gehackt
6 Eier, leicht geschlagen
Salz und frisch gemahlener
schwarzer Pfeffer
80 g Sahnekäse,
in kleine Würfel geschnitten

Backofen auf 200 Grad vorheizen.
1/2 l Wasser
zum Kochen bringen,
das Old-Bay-Gewürz
und die Shrimps hineingeben.
Die Shrimps kochen,
bis sie blaßrosa sind.
Nicht zu lange kochen lassen.
Die Shrimps abgießen und schälen,
dann halbieren.
Die Butter in einer feuerfesten Form
zerlaufen lassen, dann den Lauch
und die Tomaten dazugeben.
Etwa 5 Minuten lang vorsichtig sautieren,
bis der Lauch weich ist.

Die Eier in die Mischung
aus Lauch und Tomaten gießen,
mit Salz und frisch
gemahlenem schwarzen Pfeffer
würzen, bei mittlerer Hitze köcheln
lassen, gelegentlich umrühren,
um das Braunwerden zu verhindern,
bis die Eier fast gestockt,
aber noch leicht flüssig sind.
Die Shrimps
und den Sahnekäse unterrühren.
Im Ofen etwa 10 Minuten überbacken,
bis der Sahnekäse geschmolzen ist
und die Eier ganz gestockt sind.

Ergibt 2 bis 3 Portionen

CAMEMBERTKUCHEN FÜR SAMMLER

Teig:
75 ml Milch
2 Eßlöffel Butter
2 Teelöffel Zucker
1 Briefchen Trockenhefe
3/4 Teelöffel Salz
1 1/2 Teelöffel Öl
150 g Mehl (oder mehr)

Milch, Butter und Zucker erhitzen, bis die Butter geschmolzen ist. Vom Herd nehmen und zum Abkühlen auf 40 bis 45 Grad beiseite stellen. Die Hefe in die Milchmischung rühren und zehn Minuten stehenlassen. Salz, Ei und Öl unterrühren. Das Mehl in 30-g-Portionen hinzugeben, gut umrühren, bis der Teig zusammenhält. Auf ein leicht bemehltes Brett legen und 10 Minuten lang kneten, falls nötig, weiteres Mehl hinzugeben, bis der Teig glatt und seidig ist. (Oder die gleiche Zeit lang mit dem Knethaken der Küchenmaschine durcharbeiten.) Den Teig in eine mit Öl eingefettete Schüssel legen, umdrehen und die Oberfläche mit Öl bestreichen. Die Schüssel abdecken, den Teig bei Zimmertemperatur bis zur dreifachen Höhe aufgehen lassen (etwa 2 Stunden). Den Teig nach unten drücken, zu einem Rechteck ausrollen (ca. 20 x 30 cm) und in einen großen, verschließbaren Gefrierbeutel legen. Bis zu 6 Stunden in den Kühlschrank legen. Vor der weiteren Zubereitung aus dem Kühlschrank holen und Zimmertemperatur annehmen lassen.

Füllung:
1 Eßlöffel Old-Bay-Gewürzmischung
36 große Shrimps
200 g grüner Spargel, unten abgeschält
1 Pfund frische Tomaten, geschält und entkernt
1 Pfund Artischockenböden aus der Dose
Zwei 350-g-Packungen Camembert
1/4 l Mayonnaise
100 g Parmesan, frisch gerieben
2 Teelöffel Knoblauch, gepreßt (4 bis 6 Zehen)
3/4 Teelöffel getrockneter Thymian, zerbröselt
3/4 Teelöffel getrockneter Rosmarin, zerbröselt
3/4 Teelöffel getrockneter Oregano, zerbröselt

In einer breiten Pfanne 1 l Wasser zum Kochen bringen und das Old-Bay-Gewürz hinzufügen. Die Shrimps hineingeben und blaßrosa kochen. Nicht zu lange kochen. Die Shrimps abgießen und das Kochwasser wegschütten. Die Shrimps schälen und beiseite legen. Die Spargelstangen dritteln. Die geschälten und entkernten Tomaten achteln.

Die Artischockenböden abtropfen lassen, holzige Stellen abschneiden und jeden Artischockenboden sechsteln. Die Camembertrinde fast ganz abkratzen und beide Käse in je sechzehn runde Scheiben schneiden. In einer kleinen Schüssel die Mayonnaise, den Parmesan, den Knoblauch und die Kräuter gründlich vermischen. Den Backofen auf 180 Grad vorheizen. Eine Auflaufform (ca. 20 x 30 cm) aus feuerfestem Glas mit Butter einfetten. Die Hälfte der Shrimps unten in die Form legen (drei Reihen aus je 6 Shrimps), dann gleichmäßig die Hälfte des Spargels, die Hälfte der Tomaten, die Hälfte der Artischockenböden und die Hälfte der Camembertscheiben darübergeben. Mit einem kleinen Löffel die Hälfte der Mayonnaisemischung über die Camembertschicht streichen. Die Schichten in derselben Reihenfolge wiederholen, zum Schluß die restlichen Shrimps aufschichten. Den Briocheteig vorsichtig als Deckel auflegen und mehrmals mit einer Gabel einstechen, damit der Dampf austreten kann. 45 Minuten lang backen, bis der Teig goldbraun und die Füllung heiß ist und leicht brodelt. Vor dem Servieren 5 bis 10 Minuten leicht abkühlen lassen.

Ergibt 6 bis 8 Portionen

»Geben Sie mir etwas zu tun«, sagte er tapfer, die Stimme noch schlaftrunken. »Ich möchte helfen.«
Ich warf Tom, der sich entschlossen über die Shrimps beugte, einen Blick zu. Die beiden hatten sich verschworen, mich aufzuheitern, daran gab es keinen Zweifel. Schön. Für Macguire deutete ich auf die fleischigen Tomaten, die entkernt und gehackt werden mußten, auf die zu stutzenden Artischockenböden, den Spargel zum Dämpfen und Schneiden, den in dicke Stücke zu würfelnden Camembert und den Parmesan zum Reiben.
»Es macht mir Sorgen, wie ich das alles schaffen soll, wenn ich nach Hause komme«, sagte ich mit einem Lächeln.
»Uh«, sagte Macguire, »das ist eine Menge für ein Frühstück, oder?«
»Das ist für das Abendessen, Macguire.«
»Oh.« Er rieb sich die Augen. »Kann ich dann bis zehn wieder ins Bett und danach mit der Hackerei anfangen?«
Ich lachte. »Natürlich.« Als er sich wieder die Treppe hinaufgeschleppt hatte, schlug ich die Eier für den Hauptgang. »Tom«, sagte ich nachdenklich, während ich Tomaten und Lauch hackte, »wie sieht der zeitliche Rahmen für den Prozeß gegen John Richard aus?«
»Die vorläufige Anhörung sollte in etwa drei Wochen stattfinden. Der Staatsanwalt muß feststellen, ob ausreichende Beweise für einen Prozeß vorliegen. Sobald der Drogentest erledigt ist und die Haut und das Haar unter Suz Craigs Fingernägeln analysiert sind, wissen sie mehr als jetzt. Aber wie du weißt, liegen jetzt schon eine Menge Beweise gegen ihn vor.«
»Was ist mit den Vandalen?«
»Keine Spur von ihnen. Das könnten alle möglichen Leute sein. Vielleicht hat sie jemand angeheuert, der Sympathien für Suz Craig hatte.«
»Hmm, das glaube ich nicht.« Ich ließ Butter zerlaufen, gab den gehackten Lauch dazu und rührte die goldgrüne Mischung um.

Das Aroma war köstlich scharf und frisch. »Es ist doch vorstellbar, daß jemand einen weißen Jeep gemietet hat. Jemand, der wußte, was für ein Auto John Richard fährt. Die Person müßte in seiner Nähe wohnen.«
Tom goß die Shrimps fachmännisch ab und ließ kaltes Wasser über sie laufen. »Die einzigen in den Fall verwickelten Menschen, die ganz in der Nähe wohnen, sind Patricia McCracken und Ralph Shelton. Patricia behauptet, sie habe geschlafen, und ihr Mann bestätigt das. Ralph Shelton behauptet, er und seine Frau seien nach ihrer Rückkehr aus dem Country Club sofort zu Bett gegangen. Die Frau behauptet, er habe die ganze Nacht lang neben ihr im Bett gelegen. Aber sie gibt zu, daß sie immer tief schläft.«
»Die Glückliche.« Ich rührte die leuchtendroten Tomaten in die blubbernde Masse aus Butter und Lauch und dann behutsam die Eier. »Ich wüßte gern, warum ich nicht herausfinden kann, was innerhalb von ACHMO gespielt wird.«
Seine Stimme bebte vor Zorn. »Ich wüßte gern, warum ich dich offenbar nicht vor deinem gewalttätigen Exmann beschützen kann.«
»Ich will ihn gar nicht in Schutz nehmen, aber der Mann wird nicht mit Frustrationen fertig. Vor allem, wenn er ein paar Drinks intus hat. Vielleicht hat er an der Haustür geklopft, wie er behauptet hat. Aber es ist kein Grund, jähzornig zu werden, bloß weil ich nicht gleich aufgemacht habe.«
Tom schüttelte den Kopf, dann zählte er die Shrimps ab, die ich für das Frühstück brauchte: *Shrimps und Eier* für die Puppenausstellung. Ich rührte die Shrimps ein und nahm dann die Pfanne vom Herd. Heute vormittag würde ich im LakeCenter die Sahnekäsewürfel dazugeben und alles kurz überbacken, bis der Käse geschmolzen war und alle Zutaten sich zu einer unwiderstehlichen Melange verbanden.
»Warum überbäckst du das nicht gleich?« wollte Tom wissen, stets der effektive Koch.

»Wenn man es zu früh in den Backofen schiebt, wird es nicht so, wie es sein soll.«
»Aha. Wenn ich jetzt abfahre, komme ich genau eine Stunde zu spät. Meinst du, du kommst für den Rest des Morgens zurecht?«
»Mit Ihnen als Helfer, mein lieber Sir, komme ich mit allem zurecht.«
Er seufzte skeptisch. »Sei aber vorsichtig, Miss G, bitte!«
»Yessir. Geh jetzt bitte deiner Aufgabe nach, zu dienen und zu schützen, und mach dir keine Sorgen um mich, okay? Bekämpf das Verbrechen. Mach Amerika sicher, damit es Apfelkuchen verzehren kann. *Meinen* Apfelkuchen.«
Als er fort war, fuhr ich mir nachdenklich mit den Fingern über den häßlichen Bluterguß an meinem Arm. Etwas, was ich gesehen hatte, und etwas, was ich gesagt hatte, bahnte sich den Weg in mein Bewußtsein. Es dauert mindestens drei Stunden, bis eine verletzte Stelle grün und blau wird. Das wußte ich aus dem Erste-Hilfe-Kurs. Leider ebenfalls aus persönlicher Erfahrung.
Aber auf einer Leiche bildeten sich keine Verfärbungen in Grün und Blau, wie Tom unterstrichen hatte. Suz hatte einen üblen Krach mit John Richard gehabt, und sie wies genau das Muster aus Blutergüssen auf, das John Richards Gewalttätigkeit im allgemeinen verursachte. Er hatte sogar zugegeben, daß sie sich gestritten hatten. Und doch behauptete er gleichermaßen hartnäckig, er habe sie nach der Auseinandersetzung lebendig zurückgelassen und sei nach Hause gefahren. Und tatsächlich, wie er sich gestern an meinem Fenster verhalten hatte, war typischer für ihn: Er war frustriert und explodierte. Dann schlug er eine Frau entweder zusammen, bis sie sich fügte, oder bis etwas anderes ihn davon abbrachte, zum Beispiel die Hängepflanze, mit der Marla ihn einmal attackiert hatte, oder der Schinken unter einem Unstern, den ich ihm gestern auf den Schädel gehauen hatte.

Und es war kein Unfall gewesen, daß Suz in den Graben gefallen war. Sie war mit einem Kratzbaum aus Metall totgeschlagen worden, und dann war ihre Leiche im Graben gelandet. Es ergab keinerlei Sinn.

Selbst wenn jemand anders sie umgebracht hatte und John Richard die Schuld in die Schuhe schieben wollte, woher hatte dieser Jemand gewußt, daß Suz und John Richard in dieser Nacht zusammen waren? Wie konnte dieser Jemand wissen, daß John Richard einen Wutanfall bekommen würde? Und selbst, falls der Kotzbrocken Suz zusammengeschlagen hatte, ein Mörder, der John Richard die Tat anhängen wollte, hätte warten müssen, bis sich die Blutergüsse bildeten, damit es so aussah, als hätte John Richard sie nicht nur geschlagen, sondern ihr auch den Rest gegeben. Wie der Zeitplan für die Eierspeise, die ich zubereitete, hätte auch der Zeitplan des Mörders perfekt sein müssen.

Und dann fiel mir ein, was ich zu Tom gesagt hatte: Wenn man es zu früh in den Backofen schiebt, wird es nicht so, wie es sein soll. Falls John Richard Suz Craig nicht ermordet hatte, dann mußte der Täter, wer auch immer es sein mochte, sich bei der Planung große Mühe gegeben haben.

Ich schaute auf die Uhr: Viertel vor acht. Ich packte schnell den Schinken, die Eier und die Brotsorten für das Frühstück ein, das um neun anfangen sollte. Dieser letzte Tag der Puppenausstellung fing um elf an. Um vier wurde die Tür geschlossen, damit der Ballsaal saubergemacht werden konnte. Dann öffnete die Ausstellung um fünf wieder und endete um sieben. Das Abschlußessen für den Vorstand und die Gäste war für acht angesetzt, um das magische Abendlicht auf dem See voll auszunützen.

Ich steckte das Handy in die Tasche, nachdem ich drei Nummern aufgeschrieben hatte: Patricia McCracken, Frances Markasian und das Lutheran Hospital, für den Fall, daß es ReeAnn Collins so gut ging, sprechen zu können. Unabhängig von der

Tatsache, daß ich heute Essen lieferte und servierte, mußte ich versuchen, ein Verbrechen aufzuklären. Das Herz tat mir weh. Ich wollte Arch wieder zu Hause haben. Ich wollte ein für allemal wissen, was in den frühen Morgenstunden am Samstag geschehen war. Und ich würde es herausfinden. Für Arch und für mich.

Vorsichtig sah ich in unserer Garage und in meinem Lieferwagen nach. Kein Kotzbrocken. Wo konnte er sein? Auf der kurzen Fahrt zum LakeCenter hatte ich zweimal das unbehagliche Gefühl, jemand folge mir. Aber mein Rückspiegel zeigte nichts Außergewöhnliches, und auch, als ich nach der Steigung die Seestraße erreicht hatte, hielt sonst niemand.

Im LakeCenter sah der korpulente, zerraufte Wachmann wieder aus wie ein »Vorher«-Bild in einer Anzeige der Anonymen Alkoholiker und roch auch so. Sein zerzaustes graues Haar war eine Mähne aus fettigen Locken; seine rotgeäderten Augen ähnelten einer Karte der Nebenstraßen von Utah. Drei leere Halbliterflaschen Whiskey in der Mülltonne neben ihm wirkten verräterisch. Wie vorher tat er mir leid. Und wie jeder gutherzige Partylieferant fragte ich, ob er Kaffee und Toast wolle, sobald ich das Frühstück für den Vorstand vorbereitet habe.

»Wa?« Er sprach verschliffen. »Früh . . . stück? O ja. Sicher, Kaffee. Tun Sie Brandy rein, wenn Sie welchen haben. 'kay?«

Soviel zu guten Taten. Ich seufzte und fragte, ob es möglich sei, daß er mir die Seitentür aufschloß.

»Ja, sicher. Fahren Sie mit Ihrem Lieferwagen nach hinten. Es ist 'kay. Ich darf aber den Vordereingang nur kurz verlassen. Muß auf das verdammte Spielzeug aufpassen. Ich mach' die Tür von innen auf, das ist 'kay. Ich kann mich auf Sie verlassen. Richtig?« Er rülpste und verschwand, um die Seitentür aufzuschließen.

Während sich der Backofen für die Eier und den Schinken aufheizte, lief ich hin und her, um ein Verlängerungskabel für die große Kaffeemaschine einzustöpseln und die Tische mit Besteck und Tellern zu decken. Der Morgen war ziemlich kühl, und die wärmende Verheißung der großen Kaffeemaschine, die auf einem Picknicktisch gurgelte, wirkte besonders willkommen. Die Weidenkätzchen neben dem Seeweg wiegten sich flüsternd in der Brise. Eine Rotdrossel warnte ihre Landsleute vor meiner Anwesenheit, indem sie keckerte und einen Flügel hob. Ich lächelte, schnitt und arrangierte das Brot und goß dann den Saft ein. Als ich dem Wachmann einen großen Becher mit Kaffee gebracht und die Eier und den Schinken in den Backofen geschoben hatte, wählte ich das Lutheran Hospital und bat darum, zu ReeAnn Collins durchgestellt zu werden. Wenn es ihr nicht so gut ging, daß sie sprechen konnte, würde ich ihr nicht zusetzen.

Ein Mann, der zu alt und zu ernsthaft klang, als daß er ReeAnns unzuverlässiger Freund hätte sein können, meldete sich schroff. Ich stellte mich vor und bat darum, mit Ms. Collins zu sprechen. Der Hörer wurde weitergereicht.

»Hallooooo!« gurrte eine Frau fröhlich.

»R-ReeAnn!« stotterte ich. »Hier ist Goldy Schulz. Sie klingen so – gut! Es hat mir so leid getan, als ich von dem Unfall erfahren habe.«

»Ja«, sagte sie mit ungewöhnlicher Freundlichkeit, als genieße sie die Aufmerksamkeit. »Jetzt hab' ich überall am Körper Verbände wegen der Verbrennungen. Ich darf mich noch nicht viel bewegen.«

»Es tut mir so leid, daß Ihnen das passiert ist.«

»Na ja, wissen Sie, die Explosion hat mich in den Bach geschleudert. Der Arzt hat zu mir gesagt, daß das gut war, weil ich gleich kaltes Wasser auf die Verbrennungen gekriegt hab'. Jedenfalls bin ich körperlich ausgezeichnet in Form. Ich war zwar ganz betäubt, aber ich hab's geschafft, ans Bachufer zu schwimmen. Alle waren ganz schön beeindruckt. Und außerdem krieg' ich jetzt Schmerztabletten«, fügte sie kichernd hinzu. »Besser als arbeiten, das steht fest. Hab' das ganze Zimmer voller Blumen von meinem Freund. Und ich hab' zwei süße Assistenzärzte kennengelernt, falls das mit dem Freund nicht hinhaut.«

»ReeAnn«, flüsterte ich erleichtert.

»Außerdem«, fuhr sie munter fort, »steht ein Cop vor der Tür, und einer ist hier drin, der ans Telefon geht, weil das Büro des Sheriffs rausgekriegt hat, daß in dem Grill Sprengstoff war.«

»*Was?*«

»Oh, ich hab' vergessen, was für einer. Mein Freund hat ein schlechtes Gewissen.« Sie seufzte. »Jemand, angeblich aus seinem Motorradladen, hat angerufen und gesagt: ›Vergessen Sie die Sandwiches.‹ Dann hat der Kerl, wer der auch war, unser Mittagessen auf halb eins verlegt. Ich sollte um zwölf dort sein, Holzkohle auf den Grill legen und anzünden. Ich bin in den Park gekommen, hab' die Holzkohle draufgelegt, und der Grill macht wumm. Zu hart. Und ...«, sagte sie mit einer Stimme, die nach Neuigkeiten gierte, »wie geht es John Richard? Haben Sie Geld gekriegt? Glauben Sie, er kann mir meinen letzten Gehaltsscheck geben?«

Ich schluckte. »Sie haben nichts von ihm gehört?«

»Soll das ein Witz sein?« Das klang abfällig. »Ich hab' nur was von meinem Freund gehört, von meiner Mutter und den verdammten Leuten von ACHMO. Die scheinen immer noch zu glauben, daß ich irgendwelche Bänder von denen versteckt habe. Ich hab' zu denen gesagt, was ich immer zu ihnen gesagt hab': Zum Teufel mit Ihnen. Jetzt überwacht das Büro des Sheriffs meine Anrufe. Haben Sie also Ihr Geld gekriegt?«

»Nein, ich habe es nicht bekommen.« Ich dachte wieder an meine Mutmaßungen über den Zeitplan. Worüber hatten sich John Richard und Suz am Freitag abend im Club gestritten? »Ah, ReeAnn, wenn es Ihnen nicht zuviel Mühe macht, erinnern Sie sich daran, ob am Freitag etwas passiert ist, etwas Negatives, was zu einem Streit zwischen John Richard und Suz Craig geführt haben könnte?«

»Das könnt' ich gar nicht vergessen. Es war der letzte Tag, an dem ich mit ihm zusammengearbeitet hab'. An dem Freitag ist mit FedEx ein Eilbrief gekommen. Als ich ihn aufgemacht hab', hab' ich gedacht, uh-oh, jetzt wird der Doc stinksauer sein! Erst die Eigentumswohnung in Keystone, jetzt verliert er auch noch die auf Hawaii!«

»Und was ist mit FedEx gekommen?«

»Ein Brief von Suz Craigs Büro bei ACHMO. Da stand drin, daß er dieses Jahr keinen Bonus kriegt. Er ist total durchgeknallt.«

Aber ja doch. Doch das war interessant, weil ich über den Zeitplan nachdachte. Die Nachricht, er bekomme keinen Bonus, war nicht per Post geschickt worden – zu unberechenbar, wann sie ankam. Die Bonusverweigerung war auch nicht telefonisch mitgeteilt worden – es wäre zu einfach gewesen, Einsprüche geltend zu machen. Von wem auch immer der Brief stammte, er hatte ihn per FedEx geschickt, damit er absolut sicher sein konnte, daß er an einem bestimmten Tag eintraf und einen Konflikt garantierte.

»Was stand in dem Brief?«

Sie seufzte ungeduldig. »Irgendwas darüber, daß wir nicht korrekt abgerechnet hätten, nicht regelmäßig oder nach ihren Richtlinien oder so ähnlich. Und daß er seinen Bonus nicht kriegt. Das war's. Drunter stand: ›Im Auftrag von Suz Craig.‹ Ich hab' zu ihm gesagt, das ist deshalb, weil sie Angst gehabt hat, das zu unterschreiben!«

»Wer hat für sie unterschrieben?«

»Hat er nicht gesagt. Ich hab's sowieso nicht sehen können, weil John Richard mir den Brief aus der Hand gerissen und einen seiner Tobsuchtsanfälle gekriegt hat.«

Ich knirschte mit den Zähnen. Ich sah nach der Schaltuhr für die Eier: noch eine Minute. Die Puppensammlerinnen hatten sich draußen eingefunden, tranken Saft und schenkten sich aus der Silberkanne große Tassen Kaffee ein. »ReeAnn, hören Sie, ich habe nur noch eine Frage an Sie, und sie hat etwas mit Suz Craig zu tun.« Sie ächzte. »Ich versuche bloß, rauszukriegen, was an jenem Abend war, am Freitag. Gab es einen Grund dafür, daß sie ausgegangen sind? Oder waren sie freitags immer fest verabredet?«

»Oh, daran kann ich mich tatsächlich erinnern, weil die Sklaventreiberin immer gewollt hat, daß sie ihre Jubiläen feiern. Nach dem ersten Monat haben sie sich Luftballons geschenkt, nach dem zweiten Sportklamotten, und so weiter, bis sie ein halbes Jahr miteinander ausgegangen waren, und da hat sie einen Pelzmantel gekriegt und er ein graviertes Armband, verdammt noch mal. Ich bitte Sie!«

»Und Freitag abend war ...«

»Der erste August? Die Feier nach dem siebten Monat, wo haben Sie gesteckt? Ich glaube, sie wollte Tickets für die Bermudas, aber statt dessen ist sie umgebracht worden. Was kann ich schon dazu sagen? Sie hätte ihm den Bonus geben sollen. O Mann, hören Sie sich bloß an, was ich zusammenrede. Ich brauch' noch eine Schmerztablette.« ReeAnn legte glucksend auf.

Die Schaltuhr klingelte. Ich nahm die Auflaufform heraus und kostete mit einem kleinen Plastiklöffel. Die seidige Konsistenz der Eier, kombiniert mit den Tomaten, dem Lauch, heißen, leicht geschmolzenen Käsewürfeln und gewürzten pochierten Shrimps, war göttlich. Ich trug die Form hinaus und stellte sie neben den warmen Schinken und die Brotkörbe. Zu den Vorstandsmitgliedern des Puppenclubs gehörten Tina Corey im Kostüm Babsies als Königin der Meere und Gail Rodine mit einem gewaltigen, breitkrempigen Hut mit Schleier. Sie stapelten sich alle die Teller mit Essen voll und unterhielten sich aufgeregt darüber, was für ein Volltreffer der erste Tag gewesen sei. Zu meiner Überraschung saß Frances Markasian, deren wildes schwarzes Haar und lumpiger Trenchcoat einen schrillen Kontrast zu den perfekten Frisuren, eleganten Kleidern und etlichen Puppenkostümen der Vorstandsmitglieder bildeten, am Ende eines Picknicktisches. Sie flüsterte mir zu, sie berichte für die Zeitung über die Puppenausstellung.

»Eins sag' ich Ihnen, Goldy«, sagte Frances, während sie sich eine Gabel mit Eiern vollschaufelte, »als nächstes muß ich was über ein Rockertreffen schreiben, damit ich mich von dem hier erhole.«

»Ich muß mit Ihnen reden«, flüsterte ich zurück. »Ich bin mit dem Servieren hier so gut wie fertig, und ich wollte Sie heute sowieso anrufen. Ich habe ein paar Informationen und etliche ... offene Fragen über den Mord an Suz Craig.«

Sie wurde munterer. »Sie haben versprochen, mich auf dem laufenden zu halten, und Sie wollen es tatsächlich tun? Es geschehen noch Zeichen und Wunder. Diese Eier sind lecker.«

»Danke. Ich gebe Ihnen das Rezept. Wollen Sie reden?« fragte ich verschwörerisch.

Sie ließ die Gabel fallen, schob sich von der Picknickbank und schulterte ihre riesige Tasche. »Ich muß Notizen machen, während wir uns unterhalten. Treffen wir uns in der Küche, bevor ich vor Ekstase sterbe.«

»Ich habe in letzter Zeit viel über Sie nachgedacht, Goldy«, erklärte Frances, als sie sich auf eine Arbeitsfläche gehievt hatte, ausgerüstet mit ihrem Notizblock, einer frisch aufgerissenen Dose extrastarkem Cola und einer Zigarette, die streng verboten war, wie auf Schildern stand, die überall im LakeCenter hingen. Sie blies den Rauch in Kringeln aus dem offenen Küchenfenster. »Bei allem, was John Richard so treibt, ist es fast, als würden Sie auch bestraft. Ich habe gehört, daß er Sie zusammengeschlagen hat und dann abgehauen ist. Irgendeine Ahnung, wo er sein könnte?«

»Nein. Und wenn diese Frauen Sie dabei erwischen, daß Sie in der Nähe ihrer kostbaren Puppen rauchen, werden Sie so streng bestraft, daß Sie nie wieder sagen können ›Babsie auf Kaution‹.«

Sie zuckte die Achseln. »Ah, Sie brechen mir das Herz.« Die Zigarette baumelte zwischen ihren schmalen Lippen. »Raus damit. Sagen Sie mir alles, was Sie wissen. Denken Sie dran, daß ich mit meinem Radio den Polizeifunk abhören kann. Wie schlimm hat John Richard Sie gestern verletzt?«

»Ich bin okay«, sagte ich kurz. »Wissen Sie noch, wer Ralph Shelton ist?«

»Natürlich weiß ich das noch. Ich hab' zwar über die Puppenausstellung berichtet, aber bloß halbherzig. Er ist der Typ, der Frauenarzt, den Suz Craig rausgeschmissen hat. Ich bin zu seinem Haus gefahren. Hab' ihn nach seinen Kratzern gefragt, und er hat gesagt, die sind von einer Katze, und dann hat er mir die Tür vor der Nase zugeknallt. Der Tierarzt wollte nicht mit mir über Sheltons Katze reden.«

»Ja, ich weiß. Haben Sie irgendwas darüber herausgefunden, was sich zwischen Ralph Shelton und Suz Craig abgespielt hat?«

»Ich hab' gedacht, Sie haben mich hierhergeholt, um mir etwas zu erzählen.«

Ich holte tief Luft. Brandon Yuille hatte nicht zu mir gesagt, ich dürfe nicht weitersagen, was er mir verraten hatte; ich durfte nur nicht sagen, daß ich es von ihm wußte. »Offenbar gab es Beschwerden von Patientinnen über Shelton. Suz hat ihn nicht nur entlassen, sie hat versucht, die Beschwerden dazu zu benützen, ihm die Zukunft bei MeritMed zu versauen. Jedenfalls habe ich das gehört.«

Frances machte sich schnell eine Notiz. »Sehr gut, Goldy. Von wem haben Sie das gehört?«

»Darf ich nicht sagen.«

»War es Chris Corey?« Ich schüttelte den Kopf. Sie lächelte. »Ich hab' das mit der Beschwerdeaktion der Patientinnen und von Suz' Plänen, sie zu benützen, von Chris Corey erfahren.« Weiterer Zigarettenrauch wehte aus dem Fenster. »Was haben Sie sonst noch rausgekriegt?«

»Das ist alles.« Was natürlich nicht wahr war.

Sie inhalierte nachdenklich. »Chris hat mir außerdem erzählt, daß Ralph Shelton am Montag morgen, am vierzehnten Juli, einen Termin mit Suz Craig in ihrem Büro hatte. Worüber wollten sie miteinander reden, wissen Sie das? Über dieses Beschwerdedossier?«

Montag morgen, der 14. Juli. Der fehlende Tag bei Suz' heimlichen Mitschnitten. Worüber hatte Ralph Shelton an jenem

Montagmorgen mit Suz gesprochen? Hatte Ralph an jenem Tag Suz' Zorn auch zu spüren bekommen? Ich hatte keine Ahnung. War es möglich, daß der Kotzbrocken Suz' Bänder vom 14. Juli hatte? Hatte derjenige, wer auch immer es war, der versucht hatte, ReeAnn in die Luft zu sprengen, geglaubt, der Kotzbrocken habe ReeAnn die Bänder gegeben? Auch das wußte ich nicht, und ich hatte auf keinen Fall vor, mit Frances Mutmaßungen anzustellen. Wir waren befreundet, aber es gibt gewisse Dinge, die man einer Journalistin einfach nicht anvertraut.

»Ich glaube immer noch, daß Korman es war.« Frances hörte auf zu kritzeln, hielt aber den Stift gezückt in der Hand. »Ich beschäftige mich nur wegen meiner anderen Story mit ACHMO. Aber Ihnen geht die Sache wirklich an die Nieren.«

Ich sackte gegen den Tresen. »Es ist scheußlich.«

Frances drückte ihre Zigarette energisch im Spülbecken aus und schlug dann den Notizblock zu. »Zweierlei, Goldy. Sie scheinen stark unter Streß zu stehen. Das liegt daran, wie Sie sich in diesem Fall engagieren.«

»Mensch, Frances, wie würde es Ihnen gefallen, wenn Ihr gewalttätiger Exmann beschuldigt würde, einen Mord begangen zu haben? Was wäre es für ein Gefühl, wenn er vorbeikäme und versuchen würde, Sie zusammenzuschlagen, bevor er Gott weiß wohin entkommt? Entspannt? Außerdem stelle ich Fragen, um Arch zu beruhigen. Das habe ich Ihnen doch gesagt.«

Frances fegte sich das dunkle Kraushaar aus der Stirn. »Wissen Sie was, Goldy? Sie brauchen ein Hobby.«

Ich sagte finster: »Früher war Kochen mein Hobby.«

»Nö, Sie brauchen etwas anderes. Es ist, als würden Sie bestraft, so besessen sind Sie von dem Fall. Sie müssen etwas Abstand gewinnen.«

Ich griff nach einem Karton für das schmutzige Frühstücksgeschirr. »Was schlagen Sie vor, Frances, Puppen sammeln?«

Sie brach in Gelächter aus und sprang von der Arbeitsfläche. »Jetzt bestrafen *Sie mich.*«

Es dauerte eine ganze Stunde, nach dem Frühstück sauberzumachen. Als ich fertig war, fühlte ich mich so leer wie die silberne Kaffeekanne. Aber das Frühstück war ein Erfolg gewesen. Als sich die Tür öffnete, um die Scharen einzulassen, die darauf warteten, die Puppenausstellung zu besichtigen, war ich froh, daß ich zur Seitentür hinausschlüpfen konnte, um dem Ansturm zu entgehen. Ich eilte zu meinem Lieferwagen. Ein Anruf bei den McCrackens reichte nicht. Ich trat aufs Gas und fuhr Richtung Country Club. Ich wollte Patricia in Person sprechen.

Sie stieß Tyler, den Tyrannen, auf der Schaukel an, die auf dem abschüssigen Hintergarten jenseits der Einfahrt stand, dem Schauplatz des infamen Hockeyspiels auf Inline-Skates. Einen Moment lang stand ich da und beobachtete sie, unbemerkt. Es war lange her, daß ich Patricia glücklich gesehen hatte. Ihr Gesicht war entspannt, ihre Armbewegungen waren begeistert und anmutig. Sie und Tyler trugen zueinander passende marineblaue Sweatsuits. Mit jedem Zug an den Seilen gurrte sie ihrem Sohn etwas zu, einem blonden kleinen Jungen, dessen rundem Gesicht und Lachjuchzern anzumerken war, daß er jeden Augenblick genoß. Fast war es mir zuwider, sie zu stören. Andererseits war es, im Gegensatz zu Patricia, zwischen mir und meinem Sohn zu einer Entfremdung gekommen, und ich mußte Informationen sammeln, bevor Arch und ich uns versöhnen konnten.

»Hallo!« rief ich und stieg vorsichtig hinunter. »Ich war in der Gegend! Hab' gedacht, ich schau mal vorbei!«

Patricia lächelte wenig begeistert und ließ die Schaukelseile los, was Tyler tiefen Kummer bereitete.

»Schaukeln Sie ihn weiter«, sagte ich zu ihr, als ich neben ihr war. »Enttäuschen Sie ihn nicht.«

Gehorsam stieß sie ihn wieder an, aber weniger dynamisch, so daß Tyler wieder quengelte.

»Soll ich das machen?« schlug ich vor. »Ich habe ein schlechtes Gefühl, weil ich gestern, als Sie angerufen haben, nicht mit

Ihnen reden konnte. Deshalb hab' ich gedacht, ich komm' vorbei. Um Sie aufs laufende zu bringen.«
Sie wurde munterer und trat beiseite, damit ich Tyler anstoßen konnte, der mir nur einen Befehl erteilte: »Richtig kräftig, okay? Richtig kräftig.«
»Okey-doke«, willigte ich ein und stieß ihn heftig an, während Patricia auf den Rasen sank und uns beobachtete. Tyler kreischte vor Wonne. »Hey, Kumpel!« rief ich ihm zu, als er den Abhang hinaufflog. »Ich bin eine Schaukelanstoßerin mit viel Erfahrung! Ich bin die Königin der Schaukelanstoßerinnen!« Ich schob ihn wieder kräftig an, und er jaulte vor Glück.
»Seien Sie vorsichtig«, mahnte Patricia.
»Ich bin unter anderem hier, weil ich möchte, daß Sie vorsichtig sind«, sagte ich mit einer normalen Stimme, um Tyler nicht zu erschrecken. »John Richard ist gegen Kaution auf freiem Fuß. Und jetzt ist er verschwunden.«
Sie zog die hellen Augenbrauen hoch. »Ehe ich schwanger wurde und nach meiner Entlassung aus dem Krankenhaus habe ich Unterricht in Taekwondo genommen. Jetzt habe ich einen roten Gürtel mit schwarzen Streifen. Ich kann auf mich aufpassen. Aus welchem anderen Grund sind Sie hier?«
»Ich habe über John Richards Finanzen nachgedacht.«
Sie zog die Nase kraus, die der eines Kaninchens ähnelte. »Er mußte die Eigentumswohnung versteigern, erst ... wann? In den letzten zehn Tagen.«
»Aber warum hat er sie überhaupt versteigert? Sehen Sie, da hatte er die Nachricht über den Bonus noch nicht bekommen – «
Patricias Stimmung hob sich. »Bonus? Hat er von ACHMO keinen Bonus bekommen?«
»Offenbar nicht.«
Patricias Grinsen war breit. »Vielleicht kann ich das bei meiner Klage verwenden.«
»Wie auch immer, ich frage mich ...« Ich keuchte wegen der Anstrengung, aber Tyler krähte vor Vergnügen. »Sie haben

gesagt, Sie erzählen mir die Einzelheiten bei der Hockeyparty, aber dann ist es so verrückt zugegangen ... «

Sie lächelte boshaft. »Oh, ich weiß, warum er die Eigentumswohnung versteigern mußte, Goldy. Mein Mann hat gesagt, es wäre fast, als hätte ich es geplant, damit ich Korman Kummer machen kann.«

Ich hörte unabsichtlich mit dem Anschieben auf, und die Schaukel prallte mir gegen den Unterleib. Ich erholte mich, aber Tyler brüllte. Ich schob wieder an, eine Spur sachter. »Warum mußte er seine Eigentumswohnung versteigern?«

Sie sah mich mit zusammengekniffenen Augen an. Ich verfolgte Tylers Flugbahn, damit ich nicht wieder gerammt wurde, und konnte ihren Blick nicht erwidern. »Wegen seiner Anwaltsrechnungen. Sind Sie je verklagt worden?« Als ich den Kopf schüttelte, sagte sie: »Sie müssen für den Anfang mit zehntausend rechnen. Mit mindestens fünfzigtausend, wenn Sie Ihren Anwalt bei der Stange halten wollen. Sicher, er ist gegen Kunstfehler versichert, aber das deckt nicht alles ab, bei weitem nicht.« Sie zupfte sich einen Grashalm vom Rock. »Ich war so glücklich, als diese Eigentumswohnung versteigert wurde, das können Sie sich gar nicht vorstellen.« Sie gluckste, dann stand sie auf und fegte sich das restliche Gras vom Rock. Sie kam herüber, und ich war so gebannt, daß ich mit dem Anstoßen aufhörte. »Goldy, hören Sie, vielleicht wünsche ich mir, ich wäre Gott«, sagte sie sehr bedächtig. »Leider bin ich es nicht. Aber eins sage ich Ihnen. John Richard Korman hat noch nicht einmal damit angefangen, dafür zu büßen, was er mir angetan hat. Und er wird nicht entkommen, soviel Mühe er sich auch gibt.«

Wie zur Bestätigung stieß Tyler ein ohrenzerreißendes Geheul aus. Ich floh.

Sobald ich dröhnend aus Patricias Einfahrt herausgefahren war, rief ich Macguire mit dem Handy an. Zu meiner Verblüffung meldete er sich beim ersten Klingeln.

»Goldilocks Partyservice!« Er brach munter in meine offizielle Begrüßungsfloskel aus: »Alles vom Feinsten! Was liegt an?«
»Macguire! Bitte, sag zu potentiellen Kunden nicht: ›Was liegt an?‹ Das klingt unprofessionell.«
»Oh, Goldy! Tut mir leid! Kein Problem. Hören Sie, ich hacke diese ganzen Gemüse. Die sehen echt gut aus! Meinen Sie, Sie sollten ein bißchen Chlorophyll in die Füllung geben?«
»Nein«, sagte ich entschieden. »Hör mal, hat Arch angerufen?«
»Nein, aber diese Therapeutenpraxis hat zurückgerufen. Es hat geheißen, daß alle im Urlaub sind. Wenn Sie einen Therapeuten für Arch wollen, brauchen Sie eine Überweisung an jemand in Denver.«
Großartig, dachte ich. Als erstes mußte ich natürlich Arch dazu überreden, nach Hause zu kommen.
»Außerdem«, fuhr Macguire fort, »hat Mrs. Druckman angerufen. Sie fährt mit Todd und Arch ins Natural History Museum. Oh, und Marla hat auch angerufen. Sie war auf dem Weg nach Denver, um ReeAnn zu besuchen, hat gewollt, daß Sie mit ihr zu Mittag essen, damit Sie sich entspannen können! Aber jetzt ist es zu spät, sie ist fort.«
»Das ist okay, ich komme nach Hause.«
»Nein, lassen Sie das! Ich mach' fertig, was ich hier am Laufen hab'. Wenn Sie nach Hause kommen, hängen Sie doch bloß rum und blasen Trübsal wegen Arch. Sie sollten zum Essen ausgehen! Wie wär's mit dem Aspen Meadow Barbecue? Meine Kumpel und ich finden es geil. Außerdem müssen Sie heute dieses Abendessen servieren, da sollten Sie jetzt lieber was in den Magen bekommen! Bestellen Sie einen Teller Chili und ein Bier! Entspannen Sie sich, und überlassen Sie die Hackerei mir!«
»Macguire – «
»Oh, oh, *krrr, krrr*«, – er stieß unechte Geräusche aus –, »wissen Sie, gleich ist Schluß, das *Krrrkrrr* kommt aus dem Handy!«
Und er legte auf.

»Macguire«, sagte ich zu der toten Leitung. »Diesen Trick von dir kenne ich schon.« Aber ich lächelte trotzdem und lenkte den Lieferwagen pflichtschuldig in Richtung Aspen Meadow Barbecue, die berühmte Stammkneipe von Bauarbeitern, Lastwagenfahrern, Möchtegerncowboys und diversen knallharten Typen, die allesamt nur die Absicht hatten, sich beim Mittagessen die Hucke vollzusaufen. Ein Eßplatz im Freien trennte die Säufer im Inneren von den Touristen und tapferen Frauengruppen, die gelegentlich kamen, um am See zu Mittag zu essen. Als ich zum letzten Mal mit Marla dortgewesen war, hatte sie zu mir gesagt, für die Gäste im Innenraum bestehe die Grundnahrung aus extrascharfem Chili, verzehrt mit jeder Menge Tequila.
Aber Marla war heute nicht bei mir, wie mir einfiel. Ich seufzte. Wollte ich wirklich allein zu Mittag essen? Macguire erledigte die Vorbereitungen für heute abend, und ich konnte eine Pause brauchen. Gegenüber vom Aspen Meadow Barbecue war über das Holzschild der Gärtnerei von Aspen Meadow ein Transparent gespannt. Es warb für ein Sonderangebot aus mehrjährigen Pflanzen und Büschen. Ich dachte an Frances' Ermahnung: Sie brauchen ein Hobby. Vielleicht sollte ich mir die Pflanzen anschauen, bevor ich mich in die knallharte Mittagsrunde im Aspen Meadow Barbecue wagte.
Ich schlenderte durch die spärlich bestückten Gänge und entschloß mich schließlich für etliche Fairyrosenstöcke. Sie hatten zauberhafte rosa Blüten und waren in unserer Höhe garantiert winterhart, ein wesentlicher Vorteil. Als ich sie in den Lieferwagen lud, stellte ich mir vor, wie riesig Tom sich uber mein jahes Interesse an der Gartenbepflanzung freuen würde.
Moment mal. Ich blieb reglos stehen und schaute mir wieder das geschnitzte Holzschild an: GÄRTNEREI VON ASPEN MEADOW. Hatte ich bei der Computerliste der Fragen nach dem Mord an Suz Craig auch nur daran gedacht, mich mit diesen Leuten zu beschäftigen, die ebenfalls von Suz Craig entlassen worden waren? Nein. Der Zeitpunkt war günstig.

Ich eilte wieder hinein und erklärte der Kassiererin, ich hätte es mir anders überlegt, ich wolle meinen Garten gestalten lassen. Und ich wolle dafür dieselbe Person, die den Garten von Suz Craig im Country Club von Aspen Meadow angelegt habe. Suz habe mir vorgeschwärmt, was für großartige Arbeit dieser Mann geleistet habe.

Das Gesicht der Kassiererin fiel ein. »Äh, sind Sie sicher?«

»Absolut.«

»Duke ist draußen im Garten. Großer blonder Typ. Gehen Sie lieber gleich zu ihm, er hat immer Frühschicht, und mittwochs geht er danach mit den Jungs zum Essen, und nachher geht er nach Hause und schläft. Ich muß Ihnen aber sagen, daß Duke diese Craig nicht gemocht hat. Vielleicht möchten Sie jemand anders finden, falls sie Ihre Freundin war. Er hatte einen Riesenrochus auf sie. Den hat er noch immer, obwohl sie tot ist.«

Ja, ja, dachte ich, ziehen Sie eine Nummer, und stellen Sie sich in die Schlange. Die Kassiererin deutete Richtung Garten, der auf derselben Straßenseite lag wie das Aspen Meadow Barbecue. Der Mann am Gartentor wies auf einen platinblonden Hünen, der Ähnlichkeit mit dem Sagenriesen Paul Bunyan hatte, Ohrenschützer trug und einen mit Mulch beladenen Bagger fuhr. Der Wachmann am Tor wartete, bis der Bagger in unsere Richtung wendete, dann winkte er dem Hünen zu, von dem ich annahm, er sei Duke. Duke lud den Mulch auf einen Lastwagen und tuckerte dann zu uns herüber. Er sprang vom Bagger und ragte hoch über uns auf – er war mindestens zwei Meter groß – und fragte den Wachmann, was er wolle, er kriege gleich die Motten. Der Wachmann ruckte mit dem Daumen in meine Richtung.

Duke wandte seine Aufmerksamkeit mir zu. Seine dunkelblauen Augen blickten nicht freundlich drein. Der omnibusgelbe Ohrenschutz baumelte an seiner fleischigen Hand, und ich hatte das Gefühl, wenn ihm nicht gefalle, was ich sagte, werde er ihn gleich wieder aufsetzen. Ich schaute hoch, hoch zu ihm hinauf.

»Ah, ich habe gehört«, fing ich ehrlich an, »daß Sie den Garten von Suz Craig angelegt haben. Ich hab' gedacht, das sieht großartig aus.«
»Ja, was ist damit? Sind Sie 'ne Freundin von ihr?«
»Na ja, sozusagen«
»Okay, das war's«, sagte er unvermittelt und stülpte sich die Ohrenschützer wieder über.
»Warten Sie!« schrie ich. Duke zog eine finstere Miene, riß die Augen weit auf und zerrte sich die Ohrenschützer vom Kopf.
»Ich muß weg, Lady. Gleich geh' ich zum Mittagessen, und ich muß diese Ladung fertig machen. Wenn Sie 'nen Gartengestalter wollen, lassen Sie sich in der Gärtnerei 'ne andere Firma empfehlen. Ich will für niemand arbeiten, der diese Frau gemocht hat. Kapiert? Das war's, okay?«
»Moment mal«, sagte ich, jetzt verzweifelt. »Reden Sie mit mir. Eigentlich will ich gar keine Gartengestaltung. Ich habe eine Party von Suz Craig beliefert, und ich habe ein paar Probleme.«
Duke grinste wissend. »Ah, sie hat Sie auch beschissen, he?«
»Was?« Dann begriff ich. Suz Craig hatte sich geweigert, ihn für seine Arbeit zu bezahlen. Ich nahm eine traurige Miene an. »Wir hatten schreckliche Probleme«, vertraute ich ihm an.
Duke schaute zum Himmel auf und schüttelte den blonden Kopf. »Ehrlich gesagt, solche Leute –«
»Sie haben gehört, daß sie umgebracht worden ist.«
»Ja. Kein Wunder.«
»Sie haben also auch geglaubt, daß es schwer war, mit ihr auszukommen. Ich frage mich bloß, ob Ihre Geschichte meiner ähnelt.«
»Eins sag' ich Ihnen, ich muß angeschickert sein, wenn ich meine Geschichte über diese Frau erzählen soll. Aber dann kriegen Sie mich nicht mehr dazu, die Klappe zu halten.«
Mir kam eine Inspiration. Ich fragte: »Wie schnell können Sie mit der Ladung fertig werden?« Er brummte etwas Unverständ-

liches. Ich fuhr uneingeschüchtert fort: »Tequila und Chili, wie hört sich das an? Ich lade Sie ein.«
Duke brummte wieder, etwas, was ich für ein Ja hielt.
Ich sagte: »Gehen wir essen.«

Im Innenraum des Aspen Meadow Barbecue war nur ein Tisch frei. Ich belegte ihn schnell für Duke und mich mit Beschlag, während ich mich im Restaurant umschaute. Jetzt hätte mir nur noch gefehlt, daß jemand, den ich kannte, meinem neuen Trinkkumpan Duke mitteilte, mein Mann sei ein Cop. Das hätte unserem Plausch eine frostige Note verleihen können. Aber von den zwei Dutzend Männern, schäbig bis stämmig, am Tresen und an den Tischen kam mir keiner bekannt vor.

Sobald Duke sich gesetzt und etlichen seiner Kumpel Begrüßungen zugerufen hatte, schlüpfte ich hinüber zum Barkellner. »Zwei doppelte Tequilas für meinen Freund, aber geben Sie mir nur Wasser, weil ich uns nach Hause fahre. Wenn ich Ihnen ein Zeichen gebe, bringen Sie die Flaschen. Gießen Sie Wasser in meine. Ich kann nichts trinken, aber ich will nicht, daß er das Gefühl hat, allein zu trinken.«

Der Barkellner, den ein steifer Schnurrbart zierte, sah mich abschätzend aus zusammengekniffenen Augen an. »Versuchen Sie, ihn vom Steuer fernzuhalten, oder versuchen Sie, ihn ins Bett zu kriegen?«

Ich zog einen Zwanzigdollarschein aus der Tasche. »Tun Sie bitte einfach, worum ich Sie bitte.«

Er nahm den Schein auf eine Weise, die andeutete, daß er schon öfter bestochen worden war. »Ich tue Ihnen etwas ins Wasser, damit es realistischer aussieht. Um Ihnen die Wahrheit zu sagen, ich bin froh, daß jemand Duke nach Hause fährt. Jeden Mittwoch muß ich in der Gärtnerei anrufen, damit ihn jemand abholt.«

Bald riefen Duke und ich »Skol« und stießen mit den ersten Gläsern an. Ich trank vorsichtig einen Schluck von dem, was sich als Mountain Dew ohne Kohlensäure herausstellte, mit Zitrone aromatisiert.

»Was trinken Sie da?« wollte Duke wissen. Sein Ton wurde schon milder, war nicht mehr defensiv, sondern kumpelhaft.

»Eine andere Tequilasorte. Mit Zitronenaroma.« Wir kippten gesellig das zweite Glas, und ich warf einen verstohlenen Blick auf meine Uhr. Kurz nach zwölf. Spätestens um drei mußte ich zu Hause sein, um das Abendessen für den Puppenclub zusammenzustellen. Wenn ich die Zeit abzog, die ich brauchte, um Duke zu seiner Wohnung zu fahren, blieben uns etwa zwei Stunden. Ich winkte dem Barkellner, uns die Flaschen zu bringen. Der Mann war so einfallsreich, daß ich nicht daran zweifelte, er könne ein passendes Gefäß für mein Mountain Dew auftreiben.

Duke schmatzte. »Ah. So. Was ist Ihnen mit dieser Frau passiert? Versuchen Sie, Geld aus dem Nachlaß zu kriegen? Ich versuch' das. Der Anwalt sagt, das dauert mindestens ein Jahr wegen der Mordermittlung. Bis dahin sind meine Pflanzen hinüber.« Er schüttelte unglücklich den Kopf.

»Nein! Ehrlich gesagt, sehen Sie, habe ich ein anderes Problem. Mein Exmann wird beschuldigt, sie umgebracht zu haben – «

Duke grinste breit. »Junge, Junge. Stört Sie's, wenn ich rauche? Es ist kein Tabak, es ist eine Nelkenkrautzigarette. Schon mal was davon gehört?«

»Nein, aber rauchen Sie ruhig.« Gleich darauf stieg der würzige Rauch in einer Wolke auf. Ich würgte, sprach aber weiter. »Ich habe Suz Craig mit Essen beliefert, obwohl sie die junge, blonde

Freundin meines Exmanns war. Kein Groll, verstehen Sie. Aber jetzt hat ihr Tod meine Familie in ein Chaos gestürzt. Sie wissen schon, jeder gibt jedem die Schuld. Mein Problem ist also, daß ich immer wieder zurückblicke, was geschehen ist, und mich frage: Wie hätte ich es verhindern können?«

Der Barkellner kam und zwinkerte mir zu. Er stellte eine Tequilaflasche vor Duke hin und vor mich eine schwarze Keramikkaraffe in der Form einer Aztekengöttin. Dann kam die Kellnerin, und Duke teilte ihr mit, er wolle zwei Teller von ihrem schärfsten Chili. Ich dachte sehnsüchtig an einen knackigen, kalten Arugulasalat und wie gut er zu einem Eiskaffee passen würde.

»Was hätten Sie tun können, um das zu verhindern?« wiederholte Duke jetzt ungläubig und schüttelte den Kopf. »Nichts. Verdammt noch mal, gar nichts. Manche Leute sind einfach so. Kommandieren einen herum, sind nie zufrieden. Nichts, was du machst, ist denen recht. Am liebsten möcht' ich neue Kunden immer fragen: Sind Sie ein Arschloch? Wenn Sie eins sind, will ich's gleich wissen. Spart uns beiden 'ne Menge Zeit. Aber das erlaubt mir der Gärtnereibesitzer natürlich nicht.« Er schüttelte wieder den Kopf.

»Wie hat Suz Craig Sie herumkommandiert? Ihr schien Ihre Gartengestaltung zu gefallen, als sie sie mir gezeigt hat.«

Duke zog die buschigen blonden Augenbrauen hoch, dann hielt er die Tequilaflasche an sein Glas. »Oh, sicher, sie hat gelogen. Du glaubst die ganze Zeit, alles ist bestens, und sie will dich bloß rausschmeißen. Aber schlicht und einfach? Das Weib war ein Miststück. Verdammt noch mal, zu schlau. Hat nie lernen müssen, wie man mit normalen Leuten umgeht. Toleranz, wissen Sie? Hatte sie keine. Auch keine Geduld.« Er kippte einen weiteren Doppelten. »Zum Beispiel: Sie stolpert über ihre Treppenplatten, quadratische, wie sie die bestellt hat, und urplötzlich will sie eine neue Treppe. Bloß will sie dieses Mal Fliesen.«

»Fliesen«, wiederholte ich. »Wie in den Patios?«

»Ja. Also bestellen wir Fliesen und lagern sie mit unseren Sachen in der Garage, um sie vor den Vandalen zu verstecken. Wir bauen die Treppe. Es gefällt ihr nicht, wie sie aussieht. Fünfzehntausend Dollar und zwei Wochen Arbeit für mein Team, und sie sagt: Weg mit den Fliesen. Ich will Granit. Wo soll ich Granit für 'ne Treppe herkriegen? sag' ich. Wollen Sie einen Aufzug? Ich kenn da 'nen Typen.«

»Jemand ist die Treppe hinuntergefallen und hat sich den Knöchel verstaucht«, erklärte ich.

Die Tequilaflasche leerte sich schnell. »Oh, ich weiß, glauben Sie mir. Großer fetter Kerl, hätte aufpassen sollen, wo er hintritt. Aber es geht nicht bloß um die Treppe. Sie will weiße Teerosen und dazu Moschusmalven. Das ist ein rauhes, trockenes Klima, sag' ich ihr immer wieder. Wenn Sie Teerosen wollen, ziehen Sie nach Florida. Sogar für Polyantha brauchen Sie 'ne Bewässerung. Schön, sagt sie, machen Sie das. Wir bauen also 'nen Wassertank ein und eine Sprinkleranlage. Aber dann will sie den Wassertank nicht sehen, ja? Also müssen wir mit dem Anpflanzen von den Polyanthas und den Malven warten, bis ein Jägerzaun gebaut worden ist. Und dann sagt sie, ooh, ooh, ich brauche Trittsteine um den Jägerzaun herum. Ich sag', wie wär's mit Marmor? Und sie ist total eingeschnappt.«

Unser Chili kam. Nach einem Bissen von der feurigen Mischung wäre ich fast zum Bach gerannt, den feuerspuckenden Mund weit aufgerissen. Statt dessen trank ich einen langen Schluck, direkt aus der Karaffe in Form einer Aztekengöttin.

»Donnerwetter«, sagte Duke bewundernd.

Ich riß mehrere Crackerpackungen auf, streute den Inhalt über das Chili und aß Crackerkrümel, während ich mir unverhohlen die Augen wischte. Als ich mich schließlich räuspern konnte, fragte ich: »Und was ist dann schließlich passiert?«

Er hörte auf, sich Chili in den Mund zu schaufeln, kaute und überlegte. »Nach ihrer ganzen Maulerei, ihrem Gejaul, und nachdem wir versucht haben, sie zufriedenzustellen? An einem Tag kommen wir wie üblich zur Arbeit, obwohl ich denk', ich muß meinem Team ein ganzes Jahr lang Freibier spendieren, damit die weitermachen, und sie kommt raus und sagt, daß wir entlassen sind. Dieser fette Typ ist die Treppe runtergefallen, und sie will nicht verklagt werden. Ich sag', bestens, Lady, wir brauchen bloß unser Werkzeug, und sie sagt, machen Sie's kurz.«

Er aß noch mehr Chili. Ich füllte seine beiden Gläser für Doppelte. Er trank, dann seufzte er. Falls ihm das Chili die Kehle versengte, ließ er sich das nicht anmerken.

»Unten am Jägerzaun sind die Polyanthas und die Malven, die wir eben gepflanzt haben. Aber der Teufel soll mich holen, sie hat doch tatsächlich ein halbes Dutzend Marmortrittsteine verlegen lassen, um den Zaun herum. Ob sie das selbst gemacht oder jemand anders beauftragt hat? frag' ich. Das mit dem Marmor war doch bloß ein Witz, sag' ich, und sie sagt, wir sollen pronto abhauen und ihr 'ne Rechnung schicken.« Sein Gesicht wurde verdrossen. »Und wissen Sie, die Gärtnerei hat 'nen Monat gebraucht, bis alles auf der Rechnung gestanden hat. Sie hat unsere Rechnung nicht mal gekriegt, und sie ist tot.« Er aß noch mehr Chili, ohne mit der Wimper zu zucken, dann kippte er einen weiteren Doppelten.

»Was für ein Mist«, sagte ich tröstend.

Duke zuckte die Achseln. Seine Augen hatten jetzt einen nassen, trüben Ausdruck angenommen. »Ich hab' die Cops gefragt ... Ich hab' gesagt, könnten wir wenigstens unsere Pflanzen zurückbekommen? Weil ich geglaubt hab', die hätten wir verdient.« Er kippte wieder ein Glas. »Die haben gesagt ... Wissen Sie, was die mir gesagt haben?«

»Nachlaßeröffnung.«

»Ja, die haben gesagt, daß ich bis zur Nachlaßeröffnung warten muß. Bis die Ermittlung vorbei ist. Ich hab' gesagt, bis dahin sind die Pflanzen hinüber. Wir haben nicht einmal eine Pumpe in dem Bewässerungssystem angebracht.« Er kratzte den letzten Löffel Chili vom Teller, goß sich weiteren doppelten Tequila ein und leerte das Glas. Wie viele hatte er intus? Nach dem zehnten hatte ich den Überblick verloren. »Und als ich nachts mal blau war, bin ich hingefahren. Hab' die Pflanzen ausgegraben, die wir gesetzt hatten. Niemand wird sie vermissen. Hab' außerdem auf ihren Patio gepinkelt, wo ich schon mal dabei war. Übrigens muß ich jetzt mal.« Er betrachtete mich traurig. »Wollen Sie mit?«

Ich sagte nein danke und bezahlte die Rechnung. Als ich Duke vor seiner Wohnung abgeliefert hatte – er wohnte im selben Komplex wie Frances –, waren mir weitere Fragen eingefallen. Aber Duke war keine Hilfe. Er stolperte zu seiner Tür und erklärte, er sei bettreif. Wenigstens fragte er mich nicht, ob ich mich ihm auch dabei anschließen wolle.

Es war nicht besonders überraschend, dachte ich, als ich den Lieferwagen nach Hause lenkte, daß Suz bei der Gartengestaltung anspruchsvoll gewesen war. Im Rückblick auf das Mittagessen, das ich ihr geliefert hatte, wurde mir klar, daß sie erpicht darauf gewesen war, nett und entgegenkommend zu den Leuten aus der Hauptverwaltung von ACHMO zu sein. Sie wollte vor ihren Abteilungsleitern ruhig und flexibel wirken. Aber die Gartengestaltung war etwas, womit man jeden Tag leben mußte, ähnlich wie mit dem Bad oder dem Schlafzimmer. Trotzdem, warum hatte sie die Gärtner entlassen, bloß weil Chris gestürzt war? Hat Suz jemand anders gefunden, der die Arbeit für sie machte? Jemanden, den sie lieber mochte?

Ich bog in die Main Street ein. Es war erst Viertel nach eins. Das Kochen hatte noch Zeit. Im Moment hatte Macguire recht: ich konnte es nicht ertragen, unser Haus zu betreten, ohne daß mein Sohn dort war. Ich rief Tom über das Handy an, voll darauf gefaßt, seinen Anrufbeantworter zu bekommen.

»Schulz«, meldete er sich schroff.

»Hi. Erinnerst du dich an Suz Craigs Krach mit den Gartengestaltern? Hat sie danach jemand anders beauftragt?«

»Hey, Miss G, wie geht's dir? Hast du gehört, daß wir C-4 in diesem Grill gefunden haben? Wir haben zwei uniformierte Polizisten zur Bewachung von ReeAnn Collins' Zimmer abgestellt.« Ich sagte, das wisse ich, aber bei meiner dringenden Frage gehe es um Suz' Gartengestaltung. Tom wiederholte: »Die Gartengestalter. Die Gärtnerei von Aspen Meadow?«

»Eine andere Firma.«

»Nicht daß wir wüßten. Ich meine, niemand hat sich gemeldet und Geld verlangt, bis auf die Gärtnerei von Aspen Meadow.«

»Überhaupt keine Rechnungen? Keine Post, sagen wir mal, von einer Firma für Baumaterialien, einem selbständigen Fliesenleger? Von jemandem, der mit Marmor handelt?«

Er lachte. »Worauf in aller Welt willst du hinaus?«

»Nichts. Bloß ein Zeitvertreib zwischen zwei Lieferaufträgen.«

Als ich aufgelegt hatte, saß ich in meinem Lieferwagen und grübelte. Suz hatte sich endlos und erbittert mit Duke und seinem Team herumgezankt. Dann hatte sie das Team entlassen, aber erst, nachdem Chris gestürzt war. Warum? Warum hatte sie das Team nicht entlassen, als es zu den ersten Schwierigkeiten kam? Und dann hatte Suz Trittsteine aus Marmor verlegt, die Duke im Scherz vorgeschlagen hatte. Warum?

Gütiger Himmel. Warum, das war die Frage.

Warum hatte Ms. Craig mit dem Motto, sie erledige nichts selbst, sondern delegiere, selbst Steine verlegt? Weil sie es mußte. Ich wendete vorsichtig auf der Main Street und fuhr zurück zur Gärtnerei von Aspen Meadow.

Als ich dort ankam, wußte ich genau, was ich wollte. Ob sie eine Mütze hätten, ein Arbeitshemd, Gartenhandschuhe und eine Gärtnerschürze mit der Aufschrift GÄRTNEREI VON ASPEN MEADOW und ihrem Firmenlogo? Die Kassiererin bedachte mich wieder mit einem forschenden Blick, sagte aber, der Besitzer habe immer zu ihr gesagt, wenn Kunden etwas wollten, selbst wenn es sich um eine komisch aussehende Steineinfassung für einen Parkplatz handle, solle sie es ihnen verkaufen.

»Möglicherweise ist das Hemd nicht sauber«, sagte sie entschuldigend.
»Je schmutziger, desto besser. Und ich hätte gern auch eine Schaufel und einen Spaten.«
Ich bezahlte alles mit meiner Kreditkarte und raste nach Hause. In der Küche trat Macguire triumphierend einen Schritt von dem Gebirgsmassiv aus sauber gehackten Tomaten, Artischokkenböden und gedämpftem Spargel zurück. Auf den Platten häuften sich in Scheiben geschnittener Camembert und geriebener Parmesan. Ich bedankte mich bei Macguire. Wieder fiel mir auf, wieviel besser er aussah: gesunde Gesichtsfarbe, glänzendes, sauberes rotes Haar, aufrechte Haltung, ein Körperbau, der wirkte, als hätte er in den letzten beiden Tagen mindestens fünf Pfund zugenommen, strahlende Augen und, was am allerbesten war, ein breites, glückliches Lächeln.
»Großartige Arbeit«, sagte ich zu ihm.
»Brauchen Sie noch Hilfe?« fragte er energiegeladen.
Ich musterte die Arbeit, die er getan hatte. »Auf keinen Fall. Tausend Dank.«
»Noch zwei Sachen«, sagte er geheimnistuerisch, dann machte er den begehbaren Kühlschrank auf. Er holte eine Pfanne mit *gegrilltem Huhn à l'orange* heraus. »Ich habe mich an Ihr Rezept für das Marinieren gehalten und dieses Huhn gegrillt. Nur noch ein paar Minuten im Backofen, dann ist es fertig. Ich habe es schon gekostet. Saftig, zart, säuerliche Sauce, genauso phantastisch, wie Sie immer sagen. Ich habe Erfolg! Ich kann kochen!«
»Macguire, ich weiß gar nicht, was ich sagen soll – «
»Moment, schauen Sie sich das hier an.« Er zog ein riesiges Kuchenblech heraus und hielt es mir vorsichtig zur Inspektion hin. In durchsichtiger Gelatine schimmerten voneinander getrennte Grapefruitportionen. »Das ist aus dem Kochbuch von Fanny Farmer«, sagte er stolz. »Gelierter Grapefruitsalat. Kein Fertigprodukt. Ich habe es selbst gemacht.«

GEGRILLTES HUHN
À L'ORANGE

Marinade:
Zesten einer mittelgroßen Orange
Saft einer mittelgroßen Orange
(schätzungsweise 80 ml)
1 Teelöffel Trockensenf
1 winzige Prise Kreuzkümmel (nach Belieben)
2 Eßlöffel Roweinessig
80 ml Olivenöl
4 ausgebeinte, halbierte Hühnerbrüste
ohne Haut

Sauce:
2 Eßlöffel Butter
2 Eßlöffel Mehl
1 1/2 Eßlöffel Zucker
1/4 Teelöffel Zimt
1/2 Teelöffel Trockensenf
2 Eßlöffel Rotweinessig
375 ml Orangensaft

Die Marinade in einer Auflaufform aus Glas (ca. 20 x 30 cm) aus Zesten, Saft, Senf, Kreuzkümmel (falls gewünscht) und Essig vorbereiten. Das Olivenöl einrühren. Ein etwa 50 cm langes Stück Plastikfolie ausbreiten und die Hühnerbrüste darauf legen. Eine weitere Plastikfolie darüber ausbreiten. Die Hühnerbrüste mit der flachen Seite eines Fleischklopfers gleichmäßig dünnklopfen (ca. 1,2 cm). Die Plastikfolie entfernen und die Hühnerbrüste in die Marinade legen.

Zudecken und 30 Minuten bis zu 1 Stunde marinieren. Danach den Grill vorheizen. Anschließend die Sauce vorbereiten. Die Butter bei schwacher Hitze in einer breiten Bratpfanne zerlaufen lassen und das Mehl einrühren. Den Roux 1 bis 2 Minuten köcheln, bis er Blasen wirft. Zucker, Zimt, Senf und Essig hinzugeben und gründlich durchrühren. Den Orangensaft angießen, auf mittlere Hitze hochschalten und bis zum Andicken umrühren. Die Hitze herunterschalten und die Pfanne zudecken, damit die Sauce heiß bleibt, während das Huhn gegrillt wird. Das Huhn grillen, bis es durch ist, 3 bis 5 Minuten pro Seite. Nicht zu lange garen. Zum Servieren das gegrillte Huhn auf eine vorgewärmte Platte legen, etwas Sauce darübergießen und die restliche Sauce separat reichen.

Ergibt 4 Portionen

»Du bist wunderbar. Und du kannst wirklich kochen.«

»Oh, und Arch hat angerufen, als die Druckmans eben zum Museum aufbrechen wollten. Er hat ins Telefon geflüstert, daß das Essen bei den Druckmans nicht besonders ist. Inzwischen sollten sie zurück sein, deshalb bringe ich ihm ein paar von den Burgern hinüber, die Sie für das Barbecue gemacht haben, das heute abend ausfällt. Ist das okay?« Als ich nickte, fügte er hinzu: »Vielleicht kommt Arch früher nach Hause, als Sie glauben.«.

»Vielleicht.«

Gemeinsam packten wir das Abendessen für die Puppenliebhaberinnen in meinen Lieferwagen. Als Macguire mit der Tüte voller Burger gegangen war, vergewisserte ich mich, daß die Alarmanlage eingeschaltet war. Dann fuhr ich schnell zu Suz Craigs Haus. Ich hatte eine halbe Stunde Zeit, bis ich im Lake-Center eindecken mußte.

Im Lieferwagen fummelte ich an den Knöpfen des Hemds von der Gärtnerei von Aspen Meadow herum, band mir dann die Schürze um die Taille und stopfte so viele Locken wie möglich unter die Mütze. Es war ärgerlich, daß auf der Seite des Lieferwagens GOLDILOCKS PARTYSERVICE stand, aber ich hatte nicht geglaubt, daß mir die Kassiererin einen Pritschenwagen der Gärtnerei geliehen hätte.

Ich setzte eine zuversichtliche, geschäftsmäßige Miene auf und sprang dann mit Schaufel und Spaten aus dem Lieferwagen. Ich ging schnell über den Rasen, um das Haus herum, dessen Türen immer noch mit gelben Polizeibändern verklebt waren. Zu meinem Glück wußte ich, wo der Jägerzaun war. Genau wie Duke es mir erklärt hatte, lagen dort, wo die Rosen und die Malven gewesen waren, schimmerndweiße Marmortrittsteine an drei Seiten des Zauns.

Ich grub den ersten Stein aus und stocherte dann in der losen Erde darunter. Nichts. Ich machte mich über den zweiten Stein her und stieß wieder nur auf dunklen Lehm unter der schweren Platte. Mit dem dritten und dem vierten Stein war es genauso.

Erschöpft setzte ich mich auf die Fersen zurück und wischte mir die Stirn ab. Eine kühle Bergbrise raschelte in den Bäumen. Ohne Vorwarnung sah ich eine flüchtige Bewegung an der Garagentür des Nachbarn nebenan. Ich wartete reglos, aber nichts tauchte auf.
Ich blickte zurück auf das Chaos, das ich auf dem Weg um Suz' kleinen Jägerzaun herum angerichtet hatte, der den Wassertank umgab. Noch zwei Steine. Der fünfte gab nichts her. Unter dem sechsten und letzten Stein stieß ich auf den Schatz. Eine lockere Erdschicht lag über einer extrastarken Plastiktüte mit Reißverschluß. Darin steckten vier Audiokassetten.

Ich zerrte mir mit den Zähnen die Gartenhandschuhe von den Fingern. Zittrig zog ich den Reißverschluß der Tüte auf und nahm die Bänder aus den Plastikbehältern. Zu meiner Überraschung waren sie etikettiert: Corey, Yuille, McCracken, Shelton. Und alle trugen das Datum Montag, 14. Juli. Ich schob die Bänder in die Plastiktüte zurück, klemmte die Tüte unter den Arm, hob die Schaufel und den Spaten auf und eilte zum Lieferwagen zurück. Ich warf die Tüte mit den Bändern auf den Beifahrersitz, verstaute die Werkzeuge im Fond und stieg auf den Fahrersitz.

Als ich mir das Hemd und die Schürze der Gärtnerei vom Leib riß, fragte ich mich, wie ich mir diese Bänder anhören sollte. Ich wollte sie sofort hören, aber ich mußte erst kochen, um meinen Auftrag zu erledigen. Wenn ich im Lieferwagen saß und meinem Kassettenrecorder lauschte, trug das nichts zur Zubereitung des Abschlußessens für die Babsiefans bei. Dann fiel mir ein, was mir zuerst in die Hände geraten war, als ich in der Nacht, in der ich auf die Vandalen stieß, nach dem Tischtuch gesucht hatte. Ich wühlte wild hinter dem Fahrersitz herum und zog Macguires Walkman heraus.

Ich erschauerte, als ich nach vorn schaute. Ich sah in meinen Rückspiegel. Warum hatte ich in der Nähe eine weitere Bewegung gewittert? War jemand über die Straße hinter meinen Lieferwagen gerannt? Ich setzte die Kopfhörer auf, legte das McCracken-Band ein, ließ den Lieferwagen an und beschleunigte die Straße entlang.

Stimmen knisterten ein Stück entfernt vom Aufnahmegerät. Die ersten hörbaren Worte kamen von Suz Craig. Es war erschreckend, ihre Stimme zu hören. »*Minneapolis sagt, wir müssen uns gütlich einigen, aber ich bin nicht bereit, nachzugeben… Chris? Hat sie nicht vor ein paar Jahren abgetrieben? Könnten wir damit etwas anfangen?*«

Chris Coreys grollende Stimme war unverkennbar. »*Es war keine Abtreibung. Ihr Hausarzt hat sie an einen Psychiater überwiesen. Ich weiß nicht, was wir damit anfangen könnten. Oder wie.*«

Suz fuhr ihn an: »*Rufen Sie diese Markasian an, kriegen Sie raus, ob sie was darüber bringen kann. Ich wohne jetzt in der Stadt, weiß Gott. Ich muß diesen Fetzen von einem Lokalblatt lesen. Markasian hat andauernd über McCrackens verdammte Klagen berichtet. Jetzt kann sie einen Artikel bringen, mit Berufung auf eine anonyme Quelle, in dem steht, daß die McCracken emotionale Probleme hat. Damit wäre der Ausgleich hergestellt. Bringen Sie Markasian dazu, sonst ziehen wir unsere geschmackvolle kleine ACHMO-Anzeige aus dieser Zeitung zurück.*«

Die Besprechung wurde von einer Frau unterbrochen, die Suz über die Gegensprechanlage mitteilte, Ralph Shelton sei da. Das Band war zu Ende. Ein Auto hinter mir hupte ungeduldig. Ich würde warten müssen, bis ich ins LakeCenter kam, bevor ich das nächste Band einlegen konnte.

Am Wasserfall zwischen dem See und dem Cottonwood Creek saßen die Kormorane, putzten ihr Gefieder und musterten königlich ihr Revier. Sie würden mir fehlen, wenn der Sommer vorüber war. Mir würden die Rotdrosseln fehlen, lärmende Herolde meines Eintreffens Punkt vier an der Seitentür des LakeCenter. Der Wachmann, der lustlos auf einer Mülltonne saß, winkte mich durch. Ich war bereit, darauf zu wetten, daß ihm an seinem zeitweiligen Wachdienst in Aspen Meadow nichts fehlen würde.

Ich drückte auf den Rückspulknopf des Walkmans, nahm die Kopfhörer ab, zog meine Kochschürze an und trat den ersten Gang durch die Seitentür an. Eine vierköpfige Putzkolonne – zwei Männer und zwei Frauen – polierten den gebohnerten Boden und staubten behutsam die Tische und Vitrinen ab. Im Lieferwagen steckte ich den Walkman und die Tüte mit den Bändern in meine Schürzentaschen. Dann schleppte ich den zweiten Karton mit Essen hinein. Als eine der Putzfrauen zufällig zu mir aufschaute, wandte ich mich ab. Nachdem ich meine Kartons in die Küche gehievt hatte, baute ich alle Zutaten auf. Ich schob das nächste Band ein, mit der Aufschrift »Shelton«, und fing damit an, Gemüse über die Shrimps zu schichten.

Ralph und Suz tauschten eine kalte Begrüßung aus, ehe sie zur Sache kamen. »*Das können Sie mir nicht antun, Suz.*« Ralph Sheltons verängstigte Stimme bebte.

»*Entschuldigen Sie, Ralph, aber das kann ich. Wissen Sie, was eine Gruppe aus einer kalifornischen Kirchengemeinde getan hat? Die sind dreihundert Kilometer weit gefahren, um einer anderen Gemeinde mitzuteilen, daß sie den Pfarrer, den sie hinausgeworfen haben, nicht einstellen soll. Diese Leute haben sich nicht darauf verlassen, daß die Gemeinde, die ihren früheren Pfarrer in die engere Wahl genommen hatte, vom Bischof erfährt, daß dieser Kleriker ein Kreditkartenproblem hatte. Dreißigtausend Dollar Schulden, um genau zu sein.*«

Eine Pause entstand, dann sprach Ralph. »*Wenn Sie ... wenn Sie diese Beschwerden über mich, die völlig belanglos sind, an MeritMed schicken, erzähle ich aller Welt von Ihrem ungenehmigten Gebrauch von Patientendaten. Von vertraulichen Daten, bedenken Sie das.*« Er versuchte, zuversichtlicher zu klingen. »*Und das ist keine belanglose Beschwerde.*«

»*Sie haben mir dabei geholfen, an etliche dieser Akten heranzukommen. Sie werden es nicht wagen, damit an die Öffentlichkeit zu gehen. Wenn ich untergehe, weil ich unerlaubt Daten verwendet habe, reiße ich Sie mit rein.«*

»*Das ist mir gleich.*« Seine Stimme war den Tränen nahe. »*Sie haben keinen Grund, so grausam zu sein.*«

Danach knallte eine Tür zu.

Wow. Ich legte das Band mit der Aufschrift »Corey« ein.

Suz' Stimme fing an. »... *Sie wissen, daß ich Ihnen gesagt habe, wie unprofessionell es ist, so fett zu sein. Und es hilft Ihnen auch nicht weiter, wenn Sie mir gegenüber undankbar sind.*«

Chris Coreys Stimme grollte. »*Ich bin Arzt. Ich schätze es nicht, in Konferenzen gedemütigt zu werden. Ich bin es leid.*«

»*Wirklich?*« sagte Suz. »*Sie glauben, daß es Ihnen etwas nützt, sich hinter meinem Rücken über mich zu beschweren?*«

»*Das war nicht meine Idee*«, intonierte Chris.

»*Lassen Sie Brandon aus dem Spiel. Was bilden Sie sich ein, daß Sie wieder als orthopädischer Chirurg praktizieren können, wenn Ihre Arbeit hier fehlschlägt? Sie können nicht einfach wieder Doc werden, Chris, Sie sind so eingerostet wie ein altes Messer. Stellen Sie sich der Tatsache, als Arzt sind Sie am Ende.*«

»*Ich habe es so unglaublich satt, Ihnen zuzuhören*«

»*Noch etwas. Glauben Sie, ich wüßte nicht alles über Ihre Schwester? Mehrfache Persönlichkeitsspaltung, gerät unter Streß in Trance. Sagen Sie mir, ist sie Tina, wenn sie sich um streunende Tiere kümmert und sich anzieht wie eine Puppe? Oder ist sie Mary Louise, so züchtig und adrett, die in die Kirche geht und keine Ahnung von Puppen hat? Sie wissen, daß ich Zugang zu ihren Akten habe. Ich weiß alles. Glauben Sie, die Schule, an der sie arbeitet, möchte nicht liebend gern etwas über ihre lange Vorgeschichte emotionaler Instabilität erfahren? Wenn Sie daran denken, diese Stelle aufzugeben, oder mich noch einmal Minneapolis gegenüber kritisieren, erfährt alle Welt von Tinas Geheimnis.*«

Chris' Stimme wurde schnell flehend. »*Tun Sie das nicht. Tina weist nur zwei Persönlichkeiten auf. Sie ist nicht gewalttätig. Sie ist für niemanden eine Gefahr. Sie hat so viel durchgemacht... und jetzt ist ihre Persönlichkeit gespalten... Ich kümmere mich um Sie. Bitte, tun Sie ihr nicht weh.«*

»*Ich verlange nur Fairness*«, sagte Suz energisch. »*Wenn Sie ein Problem haben, kommen Sie zu mir. Das sind die Regeln.*«

Ende des Bandes. Mehrfache Persönlichkeitsspaltung, gütiger Gott. Eigentlich hätte mir vor der Kirche ein Verdacht kommen müssen. Dort hatte ich Tina nach einem Puppenkostüm und nach der Katze gefragt. Sie hatte getan, als hätte sie keine Ahnung, wovon in aller Welt ich spräche. Ich hatte es auf den Streß wegen der Planung von Suz' Beerdigung geschoben. Aber ich hatte nicht mit Tina gesprochen, ich hatte mit Mary Louise gesprochen. Ich erschauerte, als ich mir die Demütigung vorstellte, die Tina Corey erleben würde, wenn die Verwaltung der Vorschule von Aspen Meadow, ganz zu schweigen von allen anderen Leuten in der Stadt, ihre Vorgeschichte psychischer Probleme herausfand. Als erstes hätte sie ihre Stelle verloren. Dann wäre sie zu einer Ausgestoßenen geworden. Was für Probleme auch immer Tina haben mochte, wenn sie funktionsfähig war und ihr Bruder sich um sie kümmerte, ging das Suz Craig auf keinen Fall etwas an. Ich legte die Camembertscheiben über das Gemüse, schob das vierte Band ein und fing mit den letzten Kuchenschichten an.

»*Du hast sie herbestellt*«, sagte Suz Craig. »*Du hast die Termine gemacht. Du hast die Leute dazu gebracht, mich zu hintergehen. Wie soll ich mich deiner Meinung nach dabei fühlen?*«

Brandon Yuilles Stimme war bis jetzt die klarste. »*Suz, ich mußte es tun. Tag und Nacht sind Leute zu mir gekommen und haben sich darüber beschwert, daß sie mit dir zusammenarbeiten müssen. Das konnte ich einfach nicht ignorieren.*«

»*Brandon, du hättest mit mir sprechen können.*«

»*Ich habe versucht, mit dir zu sprechen. Vorher und hinterher...*«

»*Vor und nach unserer Trennung?*« Suz' Lachen war bitter. »*Vielleicht ist mir das nicht aufgefallen, bei so viel Leidenschaft.*« Brandon sagte nichts. »*Schau mal, ich weiß, daß du verletzt bist, weil ich mit Korman ausgehe, aber er und ich passen zueinander. Du bist zu jung.«* Suz ließ *jung* klingen, als wäre es ein unanständiges Wort.

Kein Wunder, daß Brandon rot geworden war, als er mir erzählt hatte, wie liebevoll Suz sein konnte. Ich begriff plötzlich, warum Brandon auf dem Band nichts mehr sagte. Er weinte.

»Brandon! Warum hast du Minneapolis benachrichtigt? Um mich zu bestrafen? Denn das ist dir gelungen.«

Ich hörte einen Schluchzer. *»Ich habe nur versucht, meine Arbeit zu machen.«*

»Dann mach deine Arbeit weniger gut, okay?«

»Ich habe vor, meine Arbeit zu machen«, sagte er trotzig. *»Ich leite die Personalabteilung. Sag mir nicht, daß ich meine Arbeit nicht tun soll.«*

»Deine Arbeit? Deine Arbeit? Du schleppst deinen jämmerlichen Arsch Tag für Tag zu spät ins Büro, siehst müder aus als ein Nomade, der sich sechs Wochen lang in der Wüste verirrt hat. Du machst deine Arbeit nicht! Und ich habe mich nicht über dich beschwert, oder?«

»Du bist der einzige Mensch ... dem es etwas auszumachen scheint, daß ich nicht gut aussehe.« Ich hörte, wie er sich die Nase putzte. Er räusperte sich. *»Und ich hab' gedacht, dir liegt nichts mehr daran, wie ich aussehe.«*

Ihre Stimme war grausam. *»Hör zu, wenn du die Leute in Minneapolis noch einmal anrufst, wird es dir sehr leid tun. Ich geb' dir einen Tritt in den Arsch und lasse deine Daten ändern, damit aus ihnen hervorgeht, daß du Krebs hast. Du wirst nie wieder eine Stelle in einer Personalabteilung in Denver bekommen. Du wirst nicht in der Nähe deines Vaters bleiben können. Noch etwas. Glaubst du, ich weiß nicht, daß dein Vater ein Verhältnis mit einer blonden Krankenschwester in Denver hatte, als deine Mutter krank war? Meinst du nicht, die Leute in Aspen Meadow wüßten nicht gern, daß ihr geliebter Konditor seine Frau betrogen hat, als sie Krebs im Endstadium hatte?«*

Sogar auf dem Band konnte ich hören, daß Brandon erschrak.

Ich konnte mir vorstellen, wie der Schmerz seine funkelnden dunkelbraunen Augen und sein enthusiastisches Lächeln trübte. »*Meine Mutter*« –, seine gequälte Stimme war nicht viel lauter als ein Flüstern –, »*war in den letzten drei Monaten kaum bei Bewußtsein. Diese andere Frau war ihre Pflegerin.*«

»*Eine Krankenschwester von ACHMO. Dein Vater hat mit ihr geschlafen.*«

»*Du bist wahnsinnig.*«

»*Er ist einsam, Brandon. Ich wette, daß er tagsüber die ganze Zeit einsam ist.*«

Und das war das Ende dieses Bandes. Herrje! Wieder war ich verblüfft darüber, daß Suz Craig so unverfroren gewesen war, diese Bänder aufzunehmen. Und Menschen derart zu bedrohen? Unglaublich. Auf alle Fälle begriff ich, warum sie das Gefühl gehabt hatte, sie müsse die Bänder vom 14. Juli verstecken. Diese Kassetten belasteten sie viel stärker als die Menschen, die sie zu erpressen versuchte. Obwohl jemand anders darüber gedacht hatte. Gab es irgendwelche Bänder von Besuchen des Kotzbrokkens in ihrem Büro?

Ich legte den Briocheteig über die Kuchen und schob sie in die Backöfen. Sie ließen sich bei Zimmertemperatur oder aufgewärmt servieren. Meine letzte Aufgabe bestand darin, den versprochenen Ausstellungssalat zuzubereiten. Macguire hatte mehrere Reißverschlußtüten mit frisch gewaschenem Arugula und anderen delikaten Blattsalaten gefüllt. Vor meiner Abfahrt von zu Hause hatte ich ein Glas selbstgemachte Sherryvinaigrette und eine Menge knuspriger Pekannüsse in Meringue eingepackt.

Als ich den Salat zusammengestellt hatte, waren die Kuchenteige golden und aufgegangen. Die geschmolzene Camembertfüllung, gewürzt mit Knoblauch und Kräutern, roch himmlisch. Ich nahm die Kuchen vorsichtig heraus und stellte sie zum Abkühlen auf die Arbeitsfläche. Kurz vor dem Abschlußessen würde ich sie zusammen mit dem Huhn aufwärmen.

Ich starrte die vier Bänder auf der Arbeitsfläche an. Ich mußte

AUSSTELLUNGSSALAT MIT IN MERINGUE GEBACKENEN PEKANNÜSSEN

Pekannüsse:
1 Eiweiß
1/4 Teelöffel Zimt
1/4 Teelöffel Salz
80 g Zucker
4 Eßlöffel geschmolzene Butter
250 g Pekanhälften

Den Backofen auf 160 Grad vorheizen. Ein flaches, kleines Backblech mit Butter einfetten. Das Eiweiß steif schlagen. Zimt und Salz mit dem Zucker vermischen. Bei laufendem Schlaggerät die Zuckermischung eßlöffelweise zum Eiweiß geben. Die geschmolzene Butter und die Pekannüsse unterrühren. Die Pekanmischung auf dem vorbereiteten Blech verteilen und 15 Minuten backen. Das Blech aus dem Ofen nehmen. Mit einem Spachtel die Pekanmischung wenden. Wenn alle Pekannüsse umgedreht sind, das Blech in den Ofen zurückschieben. Weitere 15 Minuten backen. Aufmerksam im Auge behalten – sie nicht anbrennen lassen. Die Pekannüsse auf Küchenpapier abkühlen lassen. (Bei der Zubereitung des Salats ist nur die Hälfte der Pekannüsse erforderlich. Der Rest kann als Imbiß gegessen oder in einer Plastiktüte eingefroren werden. Diese Pekannüsse sind außerdem ein wunderbares Festtagsgeschenk.)

Sherryvinaigrette:
1 Teelöffel Dijonsenf
1/4 Teelöffel Zucker
1 Eßlöffel Sherryessig bester Qualität
2 Eßlöffel Olivenöl bester Qualität

Salz und frisch gemahlener schwarzer Pfeffer, Senf, Zucker und Essig verrühren. Unter ständigem Rühren das Olivenöl tropfenweise hinzugeben. Mit Salz und Pfeffer abschmecken. Ergibt 60 ml.

Salat:
50 g frischer Arugula
170 g frischer Radicchio, Endivie und Chicoree, gemischt
60 ml Sherryvinaigrette
125 g Pekannüsse in Meringue

Die Salate waschen, trockenschleudern und in mundgerechte Stücke zupfen. Kurz vor dem Servieren mit der Vinaigrette vermischen. Die Pekannüsse darüberstreuen und nochmals wenden. Sofort servieren.

Ergibt 4 Portionen

etwas mit ihnen unternehmen. Wenn Suz Craig das Gefühl gehabt hatte, sie seien so belastend, daß sie vergraben werden müßten, dann wollte ich sie auf keinen Fall behalten. ReeAnn, ich war bereit, darauf zu wetten, war von jemandem in die Luft gesprengt worden, der glaubte, sie habe diese Bänder. Ich wollte sie nicht in der Küche des LakeCenters haben, nicht in meinem Lieferwagen, nicht einmal bei mir zu Hause. Ich wollte sie an einen sicheren Ort bringen, bis Tom sie übernehmen konnte. Aber wohin?
Als ich den Ballsaal musterte, ging mir die bösartige, drohende Stimme von Suz Craig nicht aus dem Kopf. Was hätte sie über mich herausfinden können? fragte ich mich. Falls sie John Richard geheiratet hätte, wäre sie an die Akten über Archs Therapie nach der Scheidung herangekommen. Vielleicht hätte Suz sie dazu benützt, die Alimente zu drücken, oder zu einem anderen, finstereren Zweck. Ich mußte Tom anrufen. In der Eile hatte ich das Handy im Lieferwagen vergessen.
Während ich zum Lieferwagen trabte, wurde mir bewußt, daß ich jetzt diese ganze Sache Tom übergeben mußte. Ich hatte versucht, meine Beziehung zu Arch zu retten, indem ich das Versprechen hielt, mich mit dem Mord an Suz Craig zu beschäftigen. John Richard wurde verdächtigt und wirkte überwiegend schuldig. Aber der Fall hatte sich als Schlangengrube erwiesen. Mit den Bändern, die ich gefunden hatte, und den körperlichen Beweisen, die bald aus dem Labor kommen würden, konnte Tom Donny Saunders dabei helfen, herauszufinden, was Suz tatsächlich zugestoßen war.
Trotzdem mußte ich mich immer noch fragen, wie jemand gewußt haben konnte oder die Zeit gefunden hatte, herauszubekommen, wie der Mord an Suz Craig zu planen sei. *Man darf es nicht zu früh hineinschieben, sonst wird es nicht richtig.* Alles kam auf den Zeitplan an. Der Mörder hätte nicht nur alles über Suz, sondern auch alles über John Richards Finanzlage wissen müssen, was für ein Auto er fuhr, daß er das gravierte Armband besaß, alles. Und am obskursten war, daß der Mörder außerdem

wissen mußte, unter welchen Umständen mich John Richard früher geschlagen hatte, was seine gewalttätigen Wutanfälle auslöste. Der Mörder mußte Bescheid wissen über die monatlichen Feiern von Suz und John Richard und darüber, daß der Kotzbrocken explodierte, wenn er frustriert war – wie eine angezündete Lunte. Der Mörder hätte ihn frustrieren können, indem er ihm einen Brief schickte, der ihm seinen Bonus verweigerte, als ihm finanziell das Wasser schon bis zum Hals stand.

Aber das alles wirkte schrecklich weit hergeholt. Es bestand immer noch der Hauch einer Chance, daß John Richard nicht in Wut geriet, ganz gleich, wie sehr er provoziert worden war.

In meinem Lieferwagen klingelte das Handy unentwegt. Ich griff danach, aber wer auch immer es gewesen sein mochte, hatte aufgelegt. Arch? Ich rief Tom an, hatte aber seinen Anrufbeantworter dran. Ich berichtete ihm von den Bändern und sagte ihm, er solle jemand ins LakeCenter schicken, der sie abholte. Dann nahm ich den großen Plastikbehälter mit Plätzchen an mich.

Die Putzkolonne war fort, als ich wieder ins LakeCenter kam. Der Boden glänzte wie ein Spiegel, und die Tausenden von kleinen Babsiegesichtern lächelten mir glückselig zu. Mein Handy quäkte wieder. Ich stellte den Plätzchenbehälter auf die Arbeitsfläche und griff nach dem Apparat.

»Goldy? Wo haben Sie gesteckt?« Es war Frances Markasian. »Ich versuche seit Stunden, Sie zu erreichen! Wozu haben Sie mir diese Nummer gegeben, wenn ...«

»Verschonen Sie mich, Frances.«

»Was ist passiert?« rief sie. »Wo sind Sie?«

»Ich bin im LakeCenter und serviere ein Abendessen für die Puppenausstellung. Was wollen Sie?«

»Einer meiner Informanten hat mir erzählt, daß eine Frau mit einem Lieferwagen an Suz Craigs Haus herumgeschnüffelt und im Garten gebuddelt hat. Waren Sie das? Was haben Sie gefunden?«

»Nichts. Und wer ist Ihr Informant?«

»Suz' Nachbarin, Lynn Tollifer. Sie hat Ihren Lieferwagen gesehen und mich angerufen. Haben Sie diese Bänder gefunden?«

»Frances, Sie nerven.«

»Na ja, ich hab' nicht, ich meine ... Ich komme vorbei. Ich will diese Bänder!«

»Vergessen Sie das! Die Cops haben sie ...«

»So wahr mir Gott helfe, Goldy, ich werde Ihren Lieferwagen durchsuchen und jeden Topf in der Küche vom LakeCenter. Ich werde ...«

»Lassen Sie Dampf ab, Frances. Ich habe die Bänder nicht«, log ich.

»Sie lügen, verflucht noch mal. Ich bin in einer Konferenz, und der Herausgeber will mich nicht weglassen. Aber ich bin in einer halben Stunde dort, so wahr mir ...«

Ich schaltete ab.

O je. Moment mal. Hier gab es einen Wachmann. Hier gab es außerdem wachsame Sammlerinnen, falls der Wachmann unfähig war, seine Pflicht zu tun. Ich musterte wieder den Ballsaal im LakeCenter. Wo konnte ich die Bänder verstecken, damit Frances eine Ewigkeit brauchen würde, sie zu finden? Der Tisch voller Festtagsbabsies sah am vielversprechendsten aus. Sie gehörten alle Gail Rodine, die nicht verkaufte. Ich würde sie in die Puppenverpackungen stecken, Tom wieder anrufen und es den Cops überlassen, sich alles zusammenzureimen.

Es war unwahrscheinlich, daß ich den Ballsaal lange für mich allein hatte; also raste ich zum richtigen Tisch und schob jeweils ein Band unter den Rock der Festtagsbabsies von 1991, 1992, 1993 und 1994. Dort waren mindestens dreißig Puppen. Gail Rodine wohnte in Aspen Meadow, und wenn sie die Puppen mit nach Hause nahm, konnte sich Tom die Bänder ohne große Schwierigkeiten beschaffen. Er würde jedoch nicht begeistert davon sein.

Als ich die Klappe der letzten Schachtel schloß, hörte ich vor dem LakeCenter ein lautes Poltern. Meine Haut wurde kalt.

Der Kotzbrocken. Hatte ich die Seitentür abgeschlossen? Ich konnte mich nicht daran erinnern. Ich trabte auf sie zu. Leider war der glatt gebohnerte Boden so schlüpfrig wie eine Eislaufbahn. Ich rutschte zur Seite, versuchte verzweifelt, das Gleichgewicht wiederzuerlangen, und schaffte es schließlich, mit einem Knall auf beiden Händen zu landen. Ich heulte vor Schmerz auf. Wenn dieser Fall vorbei war, würde ich von Kopf bis Fuß Blutergüsse haben.

Ich versuchte, mich herumzurollen, was mir nur zum Teil gelang. Mein Rücken schien seine Flexibilität zurückgewonnen zu haben, aber was mir jetzt wirklich weh tat, war meine linke Hand, vor allem der linke Daumen. Vom Kotzbrocken an drei Stellen gebrochen und dazu bestimmt, mich ewig zu plagen.

Ich schaute meinen schmerzenden Daumen an. Ich sah ihn immer wieder an, und ein Gefühl des Grauens dämmerte mir. Sie werden bald wieder Pizzateig kneten, hatte der orthopädische Chirurg zu mir gesagt, als ich nach besonders brutalen Schlägen ins Krankenhaus gekommen war, außerdem mit dem gebrochenen Daumen. Er kannte das Muster der Blutergüsse nach Verletzungen durch den Kotzbrocken, weil er sie schon einmal gesehen hatte. *Ich werde bald wieder Tore schießen,* hatte er viel später versprochen. *Was bilden Sie sich ein . . . daß Sie wieder orthopädischer Chirurg werden können?* hatte Suz gesagt. *Ihre Stimme kommt mir so bekannt vor,* hatte ich gesagt. *Haben Sie Arch behandelt?*

Nein. Er hatte mich behandelt. Vor langer Zeit. Er konnte den Mord planen, weil er genau wußte, was er zu tun hatte, damit es aussah, als wäre es John Richard Korman gewesen.

In diesem Augenblick schwang die Seitentür zum LakeCenter auf, und Chris Corey erschien, eine schwergewichtige, bärtige Gestalt voller Zorn. Er sah mich auf dem Boden, wie ich mir den schmerzenden Daumen hielt. Er knurrte: »Ich sehe, daß Sie sich immer noch gut darauf verstehen, sich Verletzungen zuzufügen! Was macht der Daumen? Und während Sie mir das erzählen, geben Sie mir die Bänder!«

Ich kam mühsam auf die Beine. Schmerz durchfuhr meinen Körper, aber ich mußte nachdenken. Der Vordereingang zum LakeCenter war abgeschlossen, die Hintertür ebenfalls – aus Sicherheitsgründen. Irgendwie mußte ich durch die Seitentür kommen, in der Chris Corey stand.

»Ich habe sie nicht«, erwiderte ich bebend.

»Ich weiß, daß Sie sie haben! Ich habe diesen Jungen, Luke Tollifer, dafür bezahlt, daß er Suz' Haus beobachtet. Wo sind sie?«

»Im Auto, im Auto! In meinem Lieferwagen!«

»Zeigen Sie sie mir!«

Ich schaffte es zur Tür, glaubte, ich könne an ihm vorbeischlüpfen und weglaufen. Aber ehe ich an ihm vorbei war, packte er jedoch meine linke Hand und dann meinen Daumen. Er verrenkte ihn grausam hinter meinem Rücken. Ich schrie auf. Gleichzeitig fiel mir auf, daß der Gips an seinem Knöchel auf geheimnisvolle Weise verschwunden war.

»Wo ist Ihr Telefon?«

»In ... in meiner Schürzentasche.«

Er griff mit der freien Hand in meine Tasche, zog mein Telefon heraus und ließ es über den glänzenden Boden schlittern. »Ich will die Bänder, dann bin ich fort. Gehen Sie zu Ihrem Lieferwagen, holen Sie die Bänder, dann bin ich weg. Wenn Sie schreien, dann schwöre ich bei Gott, daß ich bei Ihnen härter zuschlage als bei ihr.«

O Gott. Angst durchströmte meinen Körper. Meine Füße rutschten unter mir weg. Er zerrte mich hoch auf den schlüpfrigen Boden.

»Bitte, Chris, machen Sie das nicht«, keuchte ich. »Denken Sie daran, was Sie sich damit antun. Und Tina.«

»Ja, ja. Ich hätte früher an Tina denken sollen, was? Los.«

»Okay, okay«, hechelte ich. Mein Daumen pulsierte vor Schmerz. Ich befürchtete, ohnmächtig zu werden. Chris stieß mich über die Schwelle der Seitentür. Ich schaute mich nach ihm um, wahnsinnigerweise verwirrt, weil auch sein Hinken verschwunden war. Als er mich heftig an der Wand aus Baumstämmen entlangschob, stieg ein Schwarm Rotdrosseln aus dem Sumpf am Rand des LakeCenter auf.

Ich sah mich wild nach Hilfe um. Bis auf meinen Lieferwagen war der Parkplatz leer. Wo hatte Chris geparkt? Ich dachte daran zu schreien. Aber wer hätte mich schon gehört? Wir waren Hunderte von Metern weit von der Straße entfernt, sogar noch weiter vom Lakeview Shopping Center.

Als wir das Gebäude umrundeten, erhaschte ich einen Blick auf ein Auto auf der anderen Seite des Gebäudes – auf der entgegengesetzten Seite der Küche. Natürlich. Er war leise angefahren gekommen und hatte entfernt von der Küche geparkt. Und selbstverständlich verstand er sich darauf, leise zu sein; hatte er sich Suz' Haus nicht in der Finsternis und leise genähert, in einem Jeep genau wie dem von John Richard?

Der Wachmann war keine Hilfe. Chris hatte ihn niedergeschlagen – das Poltern am Eingang, das ich gehört hatte –, und er lag ausgestreckt neben der Mülltonne.

»Wo sind die Bänder?« fragte Chris, als wir uns meinem Lieferwagen näherten.

»Aah ... aah ...«

Er verrenkte mir brutal den Daumen. »Wo?«
»Ich kann ... nicht ... denken ... wenn Sie mir weh tun«, protestierte ich mit leiser Stimme. Ich setzte das Verhandlungsgeschick ein, das ich vor langer Zeit gelernt hatte, um John Richard daran zu hindern, mir weh zu tun. Als er eine Spur nachgab, sagte ich: »Aah ... unter dem ... Beifahrersitz. Da ist es eng, da können Sie nicht hineinfassen. Es ist besser, wenn ich ... sie hole.«
Die ersten Autos der Puppenliebhaberinnen tauchten am anderen Ende der unbefestigten Zufahrt zum LakeCenter auf. Zeit gewinnen, dachte ich verzweifelt. Chris riß die Beifahrertür auf und stieß mich hinein. Dabei umklammerte immer noch meinen Daumen.
»Sie müssen mich loslassen«, keuchte ich. »Sonst kann ich sie nicht holen.« Ich versuchte zu denken. Wo war mein Wagenheber? Hatte ich irgendwo Küchenutensilien, etwas, womit ich mich gegen ihn wehren konnte? Er schob mich auf dem Bauch in den Lieferwagen. Aber wenigstens löste er den Klammergriff um meinen Daumen. Ich griff mit der tauben linken Hand unter den Sitz. Nichts, natürlich. »Moment«, rief ich. »Gleich.«
Er riß mich so heftig an den Beinen zurück, daß ich glaubte, auseinanderzubrechen. Ich landete halb drin, halb draußen und auf meiner Flanke.
»Hilfe!« schrie ich. Ich hatte keine Ahnung, ob die Puppenliebhaberinnen in Hörweite waren. »Irgend jemand! Hilfe!«
Chris packte mich um die Taille und warf mich rücklings auf den Beifahrersitz. Dann stürzte er sich mit seinem schweren Körper auf mich. Seine fleischige Hand hielt mir den Mund zu. Ich trat wild um mich. Aber weil er auf mir lag und fünfundsiebzig Kilo schwerer war als ich, mindestens, konnte ich keinen Hebel ansetzen.
»Halten Sie den Mund!« keuchte er. Seine Hand legte sich um meine Kehle. Panik durchfuhr mich. Er würde mich erwürgen. Ich würde Arch nie wiedersehen. Oder Tom. Ich schlug wild

um mich. Chris' Hand rutschte von meiner Kehle. Das Handschuhfach ging scheppernd auf.
Marlas Tüte mit Medikamenten fiel auf den Lieferwagenboden.
O Gott, hilf mir, betete ich, als ich mich unter Chris' Gewicht anspannte. Ich tastete verzweifelt. Bleib ruhig, bleib ruhig, bleib ruhig. Ich griff in die Tüte, fand nichts, wühlte darin herum. Dann schlossen sich meine Finger um das, was ich suchte. Ich riß die Nadelkappe ab.
Chris hatte mich wieder an der Kehle gepackt. Er drückte zu. Mit der letzten Kraft, die ich übrig hatte, stach ich ihn mit Marlas Spritze mit Versed. Ich drückte den Kolben durch, kräftig.
Verblüfft heulte Chris vor Schmerz auf. Einen Moment lang lockerte sich sein Griff. Er schrie wieder und ruckte zurück, um sich die Nadel aus dem Körper zu ziehen. Ich kroch durch die offene Tür. Als ich draußen war, wankte Chris benommen über den Parkplatz, Richtung LakeCenter und zu seinem Auto.
Ich beobachtete ihn mit offenem Mund, rang nach Luft. Würde er ... einfach wegfahren? War er so kräftig, daß eine Dosis eines extrastarken Beruhigungsmittels keine Wirkung auf ihn hatte? Er taumelte, schien zu stolpern und schwankte dann weiter.
»Die Babsies!« schrie ich der großen Gruppe aus schön gekleideten Frauen zu, die über den Parkplatz zum Eingang des LakeCenter stolzierten. »Dieser dicke Blonde! Er hat sie gestohlen!« Ich zeigte auf Chris. Er drehte sich um, starrte mich mit offenem Mund an, begriff nichts. Er wurde langsamer, kein Zweifel. Aber er war nur sechs Meter von seinem Auto entfernt. »Die Babsies!« kreischte ich den Frauen wieder zu und gestikulierte wild. »Dieser Mann hat den Wachmann niedergeschlagen! Er bringt die Puppen weg!«
Die Frauen setzten sich in Trab. Chris klaffte der Mund auf, als er sie sah. Dann drehte er sich um und schwankte auf sein Auto zu. Die Frauen wurden schneller.
»Nein, nein!« rief er, als die erste Puppensammlerin ihn angriff.

»Nein!« hörte ich ihn schreien, als zwei weitere Frauen sich auf ihn stürzten. Er brüllte vor Verblüffung und wankte weiter. Dann sank er unter dem Ansturm wütender Babsiebeschützerinnen auf die Knie.
Ich ging bebend zurück in das LakeCenter, um im Büro des Sheriffs anzurufen. Chris Corey würde nirgends hinfahren.

Wie sich herausstellte, war Tom oben in seinem Blockhaus gewesen. Es stand leer, seit Hochwasser im Bergbach das Erdgeschoß fünf Zentimeter hoch überflutet hatte. Es war unvermietet, seit Arch, Tom und ich mehrere Wochenenden damit verbracht hatten, den trockenen Schlamm abzukratzen. Jetzt wartete das Blockhaus auf einen professionellen Innenanstrich. Als Tom hinauffuhr, achthundert Meter entfernt parkte, dann einen wenig bekannten Weg durch den Wald nahm, um sich dem Haus von hinten zu nähern, hegte er die Vermutung, im Blockhaus gebe es einen Besetzer – einen der wenigen Menschen, die über den Hochwasserschaden Bescheid wußten und über die Zeit, die wir dort saubergemacht hatten. Leider hatte John Richard nicht damit gerechnet, daß Tom in der Lage sein würde, ihn so leicht zu fassen. Als Tom den Kotzbrocken wieder festnahm, erschien Sergeant Beiner im LakeCenter und nahm Chris Corey fest.

In jener Nacht gestand Chris den Mord. Er hatte der qualvollen Arbeit für Suz Craig ein Ende setzen wollen. Er erinnerte sich daran, wie John Richard mich angegriffen hatte; er hatte den richtigen Zeitpunkt abgewartet – die alberne monatliche Gedenkfeier. Er hatte das gravierte Armband gestohlen, als John Richard einer Frau bei einer künstlich eingeleiteten Entbindung half, die von ACHMO geplant – und genehmigt – worden war. Schließlich hatte er den Brief geschrieben, in dem ihm der Bonus verweigert wurde. Die Untersuchung von Suz' Körperflüssigkeiten auf Drogen ergab, daß auch ihr ein äußerst starkes Beruhigungsmittel verabreicht worden war: Morphium. Sobald Chris John Richard dazu gebracht hatte, Suz zu schlagen, brauchte er nur noch vor ihrer Tür zu stehen, unter dem Vorwand, er sei verzweifelt und wolle sich mit ihr aussprechen. Er hatte sich erboten, ihre Prellungen zu behandeln, dann hatte er ihr eine ähnliche Spritze gesetzt wie ich ihm. Er hatte gewartet, bis sich die Blutergüsse von John Richards Schlägen gebildet hatten. Dann hatte er sie umgebracht, indem er ihr den mit Teppichboden umwickelten Kratzbaum aus solidem Metall über den Kopf schlug. Schließlich hatte er sie in den Graben gelegt, mit dem Armband als Nagel zu John Richards Sarg. Und dann hatte er weiter so getan, als sei er ein hilfsbereiter, mitfühlender Mensch mit einem unechten Gips.

Er hatte nur nicht mit den Bändern gerechnet. Luella Downing hatte ihn, genau wie Brandon, am Samstag angerufen, um ihn über Suz' heimliche Mitschnitte zu informieren. Er hatte den Besuch in John Richards Praxis dazu benützt, nach den Bändern zu suchen. ReeAnn – seine Verbündete – hatte ihm gesagt, sie habe sie nicht. Aus Verzweiflung hatte er versucht, ReeAnn in die Luft zu sprengen – er hatte erfahren, daß sie sich zum Picknicken mit ihrem Freund treffen wollte –, weil er das Gefühl hatte, sie habe John Richard die Bänder gestohlen. Aber für den Fall, sie habe es nicht getan, hatte er Suz' neugierigen Teenagernachbarn Luke Tollifer dafür bezahlt, daß er Suz' Haus beobachtete. Dadurch war er hinter meine Buddelei gekommen.

An jenem Abend kamen die Ergebnisse aus dem Labor: die Haut und das Haar unter Suz Craigs Fingernägeln stammten von John Richard. Er wurde wegen schwerer Körperverletzung angeklagt und wegen des Versuchs, eine Zeugin zu beeinflussen. Es wird über ein Berufungsverfahren gesprochen, aber es sieht danach aus, als hätte er mindestens zwei Jahre im Gefängnis vor sich.

Nachdem die Polizei Chris Corey aus dem LakeCenter abtransportiert hatte, nahm Sergeant Beiner eine ganz kurze Aussage von mir zu Protokoll und konfiszierte die Bänder, die ich aus ihrem Versteck in den Puppenverpackungen holte. Gail Rodine, die zuschaute, funkelte mich böse an. Ich würde nie wieder einen Auftrag vom Babsieclub bekommen, solange ich lebte. Irgendwie gelang es mir, das Abendessen für die Puppenliebhaberinnen zu Ende zu bringen. Zum Glück war die Zubereitung einfach; ich hätte es nicht geschafft, noch mehr Kraft zu investieren.

Am Donnerstag morgen, dem Tag nach der Festnahme von Chris Corey, sah ich Frances Markasian beim Gedenkgottesdienst für Suz Craig. Danach redeten wir miteinander. Ich wollte, daß sie Arch aus jedem Artikel heraushielt, den sie über den Fall und die Festnahme von Chris Corey schrieb. Es war ein schreckliches Gefühl für sie, daß sie von Chris hereingelegt worden war, und sie entschuldigte sich bei mir, weil sie mich wegen der Bänder angeschrien hatte. Natürlich verzieh ich ihr. Frances sagte, sie habe schon mit Brandon Yuille über einen Enthüllungsartikel darüber gesprochen, wie Suz vertrauliche medizinische Daten benützt hatte. Brandon hatte Frances gesagt, sie solle mir ausrichten, Ralph Shelton sei bereit zu kooperieren; er wolle auch versuchen, Amy Bartholomew zur Mithilfe zu bewegen. Ich akzeptierte Frances' Versprechen, Arch aus ihrem umfassenden Artikel über den Mordfall herauszuhalten.

Unglücklicherweise sickerte Tina Coreys Geisteskrankheit durch, und zwar nicht nur beim *Mountain Journal.* Sowohl die *Denver Post* als auch die *Rocky Mountain News* berichteten über ihre mehrfache Persönlichkeitsspaltung. Sie verfiel in eine Streßtrance und wurde in die psychiatrische Station des St. Joseph Hospital eingeliefert. Keinerlei Besuch war gestattet.

Am Freitag nachmittag kam Arch nach Hause. Tom hatte ihn

angerufen und über zwei Stunden lang mit ihm gesprochen. Mein Sohn durchlebte eine schwere Zeit, was zu erwarten gewesen war. Macguire holte Arch bei den Druckmans ab und fuhr dann mit ihm zum Haus der Coreys, wo sie dem Tierschutzverein dabei halfen, die Katze Tippy und Tinas andere Haustiere in einen Lieferwagen zu laden, damit sie neue Besitzer finden konnten. Aber zu Hause war Arch niedergeschlagen. Selbst als Julian Teller anrief und sagte, er komme zu Besuch, wirkte Arch nicht aufgeheitert. Macguire erbot sich, oben in seinem Zimmer mit ihm zu reden. Als die beiden Jungen hinaufgegangen waren, rief Marla an und sagte uns, wir sollten uns nicht vom Fleck rühren, sie bringe uns etwas vom Vietnamesen zum Abendessen.

Tom und ich saßen nebeneinander auf der Couch. Er zog mich nahe an sich heran, und ich spürte, wie die Anspannung, die meinen Körper in der letzten Woche verkrampft hatte, allmählich nachließ. Er sagte: »Ich verstehe nur nicht, warum du nicht einfach zugelassen hast, daß die Geschichte an Korman hängenbleibt. Ich bin froh, daß wir den Richtigen haben, versteh mich nicht falsch. Aber du hast dir so lange Rache gewünscht. Streit es jetzt nicht ab, ich durchschaue dich besser, als du glaubst, Miss G. Das wirkte wie eine perfekte Gelegenheit, Korman aus dem Verkehr zu ziehen. Und nicht nur für ein Jahr oder zwei.«

Ich saß lange da und dachte nach, in seine Arme geschmiegt. »Ich konnte Arch nicht opfern. Bloß um meine Rache zu bekommen, meine ich. Chris Corey wollte sich an Suz rächen, und dabei ist seine Schwester niedergetrampelt worden.«

»Gott«, sagte er, »ich liebe dich.«

»Mom?« Archs Ruf kam vom Fuß der Treppe. »Mom?«

Ich stand auf. »Ja, Schatz.«

Er trug ein zerknittertes Khakihemd und überweite schwarze Shorts. Ich fragte mich, ob er in der Zeit, die er im Haus der Druckmans verbracht hatte, je geduscht hatte. Sogar seine Brillengläser waren verschmiert.

»Es tut mir leid.«

»Es ist okay«, sagte ich.
Sein Kinn bebte. »Wirst du … wirst du mich hinbringen, damit ich Dad besuchen kann?«
»O bitte, Schatz.« Ich winkte, und er lief auf mich zu. Ich hielt ihn fest, wie ich es immer getan hatte, seit er ganz klein gewesen war. Ich sagte: »Selbstverständlich.«

Econ & List

Dorothy Cannell

Nur eine tote Schwiegermutter …

Krimi

336 Seiten

TB 25084-1

Deutsche Erstausgabe

Ellie Haskell ahnt nichts Böses, als sie ihre Schwiegereltern einlädt, auf Merlin's Court ihren 28. Hochzeitstag zu feiern. Beinahe entzückt ist sie von ihrer eigenen Idee, die Schwiegermutter mit einer alten Freundin zu überraschen. Nur die folgenden Entwicklungen hat sie nicht vorausgesehen, denn plötzlich hat sie eine neue Hausgenossin, die ziemlich anspruchsvoll ist: ihre eigene Schwiegermutter.
Heimlich schmiedet Ellie mit ihren Leidensgenossinnen Mordpläne, bis plötzlich ein wirklicher Schwiegermutterkiller auf den Plan tritt …

»Wenn es eine gibt, die noch besser schreibt als Dorothy Cannell, dann möchte ich sie kennenlernen, wenn meine Lachmuskeln sich erholt haben.«

Nancy Pickard

»Hochgiftig und sehr amüsant«

Publishers Weekly

015

Econ & List

Unni Lindell
Das dreizehnte Sternbild
Krimi
520 Seiten
TB 25196-1
Deutsche Erstausgabe

Wiegenlieder werden eigentlich für Kinder gesungen, wenn sie nicht einschlafen können.
Einen unruhigen Schlaf hat seit kurzem auch Hauptkommissarin Myklebust, denn die Strophe eines alten Wiegenliedes ist bisher die einzige Spur in einer unheimlichen Mordserie, von der die Osloer Polizei in Atem gehalten wird.
Vier Männer, die auf den ersten Blick nichts miteinander zu tun haben, werden auf mysteriöse Weise getötet, und die Ermittler stehen vor einem Rätsel – der Fall scheint unlösbar.
Doch die Polizei hat ein wichtiges Detail übersehen …

»Unni Lindells Debütroman muß zu den absoluten Höhepunkten der norwegischen Krimiliteratur gezählt werden.«

Aftenposten

016